**FEUERSEE**

Thilo Scheurer, Jahrgang 1964, lebt und schreibt in einer Kleinstadt am Rande des Schwarzwalds. Er ist Mitinhaber eines kleinen Softwareunternehmens. Aus seiner Feder stammen mehrere Abenteuer- und Kriminalromane. Der Autor ist verheiratet und hat zwei Kinder.

THILO SCHEURER

# FEUERSEE

*Kriminalroman*

emons:

Lust auf mehr? Laden Sie sich die »LChoice«-App runter, scannen Sie den QR-Code und bestellen Sie weitere Bücher direkt in Ihrer Buchhandlung.

**Bibliografische Information der Deutschen Nationalbibliothek**
Die Deutsche Nationalbibliothek verzeichnet diese Publikation in der Deutschen Nationalbibliografie; detaillierte bibliografische Daten sind im Internet über http://dnb.d-nb.de abrufbar.

© Emons Verlag GmbH
Alle Rechte vorbehalten
Umschlagmotiv: mauritius images/Klaus Scholz
Umschlaggestaltung: Nina Schäfer, nach einem Konzept von Leonardo Magrelli und Nina Schäfer
Umsetzung: Tobias Doetsch
Gestaltung Innenteil: César Satz & Grafik GmbH, Köln
Lektorat: Lothar Strüh
Druck und Bindung: CPI – Clausen & Bosse, Leck
Printed in Germany 2019
ISBN 978-3-7408-0676-7
Originalausgabe

Unser Newsletter informiert Sie
regelmäßig über Neues von emons:
Kostenlos bestellen unter
www.emons-verlag.de

Dieser Roman wurde vermittelt durch die Agentur Editio Dialog, Dr. Michael Wenzel (www.editio-dialog.com).

*Die Menschen häufen die Fehler
ihres Lebens an und erschaffen daraus
das Ungeheuer, das sie Schicksal nennen.*

John Hawks

Aus dem Autoradio grölen die Sportfreunde Stiller. Mit den vier Jahreszahlen Vierundfünfzig, Vierundsiebzig, Neunzig, Zweitausendsechs reimen sie die Erwartung der Deutschen zur diesjährigen Fußballweltmeisterschaft zu einem eingängigen Liedtext.

Trotz der mondlosen Nacht fällt mir erst jetzt auf, dass ich vergessen habe, das Fahrlicht einzuschalten. Meine Hand zittert, als ich nach dem Schalter taste. Ich finde ihn, die Scheinwerfer flammen auf und tauchen den Feldweg vor mir in gleißendes Licht. Blut von meinen Händen klebt jetzt nicht nur am Lenkrad und am Schalthebel, sondern ich habe es auch über das Armaturenbrett verteilt. Kurz denke ich darüber nach, den Wagen in einem See verschwinden zu lassen. Sofort verwerfe ich den Gedanken wieder. Der Wagen mit seinen vielen Extras ist dafür zu schade.

Ich schalte einen Gang zurück, drücke das Gaspedal weiter durch, und für einen Moment taucht im Spiegel die schwarze Reisetasche auf dem Rücksitz auf. Ich werfe den Kopf in den Nacken und kann ein dröhnendes Lachen nicht zurückhalten. Das kleine Vermögen, das ich heute Abend gemacht habe, wird das Startkapital für mein neues Leben sein. Als Erstes werde ich diesen Scheißjob an den Nagel hängen und nur noch tun, wozu ich Lust habe. Und wenn ich mich nicht allzu blöd anstelle, kann ich mir bald schon ein eigenes Haus leisten, vielleicht sogar mit Swimmingpool wie die Stars in Hollywood. Ich beschleunige den Wagen weiter und spüre mit dem Rausch der Geschwindigkeit, wie das Hochgefühl des frühen Abends zurückkehrt.

Da fällt mein Blick auf das blutverschmierte Tuch in der Mittelkonsole. Dazwischen blitzt der Stahl der Messerklinge. Mit voller Wucht trete ich auf das Bremspedal, der Wagen schlingert auf dem losen Untergrund, kommt dann aber zum Stehen. Eine Staubwolke zieht an beiden Seitenscheiben vorbei und vereinigt sich im Licht der Scheinwerfer. Ich habe doch tatsächlich vergessen, das Messer in der Grube loszuwerden. Was alles muss an diesem verfluchten Abend noch schieflaufen?

Das verdammte Ding muss schleunigst verschwinden – für immer. Ich sehe in den Rückspiegel, dann in die Seitenspiegel. Schwärze, nichts als Schwärze bis auf die letzten Reste der Staubwolke im rötlichen Schein der Rücklichter. Womöglich ist es eine glückliche Fügung, dass ich mich nach der Abfahrt von der Autobahn in der Baustelle verfahren habe. Ich wickle das Tuch ganz um das Messer, öffne die Fahrertür und steige aus. Unerträglich laut piept der Warnton los.

Zwischen den Bäumen am Straßenrand finde ich schnell eine passende Stelle. Ich steche mit dem Spaten aus dem Wagen einen Block Lehm aus dem Boden und deponiere das Bündel mit dem Messer in der Vertiefung. Die verschließe ich wieder und stampfe die Erde fest. Gottverlassene Gegend – niemand wird es jemals hier finden.

Ich steige wieder ein, schlage die Tür zu. Der Warnton verstummt. In den letzten Refrain der Sportfreunde Stiller stimme ich mit ein, und das Gefühl, jetzt alles richtig gemacht zu haben, verstärkt sich. Endlich wird mein sorgenfreies Leben beginnen. Ich lege den Gang ein, fahre los und drücke das Gaspedal bis zum Anschlag durch.

# 1

Kaum Schauerneigung und bis zu zwanzig Grad lautete die Wettervorhersage für diesen Tag. Eine glatte Lüge. Schon seit dem frühen Morgen hielt sich zäher Nebel über der alten Reichsstadt. Und anstatt sich gegen Mittag aufzulösen wie vorhergesagt, wurde der Nebel immer dichter. Pünktlich zu Beginn des Einsatzes hatte es schließlich zu regnen begonnen. Zuerst nur ein Nieseln, sodass sich die nebelfeuchte Luft noch schwerer und nasser anfühlte. Dann immer heftiger. Und trotz des kühlen, böigen Windes, der noch zusätzlich Wasser von den Ästen herunterrieseln ließ, hielt sich der Nebel zäh zwischen den mächtigen Tannen.

Hauptkommissar Wolfgang Treidler hatte Mühe, seiner Kollegin Carina Melchior zu folgen, die auf dem steil ansteigenden Trampelpfad einen möglichst trockenen Weg durch das Unterholz suchte. Im Gegensatz zu ihm schaffte sie es immer wieder, den Pfützen und nassen Zweigen auszuweichen. Wohl auch deshalb hatte sich seine Jeanshose inzwischen bis zu den Oberschenkeln mit Wasser vollgesogen, und an den frisch geputzten Cowboystiefeln klebte zentimeterdick der Schlamm. Melchior hingegen schien wie immer für alle Eventualitäten gerüstet. Ihre gelben Gummistiefel reichten fast bis zu den Knien, und eine ebenso gelbe Öljacke mit Kapuze endete erst kurz oberhalb davon. Das alles hatte sie irgendwo in ihrem Auto verstaut. Vermutlich lagerte dort sogar Ausrüstung für die Apokalypse nach einem Kometeneinschlag.

»Skelettierter menschlicher Schädel gefunden«, so hatte vor knapp einer Stunde die Meldung einer Polizeistreife gelautet. Diesen hatten kurz zuvor zwei spielende Jungen im Alter von elf und zwölf Jahren im Wald entdeckt. Ziemlich aufgelöst waren sie auf die nahe Bundesstraße gerannt und der Besatzung eines Streifenwagens aufgefallen. Nachdem die Kinder die Polizisten zur Fundstelle geführt hatten, verständigten die sogleich ihre Kollegen von der Kriminalpolizei. Und seither blieb es auf den

Funkfrequenzen nur selten länger als einige Sekunden stumm. Kein Wunder. Über ein Dutzend Beamte waren angerückt, um das Waldstück samt den Zufahrten zu sichern und es nach weiteren menschlichen Überresten zu durchsuchen.

»Scheißwetter«, fluchte Treidler und strich sich die Haare zurück. Wasser lief ihm in den Kragen.

»Sie sind falsch angezogen«, entgegnete Melchior, ohne ihr Tempo zu verlangsamen. »Haben Sie eigentlich keine anderen Schuhe?«

»Doch.«

»Und warum ziehen Sie die nicht an?«

»Ich wusste nicht, dass ich heute noch wegen eines Scheißschädels an einer Expedition durch den Regenwald teilnehmen muss. Dieses Ding geht uns garantiert nichts an«, brachte er hervor, ehe er Luft holen musste.

»Woher wollen Sie das wissen?«

Treidler blieb stehen, atmete ein weiteres Mal durch. »Es gibt keine offenen Vermisstenfälle in unserem Polizeibezirk.«

»Und wenn der Schädel zu einer vermissten Person aus einem anderen Bezirk gehört?« Melchior entfernte sich weiter. Das leuchtende Gelb ihrer Regenjacke verblasste im Nebel.

»Auch dann hätte man sich das dämliche Teil später anschauen können.«

Melchior blieb stehen, wandte sich um. Offenbar hatte sie bemerkt, dass er stehen geblieben war.

»Was?«

»Und Sie sollten mehr für Ihre Fitness tun.«

»Auf einer Skala von eins bis zehn liegt meine Fitness mindestens bei neun.«

»Für Ihre Fitness sollten Sie eine Skala mit negativen Werten in Erwägung ziehen.«

Lag da ein leichtes Grinsen um ihren Mund? Bevor er ihren Gesichtsausdruck im Nebel richtig deuten konnte, hatte sie schon auf dem Absatz kehrtgemacht und ging weiter.

»Und außerdem hab ich eine Abneigung gegen unnötige Wege«, rief er ihr nach.

»Ich weiß. Aber da müssen Sie jetzt durch.«

*»Aber da müssen Sie jetzt durch«*, äffte er sie nach.

»Das habe ich gehört, Treidler.«

Natürlich zählte ein menschlicher Schädel nicht zu der Art Fund, die man sich Tage später hätte anschauen können. Aber auf ein paar Stunden hin oder her, vorzugsweise nach dem Regen, wäre es nicht angekommen. Aller Voraussicht nach lag der Schädel nicht erst seit gestern da. Missmutig und immer noch knapp bei Atem setzte Treidler sich wieder in Bewegung.

Einige Minuten später verschwand Melchior hinter einer Kuppe, und er konnte das Ende des Anstiegs erkennen. Leises Stimmengewirr, noch gedämpft durch die üppige Vegetation, drang an sein Ohr. Mit jedem Schritt wurden die Stimmen lauter. Offenbar näherte er sich der Fundstelle. Oben angekommen, hielt Treidler inne, drückte den Rücken durch und wischte sich das Regenwasser-Schweiß-Gemisch aus der Stirn. Er fluchte.

Vor ihm lag eine dicht bewachsene, wellige Ebene. Riesige Tannen, hoch wie Kirchtürme, verdunkelten mit ihren ausladenden Ästen die Umgebung. Umhüllt von Nebelschwaden überwucherten mannshohe Farne und Büsche den Waldboden. Obwohl Treidler etliche Einsatzfahrzeuge auf dem Wanderparkplatz gesehen hatte, war er doch einigermaßen überrascht von den vielen Personen, die zwischen den Bäumen umherstreiften. Er machte eine Handvoll Kriminaltechniker in weißen Einwegoveralls und bestimmt noch mal so viele uniformierte Beamte aus.

Rot-weißes Flatterband umgab einen rechteckigen Bereich von der Größe eines halben Fußballfeldes. Wie eine unvollendete, gigantische Rohrleitung ragte inmitten der Absperrung ein umgestürzter Baum aus dem Dunst, dessen Wurzel gut und gern fünf Meter in die Höhe zeigte. An einigen Stellen überzogen Moos und Flechten seine Rinde, einem künstlichen Fell nicht unähnlich. Dort, wo die Wurzelstränge in den Stamm übergingen, lehnten einige windschiefe Bretterwände. Offensichtlich eine Art Baumhaus der beiden Jungen, die den Schädel entdeckt hatten. Direkt davor und im Vergleich zur riesigen Wurzel klein wie eine

Hundehütte stand ein beiger Zeltpavillon, in dem sich Melchior mit einem Mann im weißen Einwegoverall unterhielt. Treidler erkannte Josef »Sepp« Dorfler, den Leiter der Kriminaltechnik Rottweil. Er hob das Flatterband an und stapfte quer durch das Unterholz auf den Zeltpavillon zu. Das nasse Gestrüpp, das bei jedem Schritt um seine Beine strich, verstärkte das Gefühl der Kälte weiter.

»Servus«, begrüßte Dorfler ihn.

Treidler trat unter das schützende Zeltdach. »Auch Servus«, gab er zwischen zwei Atemzügen zurück und deutete mit dem Kinn zum umgestürzten Baum. »Das ist ja ein verdammter Urwald.«

Statt auf seine Bemerkung einzugehen, musterte Dorfler ihn mit zusammengezogenen Augenbrauen. »Ist Ihnen nicht wohl?«

»Wieso sollte mir nicht wohl sein?«

»Sie haben so ein knallrotes Gesicht.« Er strich sich mit der flachen Hand über seinen mächtigen Schnauzbart. »Sie sollten mehr für Ihre Fitness tun.«

Aus den Augenwinkeln sah Treidler, dass Melchior Mühe hatte, ein Schmunzeln zu unterdrücken.

Unbeirrt fuhr Dorfler fort. »Schauen Sie, ich gehe ja sehr oft wandern in Südtirol. Und die Alpen hab ich auch schon dreimal zu Fuß überquert. Bei dem Training macht so ein kleiner Anstieg überhaupt keine Mühe.«

»Ach, ist das so?« Treidler konnte nicht verhindern, dass sein Tonfall spöttisch klang.

»Warum denn so gereizt?«

Treidler betrachtete betont gelangweilt die Gegend. »Lohnt es sich wenigstens, dass ich die ›Mühe dieses kleinen Anstiegs‹ auf mich genommen habe?«

»Das kann ich jetzt noch nicht sagen.« Dorflers Ton wurde sachlicher. »Der Schädel liegt da.« Er deutete mit dem Daumen hinter sich zur Wurzel.

Treidler spähte in die angezeigte Richtung, sah aber nur zwei Personen in weißen Einwegoveralls, die auf dem Boden knieten.

»Wir müssen langsam vorgehen und den Schädel vorsichtig

ausgraben. Es besteht die Möglichkeit, dass es noch andere Spuren gibt. Obwohl ...«

»Obwohl was?«, fragte Melchior.

Dorfler wiegte den Kopf hin und her. »Obwohl der Schädel nun wirklich nicht so aussieht, als ob er erst seit Kurzem dort liegt. Er ist komplett skelettiert.«

»Womöglich sind wir ganz umsonst diesen verdammten Weg hier heraufmarschiert.« Treidler sah zu Melchior. »Wie alt ist das Ding denn nun?«

Zwei senkrechte Falten standen auf Dorflers Stirn. »Ein paar Jahre liegt er bestimmt schon in der Erde. Ich denke mal, zehn bis zwanzig.«

»Und wie sicher ist das?«

»Ziemlich sicher. Bei der Beschaffenheit des Bodens und der Oberfläche des Schädelknochens lässt sich das einigermaßen gut schätzen.«

Treidler nickte. »Gibt's Spuren von Gewalteinwirkung?«

»Um dazu etwas zu sagen, ist es noch zu früh. Bisher konnten wir keine Einwirkung von Gewalt erkennen.«

»Wurde sonst noch was gefunden außer dem Schädel?«

Dörfler zögerte. »Vielleicht.«

»Vielleicht? Ich dachte eigentlich, dass diese Frage nur mit Ja oder Nein beantwortet werden kann.«

»Wir haben noch andere ... Knochenfragmente gefunden.«

»Andere Knochenfragmente?« Melchior runzelte die Stirn. Sie schien nicht weniger verwirrt als er.

»Bis jetzt ist unklar, ob die menschlich sind, und wenn ja, ob sie dem Schädel zugeordnet werden können.«

»Diese anderen Fragmente, lagen die in der Nähe?« Treidler spähte erneut zu den beiden Kriminaltechnikern. Die hatten inzwischen Verstärkung durch einen dritten erhalten, dessen Gesichtsfarbe – weiß wie ein Fischbauch – sich kaum von der seines Overalls unterschied. Er hantierte mit einem Fotoapparat, und immer wieder flammte das Blitzlicht auf. Freilich war Treidler weiterhin der Meinung, dass sie hier draußen wenig ausrichten konnten. Aber zumindest einen Blick auf den Schädel sollte er werfen, bevor er zurück ins Büro ging. Falls es sich tatsächlich um einen Fall für das Kommissariat handelte, würden ihm sonst nur diese Aufnahmen bleiben.

»Nein, auf der rückwärtigen Seite des Baums. Aber das hat nichts zu bedeuten. Knochen können durch postmortalen Tierfraß in freiem Gelände oft weit, sogar sehr weit verteilt sein.« Dorfler räusperte sich. »Ich hatte vor einigen Jahren einen Fall«, erneut strich er sich mit der flachen Hand über seinen Schnauzbart, »da lagen die Knochen gut einen halben Kilometer voneinander entfernt. Wildschweine, Marder, Hunde, sogar Katzen graben und fressen ...«

Treidler wandte sich in Richtung der Fundstelle ab. Nicht nur, weil er endlich den Schädel in Augenschein nehmen wollte, sondern weil Dorfler seine Schauergeschichten meist unnötig detailliert ausschmückte. Zu gut konnte er sich noch an dessen Erklärungen erinnern, welche Beziehungen zwischen Fliegenmaden und der Liegezeit einer Leiche bestünden. Glücklicherweise kam ein derartiger Zusammenhang bei Schädeln und Knochen nicht in Betracht.

Vor den Kriminaltechnikern entdeckte Treidler ein handballgroßes Etwas, das auf den ersten Blick aussah wie ein heller Stein. Hoch konzentriert gingen die Männer ihrer Arbeit nach und entfernten mit Plastikwerkzeug die Erde. Er ging ebenfalls in die Knie. Die typische Oberfläche, die Aussparungen für Augen und Nase, spätestens jedoch die bloßen Zähne bestätigten, dass vor ihm ein menschlicher Schädel lag, der ab dem Oberkiefer aus dem Waldboden ragte. Die beiden Jungen mussten panisch das Weite gesucht haben.

Aber warum hatte die Polizeistreife die beiden auf der Bundesstraße angetroffen? Die führte in einem Bogen nördlich des Waldstücks vorbei. Gab es noch einen anderen, womöglich kürzeren Weg aus dem Wald als über den Wanderparkplatz südlich von hier?

Trotz des Regens trat Treidler unter dem Pavillon hervor und umrundete den umgestürzten Baum. Nach dem Flatterband auf der anderen Seite stieg das Gelände leicht an. Er machte sich auf den Weg, die Anhöhe hinauf. Dahinter lichtete sich der Wald etwas, und einen Steinwurf entfernt führte tatsächlich eine kaum drei Meter breite, nur mit Gras überwachsene Furche nach Norden in Richtung Bundesstraße. Er marschierte weiter, ärgerte sich, dass sie nicht diesen Weg zum Fundort genommen hatten. Zumindest die nassen Hosenbeine und die verdreckten Schuhe wären ihm erspart geblieben.

Aus dem Grasbewuchs der Furche schälten sich allmählich zwei überwachsene Fahrrinnen heraus. Er stapfte entlang einer dieser Rinnen, immer drauf bedacht, den größten Pfützen auszuweichen, die sich darin gebildet hatten. Andere Geräusche drängten das Stimmengewirr hinter ihm zurück: Autos, schnell fahrende Autos. Die Bundesstraße konnte nicht mehr allzu weit entfernt sein. Schlamm und Morast wurden weniger, und einzelne Schottersteine schauten zwischen dem Moos und den Gräsern hervor. Hier musste es früher einen Feldweg oder eine Zufahrt für die Forstwirtschaft gegeben haben.

Die Bäume rückten weiter auseinander, ließen zögernd die Nebelschwaden los. Mit der besseren Sicht musste er seine Vermutung berichtigen. In rund zweihundert Metern Entfernung tauchte aus dem Dunst eine Wand aus dichtem Gebüsch auf. Dort schien der Weg auch zu enden. Keine Abzweigung weit und breit – eine Sackgasse. Schon wollte Treidler umkehren, als ein knallroter Fleck auf halber Höhe im Dickicht seine Aufmerksamkeit erregte. Er ging weiter, und mit den rasch anschwellenden Fahrgeräuschen wusste er, was sich direkt dahinter befand: die Bundesstraße. Und bei dem roten Fleck handelte es sich um eine Schildmütze. Er hatte die Stelle gefunden, wo die beiden Jungen auf die Straße gerannt waren, bevor die Polizeistreife sie aufgreifen konnte.

Treidler erreichte das Gebüsch. Rechts neben der Schildmütze gab es einen halbhohen Durchschlupf, vielleicht von Wildschweinen. Er bückte sich, schob ein paar Zweige beiseite und streckte den Kopf hindurch. Ein unbeschreibliches Getöse sprang förmlich auf ihn zu, dann ein Tuten, laut wie ein Schiffshorn. Er fuhr zusammen, zog schnell den Kopf zurück. Eine beträchtliche

Menge Wasser ergoss sich über seine Haare und breitete sich im Hemdkragen weiter aus.

Einige Atemzüge später hatte sich sein Herzschlag wieder beruhigt. Ein weiteres Mal bückte er sich und spähte durch das Dickicht. Und diesmal erschrak er nicht, als ein dunkelroter Lastwagen gefolgt von einigen Autos vorbeischoss und eine haushohe Gischtwolke hinter sich herzog. Etwas oberhalb, in kaum einem Meter Entfernung, entdeckte er den verzinkten Stahl der Leitplankenrückseite. Und damit war auch klar, warum alle Einsatzfahrzeuge zum Wanderparkplatz beordert worden waren. Es gab keinen anderen Fahrweg zur Fundstelle. Hinzu kam, dass die Bundesstraße keine Möglichkeit bot, Fahrzeuge abzustellen, ohne ein mittleres Verkehrschaos auszulösen. Er nahm die rote Schildmütze mit einem Werbeaufdruck für »Rothaus Bier« an sich und machte sich auf den Rückweg.

Als Treidler wieder zur Fundstelle gelangte, erblickte er Melchior und Dorfler an der Stelle unter dem Zeltpavillon, an der sie schon gestanden hatten, als er losgegangen war. Sie starrten in die Gegend, als ob sie nach etwas Ausschau hielten. In Öljacke und Einwegoverall samt gleichfarbigen Kapuzen war die Ähnlichkeit mit einem gelben und einem weißen Gartenzwerg schwer zu leugnen. Es fehlten lediglich Schaufel oder Rechen über den Schultern.

»Da sind Sie ja endlich«, rief Melchior ihm entgegen, als sie ihn entdeckte. »Ich hab Sie überall gesucht.«

»Haben Sie mich schon vermisst?«

»Ich mach dann mal weiter«, sagte Dorfler und wandte sich der Fundstelle zu.

»Wo waren Sie?«, fragte Melchior.

»Dort oben.« Treidler deutete mit dem Daumen hinter sich.

Sie hob die Augenbrauen. »Das geht doch bestimmt etwas genauer.«

»Ich hab mir den Weg angeschaut, den die Jungs zur Bundesstraße gerannt sind.« Treidler hielt die Mütze hoch. »Die hier dürfte wohl einem der beiden gehören.«

»Ah«, erwiderte Melchior und gab sich keine Mühe, ihr Desinteresse zu verbergen. »Bringt uns das weiter?«

»So viel oder wenig wie alles andere hier draußen.« Außer klatschnassen Haaren und völlig durchnässter Kleidung hatte der Weg zur Fundstelle bisher nichts eingebracht. Treidler konnte seinen Frust nur schwer verbergen. »Oder haben die von der KTU neben dem Schädel und ein paar Knochen inzwischen was gefunden?«

Melchior schüttelte den Kopf.

Treidler zuckte mit den Schultern. »Wenigstens kriegt einer der Jungs seine Mütze wieder zurück.«

Ein durchdringender Pfiff schallte durch den Wald. Treidler fuhr herum. Dorfler stand bei der Fundstelle und winkte wild mit beiden Armen.

»Vielleicht haben wir jetzt doch mehr als die Mütze«, sagte Melchior und setzte sich in Bewegung.

Er folgte ihr, und noch bevor sie Dorfler erreicht hatten, hörte er ihn schon rufen: »Da drinnen liegt wohl ein ganzes Skelett!«

Treidler trat näher. Inzwischen hatten die Techniker mit ihren Plastikwerkzeugen ein rund ein mal zwei Meter großes Rechteck bis zu einer Tiefe von knapp zwanzig Zentimetern freigelegt. Der Schädel war komplett von Erde befreit. Etwas unterhalb davon und nur zum Teil ausgegraben, ragten jene Knochen aus dem Waldboden, auf die sich Dorflers Aussage stützte: Arme samt Hand- und Fingerknochen, Rippen, Becken, Oberschenkelknochen. Trotz aller Erwartungen ein doch erschreckender Anblick.

»Das hat fast schon was von Archäologie«, sagte einer der Techniker, ein jüngerer Mann, dessen gerötetes, kugelrundes Gesicht die Kapuze seines Einwegoveralls zu sprengen schien. Anders als bei seinen Kollegen stand die Kapuze am Kinn offen, und die Bändel hingen herunter. Treidler kannte den Mann nicht. Vermutlich ein neuer Mitarbeiter direkt von der Polizeihochschule.

Dorfler bedachte ihn mit einem strengen Blick. »Was wollen Sie damit andeuten?«

Noch mehr Farbe trat in das Gesicht des jungen Mannes. »Dass wir es«, er begann zu stottern, »äh … mit einem Fund zu tun haben, der schon einige … Jahrhunderte hier liegen könnte.« Beim letzten Wort hob er die Stimme etwas an, sodass man seine Aussage auch als Frage verstehen konnte.

»Und in welchem Semester studieren Sie noch mal, Herr Mattheis?«

Mattheis' Gesicht färbte sich jetzt dunkelrot, leuchtete wie eine rote Ampel unter seiner weißen Kapuze hervor. »Im vierten Semester.«

»Im vierten also.« Dorfler zupfte an seinem Schnauzbart, als ob er so den Wahrheitsgehalt dieser Antwort überprüfen könnte. »Hm.«

Mattheis' Haltung versteifte sich weiter, als er Dorfler zunickte.

»Und im vierten Semester sind Sie schon so weit, dass Sie aufgrund des Skelettierungsfortschritts eine Aussage über die Liegedauer machen können?«

Es dauerte einige Sekunden, bis Mattheis reagierte und wie in Zeitlupe den Kopf schüttelte.

Ein zufriedenes Lächeln stahl sich auf Dorflers Gesicht. »Ich bleibe dabei: Schädel und Skelett liegen nicht länger als zwanzig Jahre hier.« Er sah in die Runde, bis sein Blick wieder an Mattheis hängen blieb. »Ohne Zweifel haben wir es hier mit einer vollständig abgeschlossenen Skelettierung zu tun. Aber von einem archäologischen Zeitraum kann natürlich nicht die Rede sein.«

»Es liegt am Boden«, entgegnete der Student schnell, und es war wohl erneut mehr als Frage denn als Feststellung gemeint.

»Richtig, Herr Mattheis. Die Skelettierungsdauer ist extrem umgebungsabhängig. Je lockerer und trockener der Boden ist, desto schneller geht das vonstatten. Von ein oder zwei Jahren in lockerer, trockener Erde bis hin zu mehreren Jahrzehnten in Lehmboden.«

Treidler kam der Fall einer Wachsleiche in den Sinn, die nach Jahrzehnten im Lehm noch fast gänzlich erhalten gewesen war.

Mattheis nickte. »Und hier haben wir es mit lockerem Waldboden zu tun. Also nach ein paar Jahren.«

»Erneut richtig.« Dorfler schien zufrieden mit der Aussage. »In unseren Breitengraden und in lockerem Waldboden zersetzt sich das Gewebe eines Körpers bereits nach wenigen Jahren. Haare, Fingernägel und Sehnen bleiben länger erhalten. Aber auch damit ist nach spätestens fünf Jahren Schluss, und nur noch das Knochengerüst des Körpers bleibt übrig.«

»Damit haben wir aber lediglich die Mindestliegezeit.« Treidler verschränkte die Arme vor der Brust. »Wie kommen Sie dann auf zwanzig Jahre und nicht auf … was weiß ich … zweihundert?«

»Schauen Sie sich die Zähne an.« Vorsichtig ging Dorfler in die Knie und deutete auf den Oberkiefer. »Da sind deutlich die Farbunterschiede zum Knochen zu erkennen. Erst nach mehreren Jahrzehnten gleicht sich das an.« Er kam wieder hoch und rieb ein paarmal die Handflächen gegeneinander. »Aber Genaueres müssen die Rechtsmediziner klären. Und wie ich Dr. Karchenberg kenne, freut der sich bestimmt, Ihre Fragen nach Alter, Geschlecht und Todesursache zu beantworten. Und ich bleibe weiterhin dabei: Auf den ersten Blick gibt es keine Anzeichen für ein Gewaltverbrechen.«

»Gut.« Treidler nickte. »Warten wir Karchenbergs Bericht ab und entscheiden erst dann, ob diese Knochen ein Fall für uns sind. Ich denke, fürs Erste haben wir genug gesehen.«

Melchior rollte mit den Augen. »Gehe ich recht in der Annahme, dass Sie so schnell wie möglich ins Trockene wollen?«

»Warum nicht? Hier gibt's für uns eh nichts mehr zu tun.«

»Und die Identität des Toten?«

»Auch die werden wir heute hier draußen nicht mehr klären. Und falls es wider Erwarten doch noch was zu finden gibt«, er sah zu Dorfler, »die Kollegen von der KTU sind bestimmt noch ein Weilchen hier.«

Dorfler nickte.

»Dann zurück zum Wagen.« Schneller, als Treidler erhofft hatte, setzte Melchior sich in Bewegung. Offenbar hatte auch sie genug von der allgegenwärtigen Nässe. »Dort hab ich bestimmt auch ein Handtuch für Ihre Haare.«

Er folgte ihr den steilen Weg hinunter zum Wanderparkplatz. Inzwischen war der Untergrund derart glitschig, dass er bei jedem Schritt aufpassen musste, nicht auszurutschen.

Sie waren beinahe unten angekommen, als sich Treidlers Telefon in der Hosentasche bemerkbar machte. Er zog es heraus, und Dorflers Nummer leuchtete im Display.

Etwas verwundert und mit einem knappen »Ja« nahm er das Gespräch entgegen.

»Sie müssen unbedingt noch mal herkommen«, vernahm er Dorflers ungewohnt erregte Stimme aus dem Hörer.

»Warum das denn? Wir waren doch gerade oben.« Treidler empfand nicht die geringste Lust, diesen rutschigen Pfad ein weiteres Mal hinaufzusteigen. Ganz abgesehen davon, dass Nebel und Regen weiterhin die Wettervorhersage ignorierten. Und es deutete auch nichts darauf hin, dass sich daran bald etwas ändern würde.

»Ich weiß«, hörte er Dorfler sagen und spürte förmlich dessen Anspannung. »Aber wir haben da was gefunden, das Sie sich unbedingt anschauen müssen.«

## 2

Ein zweites Mal erklomm Treidler mit Melchior an diesem Nachmittag den steilen Pfad hinauf zur Fundstelle. Trotz Dorflers unüberhörbarer Erregung am Telefon verspürte er keinerlei Tatendrang, sondern fühlte sich eher wie nach einem zweiten Saunagang im Aquasol: ausgelaugt und durchnässt. Was für eine bescheuerte Idee, sich ein zweites Mal hier emporzuschleppen! Falls Dorfler nicht den Sinn des Lebens oder zumindest Gold gefunden hatte, konnte er sich auf etwas gefasst machen. Dieser verfluchte Schädel samt den anderen undefinierbaren Knochenfragmenten, die schon Jahrzehnte hier im Dreck lagen, interessierte Treidler einen Scheiß.

Als sie oben ankamen, sahen sie schon von Weitem Dorfler winken. Und zwar derart energisch, als ob er tatsächlich auf eine Goldader gestoßen wäre. Doch es gab noch etwas anderes, das Treidler auffiel. Das Stimmengewirr, das vorhin noch alle anderen Geräusche des Waldes übertönt hatte, war verstummt. Stattdessen vernahm er jetzt das Rascheln der Zweige und das Plätschern der Regentropfen. Nicht weit entfernt schrie ein Vogel, ein zweiter antwortete. Eigenartiger Ort, dachte Treidler. Eigentlich verhielten sich Vögel still, solange es regnete. Vielleicht war es aber nur ein Anzeichen, dass es bald aufhörte.

»Hier!« Laut wie Donner übertönte Dorflers Stimme den Vogeldialog. Immer noch mit einem Arm winkend, deutete er mit dem anderen auf den Waldboden direkt neben sich. »Das müssen Sie sich unbedingt anschauen.«

»Jaja.« Treidler versuchte, den Abstand zu Melchior nach dem Aufstieg schnell wieder zu verkürzen. »Was gibt's denn so Wichtiges?«

»Mit den Schätzungen zur Liegezeit des Opfers lag ich nicht weit daneben«, sagte Dorfler nur wenig leiser. Bei ihm an der Fundstelle befanden sich inzwischen nicht nur drei Kriminaltechniker in weißen Overalls, sondern vier.

»Bitte sagen Sie mir jetzt, dass wir einen Anhaltspunkt für Ermittlungen haben!«, rief Treidler ihm entgegen.

Die beiden Vögel hatten aufgehört zu rufen. Womöglich hatten sie ihren Fehler bezüglich des Regens eingesehen.

»Das haben Sie garantiert.« Dorflers energisches Winken wollte nicht mehr aufhören.

Treidler beschleunigte seinen Schritt weiter. Warum nur war Dorfler so aufgeregt?

Um die Fundstelle herum tänzelte Fischbauch mit seinem Fotoapparat wie ein Paparazzo auf der Suche nach der besten Einstellung. Immer wieder flammte Blitzlicht auf. Im Takt dazu klackte der Verschluss seiner Kamera.

Treidler sah in die Grube, die zwar immer noch den gleichen Umfang aufwies, aber jetzt knapp einen halben Meter tief in den Boden reichte. Das Skelett war vollkommen freigelegt. Die gelblichen Knochen des Schädels, der Schulter, der Arme, des Brustkorbs und des Beckens zeichneten sich deutlich vom dunklen Waldboden ab. Im Gegensatz zum gut erhaltenen und zusammenhängenden oberen Teil des Skeletts war der untere Teil lose verteilt. Knochen in allen Größen und Formen lagen übereinander, durcheinander oder ragten nur halb aus der Erde. Treidler hätte nicht sagen können, ob sie zu den unteren Extremitäten gehörten, und wenn ja, ob die auch vollständig waren. Etwas jedoch, dazu reichten auch seine bescheidenen Anatomiekenntnisse aus, gehörte nicht dorthin: Inmitten des Knochenfeldes lag ein faustgroßes, chromglänzendes Stück Metall, das auf den ersten Blick aussah wie ein unförmiges Scharnier.

»Was ist das?«, fragte da Melchior, die inzwischen neben ihm in der Hocke saß.

»Eine Kniegelenksprothese«, antwortete Dorfler. »Oder, korrekt ausgedrückt, eine Knieendoprothese, da es ein Implantat ist und das Knie ganz oder teilweise ersetzt.«

Treidler kauerte sich ebenfalls hin. Erneut flammte Blitzlicht auf, diesmal direkt in sein Gesicht. »Hey, jetzt mach mal 'ne Pause«, rief er Fischbauch entgegen, »ich werde gleich blind.«

»Ich bin eh fertig«, sagte der und ließ die Kamera von seinem

Hals baumeln. Gleichwohl machte er keinerlei Anstalten, seinen Platz vor der Grube aufzugeben, sondern starrte mit fasziniertem Schrecken hinein.

»Kann ich das Ding jetzt rausholen?«, fragte Melchior an Dorfler gewandt.

»Mit Handschuhen ja.«

Melchior kramte nacheinander in beiden Seitentaschen ihrer Öljacke, sah sich dann aber hilfesuchend zu Treidler um.

Der schüttelte den Kopf.

Melchior seufzte. »Wie konnte ich nur annehmen, dass Sie Handschuhe dabeihaben?« Erneut wandte sie sich an Dorfler. »Haben Sie welche für mich?«

»Aber klar doch.« Der zog ein paar Gummihandschuhe aus einer Seitentasche seines Overalls und gab sie Melchior.

Die blies in einen Handschuh hinein und streifte ihn über. »Warum ist das noch so gut erhalten?«

»Für Prothesen werden meist Legierungen aus Titan, Kobalt oder Chrom verwendet. Da rostet nix.« Dorfler fuhr sich mit der flachen Hand über seinen Schnauzbart. »Das Material übersteht sogar die hohen Temperaturen von Krematorien.«

Nachdem Melchior auch in den zweiten Handschuh gepustet hatte, zog sie ihn über und deutete hinunter auf die Prothese. »Müsste die nicht irgendwie mit den Ober- und Unterschenkelknochen verbunden sein?«

»Nach so vielen Jahren im Waldboden? Da wäre ich mir nicht mehr so sicher. Im Gegensatz zur Prothese verändern sich Knochen relativ schnell.«

Melchior beugte sich nach vorn und griff nach dem glänzenden Metallteil, das so gar nicht zu den gelblichen, brüchig wirkenden Knochen passen wollte. Sie zögerte kurz, zog dann aber die Prothese an einer bestimmt fünf Zentimeter langen Schraube aus dem Waldboden und betrachtete sie von allen Seiten.

»Und das Beste wissen Sie noch gar nicht.« Dorfler spähte auf die Prothese in Melchiors Händen. »Die Identifizierung des Toten dürfte jetzt einfacher werden.« Zweifellos hatte er seine Freude an dem unerwarteten Fund.

»Und warum?«, fragte Treidler. Bisher konnte er Dorflers Begeisterung nicht teilen.

»Seriennummer.« Dorfler grinste. »Jede Prothese hat eine. Wir müssen sie nur noch lesen können und den Hersteller ausfindig machen.«

Wenigstens ein Lichtblick an diesem Scheißtag, dachte Treidler. Das ersparte immerhin den Abgleich mit massenhaft Vermisstenfällen aus allen Bundesländern, womöglich noch aus der Schweiz und Frankreich. Auch wenn Karchenberg während der rechtsmedizinischen Untersuchung das Geschlecht und die genaue Liegezeit hätte bestimmen können, wären vermutlich immer noch Dutzende Fälle übrig geblieben.

»Und hier ist sie auch schon.« Melchior pustete etwas Erde beiseite und rieb mit dem Daumen daran. Sie legte den Kopf schief, kniff die Augen zu schmalen Schlitzen zusammen. Es schien nicht zu helfen. Erneut rieb sie an derselben Stelle und las dann endlich eine zwölfstellige Nummer, gefolgt von den Buchstaben »BMS«, vor.

»BMS, das ist vermutlich das Kürzel des Herstellers«, sagte Dorfler und wandte sich mit einem Lächeln an Treidler. »Hat sich wohl gelohnt, dass Sie noch mal hier raufgekommen sind.«

Treidler nickte ergeben, obwohl er die Seriennummer ganz gewiss auch aus Karchenbergs Bericht hätte entnehmen können. Mit Widerwillen dachte er bereits an die rechtsmedizinische Untersuchung unter dessen Leitung. Auch die würde ihm nicht erspart bleiben, genauso wenig wie ein wissenschaftlicher Exkurs über irgendetwas, das außer Karchenberg niemanden interessierte.

Melchior kramte mit der freien Hand unter ihrer Öljacke, holte ihr Mobiltelefon hervor und fotografierte die Seriennummer ab. Sie streckte Dorfler die Prothese entgegen und verstaute das Telefon wieder. Mattheis, der Student aus dem vierten Semester, beeilte sich, seinem Chef den passenden Plastikbeutel für Beweismittel hinzuhalten. Fischbauchs Blitzlicht flammte ein paarmal auf, während Dorfler die Prothese eintütete und Mattheis sie in einer faltbaren Kunststoffbox hinter sich verschwinden ließ.

Gerade als Treidler wieder hochkommen wollte, bemerkte er ein helles Etwas, kaum größer als ein Fingernagel, das unter einem Knochen hervorragte. Er deutete darauf. »Und was ist das da?«

Einigermaßen erstaunt musterte Dorfler die Stelle. Er kniete sich hin, kniff die Augen zusammen und gab dann Fischbauch ein Zeichen. Nach einem kritischen Blick zu Treidler kam der näher, der Verschluss klackte, und Blitzlicht um Blitzlicht flammte auf.

Geduldig wartete Dorfler, bis nach einem guten Dutzend Aufnahmen offenbar alle notwendigen Perspektiven berücksichtigt worden waren. »Pinzette«, rief er dann und hielt die rechte Hand hoch.

Mattheis fühlte sich angesprochen, kramte in einem Kästchen neben der Plastikbox und drückte Dorfler Sekunden später tatsächlich eine Pinzette in die ausgestreckte Hand. Treidler kam sich vor wie in der entscheidenden Operationsszene einer amerikanischen Krankenhausserie. Dorfler der Arzt, Mattheis die Krankenschwester. Sogar die weiße Kleidung passte, es fehlte nur noch der Mundschutz.

Dorfler beugte sich nach vorn und griff mit der Pinzette nach dem hellen Farbtupfer. Langsam, als würde er einen Fremdkörper aus einem Glas Honig ziehen, förderte er einen vielleicht fünf Millimeter breiten, knittrigen Streifen von der Länge eines Streichholzes unter dem Knochen hervor. Er hielt ihn ins Licht, betrachtete erst die Vorderseite, dann die Rückseite. Treidler konnte sich keinen Reim darauf machen, was der Streifen des plastikähnlichen Materials einmal gewesen sein könnte.

Er musterte Dorfler. Zwei tiefe Falten standen zwischen seinen buschigen Augenbrauen. Auch er schien mit dem Streifen, der zwischen den Armen seiner Pinzette klemmte, nichts anfangen zu können.

»Ein Stück Plastik?« Melchiors Frage hörte sich mehr nach einer Feststellung an. »Und keinerlei persönliche Dinge? Merkwürdig.«

Wenig später und nach dem zweiten Abstieg an diesem Nachmittag saß Treidler mit einem pinkfarbenen Handtuch über dem Kopf in Melchiors VW-Passat-Dienstwagen und streckte beide Beine zur Beifahrertür hinaus. Während sie an der Heckklappe hantierte, streifte er den ersten Cowboystiefel ab und kippte ihn um, bis kein Wasser mehr heraustropfte. Er deponierte den Schuh im Fußraum und zog an der Socke, die, statt abzugehen, immer länger wurde. Letzten Endes schaffte er es doch und wrang auch hier bestimmt nochmals die gleiche Menge Wasser aus wie die, die sich schon im Schuh befunden hatte. Vermutlich waren auch deswegen seine Fußsohlen verschrumpelt wie nach längerem Aufenthalt in der Badewanne. Als er Socken und Stiefel schließlich wieder anhatte, kam ihm der Fuß nur unwesentlich trockener vor, dafür pappte alles aneinander. Missmutig wiederholte er die gesamte Prozedur am anderen Fuß.

Melchior kam um den Wagen herum und nahm auf dem Fahrersitz Platz. Sie hatte inzwischen ihre Gummistiefel gegen ein paar Halbschuhe und die Öljacke gegen einen weinroten Blouson getauscht. Neidlos musste er anerkennen, dass sie offenbar alles richtig gemacht hatte. Haare und Kleidung waren vollkommen trocken.

»Wenn Sie Ihre Haare trocken haben, legen Sie bitte das Handtuch auf den Sitz.«

»Das ist doch nur Wasser«, gab Treidler mit einem Blick auf seine durchnässte Jeans zurück. »Das trocknet schnell wieder.«

Melchior warf ihm einen vorwurfsvollen Blick zu. »Wenn Sie sich gleich auf das Handtuch setzen, wird der Sitz nicht mal nass.«

Treidler rubbelte sich den Kopf. Er würde aussehen wie Struwwelpeter.

»So viele Haare sind das nun auch wieder nicht«, sagte Melchior. Seine Frisur schien sie zu amüsieren. »Können wir dann?« Sie steckte den Zündschlüssel ins Schloss.

»Einen Moment noch.« Er stieg erneut aus und deponierte seine Lederjacke auf dem Rücksitz. Vollgesogen mit Wasser wog sie bestimmt das Doppelte. Er breitete das Handtuch auf dem

Sitz aus, nahm wieder Platz und zog die Beifahrertür ins Schloss.
»Gut so?«

Sie nickte.

»Dann kann's losgehen.«

Melchior startete den Wagen und kurvte um die anderen Einsatzfahrzeuge auf dem Wanderparkplatz herum in Richtung Ausfahrt.

»Ich weiß nicht, was ich davon halten soll«, begann Melchior, als sie kurze Zeit später eine befestigte Straße erreicht hatten.

»So geht's mir auch.« Treidler war sich nur bei einem sicher. Ob mit oder ohne Plastikstreifen: Sie hatten wohl einen neuen Fall auf dem Tisch.

»Merkwürdig ist, dass keine persönlichen Dinge gefunden wurden. Es müssten doch wenigstens Rückstände vorhanden sein.«

Ein Traktor mit Anhänger, groß wie ein Sattelschlepper, scherte vor ihnen ein und verteilte den Dreck von seinen monströsen Reifen in fächerartigen, schlammigen Fahrspuren auf dem Asphalt.

Melchior verlangsamte die Geschwindigkeit. »Mit Ausnahme einiger Sonderfälle kommt mir kein Szenario in den Sinn, wie ein Mensch selbstverschuldet zu Tode gekommen sein soll und die Leiche dann in der Erde verschwindet.«

Diesen Umstand hatte Treidler in seiner Gänze noch nicht berücksichtigt. Natürlich kannte er genügend Fälle, bei denen Leichen in der Erde aufgefunden wurden. Aber dabei handelte es sich um Verschüttete oder Opfer von Naturkatastrophen. Beides konnten sie hier wohl ausschließen. Und das wiederum bedeutete, dass das Opfer nicht durch einen Unfall ums Leben gekommen, sondern bereits tot zum Fundort transportiert und dann vergraben worden war.

Treidler reckte den Kopf in Richtung Armaturenbrett und seufzte, als er die Tachonadel um die Zahl dreißig pendeln sah. Nein, er würde sich jetzt nicht aufregen. Er lehnte sich wieder zurück und sah zur beschlagenen Seitenscheibe hinaus.

»Lediglich eine Möglichkeit kommt mir da in den Sinn«, fuhr

Melchior fort. Sie machte keinerlei Anstalten, den Traktor zu überholen, und tuckerte weiter in Schrittgeschwindigkeit hinterher. »Vielleicht ist er oder sie tatsächlich erst dort oben an einem Unfall gestorben, und sein Begleiter hat ihn danach vergraben.« Sie musterte ihn, sah kurz auf die Straße und schließlich wieder zu ihm. »Jetzt, Treidler, sagen Sie doch auch mal was.«

»Wollen Sie nicht mal überholen? Sonst hängen wir noch bis zum Polizeirevier hinter der Karre.« Er deutete auf den Traktor, der nur noch schemenhaft zu erkennen war. Der neblige Beschlag hatte inzwischen die gesamte Beifahrerscheibe und die rechte Hälfte der Frontscheibe überzogen.

»Ist das jetzt allen Ernstes Ihr Beitrag?«, fragte sie mit ungewohnter Schärfe.

»Beitrag zu was?« Treidler ließ das Fenster etwas herunter. Die Sicht wurde nur wenig besser.

»Zu meiner Hypothese, dass jemand das Opfer nach einem tödlichen Unfall vergraben hat.«

»Und aus welchem Grund sollte dieser *Jemand* das tun?«

Melchior zuckte mit den Schultern. »Vielleicht, weil ihm der Unfall nicht ungelegen kam oder er sich mitschuldig fühlte.«

»Blödsinn.« Treidler verzog das Gesicht und ließ die Seitenscheiben ganz hinunter. Kalte Luft strömte in den Innenraum.

»Ich gehe jede Wette ein«, fuhr Melchior fort, ohne auf seine Bemerkung einzugehen, »dass wir es mit einem Tötungsdelikt zu tun haben.« Sie sah kurz zur Seitenscheibe, dann wieder auf die Straße. »Auch wenn es bisher keine Spuren von Gewalteinwirkung gibt, könnte die rechtsmedizinische Untersuchung noch einiges ans Tageslicht bringen.«

»Gehen wir einfach mal von einem Tötungsdelikt aus.« Treidler betätigte den Fensterheber und sah der Scheibe zu, wie sie sich schloss. »Das legt nahe, dass dort oben nur der Fundort, nicht aber der Tatort liegt.«

»Daran hab ich auch schon gedacht.« Melchior setzte jetzt tatsächlich den Blinker, gab Gas. Sie zog am Traktor vorbei und scherte wieder ein. »Daraus folgt aber das nächste Problem für den Täter.«

»Und welches?«

»Wie hat der Täter die Leiche dort hochgeschleppt? Das ist ja nicht für jeden ein Spaziergang.« Wieder sah sie zu ihm, diesmal mit einem Grinsen im Gesicht. »Oder haben Sie etwa einen anderen Eindruck?«

»Schön, dass Sie sich amüsieren«, entgegnete er und gab sich keine Mühe, einen sarkastischen Unterton zu verbergen. Doch Melchior hatte zweifellos recht. Einen Körper dort hinaufzuschleppen, auch wenn der nur fünfzig Kilo wog, war ein schwieriges Unterfangen.

»Warum sind Sie denn gleich so eingeschnappt?«

»Ich bin nicht eingeschnappt.«

»Sagen Sie das mal Ihrem Gesicht.«

Treidler seufzte. »Ich lache später.«

Sie gelangten an eine Kreuzung und bogen auf die Bundesstraße Richtung Rottweil ein. »Ein Fahrzeug fällt auf diesem schmalen Pfad wohl ebenfalls aus. Oder haben Sie dort oben einen ausreichend breiten Weg gefunden?«

»Eigentlich nicht.«

»Eigentlich?«

»Ja. Es gibt keine Zufahrt. Auf der anderen Seite endet alles vor den Leitplanken der Bundesstraße. Und die liegt noch mal ein paar Meter oberhalb. Nicht mal mit einem Bergepanzer könnten Sie da hochfahren.«

An der Stadtgrenze nahm der Verkehr schnell zu, und schon an der ersten Ampel musste Melchior anhalten. Die Start-Stopp-Automatik schaltete den Motor ab. »Dann hab ich nur noch eine mögliche Hypothese.« Ihr ernster Blick mit der gerunzelten Stirn überraschte ihn.

»Ich höre.«

»Es müssen mehrere Personen gewesen sein, die den toten Körper an den Fundort transportiert haben.«

»Mehrere Täter? Sie meinen ein gemeinschaftliches Tötungsdelikt oder zumindest Mitwisserschaft?« Er schüttelte den Kopf. »Das ist nicht Ihr Ernst.«

»Warum nicht?«

Treidler antwortete nicht, hätte aber auch nicht sagen können, warum er mehrere Täter ausschloss. Vielleicht war schon die pure Möglichkeit eines unentdeckten, jahrzehntealten Tötungsdelikts in Rottweil schwer zu akzeptieren, zumal es in den Jahren seither nicht den geringsten Anhaltspunkt dafür gegeben hatte.

Zurück im Büro, verschwand Melchior schnurstracks hinter dem Monitor auf ihrem Schreibtisch und fuhr den Computer hoch. Sekunden später, er hatte noch nicht einmal seine Lederjacke aufgehängt, hörte er bereits ihre Tastatur klappern.

Treidler ließ sich ebenfalls auf seinen Schreibtischstuhl fallen und zog das zweite Mal an diesem Nachmittag seine Cowboystiefel aus. Er kramte in seinem Schreibtisch, fand eine Tageszeitung vom letzten Wochenende und stopfte das Papier in die Stiefel. Dort, wo er mit den Socken den Boden berührte, blieben feuchte Stellen zurück. Kein Wunder, sie waren immer noch klatschnass. Er streifte beide ab und deponierte sie so über dem Heizkörper, dass Melchior das Loch in der rechten Socke nicht sehen konnte. Er stellte die Stiefel davor und sah nach draußen in den trüben Tag. Noch immer hing der Nebel schwer wie eine Dunstglocke über den Dächern der Stadt. Der Regen jedoch hatte tatsächlich nachgelassen. Nur wenige Fußgänger huschten mit bunten Schirmen vorbei. Die beiden Vögel im Wald waren wohl nur etwas zu früh dran gewesen. So wie sie auch. Nicht das Geringste hätten sie verpasst, wenn sie erst jetzt, nach dem großen Regen, zum Fundort des Schädels gefahren wären.

Die nackten Füße klatschten auf dem Boden, als er zurück zum Schreibtisch marschierte. Er schob ein paar Aktenmappen beiseite, legte die Beine auf dem Schreibtisch ab und lehnte sich zurück.

Mit der Entspannung machte sich der Hunger breit. Zu allem Übel hatte dieser verdammte Schädel auch noch dafür gesorgt, dass das Mittagessen ausgefallen war. Treidler vertrug es nicht, eine Mahlzeit auszulassen. Er neigte in solchen Fällen dazu, gleichgültig und mürrisch zu werden. Mit einem Blick auf die Armbanduhr knurrte dann tatsächlich sein Magen. Kein Wunder, seit dem Frühstück waren sieben Stunden vergangen, und er hatte sich mehr angestrengt als normalerweise in Wochen. Wie viel Proviant musste ein Wanderer wie Dorfler bei seiner Alpenüberquerung wohl mitnehmen?

Ein kleiner Snack zur Überbrückung schien die Lösung. Erneut kramte er in seinem Schreibtisch, fand eine halb leere Packung Salzbrezeln und schob sich eine Handvoll davon in den Mund. Die eher weiche bis breiige Konsistenz der Brezeln war zwar gewöhnungsbedürftig, aber immerhin besser als ein knurrender Magen. Und das Haltbarkeitsdatum wurde eh überbewertet.

»BioMed Synthes«, hörte er Melchiors Stimme, als er sich die nächste Ladung Salzbrezeln hineinstopfte.

»BioMed …« Erst jetzt bemerkte Treidler, wie ihm das Sprechen mit den trockenen Salzbrezeln im Mund schwerfiel. Er schluckte. »… Synthes?«

»Ja, BMS, der Hersteller der Knieprothese.«

»Ah«, brachte Treidler heraus und schluckte dann den Rest der Salzbrezeln hinunter. Er spürte jeden einzelnen Krümel, wie er im Hals abwärts kratzte.

»Wir haben es mit einer Femur-Patella-Knieprothese zu tun.«

»Femur-Patella …«, wiederholte Treidler und registrierte, dass sich seine Stimme jetzt deutlich verständlicher anhörte. »Ist das wichtig?«

»Weiß ich noch nicht«, drang Melchiors Antwort hinter dem Monitor hervor. »Mobile Scheibe zementiert.«

»Mobile Scheibe zementiert, soso.«

»Das ›zementiert‹ könnte auch der Grund sein, warum die Prothese nicht mehr mit den Beinknochen verbunden gewesen ist. Meinen Sie nicht, Treidler?« Melchiors Kopf tauchte hinter dem Computermonitor auf. Als sie seine nackten Füße auf dem Schreibtisch bemerkte, runzelte sie die Stirn, fragte dann aber mit einem Schmunzeln im Gesicht: »Hoffen Sie, dass die so schneller trocknen?«

Er musterte seine Füße. »Jedenfalls sehen sie nicht mehr aus wie nach zwei Stunden Badewanne.«

»Ich ruf da mal an«, sagte Melchior und verschwand wieder hinter ihrem Monitor. »Die Firma ist ganz in der Nähe, in Tuttlingen.«

Treidler hörte, wie Melchior eine Telefonnummer wählte und ihren Namen sowie Dienststelle durchgab. Sie musste warten, wurde dann weiterverbunden.

Noch einmal stellte sie sich vor, gab den Grund ihres Anrufs durch und las anschließend die Seriennummer vom Display ihres Mobiltelefons ab. Eine ganze Weile hörte sie ihrem Gesprächspartner lediglich zu und machte sich nebenher Notizen. Mit unüberhörbar kühler Stimme verabschiedete sie sich schließlich und ließ den Telefonhörer etwas zu laut auf die Gabel fallen.

»Kein Erfolg?«, fragte Treidler.

»Keine Auskunft per Telefon.«

»Sie benötigen jetzt aber keinen Beschluss, oder?«

»Das nicht, aber die wollen etwas Schriftliches, Fax oder E-Mail.« Schon klapperte wieder ihre Tastatur.

Es sollte noch bis halb sechs an diesem Nachmittag dauern, bis Melchior eine Antwort auf ihre Anfrage bekam. Entsprechend erfreut verkündete sie: »Wir haben einen Namen.«

Treidler kratzte sich am Kinn, konnte ein zufriedenes Grinsen nicht zurückhalten. »Und ich dachte bisher, das würde heute ein Scheißtag werden.« Die Identifizierung schien tatsächlich abgeschlossen, noch bevor Karchenberg das Skelett überhaupt auf seinem Tisch liegen hatte. Vermutlich blieb Treidler jetzt sogar die rechtsmedizinische Untersuchung bei ihm erspart.

»Ein Mann. Heinrich Gerber, geboren am 18. April 1936 in Stuttgart. Letzte Adresse Gerokstraße 138.«

»Steht da auch, wann die Prothese implantiert wurde?«, fragte Treidler und kam von seinem Stuhl hoch.

»Ich habe nur das Datum der Auslieferung. Das war der 12. Februar 2004.«

»Dann lag Dorfler mit seiner Schätzung ziemlich gut. Es sind zwar keine zwanzig Jahre, aber maximal fünfzehn, die die Leiche dort gelegen haben könnte.« Treidler baute sich neben Melchiors

Schreibtisch auf. »Zu dem Namen sollte es auch eine Vermissten-meldung geben. Können Sie mal in POLAS schauen?«

Sie nickte und klickte mit der Maus auf dem Bildschirm herum. Die POLAS-Eingabemaske erschien, und Melchior gab den Namen »Heinrich Gerber« in das Suchfeld ein. Nach ein paar Sekunden blinkte der Cursor nicht mehr, stattdessen erschien der unterstrichene Link zu einer Datei oder einem Bericht.

Zufrieden mit dem Suchergebnis wechselten sie einen raschen Blick.

Melchior klickte auf den Link, worauf sich eine weitere Seite aufbaute. Sie begann zu lesen, und mit jeder Zeile schienen ihre Augen größer zu werden.

Noch konnte Treidler sich keinen Reim auf ihren Gesichtsausdruck machen. Er reckte den Hals, um einen Blick auf den Bildschirm zu erhaschen.

»Treidler«, sagte sie plötzlich in einem Tonfall, als hätte sie ein Gespenst gesehen. »Das kann nicht sein. Das kann verdammt noch mal nicht sein.«

»Was kann nicht sein?« Treidler kam jetzt ganz um den Schreibtisch herum.

Melchior schluckte, sah zu ihm, dann wieder auf den Bildschirm. »Es gibt schon eine Leiche zu diesem Heinrich Gerber.«

## 3

»Chef!«, rief Franziska Hegel, Kriminalassistentin im Stuttgarter LKA-Dezernat für ungeklärte Mordfälle. Sie hatte sich nach einem flüchtigen Klopfen an der Tür nicht lange mit Warten aufgehalten.

Sebastian Franck sah von der Aktenmappe auf. Franziska stand bereits mitten im Raum, komplett in Schwarz gekleidet. Als einziger Farbtupfer prangte ein roter »Slipknot«-Schriftzug auf ihrem T-Shirt. Und natürlich das farblich passende Strähnchen in den Haaren.

»Kommen Sie doch rein, Franzi.« Mit einiger Verwunderung musterte er ihre Plateauschuhe. Auf bestimmt zehn Zentimeter hohen Absätzen trat sie von einem Fuß auf den anderen und würde wohl dafür sorgen, dass er nicht mehr so schnell zum Weiterlesen kam. Dabei hatte er erst kürzlich zwei vielversprechende Fälle mit nahezu identischen Tatorten im Stuttgarter Norden ausgegraben; beides Tötungsdelikte an jungen Frauen. Allerdings erschöpften sich damit bereits die Gemeinsamkeiten. Die Tatzeiten lagen viele Jahre auseinander. Dennoch war Sebastian sich sicher, dass es eine Verbindung gab. Er wusste nur noch nicht, welche. Schweren Herzens legte er einen Zettel zwischen die Seiten und klappte den Aktendeckel zu. »Was gibt's denn?«

»Boah«, rief sie noch lauter, und er konnte nicht sagen, ob ihr Gesicht Aufregung oder Betroffenheit ausdrückte.

»Boah ohne ›ey‹?« Sebastian wusste um ihre ausgefallene Sprache. Dass sie diese jedoch noch weiter abkürzte, kannte er bisher nicht. Aber vermutlich würden ihm die Feinheiten ihrer Ausdrucksweise ohnehin auf ewig verborgen bleiben.

»Das ist echt krass.« Sie schwang ihr schwarzes Notizbuch mit dem nur schwer lesbaren Aufdruck »Death Note«, und ein gutes Dutzend Kettchen um Hals und Handgelenke klimperten im Takt. Ihre sonst so blassen Wangen hatten eine leicht rosige Färbung angenommen. Neben dem nervösen Herumgezappel ein untrügliches Zeichen, dass sie auf etwas Außergewöhnliches gestoßen sein musste. »Das müssen Sie sich reinziehen, Chef.«

»Was muss ich mir ›reinziehen‹?«

»Dieser *Alert*, Sie wissen schon ...«

Sebastian erwiderte nichts, ahnte jedoch bereits, dass es um eine Datenbankabfrage gehen musste. Vage konnte er sich an ihre Idee erinnern, Alarmfunktionen in den Systemen des Dezernats zu aktivieren.

Franziskas Worte sprudelten plötzlich aus ihr heraus. »Ich hab doch vor ein paar Wochen in unserem POLAS-System einen *Alert* aktiviert.«

»Eine Alarmfunktion. Und zu welchem Zweck?«

»Für nicht abgeschlossene Fälle, deren Tatzeitpunkt länger als zehn Jahre zurückliegt. Also ...«, Franziska hielt inne und atmete durch, »Sie wissen schon ... wenn eine Dienststelle in Baden-Württemberg eine Personensuchanfrage in POLAS durchführt ...«

Sebastian horchte auf. »... die zu einer Tat in Bezug steht, deren Zeitpunkt vor mindestens zehn Jahren lag. Unsere Klientel sozusagen.«

»Sozusagen. Genau.« Sie lächelte und ließ das Piercing zwischen ihren Schneidezähnen aufblitzen.

»Von welchem Fall sprechen wir?«

Franziska klappte ihr Notizbuch auf. »Tötungsdelikt zum Nachteil von Heinrich Gerber, geboren am 18. April 1936, wohnhaft Gerokstraße 138, Stuttgart. Teile seiner Leiche wurden im Sommer 2006 aufgefunden.«

»Teile?«

»Ja, nur Teile. Die Leiche wurde zerstückelt, in Müllsäcke gepackt und in den Feuersee geworfen.« Nach einem weiteren kurzen Blick in ihre Notizen fuhr sie fort: »Zwei Müllsäcke mit Leichenteilen wurden damals aus dem Wasser gefischt. Von den unteren Extremitäten wurde bis heute nicht alles gefunden.«

»Ein dritter Müllsack?«

Sie zuckte mit den Schultern.

»Wer hat die Anfrage gestellt?«

Franziska blätterte in ihrem Notizbuch. »KHK Carina Melchior, Polizeirevier Rottweil.«

»Polizeirevier Rottweil … interessant«, sagte er mehr zu sich selbst. »Der Feuersee liegt doch hier in Stuttgart und nicht in Rottweil?«

»Richtig. Sogar mitten in der Stadt. Aber das ist eher ein großer Tümpel.«

»Und wo war der Tatort?«

Diesmal sah Franziska nicht in ihr Notizbuch. »Das Kaminzimmer in der Villa des Opfers, hier in Stuttgart.«

Das passte nicht zusammen. »Sind die Akten bei uns?«

»Und zwar komplett. Wir haben die Hauptakte, Personenakten und eine ziemlich dünne Spurenakte. Ich hab alles schon rausgesucht, allerdings noch keine Zeit gefunden, um reinzuschauen.«

»Und die Abfrage gab als Resultat diesen Heinrich Gerber, das damalige Opfer, zurück?«

Sie nickte vehement. »Ich hab sogar das Abfrageprotokoll mit Log-in und Datum ausgedruckt.«

Sebastian trommelte mit dem Finger auf seinen Schreibtisch. Der Fall hörte sich zweifellos interessant an. Und die Anfrage des Rottweiler Polizeireviers versprach zumindest einen neuen Ermittlungsansatz. Bevor er jedoch eine Entscheidung über die Aufnahme von Ermittlungen treffen wollte, musste er den Grund für die POLAS-Abfrage in Erfahrung bringen. »Haben Sie inzwischen mit KHK Melchior gesprochen?«

»Nein.« Franziska schüttelte schnell den Kopf. »Die Abfrage ist von gestern Abend.«

Sebastian griff nach dem Telefonhörer. »Dann werde ich das übernehmen.« Statt zu wählen, sah er auf.

»Die Telefonnummer?«, fragte Franziska.

Er nickte.

»Hab ich für Sie rausgesucht.« Mit einem Lächeln reichte sie ihm einen kleinen Zettel aus ihrem Notizbuch. Gleichwohl machte sie keine Anstalten, sein Büro zu verlassen. Franziskas Tatendrang lag wie ein Knistern in der Luft. Er konnte ihre Anspannung förmlich spüren.

Sebastian wählte die Nummer.

Scheinbar endlos erklang das Rufsignal vom anderen Ende der Leitung. Gerade als er auflegen wollte, drang ein mürrisches »Ja« an sein Ohr.

»Wer spricht da?«, fragte Sebastian etwas irritiert. Hatte er sich verwählt?

»KHK Treidler«, kam es knapp zurück.

»Spreche ich mit dem Polizeirevier Rottweil?«

»Ja.« Die Antworten seines Gesprächspartners schienen sich weiterhin auf ein, maximal zwei einfache Wörter zu beschränken.

»LKA Stuttgart, Oberkommissar Franck mein Name, Franck mit ck.« Er räusperte sich. »Ist das nicht die Durchwahl von Frau Melchior, KHK Carina Melchior?«

»Doch.«

»Ist sie zu sprechen?«

»Gerade nicht.«

»Wann kann ich Frau Melchior denn erreichen?« Die kurz angebundene Art seines Gesprächspartners begann ihm auf die Nerven zu gehen.

»Sobald sie ins Büro kommt.« Obwohl er also tatsächlich auch in ganzen Sätzen antworten konnte, blieb die Aussagekraft weiterhin gering.

Sebastian seufzte. »Gut, Herr Treidler, wann erwarten Sie Frau Melchior im Büro?«

»Nachher.«

Die Unterhaltung drehte sich im Kreis, und Sebastians Geduld neigte sich dem Ende. »Okay. Ich rufe in einer Stunde noch mal an.« Grußlos legte er auf und wandte sich an Franziska. »Sie ist noch nicht da.«

»War nicht zu überhören«, gab sie mit einem Anflug von Enttäuschung zurück.

»Ich versuche es später nochmals.« Sebastian kam von seinem Stuhl hoch. »Bringen Sie mir in der Zwischenzeit die Akten rüber?«

»Kommt sofort, Chef.« Franziskas Gesicht hellte sich auf. »Wollen Sie alles?«

»Ich denke, die Hauptakte reicht fürs Erste.«

»Auch das sind drei fette Aktenorder.« Sie betrachtete mitleidig die bunten, quer über den Schreibtisch verteilten Aktenmappen. »Wo wollen Sie die hinhaben?«

Franziskas Frage hatte eine gewisse Berechtigung. Für drei Leitzordner musste er erst Platz schaffen.

Sebastian schob die Aktenmappen zusammen, trug sie zu den anderen auf der Tischreihe an der Wand gegenüber. Er schaltete den Wasserkocher daneben an, und während der fauchend seiner Arbeit nachging, sortierte er die Akten ein. Die beiden ungeklärten Tötungsdelikte im Stuttgarter Norden mussten warten. Jedenfalls bis er sich einen groben Überblick zum Feuersee-Fall verschafft hatte.

Einige Minuten und eine Tasse grünen Phongsaly-Tee später saß er wieder hinter seinem Schreibtisch, und Franziska marschierte in sein Büro. Diesmal hatte sie das Anklopfen gleich ganz unterlassen, was vermutlich an den Leitzordnern lag, die sie unter beiden Armen mit sich schleppte. Und es handelte sich nicht um drei Ordner, sondern um deren sechs sowie drei Aktenmappen.

»Ich hab gleich alles mitgebracht«, sagte sie etwas außer Atem. Sie trat vor Sebastians Schreibtisch und deponierte die Ordner auf drei Stapeln, wobei jedes Mal Staub in kleinen Wölkchen aufstieg. »Tja, 2006 war Papier noch Datenträger Nummer eins.«

Sebastian rümpfte die Nase. »Nicht so schnell.«

»Haben Sie eine Stauballergie?«, fragte sie und machte ein besorgtes Gesicht.

»Nein«, entgegnete er, obwohl man es praktisch so nennen sollte. Dieser elende Staub in und auf den alten Aktenordnern gehörte zu den größeren Unannehmlichkeiten seiner Tätigkeit im LKA-Dezernat für ungeklärte Mordfälle. »Ich hasse Staub.«

»Soll ich das Fenster aufmachen?«

»Nein, geht schon.« Sebastian öffnete die unterste Schublade seines Schreibtisches und zog ein Staubtuch hervor. Nur mit den Fingerspitzen nahm er Ordner für Ordner vom Stapel, pustete den Staub weg und rieb anschließend die Aktendeckel mit dem Tuch ab.

Als alle in einer Reihe standen, betrachtete er sein Werk. Die Hauptakte umfasste nicht drei, sondern zwei vollbepackte Leitzordner, dafür füllten die Personenakten, auf deren Rückenschild ein großes »P« prangte, vier. Damit blieben für die Spurenakte lediglich die Mappen. Schon aufgrund der Anzahl und Aufteilung der Akten konnte Sebastian abschätzen, dass es im Feuersee-Fall viele Befragungen und Vernehmungen gegeben hatte, die Spurenlage allerdings dünn, wenn nicht gar verdammt dünn ausfiel.

Sebastian reichte Franziska die Spurenakten und deutete zur Sitzecke mit Besuchertisch, Stühlen und einer Liegecouch. »Die übernehmen Sie.«

Sie nickte, setzte sich auf die Couch und deponierte zwei der Mappen auf dem Tisch. Sie schlug die Beine übereinander und blätterte in der dritten.

Mit dem ersten Ordner der Hauptakte nahm Sebastian ihr gegenüber Platz und betrachtete den Inhalt von der Seite. Ein Großteil der Blätter, oft mit unansehnlichen Eselsohren, quoll daraus hervor. Die Hauptakte, die bei Tötungsdelikten chronologisch als roter Faden geführt wurde, sollte bei dem Ausmaß eigentlich in Teilakten unterteilt sein. Egal, wie umfangreich die Feststellungen zum Tatgeschehen und zur Art der Beweiserhebung waren. Nur so konnte ein Außenstehender sich innerhalb kurzer Zeit zumindest einen Überblick verschaffen. Sebastian vermutete, dass er beim Feuersee-Fall wohl mehr als einen Tag dafür benötigen würde.

Kaum hatte er den Aktendeckel aufgeklappt, fiel sein Blick auf das Foto des Opfers, einen unvorteilhaften Schnappschuss, offenbar aufgenommen während eines nächtlichen Barbesuchs. Der Bildausschnitt zeigte das runde gerötete Gesicht eines übergewichtigen Mannes um die siebzig, der zu viel Alkohol getrunken hatte. Seine hängenden Wangen vereinigten sich am Hals mit einem ausgeprägten Doppelkinn. Lippen und Nase wirkten seltsam überdimensioniert im Vergleich zu den kleinen grauen Augen, die unter den Schlupflidern müde hervorblickten. Obwohl er seine schütteren Haare quer über den Kopf gekämmt und verklebt hatte, reichten sie kaum aus, seine Halbglatze zu überdecken. Ein nackter Arm lag um seine Schultern, von der zugehörigen Person, zweifellos eine Frau, war nichts weiter zu erkennen.

Sebastian blätterte bis zum Bericht und zu den Fotos der Auffindesituation im Feuersee. Dort hatten gegen sechs Uhr am Morgen des 1. Juli 2006 Mitarbeiter der Stadtreinigung Stuttgart zwei Müllsäcke entdeckt, die in Ufernähe schwammen. Mit Hakenstangen zogen sie beide an Land. Als sie bemerkten, dass aus einem der Säcke eine Hand ragte, riefen sie die Polizei.

»Tatsächlich nur zwei Müllsäcke«, sagte da Franziska und sah auf. »Bei mir steht was von Standardfabrikat. Eine Marke, die es in jedem Supermarkt zu kaufen gibt. Und beide waren zuvor unbenutzt.«

Sebastian nickte. »Hier sind die Fotos.«

»Lassen Sie mal sehen.« Franziska versuchte, einen Blick auf die Bilder in seiner Akte zu erhaschen. Einige Fotos zeigten aus mehreren Blickwinkeln zwei blaue, gut erhaltene Müllsäcke, die am Ufer lagen. »Warum schwammen die Säcke an der Oberfläche? Dann hätte der Täter sie ja gleich auf der Straße ablegen können. Der Grund, eine Leiche in einen See zu werfen, ist wohl, dass sie danach zumindest für eine Zeit verschwunden ist und nicht am nächsten Morgen auf dem Wasser schwimmt.«

»Ein berechtigter Einwand«, erwiderte Sebastian. »Womöglich finden wir in den Akten eine Erklärung dafür.«

In einer Nahaufnahme war neben der Spurentafel mit der Nummer eins die Öffnung eines Müllsacks zu sehen, aus der die linke Hand des Opfers ragte. Spätestens jetzt gab es keinen Zweifel mehr, dass die Leiche eines Mannes mit Gerbers Statur zerstückelt werden musste, um überhaupt darin Platz zu finden. Vermutlich war das auch der Grund, warum die Mitarbeiter der Stadtreinigung darauf verzichtet hatten, den Müllsack mit der Spurentafel zwei zu öffnen.

»Wird da aufgeführt, welche Leichenteile in den Säcken gefunden wurden?«, fragte Franziska. »Im POLAS-System steht lediglich, dass Teile der Beine und Füße fehlten.«

Sebastian blätterte weiter. Einige Seiten später wurde tatsächlich der Inhalt der beiden Säcke in Tabellenform aufgelistet.

»Müllsack eins enthielt beide Arme mit Händen, den Kopf sowie den rechten Oberschenkel, alles ohne Kleidungsstücke. Müllsack zwei den Torso des Opfers in Unterwäsche.« Sebastian sah auf. »Der rechte Unterschenkel mit Fuß sowie das ganze linke Bein, ebenfalls mit Fuß, fehlen somit.«

»Das ist echt hardcore.« Franziska verzog das Gesicht.

»›Hardcore‹?«

»Ja, dass die restlichen Körperteile seit so vielen Jahren spurlos verschwunden sind.«

»Dazu habe ich zwei Hypothesen«, entgegnete Sebastian. »Zum einen könnte der Täter beim Entsorgen des möglichen dritten Müllsacks gestört worden sein. Oder aber er hatte von Anfang an nicht die Absicht, die ganze Leiche im Feuersee zu entsorgen.«

»Eine dritte Hypothese wäre«, Franziskas Stimme hatte einen geheimnisvollen Tonfall angenommen, »der Täter hatte anfangs geplant, die gesamte Leiche auf eine vollkommen andere Art verschwinden zu lassen.«

»Zum Beispiel?«

Für einen kurzen Moment hielt sie inne, legte dann aber umso schneller los. »Verbrennen, einbetonieren oder in Säure auflösen.«

»In Säure auflösen?« Sebastian glaubte zuerst, sich verhört zu haben. Aber für Franziska war nichts undenkbar, hatte sie doch schon immer eine blühende Phantasie bewiesen. »Und dann ist ihm wohl die Säure ausgegangen.«

»Warum nicht?« Sie legte die Aktenmappe auf den Stapel vor sich. »Ein Mensch besteht zur Hälfte aus Wasser. Bei achtzig Kilogramm Körpergewicht sind das vierzig Kilo. Die andere Hälfte besteht zum Großteil aus Fett, sagen wir, noch mal fünfundzwanzig Kilo, und die restlichen fünfzehn Kilo aus Proteinen und Knochen. Das ist alles löslich. Falls man genügend Zeit und Säure zur Verfügung hat.«

»Das ist zwar richtig, aber …«

»… dieser«, Franziska hob den Zeigefinger, »Gerber wog locker doppelt so viel.«

»Wog locker doppelt so viel«, wiederholte Sebastian und ertappte sich dabei, dass er doch tatsächlich über Franziskas abstruse Spekulation mit der Säure nachdachte.

»Ich hab das schon irgendwo gelesen.«

»Tatsächlich? Wo?«

»Okay, gesehen.« Sie druckste herum. »In ›Breaking Bad‹.«

»›Breaking Bad‹?«

»Das gibt's auf Netflix.« Franziska runzelte die Stirn. Sie schien nicht glauben zu können, dass er keine Ahnung hatte, worüber sie sprach. »Sagen Sie bloß, Sie kennen das nicht?«

Sebastian seufzte. »Reden Sie tatsächlich von einem Film?«

»Serie. Die haben dort versucht, eine Leiche in einer Badewanne aufzulösen.« Franziska hatte zu ihrer ursprünglichen Redegeschwindigkeit zurückgefunden. »Soll ich Ihnen erzählen, warum es mit dem Auflösen des Körpers nicht geklappt hat?«

»Franzi, bitte.«

Sie schob ihre Unterlippe vor, nahm die Aktenmappe wieder zur Hand und blätterte darin.

Sebastian widmete sich ebenfalls seinem Leitzordner und blätterte zurück zu den Fotos vom Fundort der Leichenteile am Feuersee. Vielleicht zeigten die ja außer den Müllsäcken noch etwas anderes, womöglich etwas, das mit dem Opfer in Verbindung stand.

Er betrachtete Foto für Foto, immer auf der Suche nach etwas Auffälligem. Es gab keine weiteren gelben Spurentafeln, und außer auffallend viel Müll im Hintergrund konnte er auf den ersten Blick nichts entdecken, das nicht zur Auffindesituation an jenem Morgen passte. Gleichwohl musste Sebastian ausschließen, dass etwas davon mit den Leichenteilen im Zusammenhang stand. »Auf den Fotos sieht man ziemlich viel Abfall herumliegen. Ist bei Ihnen in der Spurenakte noch irgendetwas aufgeführt, was uns interessieren sollte?«

Sie blätterte in ihrer Aktenmappe zurück, dann wieder vor und schien die richtige Seite gefunden zu haben. Sie fuhr mit dem Zeigefinger hin und her. »Bei mir steht nichts weiter. Zeigen Sie mal her.«

Sebastian hielt ihr die Seite hin. Franziska beugte sich vor und betrachtete das Bild.

Gerade als sie etwas sagen wollte, schwang die Tür auf. Marga Kronthaler, Dezernatsleiterin und Sebastians direkte Vorgesetzte, trat ins Büro. Trotz ihres Alters von Mitte fünfzig trug sie für gewöhnlich Jeans mit eng anliegenden Oberteilen, diesmal ein dunkelrotes Batikshirt. Ein Kleidergeschmack, der wohl eher in die Hippie-Zeit denn ins 21. Jahrhundert passte. Und schon gar nicht hierher, ins Dezernat für ungeklärte Mordfälle. Genauso wie ihr leichtfertiger Umgang mit Drogen. Sebastian wusste um ein Disziplinarverfahren, nachdem in ihrer Verantwortung eine kleinere Menge Marihuana verschwunden war. Kurz nachdem man sie, vermutlich gegen ihren Wunsch, hierher versetzt hatte, wurde das Verfahren eingestellt. Hinzu kam ihr unablässiges Rauchen. Auch jetzt qualmte bereits wieder eine Zigarette in ihrer Hand. Und das nach Dutzenden Versuchen, damit aufzuhören. Der letzte, mit Nikotinpflastern, war erst vor ein paar Wochen gescheitert. Sie hatte gleichzeitig geraucht und so vermutlich ihre benötigte Nikotindosis weiter nach oben geschraubt.

»Hier sind Sie ja, Franzi«, rief sie und blies den Rauch ihrer Zigarette zur Zimmerdecke. »Ich hab Sie schon überall gesucht. Können Sie eine Akte für mich raussuchen?«

»Frau Kronthaler«, sagte Sebastian, bevor Franziska antworten konnte, »wir hatten vereinbart, dass Sie in meinem Büro nicht rauchen.«

»Ist das so?«, fragte Marga und hatte dabei unverkennbar großen Wert auf die Ironie in ihrer Stimme gelegt.

Trotzdem nickte Sebastian.

Marga hielt die Zigarette hinter ihren Rücken, Richtung Tür. »So besser?«

»Mitnichten. Der Rauch zieht weiterhin durch mein Büro.« Sebastian spürte einen Anflug von Ärger, als er die Schwaden hinter Margas Rücken senkrecht nach oben steigen sah. An der Zimmerdecke wirbelte der Qualm auseinander und verteilte sich dann horizontal im gesamten Raum. Es würde den ganzen Tag danach riechen.

»Die eine Zigarette schadet nicht.«

»Ihre Behauptung von einer Zigarette, die nicht schadet, ist eine Contradictio per se.«

»Eine was?«, fragte Marga und winkte schon einen Moment später ab. »Lassen Sie's. Ich will's gar nicht wissen.«

»Contradictio per se, ein Widerspruch in sich. Jede Zigarette kostet Sie sechs Minuten Ihrer Lebenszeit.«

»Saudummes Geschwätz.«

»Ist es nicht«, gab Sebastian zurück. »Vielleicht versuchen Sie es mal mit Hypnose.« Vermutlich hätte er sich seinen Vorschlag auch sparen können.

»Sie jedenfalls werden diesen ›Widerspruch in sich‹ überleben.« Sie nahm erneut einen Zug von ihrer Zigarette und sah den Rauchschwaden nach, bis ihr Blick an den Aktenmappen auf dem Besuchertisch hängen blieb. »Was machen Sie da eigentlich?«

»Womöglich ein neuer Fall.« Eigentlich hätte Sebastian für eine derartige Aussage noch das Telefonat mit der Rottweiler Kriminalbeamtin abwarten wollen. Doch jetzt konnte er nicht mehr zurück.

»Ein neuer Fall, soso. Und um was geht's?«

»Ein Tötungsdelikt aus dem Jahr 2006«, sagte da Franziska und deutete zu den restlichen Aktenordnern, die noch in Reih und Glied auf Sebastians Schreibtisch standen.

Nur kurz betrachtete Marga die Ordner. »Himmelarsch, soll ich vielleicht zuerst das gesamte Geschreibsel lesen?«

Franziska schüttelte schnell den Kopf. »Es geht um Heinrich Gerber, einen siebzigjährigen Münzhändler aus Stuttgart. Teile der Leiche wurden am 1. Juli 2006, verpackt in Müllsäcken, aus dem Feuersee gefischt.«

Marga nahm einen Zug von ihrer Zigarette. Es war sinnlos, an ihre Einsicht zu appellieren. Sie rauchte, wo und wann sie wollte. »Daran kann ich mich gar nicht erinnern«, sagte sie schließlich und ließ den Rauch Richtung Decke entweichen. »Sind das die Fotos von der Auffindesituation?« Sie deutete zum Leitzordner, der immer noch aufgeschlagen auf Sebastians Oberschenkeln lag.

Der nickte.

Marga trat näher. Sie beugte sich nach vorn und musterte die Fotos mit zusammengekniffenen Augen.

»Wir wollten gerade klären, warum so viel Müll herumliegt. Hier im Hintergrund, sehen Sie?«

Marga lächelte.

»Was ist?« Sebastian konnte sich keinen Reim auf ihr Lächeln machen.

»Tatsächlich Müll.«

»Das sehe ich auch.«

»Und sehen Sie auch das hier?« Mit der qualmenden Zigarette in der Hand deutete Marga auf eines der Fotos.

Sebastian rümpfte die Nase, sah aber genauer hin. »Ein Haufen kaputter Flaschen und Pappbecher, dann Deutschland-Flaggen, schwarz-rot-goldene Bänder und Mützen.«

»Und die Fotos sind vom Juli 2006?«

»1. Juli 2006.« Sebastian nickte. Freilich hatte er nicht den Schimmer einer Idee, welcher Zusammenhang zwischen den Flaggen und diesem Datum bestand.

»Sommermärchen«, sagte Marga schnell und richtete sich wieder auf.

»Sommermärchen?« Sebastian wusste, dass er den Begriff schon mal gehört hatte. Aber in welchem Zusammenhang?

»Sie als Nicht-Fußballfan lassen sich das am besten von Ihrer Kollegin erklären«, sagte Marga und wandte sich dann an Franziska. »Sobald Sie mit der Nachhilfe für unseren Kollegen durch sind, kommen Sie in mein Büro.«

»Kann das nicht Cem für Sie machen?« In Franziskas Stimme schwang erneut Enttäuschung mit.

»Der hat Urlaub.« Marga wandte sich zum Gehen, nicht ohne nochmals einen Zug von ihrer Zigarette zu nehmen. »Und wenn er bei seiner Verwandtschaft in Anatolien ist, weiß man nie so genau, wann er wieder zurückkommt.«

Mit der Hand wedelte Sebastian den verbliebenen Qualm beiseite. »Was meinte sie mit ›Sommermärchen‹?«, fragte er, als sie außer Hörweite war.

»Warten Sie.« Franziska zog ein Mobiltelefon aus einer der

Beintaschen ihrer Cargo-Hose. Sie tippte darauf herum und hielt ihm dann das Display vor das Gesicht. »Hab ich mir schon vorhin gedacht.«

Noch bevor Sebastian den Text auf dem Display entziffert hatte, fuhr sie fort: »›Sommermärchen‹ ist die Bezeichnung für die WM 2006 in Deutschland mit Dutzenden Fußballspielen bei schönstem Wetter. Da war in ganz Deutschland Party. Das müssen Sie doch mitbekommen haben.«

»Irgendwie schon. Aber das bringt uns kaum weiter.« Was hatten Sommermärchen, Fußballspiele und Party mit dem Fund dieser Leichenteile zu tun?

»Vielleicht doch.« Franziska steckte das Telefon wieder zurück. »Die deutsche Mannschaft hat am 30. Juni, das war der Abend davor, vier zu zwei im Elfmeterschießen gegen Argentinien gewonnen und kam damit ins Halbfinale. Das war dann gegen Italien.« Sie verzog das Gesicht. »Was sie leider verloren hat.«

»Und deswegen der viele Müll?«

»Der Feuersee liegt in der Nähe vieler Studentenwohnungen. Und ich gehe jede Wette ein, dass die zu Hunderten den Viertelfinalsieg dort gefeiert haben.«

»Und davor?«

»Vermutlich hat sich fast jeder in Stuttgart das Spiel irgendwo im Fernsehen angeschaut.« Sie hielt kurz inne und machte ein zufriedenes Gesicht. »Im Grunde die perfekte Zeit, um eine Leiche zu entsorgen. Erst nach dem Elfmeterschießen gingen die Leute auf die Straße ...«

»Was bedeutet, dass es für die Entsorgung eines möglichen dritten Müllsacks zu viele Zeugen gegeben hätte«, ergänzte Sebastian. Eine seiner beiden Hypothesen schien den tatsächlichen Begebenheiten an jenem letzten Juniabend ziemlich nahezukommen.

# 4

»Raub mit Todesfolge«, verkündete die Beschriftung der Akte auf Margas Schreibtisch. Darunter stand in kleineren Buchstaben: »Stadtsparkasse Hannover, 10. September 2010«. In der Mitte des Aktendeckels prangte ein goldener Polizeistern mit dem weißen Sachsenross, dem Landeswappen Niedersachsens. Polizei war Ländersache. Und Hannover und Stuttgart lagen nun mal in verschiedenen Bundesländern. Eigentlich sollte sie überhaupt nichts mit diesem Fall zu tun haben. Hier aber ging es um den Mord an Daniel Franck, dem Bruder ihres Mitarbeiters Sebastian Franck, der sich im Moment ein Büro weiter mit einem Meter Akten abmühte. Sie hatten ihr zwar erklärt, um welchen Fall es ging, aber außer dem Begriff »Sommermärchen« war kaum etwas von den Details in ihrem Gedächtnis haften geblieben.

Im Gegensatz dazu kannte Marga inzwischen die Akte auf ihrem Schreibtisch nahezu auswendig. Schon fast zwanghaft nahm sie seit Wochen immer wieder diesen Fall zur Hand, der an jenem Freitagnachmittag im September 2010 seinen Anfang genommen hatte, als kurz vor sechzehn Uhr der stille Alarm im Polizeipräsidium Hannover ausgelöst worden war. Vier Streifenwagen und ein Spezialeinsatzkommando erreichten achtzehn Minuten später die Filiale der Stadtsparkasse in der Magdeburger Straße. Zu dem Zeitpunkt waren die Täter bereits flüchtig. Die Beamten konnten gefahrlos die Schalterhalle betreten, wo sie sechs Personen auf dem Boden sitzend und mit Kabelbindern gefesselt vorfanden. Rücklings vor einem Schalter lag Daniel Franck, erschossen von dem Täter mit der Bärenmaske und jenem ominösen Adidas-Turnschuh, an dessen Innenseite ein Streifen fehlte.

Dies war bisher die einzige Auffälligkeit, die Marga trotz aller Mühe über die insgesamt drei Täter herausgefunden hatte. Kein Wunder. Auf den spärlichen Videostandbildern, die nur zu den ersten beiden Minuten des Banküberfalls existierten, trugen alle drei Bankräuber Tiermasken, die gleichen blauen Overalls und Mützen, die fast die gesamten Haare bedeckten. Kurz darauf hatten sie die Kameras unbrauchbar gemacht.

Mehr hatte auch die Befragung von zwei der sechs Zeugen des Banküberfalls nicht zutage gefördert. Die Auszubildende Amelie Neuburger kämpfte durch den damals erlittenen Schock noch immer mit einer Teilamnesie, und Paul Scheffler, der pensionierte Inhaber eines Friseurgeschäfts, war nur schwer zu erreichen. Seit einigen Jahren wohnte er mit seinem Lebenspartner im spanischen Málaga. Nachdem zwei weitere Zeugen mittlerweile verstorben waren, blieben nur noch die beiden Mitarbeiter der Stadtsparkasse, mit denen sie noch nicht hatte sprechen können.

Marga pulte eine Zigarette aus der Schachtel auf ihrem Schreibtisch, steckte sie in den Mund und trat ans Fenster. Vor dem Gebäude der Außenstelle B5, in der das LKA-Dezernat für ungeklärte Mordfälle untergebracht war, herrschte an diesem Morgen kaum Betrieb. Marga sah zwei Schülerinnen in viel zu kurzen Röcken nach, die plappernd und gestikulierend den Gehweg entlangschlenderten. Zweifellos schwänzten sie ihren Unterricht. Nach einigen Metern mussten sie einem älteren Mann mit Tirolerhut und beigem Trenchcoat ausweichen, dessen Dackel sein Geschäft an einem der alten, knorrigen Laubbäume auf dem Gehweg verrichtete. Irgendwann würden die durch die Unmengen Kot und Urin absterben, den dieser Hund hier täglich zurückließ.

Sie zündete sich die Zigarette an, nahm einen tiefen ersten Zug und ließ den Rauch gen Zimmerdecke entweichen.

Um den Fall aufzuklären, hatte sie eigentlich nur einen einzigen Ansatzpunkt, den die Ermittler damals nicht gehabt hatten: die gelben Adidas-Samba-Turnschuhe mit dem fehlenden Streifen an der linken Innenseite. Natürlich gab es noch die halbwegs brauchbare Einschätzung Schefflers, der von drei Halbstarken sprach, die einen Banküberfall verüben wollten, bei dem viel schiefging.

Zweifellos hatte er damit recht, denn die Täter flüchteten Hals über Kopf, nachdem Daniel Franck durch einen einzigen Schuss

niedergestreckt worden war. Dieser Schuss und die direkt darauffolgende Flucht zeugten von amateurhaftem Verhalten. War das
womöglich der Grund, warum die Typen danach nicht mehr in
Erscheinung getreten waren? Vielleicht. Doch inwiefern sollte ihr
dieser Umstand weiterhelfen? Eine Gruppe von drei halbstarken
Kriminellen würde sich an jeder Ecke finden lassen, wenn sie es
drauf anlegte.

Noch immer wartete Tirolerhut an einem der Laubbäume
auf seinen Dackel. Marga riss das Fenster auf. »Himmelarsch«,
schrie sie hinunter, »lassen Sie dieses blöde Vieh endlich irgendwo
anders hinscheißen!«

Der Mann riss seinen Kopf herum, sodass beinahe der Hut
auf dem Boden gelandet wäre. Seine Miene wirkte nur im ersten
Augenblick erschrocken. Dann runzelte er die Stirn, und schließlich blieb ein finsterer Gesichtsausdruck zurück. »Das geht Sie
überhaupt nichts an«, rief er. »Das ist eine öffentliche Straße.«

»Das hier ist nicht nur eine öffentliche Straße, sondern eine
Dienststelle des LKA. Und wenn Ihr Vieh noch einmal hier hin-
scheißt, gibt's 'ne Anzeige.«

Tirolerhut sah zu seinem Dackel, dann wieder hoch zu ihr.
Er zog an der Leine, und nur mit Mühe schaffte er es, den Hund
zum Weitergehen zu bewegen.

»Schafseckel«, rief Marga halb laut. Sie schloss das Fenster
wieder und schaute Tirolerhut zu, wie er seinen Hund hinter
sich herzog.

Vielleicht sollte sie noch einmal versuchen, die zwei Angestellten der Stadtsparkasse Hannover zu erreichen. In den Akten machten die Aussagen der beiden auf sie den sachlichsten
Eindruck. Und bisher waren Heinrich Meder, der Filialleiter,
und sein Mitarbeiter Ralf Herzsprung die einzigen Zeugen des
Überfalls, die Marga noch nicht gesprochen hatte. Das erste Mal
war sie mit der Vereinbarung eines Termins gescheitert – beide
wollten erst nach Rücksprache mit dem Vorstand der Bank einer
Befragung zustimmen –, ein anderes Mal war etwas dazwischen-
gekommen.

Sie nahm einen weiteren tiefen Zug aus ihrer Zigarette und

stellte zufrieden fest, dass der Tirolerhut inzwischen nicht mehr zu sehen war.

Zurück am Schreibtisch, drückte Marga die Zigarette im Aschenbecher aus. Sie surfte zur Website der Stadtsparkasse Hannover, nahm das Telefon zur Hand und wollte Heinrich Meders Durchwahl wählen. Mitten in der Bewegung hielt sie inne. Dr. Ferdinand Certosa, der Vorstandsvorsitzende, könnte sich übergangen fühlen. Auch wollte sie ihm keinen Grund liefern, beim LKA Stuttgart nachzufragen und so den nicht offiziellen Charakter ihrer Ermittlungen zu bemerken.

Sie scrollte auf der Seite nach unten und wählte wie zuletzt seine Durchwahl.

Während die Rufzeichen erklangen, betrachte sie Certosas Konterfei: ein bullig wirkender Mann mittleren Alters mit stechenden schwarzen Augen, der auch als Boxer oder Freistilringer hätte durchgehen können.

Wie beim letzten Mal meldete sich eine jüngere männliche Stimme: »Vorzimmer Dr. Certosa.«

»LKA Stuttgart, Hauptkommissarin Kronthaler«, meldete sie sich in einem verbindlichen Tonfall. »Kann ich bitte mit Dr. Certosa, Ihrem Vorstandsvorsitzenden, sprechen?«

»Haben Sie einen Termin?«, fragte die Stimme.

»Nein«, sagte Marga.

»Dann weiß ich nicht, ob ich Sie durchstellen kann«, kam es spitz zurück.

Es war wie ein Déjà-vu. Der Dialog mit Certosas Assistenten unterschied sich nicht von dem vor ein paar Wochen. »Können wir das nicht abkürzen, Herr … ich weiß immer noch nicht, mit wem ich spreche.«

»Vorzimmer Dr. Ferdinand Certosa. Sie sprechen mit Fabian Wolters.«

»Schön, Herr Fabian Wolters. Aber dieses Gespräch haben wir so ähnlich schon vor ein paar Wochen geführt. Klingelt da was bei Ihnen?«

»Klingelt?« Für einen Augenblick herrschte Stille am anderen Ende der Leitung. Marga rechnete bereits damit, dass Wolters aufgelegt hatte. Schließlich drang ein erlösendes »Ah ja« an ihr Ohr.

»Das freut mich, dann muss ich Ihnen nicht nochmals alles erzählen. Also, stellen Sie mich jetzt bitte zu Herrn Dr. Certosa durch?«

»Und um was geht es?«, fragte Wolters. Tatsächlich schien er sich dabei seiner Begriffsstutzigkeit nicht bewusst zu sein.

Marga konnte gerade noch ihren aufkommenden Ärger hinunterschlucken. Sie versuchte, bei ihrer Antwort so ruhig wie möglich zu bleiben. »Um eine Zeugenbefragung zum Überfall auf Ihr Institut vor sieben Jahren.«

»Vor sieben Jahren?«

»Vor sieben Jahren. Waren Sie da schon auf der Welt?« Sie hatte sich die sarkastische Bemerkung nicht verkneifen können.

Es knackte in der Leitung, und die sowohl bekannte wie auch unerträglich laute Tonfolge wechselte sich ab mit der Ansage »Ihre Verbindung wird gehalten«. Vermutlich würde es wieder einige Minuten dauern, bis Certosa endlich abnahm. Sie schaltete den Lautsprecher ein und legte das Telefon auf dem Schreibtisch ab.

»Frau Kronthaler, guten Tag«, begrüßte sie einen Moment später Certosas Fistelstimme. Eine Stimme, die so gar nicht zu seinem Äußeren passen wollte. »Wie geht es Ihnen?«

»Guten Tag, Herr Dr. Certosa«, antwortete Marga, immer noch überrascht, dass sie ihn so schnell am Apparat hatte. »Gut, danke der Nachfrage.« Sie nahm den Hörer in die Hand und schaltete den Lautsprecher wieder aus.

»Sind Sie noch nicht durch mit Ihren Zeugenbefragungen?« Certosas zuletzt so misstrauischer Tonfall war einem Plauderton gewichen, mit dem sie gut umgehen konnte. Solange sie sich nicht in Widersprüche verstrickte.

»Das letzte Mal sind wir leider unterbrochen worden. Ich wollte mich später erneut bei Herrn Meder melden.« Sie suchte nach einer möglichst harmlosen Erklärung für ihr Versäumnis. »Dann haben mich aber meine Mitarbeiter in Beschlag genommen.«

»So was passiert mir auch manchmal«, entgegnete er erheitert.
»Aber warum rufen Sie dann nicht gleich bei Herrn Meder an?«

»Ich gehe lieber den offiziellen Weg, denn ich müsste nicht nur mit Herrn Meder, sondern gleich noch mit Herrn Herzsprung sprechen.«

»Meinen Segen haben Sie.« Er hielt einen Moment inne. »Herr Meder ist an seinem Arbeitsplatz. Ich kann Sie gleich durchstellen, wenn Sie wollen.«

»Gern.« Marga verabschiedete sich. Offenbar hatte sich sein Misstrauen gänzlich zerstreut, ohne dass sie zu einer weiteren Lüge greifen musste.

Sie rechnete bereits wieder mit der überlauten Haltemusik und hielt das Telefon sicherheitshalber ein gutes Stück vom Ohr weg. Doch es lag weniger an der Haltemusik, dass sie sich mit ihrer Vorsichtsmaßnahme einen Gefallen getan hatte, sondern an Meder, der sich Sekunden später meldete. Im Gegensatz zu Certosa hörte sich seine Stimme beinahe so an wie durch ein Megafon: einige Nuancen zu laut.

»Guten Tag, Herr Meder«, begann Marga und stellte sich vor. »Wir hatten vor Kurzem schon das Vergnügen.«

»Ich kann mich erinnern. Sie haben vor ein paar Wochen angerufen und wollten sich wieder einmal melden.«

»Was ich hiermit tue.« Noch immer hielt Marga Hörer und Ohr auf Abstand.

»Es geht um den Überfall. Richtig?«

»Genau.« Marga wusste im ersten Augenblick nicht, wie sie beginnen sollte. Vielleicht hätte sie sich doch eine Art Konzept für ihre Fragen zurechtlegen sollen. »Ich wollte Sie noch einmal zum Tatverlauf befragen.«

Meders Antwort bestand aus exakt jenem Satz, den sie in solchen Fällen immer hörte. »Das habe ich doch alles schon der Polizei erzählt.«

»Natürlich haben Sie das«, entgegnete sie. »Aber jede weitere Aussage kann auch weitere Details ans Licht bringen.«

Marga kamen Dr. Erbmanns Äußerungen in den Sinn. Der Gutachter, der damals die Zeugenaussagen für die Staatsanwaltschaft bewertet hatte, vertrat den Standpunkt, dass Erinnerungen im Laufe der Zeit nicht nur verblassten, sondern auch der gegenteilige Fall vorkam: Nach einem Schock tauchten sie plötzlich aus den Tiefen des Gedächtnisses wieder auf. So war es auch bei Neuburger und Scheffler gewesen, die sich nach all den Jahren wieder an den fehlenden Adidas-Streifen erinnert hatten. Vielleicht würde das ja auch bei Meder der Fall sein.

»Wie lange ist das jetzt her?«, fragte er.

»10. September 2010. Aber lassen Sie sich nicht von der langen Zeit beirren. Wieso erzählen Sie mir nicht einfach, was Sie von diesem Tag noch in Erinnerung haben?«

Meder reagierte, indem er Luft zwischen den geschlossenen Lippen hindurchpresste. Es hörte sich an wie das Schnauben eines Pferds.

»Beginnen Sie wegen mir mit dem Morgen des 10. September, als Sie zur Arbeit in die Bankfiliale kamen. Es war ein Freitag.«

»Sie haben Einfälle.« Eines hatte Marga schon mal erreicht: Seine Stimme klang jetzt zurückhaltend, fast schüchtern.

»Lassen Sie sich Zeit.« Marga legte den Telefonhörer beiseite und schaltete erneut den Lautsprecher ein. Sie fischte eine Zigarette aus dem Päckchen, zündete sie an und lehnte sich zurück.

»Was soll ich sagen, ein ganz normaler Arbeitstag. Es war nicht viel los, und wir hatten kaum Buchungen. In der Mittagspause sind wir dann zu unserem Italiener und haben gegessen. Ich hatte irgendwas mit Nudeln. Bernd, also Herr Herzsprung, hat sich noch darüber lustig gemacht, dass es wie Blut aussehen würde, wenn ich Tomatensoße auf mein weißes Hemd kleckere.« Meder lachte kurz, aber nicht wie über etwas wirklich Witziges. »Jetzt im Nachhinein betrachtet, ein ziemlich geschmackloser Spaß.«

Statt einer Antwort nahm Marga einen tiefen Zug von ihrer Zigarette. »Erzählen Sie weiter, Herr Meder.«

»Am Nachmittag hatte es dann angefangen zu regnen, und ich hab gehofft, dass es vor dem Feierabend wieder aufhört. Mein Auto war in der Werkstatt, und ich bin am Morgen zu Fuß zur Arbeit gekommen.«

»Wohnen Sie in der Nähe?«, fragte Marga.

»Nicht ganz. So drei Kilometer von der Bank entfernt. Eine gute halbe Stunde zu Fuß.«

»Dann kennen Sie die Gegend ganz gut, oder?« Marga sah dem Zigarettenrauch nach, der sich nur langsam an der Zimmerdecke auflöste, und nahm einen weiteren Zug.

»Könnte man sagen. Wir wohnen schon seit über zwanzig Jahren dort.«

»Kannten Sie auch das Opfer, Daniel Franck?«

Einen Moment herrschte vollkommene Stille am anderen Ende der Leitung. Noch vorsichtiger als zuvor drang schließlich seine Antwort an ihr Ohr. »Seine Familie ist natürlich bekannt bei unserer Bank. Sie haben … sie hatten ja diese Kunstgalerie; franck & franck galeries d'art hieß sie, glaube ich. Auch Daniel habe ich einige Male bei uns in der Filiale gesehen. Ein freundlicher junger Mann.«

Die Antwort bedrückte Marga mehr, als sie erwartet hätte.

»Was passierte sonst noch an diesem Nachmittag?«

»Eigentlich nicht mehr viel … bis …« Er stockte, setzte erneut an. »Bernd hatte schon mit dem Tagesabschluss begonnen, als plötzlich die drei Typen mit den Tiermasken durch die Tür stürmten.« Meders Atem ging schneller. »Obwohl das Karnevalmasken waren, wusste ich gleich, dass es sich nicht um einen Scherz handelt. Der mit der Bärenmaske fuchtelte auch gleich mit seiner Waffe herum und schrie uns an, wir sollten uns auf den Boden legen.«

»Was Sie dann taten.«

»Ja. Und ich schaffte es beim Hinlegen noch, den Schalter für den stillen Alarm zu betätigen. So einen gibt es in jeder Filiale unter den Schreibtischen.«

Marga nahm einen letzten Zug von ihrer Zigarette und drückte sie aus. Noch für einen kurzen Moment qualmte es aus dem Aschenbecher.

»Der mit der Schweinemaske, so ein bulliger Kerl mit breiten Schultern, hatte plötzlich eine Spraydose in der Hand und besprühte die Kamera am Geldautomaten. Dann sprang er auf den

Schalter und übersprühte dort die Kamera, die für die gesamte Schalterhalle.«

Marga wusste um die Kameraposition oberhalb der beiden Kundenschalter. Sie war es, die die einzigen Videobilder vom Überfall aufgenommen hatte. Leider nur für kurze Zeit und nur von den Oberkörpern der Täter. »Haben Sie den Eindruck, dass die Bankräuber die Räumlichkeiten in der Filiale kannten?«

»Auf jeden Fall.« Meders Antwort kam schnell. »Woher sollten die sonst über Anzahl und Position unserer Kameras Bescheid wissen?«

Bisher unterschied sich seine heutige Aussage nicht von der damaligen. Wenn es so weiterging, war die erneute Befragung ein Schlag ins Wasser.

»Der mit der Schweinemaske ist dann wieder auf den Boden gesprungen und hat zusammen mit dem anderen, dem Typen mit der Eselsmaske, die Kunden am Boden gefesselt.«

Mit Kabelbindern, ergänzte Marga in Gedanken. Das hat ein, zwei Minuten Zeit in Anspruch genommen.

»Danach kam er zum Schalter zurück, und ich dachte schon, dass er uns jetzt auch fesselt. Doch dann trat er mir seinen Fuß in die Seite und hielt mir diese Tasche hin, so eine beige Stofftasche. Er hat nur ein einziges Wort gesagt.«

»Und welches?«

»›Volltanken‹.«

»›Volltanken‹?« Marga glaubte sich verhört zu haben. »Sind Sie sich da sicher?«

»Ja, ›volltanken‹. Aber er meinte natürlich vollmachen. Er hat sich wohl einen Spaß erlaubt. Aber das muss so bereits in den Akten stehen, denke ich.«

Obwohl Marga inzwischen davon ausging, dass sie die Akte des Überfalls auswendig kannte, konnte sie sich an den Teil von Meders damaliger Aussage nicht erinnern. Sie würde das später überprüfen.

»Der mit der Eselsmaske hat meinem Kollegen die andere Tasche hingehalten. Soviel ich noch weiß, hat der die ganze Zeit über nicht gesprochen. Der Typ sah auch irgendwie merkwürdig aus, so ein Kleiner, Dürrer und ... schief ... ja, schief trifft es wohl am besten.«

Die Beschreibung der Statur aller drei Täter deckte sich mit den bisherigen Aussagen der Zeugen. »Und wie ging's dann weiter?«

»Bernd und ich mussten aufstehen und die Kassenschublade öffnen. Doch nachdem ich den Schalter für den stillen Alarm gedrückt hatte, funktionierte das nur mit Verzögerung. Das reichte beim ersten Mal für achttausend Euro.«

»Wie haben die beiden reagiert?«

»Anfangs überhaupt nicht. Offenbar rechneten sie mit den Verzögerungen durch eine Zeitschaltung. Das haben ja alle Banken an ihren Kassenschubladen.«

»Und was hat der mit der Bärenmaske in der Zwischenzeit gemacht?«

»Der hat mit seiner Waffe die anderen Kunden bedroht. Die saßen ja immer noch gefesselt auf dem Boden.«

»Was können Sie mir zu dem Mann sagen?« Marga kam zum entscheidenden Teil der Befragung. Jenem Teil, von dem sie sich versprach, mehr über Daniel Francks Mörder in Erfahrung zu bringen.

Doch Meders rasche Antwort fiel mehr als ernüchternd aus. »Überhaupt nichts.«

So schnell wollte Marga nicht aufgeben. »Statur, Gestik, Sprache, Kleidung, wirklich nichts Auffälliges?«

»Nein. Wir hatten ja die beiden anderen Typen neben uns. Und irgendwann, dachte ich, würden die schon merken, dass nicht mehr Geld zu holen ist.«

»Können Sie sich an seine Schuhe erinnern?«

»Die Schuhe?«

Margas Hand wanderte zur Zigarettenschachtel. Gerade noch konnte sie sich zurückhalten und nahm statt der Zigarette nur das Feuerzeug in die Hand. Sie drehte langsam am Feuerstein und sah den Funken zu, die heraussprühten wie bei einer Wunderkerze.

»Nein, überhaupt nicht. Es ging ja alles so schnell«, fuhr Meder mit erstickter Stimme fort. Das Weiterreden fiel ihm unverkennbar schwerer. »Ich habe ... habe den Schuss gehört, laut wie eine Explosion, dann schon die Schreie der Leute.«

Margas Daumen rutschte am Feuerstein ab, und eine Stichflamme schoss aus dem Feuerzeug empor. Erschrocken ließ sie es los. Es polterte auf den Schreibtisch.

»Ich habe mich zu dem Typen mit der Bärenmaske gedreht. Aus seiner Pistole stieg Rauch auf, und ich wusste gleich, dass er auf jemanden geschossen hatte. Nur nicht, auf wen. Das war's dann. Alle drei sind dann wie von Sinnen aus der Schalterhalle gestürmt.«

Ein paar Herzschläge lang hörte Marga den Atemgeräuschen Meders zu, die sich nur langsam beruhigten. »Fällt Ihnen sonst noch was ein?«

»Bernd und ich sind dann zu Daniel. Aber da war so viel Blut auf dem Boden. Wir haben sofort gesehen, dass er tot ist. Und gleich darauf stürmte auch schon dieses Einsatzkommando in die Schalterhalle.«

»Gut, dann bedanke ich mich bei Ihnen, Herr Meder, dass Sie sich Zeit für mich genommen haben. Falls ich noch Rückfragen habe, darf ich mich nochmals bei Ihnen melden?«

»Das können Sie gern tun, aber ich fürchte, Sie werden nicht mehr in Erfahrung bringen, als Sie jetzt schon wissen. Es ist einfach zu lange her.«

Vermutlich hatte er recht. Trotzdem wollte Marga nicht aufgeben und bat ihn, sie zu Bernd Herzsprung, dem anderen Bankmitarbeiter der Filiale, durchzustellen. Doch genau dies hätte sie sich sparen können. Seine Aussage deckte sich mit der von Meder.

Einigermaßen enttäuscht von den Befragungen blätterte sie in der Akte zu Meders Aussage. Und dort stand tatsächlich als Aufforderung des bulligen Täters mit der Schweinemaske nicht das Wort »Volltanken«, sondern »Vollmachen«. Gleichwohl bezweifelte sie, ob dieses winzige Detail überhaupt von Bedeutung war. Wie alles andere auch, das sie bisher in Erfahrung gebracht hatte.

Noch immer wusste sie viel zu wenig über die Täter, die vermutlich aus der Gegend stammten. »Drei Halbstarke«, so hatte Paul Scheffler es formuliert. Einer davon, der mit der Bärenmaske, war Daniels Mörder und offenbar auch der Anführer des Trios. Ein schlaksiger, groß gewachsener Mann mit dunklen kurzen Haaren und ausgeprägtem Adamsapfel. Er trug die gelben Adidas Samba, an denen ein Streifen fehlte. Dann der bullige Typ mit der Schweinemaske, mit breiten Schultern und der Aufforderung »Volltanken« statt »Vollmachen«. Schließlich noch der Dritte im Bunde, ein Kleiner, Dürrer mit Eselsmaske und Haltungsschaden. Hinzu kam, dass es keine Parallelen zu anderen Banküberfällen gab. Als ob die drei nur dieses eine Mal in Erscheinung getreten wären. Trotz der vielen Zeit, die sie bisher darauf verwendet hatte, ging es mit dem Fall nicht voran. Wie mit einem beladenen Einkaufswagen, den sie durch ein Kiesbett schieben musste.

## 5

Ein weiteres Mal nahm Sebastian das Telefon zur Hand und drückte die Taste für die Wahlwiederholung. Und erneut erklang scheinbar endlos das Rufsignal vom anderen Ende der Leitung. Er rechnete bereits wieder damit, dass entweder niemand oder der mundfaule Hauptkommissar das Gespräch annahm. Doch statt der mürrischen Stimme von vorhin drang nach gefühlt zwanzig Klingelzeichen eine angenehme Frauenstimme an sein Ohr. »Polizeirevier Rottweil, KHK Melchior.«

»LKA Stuttgart, Oberkommissar Franck, Franck mit ck, hier«, meldete Sebastian sich.

»Guten Tag, Herr Franck«, entgegnete Melchior, während im Hintergrund eine Tastatur klapperte.

»Dezernat T.O.M.«, fügte er schnell hinzu. Nicht dass sie sich noch durch ihren Computer ablenken ließ.

»T.O.M.? Ziemlich komischer Name.« Im Gegensatz zu ihrem Kollegen, der zwar wenig, aber unverkennbar Schwäbisch sprach, hatte Melchior einen kaum wahrnehmbaren Berliner Akzent.

»Ich habe ihn mir nicht ausgedacht. Es ist ein Buchstabenwort und die Abkürzung für ›Tote ohne Mörder‹.« Er setzte kurz ab, um auf eine Reaktion von ihr zu warten, und fuhr dann fort, als sie nichts erwiderte: »Wir kümmern uns um ungeklärte Mordfälle in Baden-Württemberg.«

»Ungeklärte Mordfälle?«, wiederholte sie, und Sebastian meinte, die tiefen Denkfalten auf ihrer Stirn noch durch das Telefon zu sehen.

»Es geht um Ihre POLAS-Abfrage vom gestrigen Abend.«

Ein, zwei Sekunden herrschte Stille, bis sie antwortete: »Ich wusste bisher nicht, dass unsere Abfragen vom LKA überwacht werden.« Ein schnippischer Tonfall hatte sich in ihre bisher so nachdenkliche Stimme geschlichen.

»Sie werden nicht überwacht«, beeilte sich Sebastian zu sagen, »aber wir haben eine Art Alarm in POLAS hinterlegt, der anschlägt, wenn sich jemand für unsere Klientel interessiert.«

»Okay«, gab sie lang gezogen zurück. »Und wer ist ›Ihre Klientel‹?«

»Personen, die mit einem ungeklärten Todesfall im Zusammenhang stehen, der älter als zehn Jahre ist.«

»Jetzt verstehe ich«, entgegnete Melchior. Ihr Tonfall war mit einem Mal aufgeweckt und frei von Emotionen. »Ihr Anruf spart uns Zeit.«

»›Spart uns Zeit‹ … tatsächlich?«, fragte Sebastian einigermaßen verwirrt.

»Wenn Sie nicht angerufen hätten, würde ich mich wohl oder übel heute noch durch die Stuttgarter Polizeibehörden und Zuständigkeiten schlagen, bis ich irgendwann bei Ihnen gelandet wäre.«

Sebastians Verwirrung steigerte sich weiter. Woher sollte sie wissen, dass sich sein Dezernat für eine POLAS-Abfrage des Polizeireviers Rottweil interessierte?

»Sie rufen doch wegen dem Fall Heinrich Gerber an, oder?«

»Heinrich Gerber, ja … aber woher wissen Sie …?«

»Der Bericht zu meiner POLAS-Abfrage.«

Erst jetzt dämmerte es Sebastian. Natürlich hatten die Rottweiler Beamten nicht nur die Abfrage ausgeführt, sondern auch den zugehörigen Polizeibericht gelesen. Und damit kannten sie zumindest einige Details zum Feuersee-Fall. Aber es erklärte noch nicht ihr Interesse an diesem viele Jahre zurückliegenden Mord.

»Sind Sie noch dran, Herr Franck?« Melchiors Frage holte ihn aus den Gedanken.

»Ja. Und mich interessiert zuallererst der Grund Ihrer POLAS-Abfrage.«

Melchior atmete hörbar aus. »Das ist eine ziemlich merkwürdige Geschichte.«

»Dann schießen Sie mal los. Ich bin ganz erpicht auf jedes noch so merkwürdige Detail. Sie haben doch Zeit, oder?«

»Natürlich.« Melchior atmete nochmals durch, als ob sie für

ihre Schilderungen zusätzlich Kraft sammeln müsste. »Ich stelle auf Lautsprecher, sodass mein Kollege KHK Treidler mithören kann.«

Es piepste im Hörer, und scheinbar weit entfernt hallte eine männliche Stimme: »Morgen.« Es war zweifellos der mürrische Hauptkommissar von vorhin.

»Nochmals guten Morgen, Herr Treidler. Wir haben uns ja kürzlich gesprochen«, begrüßte Sebastian ihn, obwohl er die wenigen Wörter, die er von ihm gehört hatte, keinesfalls als Gespräch bezeichnen würde.

Mit einem »Huhu« machte sich Franziska bemerkbar.

Er schaute auf. Geräuschlos hatte sie sich inzwischen seinem Schreibtisch genähert und winkte, was offenbar so viel heißen sollte wie: Ich bin auch noch da. Sebastian nickte ergeben. »Ich schalte ebenfalls meinen Lautsprecher ein, dann kann meine Kollegin Frau Hegel mithören.« Er drückte den entsprechenden Knopf, erneut piepste es in der Leitung.

Franziska lächelte zufrieden und stellte sich vor, wie eine neue Mitschülerin vor ihrer Klasse.

»So, dann sind wir ja jetzt komplett und können anfangen«, begann Melchior, nachdem sie und Treidler den Gruß erwidert hatten. »Gestern Morgen wurde in einem schwer zugänglichen Waldstück in der Nähe von Rottweil eine vollkommen skelettierte Leiche gefunden. Die Gebeine waren in einer etwa zwei auf einen Meter großen Grube, weniger als einen halben Meter tief vergraben.«

»Eine skelettierte Leiche, verstanden.« Sebastian konnte bisher keinen Zusammenhang zum Feuersee-Fall erkennen. Die Leiche dazu hatten sie schon. »Ein vollständiges Skelett?«

»Derzeit sieht es so aus: Schädel, Brustkorb, Arme, Becken, Beine und noch einiges andere. Aber ohne rechtsmedizinische Untersuchung sollten Sie keine belastbare Aussage daraus ableiten.«

»Gibt es trotzdem schon Aussagen zur Liegezeit?«, fragte Sebastian, obwohl er immer weniger an einen Zusammenhang mit dem Fall auf seinem Schreibtisch glaubte.

»Unsere Kriminaltechniker gehen von etwa zehn bis zwanzig Jahren aus. Merkwürdig dabei ist allerdings, dass es keinerlei Kleidungsstücke, auch keine Rückstände davon gibt. Auch konnten keine anderen privaten Dinge in der Nähe des Fundortes gefunden und der Leiche zugeordnet werden.«

»Dann haben Sie die Leiche noch nicht identifiziert?« In Sebastian machte sich Enttäuschung breit. Offenbar führte die Rottweiler POLAS-Abfrage nicht zu weiteren Hinweisen, jedenfalls nicht zu derart bedeutenden, um die Aufnahme von Ermittlungen zu rechtfertigen.

»Doch, und zwar durch die Knieprothese der Leiche. Über die Seriennummer und den Hersteller konnten wir das Datum der Auslieferung und den Namen derjenigen Person herausfinden, die die Prothese erhalten hat. Und das war am«, sie hielt kurz inne, Papierrascheln erklang, »12. Februar 2004 ein gewisser Heinrich Gerber, wohnhaft in Stuttgart.«

Sebastian glaubte, sich verhört zu haben. Auch Franziska sah so aus, als ob sie Mühe hätte, ein weiteres »Boah« oder einen gleichwertigen Ausdruck des Erstaunens zurückzuhalten.

Aus dem Lautsprecher drang weiter Melchiors Stimme. »Und mit diesem Namen habe ich gestern Abend dann die POLAS-Abfrage gestartet.«

»Ist eine Verwechslung ausgeschlossen?«, fragte Sebastian, immer noch nicht gänzlich überzeugt, dass sie über denselben Fall sprachen.

»Wenn die Firma BioMed Synthes, das ist der Hersteller der Prothese, ihre Lieferlisten richtig führt, ja. Aber ich habe in meinem Beruf schon so viel erlebt, dass ich nie etwas ausschließe, bis das Gegenteil bewiesen ist.«

»Eine vernünftige Herangehensweise, Frau Melchior. Aber es wäre viel zu gefährlich, dass die Firma BioMed Synthes Fehler in ihren Lieferlisten macht.«

»Dann haben wir bei uns im Wald eine zweite Leiche von Heinrich Gerber liegen.«

»Das ist unmöglich«, sagte Sebastian und hatte Mühe zu schlucken.

»Das ist sehr wohl möglich«, erklang da Franziskas aufgeregte Stimme.

Zeitgleich mit Melchiors »Wie bitte?« schaute Sebastian auf, musterte ihr Gesicht mit den ungewohnt rosigen, fast geröteten Wangen.

Offenbar selbst erschrocken von der Wirkung ihrer Aussage, fügte sie etwas vorsichtiger hinzu: »Natürlich nicht im Ganzen. Aber Chef, wir wissen doch, dass Heinrich Gerbers untere Extremitäten nie gefunden wurden. Vielleicht liegen die ja ebenfalls bei dem Skelett.«

»Kann es sein, dass in dieser Grube die Gebeine mehrerer Personen liegen?«, fragte Sebastian. Auch wenn sich Franziskas Vermutung im ersten Augenblick unwirklich anhörte, so lag sie doch im Bereich des Möglichen.

Ein Räuspern erklang, dann hallte Treidlers Stimme aus dem Hintergrund. »Im Prinzip sind nur der Schädel und der obere Teil des Skelettes bis zum Becken gut erhalten. Den ganzen Rest würde ich eher als Knochenfeld bezeichnen.«

Franziska machte ein triumphierendes Gesicht.

Sebastian musste sich eingestehen, dass ihre Hypothese eine der wenigen Möglichkeiten darstellte, die den Fund der Knieprothese von Heinrich Gerber bei einem zweiten Skelett erklären würde. »Das wird sich bei der rechtsmedizinischen Untersuchung relativ einfach klären lassen. Beantragen Sie die, oder sollen wir das machen?«

»Das machen wir hier in Rottweil«, antwortete Melchior. »Und nach Ihrer Vermutung mit den zwei Leichen werde ich mich schnellstmöglich darum kümmern.«

»Gut. Schön wäre es, wenn Sie mir den Termin mitteilen. Ich würde gern daran teilnehmen.« Damit verabschiedete er sich und legte auf.

Wieder auf dem Stuhl am Besuchertisch, nahm Sebastian erneut den Ordner mit der Fallakte zur Hand und blätterte zum Bericht der rechtsmedizinischen Untersuchung. Ein gewisser Dr. Horst Johann hatte diese zwei Tage nach dem Fund der Leichenteile durchgeführt. »Kopf, Arme und Beine mit einer feinzackigen Säge post mortem abgetrennt«, las er vor und sah zu Franziska.

Die hatte inzwischen ebenfalls wieder Platz genommen. »Das muss eine ziemliche Sauerei gegeben haben. Bestimmt alles voller Blut, wie im Schlachthaus.«

Sebastian versuchte sich den Raum vorzustellen, in dem die Leiche zerteilt worden war. Durch das Abtrennen der Körperteile musste fast alles Blut aus Gerbers Körper getreten sein. Er würde sich nachher die Fotos dazu anschauen, rechnete aber bereits damit, dass Franziskas Einschätzung nicht weit von der Realität abwich. Auch der nächste Abschnitt über den Zustand der Leichenteile bestärkte seinen Verdacht, dass sie es nicht nur mit einem abgebrühten, sondern auch mit einem äußerst brutalen Täter zu tun hatten. »Zwölf kleinere Hämatome am Oberkörper«, las er weiter, »und zwei fünf Zentimeter große am Schädel, zwei gebrochene Rippen, Jochbein links gebrochen.« Er übersprang den nächsten Abschnitt, der die inneren Verletzungen an Milz, Leber und Lunge aufzählte. »Todesursache fünf Zentimeter große, zersplitterte Kompressionsfraktur, hochparietal links der Schädelkalotte, Fraktur des Schädelknochens. Ante mortem.«

»Das scheint eine Tötung im Affekt gewesen zu sein«, sagte Franziska.

Sebastian blickte auf. »Ganz meine Meinung. Der Bericht deutet auf einen Streit zwischen Täter und Opfer hin, der im Verlauf immer gewalttätiger wurde und irgendwann zum Tod führte. Offenkundig war das Opfer dem Täter körperlich unterlegen.«

»Was kein Wunder ist, wenn man das Alter von Gerber berücksichtigt. Er war damals siebzig.« Franziska nahm ihre Aktenmappe wieder zur Hand.

»Schauen Sie in der Spurenakte nach, ob Sie etwas über Fingerspuren am Tatort finden«, sagte Sebastian und blätterte selbst zum Bericht über die Ermittlungen im Kaminzimmer von Gerbers Villa.

Als er die ersten Fotos aus dem Kaminzimmer sah, wusste er, dass hier zwar der Tatort gewesen war, aber keinesfalls der

Leichnam zerteilt worden sein konnte. Es gab keinerlei Blut, aber wie vermutet hatte ein Kampf stattgefunden. Auf einem Orientteppich lag ein beiger, quaderförmiger Polstersessel auf der Seite, daneben ein ebenfalls umgestürzter Bartisch. Gläser und Flaschen verteilten sich auf dem gesamten Teppich. Auf dem Parkettboden glitzerte zwischen den Scherben zweier Porzellanvasen die zerbrochene Scheibe einer Vitrine. Ein umgestürztes Bücherregal lag schräg auf der Armlehne des zweiten Sessels. Alle Bücher hatten merkwürdigerweise Platz auf der Sitzfläche gefunden. Fast friedlich inmitten dieser gewalttätigen Szenerie wirkte eine Champagnerflasche samt zweier Gläser, die völlig unbeschädigt davorlag.

Sebastian überblätterte ein paar Seiten, die das Chaos im Kaminzimmer aus weiteren Perspektiven dokumentierten. Dann stockte ihm der Atem. Die nächste Seite zeigte das Badezimmer, unzweifelhaft der Raum, in dem die Leiche zerteilt worden war. Und der Begriff »Schlachthaus«, den Franziska zuvor verwendet hatte, traf es ganz gut. Blut, wohin er schaute. Das meiste davon um und in der Badewanne.

Nur noch oberflächlich betrachtete er die nächsten Seiten mit weiteren Aufnahmen aus dem Badezimmer und blätterte dann zurück zum Bericht der Rechtsmedizin. Um sich ein erstes Bild vom Tatablauf zu machen, brauchte und wollte er sich im Moment nicht alle Fotos bis ins letzte Detail anzuschauen.

»Das glaub ich nicht«, rief da Franziska aus und schlug sich auf den Oberschenkel.

Sebastian hob den Kopf. »Was glauben Sie nicht?«

»Moment.« Mit flinken Fingern durchwühlte sie den Stapel Aktenmappen vor sich und zog eine dicke blaue heraus. Sie blätterte darin, fand offenbar, was sie suchte, und sah dann auf. »Im Kaminzimmer wurden die Fingerabdrücke von drei Personen gefunden. Ein Satz gehört natürlich zu Gerber, ein zweiter zu seiner Schwester und Haushälterin Rosa Gerber und der dritte einer gewissen Aljona Tremschowa.«

»Aljona Tremschowa, Russin?«

»Ukrainerin mit Touristenvisum, geboren 14. Mai 1978 in

Odessa.« Franziska klappte den Aktendeckel zurück und hielt die Mappe hoch.

Ein Foto auf der ersten Seite zeigte von der Brust an aufwärts eine junge, wasserstoffblonde Frau mit unübersehbar slawischen Gesichtszügen: quadratische Kopfform, hohe Wangenknochen mit zu viel Rouge und grüne durchdringende Augen mit noch mehr Lidschatten. Die Lippen waren zu einem knallroten Schmollmund geschminkt, wodurch ihr Lächeln beinahe wie aufgemalt wirkte. Tremschowa trug ein schulterfreies dunkelblaues Abendkleid, das deutlich zu eng saß und ihre kräftige Figur unnötig betonte. Ihr rechter Arm ragte aus dem Foto, und Sebastian wusste, dass sie ihn während der Aufnahme auf Gerbers Schulter abgelegt hatte. Zweifellos handelte es sich nur um einen anderen Ausschnitt desselben Fotos aus der Hauptakte.

»Und was glauben Sie daran nicht?«

Franziska lächelte, machte aber einen unschlüssigen Eindruck.

»Das hier ist ihre Personenakte.«

»Natürlich ist sie das.«

»Gerber war wohl bekannt für seine häufigen Verhältnisse mit jungen Frauen. Und eines dieser Verhältnisse soll Aljona Tremschowa gewesen sein. Sie hat sogar vor seinem Tod bei ihm gewohnt.«

»Und was ist mit ihr?«

»Sie wurde nach dem Mord nicht mehr angetroffen. Nirgends, auch nicht an ihrem eigentlichen Wohnsitz in der Ukraine.«

Sebastian klappte seinen Aktenordner zu. »Ich denke, es wird Zeit, dass wir mit dem damaligen Ermittlungsleiter reden.«

Franziska nickte, blätterte kurz in ihrer Aktenmappe. »Die Personenakte hier hat KHK Bernd Merbold angelegt, Polizeirevier drei in der Gutenbergstraße.«

Wieder am Schreibtisch, nahm Sebastian das Telefon zur Hand und wählte die Nummer des Polizeireviers drei, die ihm Franziska diktierte.

Bereits nach zwei Wahltönen ertönte eine piepsige Frauenstimme aus dem Hörer.

Sebastian meldete sich. »Ist KHK Merbold im Hause?«

Er rechnete bereits damit, seine Rufnummer zu hinterlassen, doch die viel zu laute Haltemelodie, die sogleich erklang, bescherte ihm eine Überraschung. Offenbar hatte er Glück, und Merbold war in seinem Büro erreichbar.

»Merbold«, drang dann auch Sekunden später ein tiefer Bariton an sein Ohr.

»Oberkommissar Franck vom LKA Stuttgart, Dezernat T.O.M.«, stellte er sich vor und drückte für alle Fälle die Taste für den Lautsprecher. Franziska stand bereits wieder vor seinem Schreibtisch.

»Dezernat T.O.M.?«, wiederholte Merbold. »Das ist doch Margas Laden.«

»Wenn Sie mit Marga KHK Marga Kronthaler meinen, dann ja. Sie ist meine Vorgesetzte.«

»Dann sind Sie wohl der Schlipsträger aus Norddeutschland?« Ein kurzes, helles Lachen folgte.

»Schlipsträger aus Norddeutschland?«

»Nichts für ungut, Kollege. Spaß muss sein. Aber sagen Sie mal, raucht sie immer noch wie ein Schlot, oder hat sie's inzwischen geschafft mit dem Aufhören? Versucht hat sie's ja bestimmt schon hundertmal.«

»Sie raucht noch.« Sebastian rümpfte die Nase, roch er doch noch immer den Rauch von Margas Zigarette. Und das, obwohl sie vor über einer Stunde sein Büro verlassen hatte. »Mehr denn je.« Bevor Merbold etwas erwidern konnte, fuhr er fort: »Ich rufe wegen dem Fall Gerber an, Sommer 2006, die zerstückelte Leiche aus dem Feuersee.«

Einige Sekunden vernahm Sebastian nur ein leichtes Rauschen. Gerade als er nachfragen wollte, kam ein lang gezogenes »Ah« aus dem Lautsprecher.

Erneut blieb es eine Weile am anderen Ende der Leitung still. Vermutlich nutzte Merbold die Zeit, um sein Gedächtnis nach dem Namen zu durchforsten. »Heinrich Gerber«, kam es schließlich zurück. »Ich erinnere mich. Aber der Fall ist doch abgeschlossen.«

»Abgeschlossen?«, echote Sebastian, ziemlich überrascht von

Merbolds Aussage. »Das kann nicht sein, die Akten liegen bei uns im Dezernat für ungeklärte Mordfälle.«

»Ungeklärte Mordfälle? Blödsinn.« Merbolds Tonfall wurde etwas kühler. »Es gibt einen Abschlussbericht. Haben Sie den nicht vorliegen?«

»Doch«, sagte Sebastian, als Franziska vehement nickte.

»Und haben Sie ihn auch gelesen?«

Sebastian zögerte, musste dann aber kleinlaut zugeben, dass er bisher nicht dazu gekommen war. Da ein Abschlussbericht meist den oder die Täter benannte, war im Grunde damit die Arbeit der Ermittlungsbehörden beendet.

»Ich würde Sie ja gern ins Bild setzen, Herr Franck, aber auf meinem Schreibtisch stapeln sich die Akten von sieben Fällen. Und heute ist noch eine schwere Körperverletzung dazugekommen.«

»Kommen Sie, Herr Merbold, die fünf Minuten haben Sie bestimmt für mich.«

Merbold seufzte. »Gut. Dann gebe ich Ihnen eine kurze Übersicht.« Seine Stimme hatte wieder einen versöhnlichen Klang angenommen. »Aber nur, weil ich Ihrer Chefin noch einen Gefallen schulde.«

»Das wird sie freuen«, sagte Sebastian, obwohl es ihm relativ egal war, wie er an Merbolds Informationen kam.

»Heinrich Gerber war ein alter geiler Sack. Wir sind bei unseren Nachforschungen auf rund ein Dutzend Verhältnisse mit jungen Frauen gestoßen, die fast seine Enkeltöchter hätten sein können.«

»Und Aljona Tremschowa war wohl eine davon.«

»Genau, sie passte in sein Beuteschema. Blond, etwas fülliger und mit etwas finanzieller Zuwendung schnell davon zu überzeugen, die Beine für ihn breitzumachen.«

»Was ist mit ihr geschehen?«

»Sie ist untergetaucht und seither wie vom Erdboden verschluckt.«

»Gehe ich richtig in der Annahme, dass Sie Aljona Tremschowa als Täterin identifiziert haben?«

Merbold stieß derart geräuschvoll Luft durch die Nase, dass es im Hörer rauschte wie Wind in den Baumkronen. »Das dürfen Sie nicht nur annehmen, sondern Sie können Ihren norddeutschen Arsch darauf verwetten.«

»Gibt es dafür belastbare Beweise?«, fragte Sebastian und bedauerte schon einen Moment später seinen kritischen Tonfall.

»Belastbare Beweise?« Merbolds Stimme wurde wieder rauer. »Ich zähle Ihnen jetzt mal ein paar Fakten auf, junger Kollege. Erstens stammen alle relevanten und verwertbaren forensischen Spuren im Bade- und Kaminzimmer von der Russen-Lady. Das gilt für Fingerabdrücke und DNA-Material. Zweitens fehlt seit der Mordnacht eine Münzsammlung Gerbers im Wert von ein paar hunderttausend Euro und, welch Zufall, drittens von Tremschowa jede Spur.«

Sebastian verkniff sich den Hinweis, dass es sich bei Tremschowa um eine Ukrainerin und keine Russin handelte. Vermutlich war Merbold der feine Unterschied einerlei. Gleichwohl nannte er zu viele Fakten, um sie einfach außen vor zu lassen.

»Denken Sie, dass Tremschowa stark genug war, um Gerber zu überwältigen, und dann auch noch so abgebrüht und seine Leiche zerstückelt hat?«

»Wieso nicht? Haben Sie ihr Foto in der Personenakte gesehen?«

Franziska schob die Aktenmappe aufgeschlagen auf seine Schreibtischunterlage.

»Ich habe es vor mir liegen.«

»Wie alt sind Sie, Herr Franck?«

»Fünfunddreißig«, antwortete Sebastian, ohne darüber nachzudenken, was die Frage mit dem Fall zu tun haben könnte.

»Dann kennen Sie vermutlich die alten Fernsehübertragungen von den Olympischen Spielen nicht mehr. Aber ich. Und die Frau erinnert mich an jene Athletinnen, die vor ein paar Jahrzehnten vollgepumpt mit Dopingmitteln für die ehemalige Sowjetunion antraten. Sie verstehen, was ich meine?« Er lachte laut auf.

Sebastian verstand, was Merbold meinte. Tremschowa hatte tatsächlich eine kräftige, fast männliche Figur.

»Jedenfalls haben wir einen internationalen Haftbefehl ausgestellt und die ukrainischen Behörden um Mithilfe gebeten. Danach war Schweigen im Walde. Wie allerdings die Akten zu Ihnen gekommen sind, kann ich mir nicht erklären.«

Das konnte Sebastian auch nicht. Vielleicht einfach nur ein Irrtum im Archiv des Polizeipräsidiums Stuttgart.

»Aber wie kommen Sie denn heute, so viele Jahre nach dem Mord, auf den Fall?«

Sebastian kratzte sich an der Stirn. »Wir haben vermutlich den Rest von Gerbers Leiche gefunden.«

»Wo?« Es klang wie ein Bellen. Das erste Mal wirkte Merbold ehrlich überrascht.

»In Rottweil.« Sebastian zögerte einen Moment. »Aber nicht nur seine.«

»Was soll das heißen?«

»Sie war vergraben mit einer zweiten Leiche.«

»Irrtum ausgeschlossen?«

Sebastian dachte einen Augenblick darüber nach, wie er seine Antwort formulieren sollte. Waren sie wirklich schon so weit, eine Fehleinschätzung auszuschließen? »Mit an Sicherheit grenzender Wahrscheinlichkeit. Gerbers Knieprothese lag am Fundort. Und mit der Seriennummer haben wir zumindest diese eindeutig identifizieren können.«

Merbold stieß einen leisen Pfiff aus. »Da haben Sie ja ein verdammtes Schlamassel vor sich. Viel Spaß beim Aufdröseln. Darum beneide ich Sie ehrlich nicht.« Er hielt kurz inne. »Wollen Sie sonst noch was wissen? Ich sollte mich dann mal wieder um mein Zeugs hier kümmern.« Ein Patschen drang aus dem Lautsprecher. Offenbar klopfte er mit der Hand auf einen Aktendeckel.

Sebastian sah fragend zu Franziska. Die schüttelte den Kopf. »Danke, das reicht fürs Erste. Falls noch weitere Fragen auftauchen, würde ich mich noch einmal melden.«

»So machen Sie's.« Merbold verabschiedete sich, nicht ohne die Bitte, Marga von ihm zu grüßen, und legte auf.

Noch mit dem Telefonhörer in der Hand betrachtete Sebastian

Tremschowas Foto. Auch wenn die Frau kräftig genug schien, den siebzigjährigen Gerber zu überwältigen, zu töten und dessen Leiche zu zerstückeln, brauchte es obendrein eine enorme Menge Kaltschnäuzigkeit. Und die Kriminalstatistik zeigte ganz eindeutig, dass es nur wenige Frauen als Täter gab, die derart brutal vorgingen.

# 6

Gleich am nächsten Morgen machten Sebastian und Franziska sich auf den Weg in den Stuttgarter Osten, in die Gerokstraße 138, dem damaligen Tatort. Er hatte darauf bestanden, mit seinem Wagen zu fahren. Nicht weil er auf den zweifellos höheren Komfort des Mercedes SL Roadsters Wert legte, sondern weil er sich immer noch nicht mit Franziskas Fahrstil anfreunden konnte. Als er zuletzt mit ihr im Fiat Panda unterwegs gewesen war, hatte sie nach ein paar Kilometern so viele Verkehrsregeln verletzt, dass es problemlos für vier Wochen Führerscheinentzug gereicht hätte. Und wahrscheinlich gab es seither auch Einkerbungen an den Haltegriffen, die von seinen Fingernägeln stammten.

Dessen ungeachtet musste er ein weiteres Mal Franziskas kommunikative Fähigkeiten loben. Sie hatte es doch tatsächlich hinbekommen, den neuen Besitzer von Gerbers Villa davon zu überzeugen, dass eine Tatortbegehung auch nach derart vielen Jahren zur Aufklärung der Tat beitragen könnte.

»Ihre Karre ist echt klasse«, begann sie, kaum eine Minute nachdem sie losgefahren waren. »Alles in Leder und so.« Sie fuhr mit der Hand über das Armaturenbrett, als würde sie ihre Katze streicheln.

»Schön, dass Ihnen das Auto gefällt.« Sebastian hoffte, dass sie nicht wie zuletzt an allen erreichbaren Knöpfen herumspielte.

»Mir auch.«

»Besonders die Sitze.« Franziska hantierte neben dem Beifahrersitz herum. Die Lehne surrte nach hinten.

Sebastian unterdrückte ein Seufzen. Natürlich hatte sie den ersten Knopf bereits gefunden.

»Sie könnten das Verdeck aufmachen.« Sie deutete nach oben.

Sebastian sah auf die Anzeige für die Außentemperatur. »Es hat gerade mal fünf Grad.«

»Sie haben doch eine vollautomatische Klimaanlage und bestimmt auch so 'ne geile Arschheizung.«

»›Geile Arschheizung‹?« Er würde sich nie an ihre eigenartige Ausdrucksweise gewöhnen. »Sie meinen die Sitzheizung.«

Sie nickte und deutete erneut auf das Verdeck.

»Nachher. Versprochen.«

Franziska lächelte zufrieden.

»In der Zwischenzeit könnten Sie mir etwas über den neuen Besitzer von Gerbers Villa erzählen.«

»Ladislaus mit Meise.« Franziska stieß einen Laut der Belustigung aus. »Okay, war nur Spaß. Er heißt eigentlich Ladislaus von Meißner.«

»Ladislaus? Tatsächlich? Wie der König von Ungarn, der heiliggesprochen wurde?«

»Den kenn ich nicht. Aber der Spinner war echt schräg drauf. Der wollte doch glatt wissen, wie alt ich bin und wie ich mit Vornamen heiße.«

Sebastian zuckte für einen Moment zusammen und verpasste so die Gelegenheit, auf die linke Spur zu wechseln. Er musste bremsen und hing hinter einem Lastwagen mit tschechischem Kennzeichen fest, dessen Auspuffgase den Rauchschwaden aus einem Industriekamin in nichts nachstanden. Vermutlich war das auch der Grund, warum von der gelben Werbebeschriftung auf der dunkelblauen Plane nur die Buchstaben »Č« und »S« zu erkennen waren. »Haben Sie es ihm gesagt?«

Sie schüttelte vehement den Kopf.

»Sicher?« Sebastian spürte, dass sie noch etwas zurückhielt.

Franziska antwortete erst nach einigem Zögern. »Ich hab ihm versprochen, dass ich's ihm sage, wenn ich vorbeikommen kann.«

»Nur Sie?« Sebastian glaubte, sich verhört zu haben. »Er weiß nichts davon, dass wir zu zweit kommen?«

»Ich hab ihm nichts von Ihnen erzählt.« Franziska zupfte an ihrer Strähne, wickelte sie um den Zeigefinger. Diesmal hatte sie eine grüne Extension in ihre Haare eingeflochten, passend zu ihrem Top über dem schwarzen Shirt. »Aber allein wäre ich da nie hin. Wirklich, Chef.«

Auf der linken Spur tat sich eine Lücke auf. Sebastian be-

schleunigte seinen Wagen und passierte den tschechischen Lastwagen. »Kannten sich die beiden?«

»Der Spinner und Heinrich Gerber?« Franziska zupfte an
ihrer Unterlippe. »Ich denke nicht.«

»Auch nicht seine Angehörigen?«

»Gerber hatte ja nur noch seine Schwester Rosa, und diesen
Spinner hab ich nicht weiter überprüft.«

»Was ist eigentlich mit der Schwester?« Vielleicht hätte er sich
zuerst mit ihr befassen sollen. Schließlich hatte sie einmal pro
Woche in Gerbers Villa verkehrt, um den Haushalt zu machen.

»Sie lebt in einem Pflegeheim und ist dement. Wollten Sie sie
befragen?«

»Vielleicht später.« Sebastian fädelte wieder auf die rechte Spur
ein und fuhr etwas langsamer. »Warum ist dann Meißner im Besitz der Villa und nicht sie?«

»Meißner hat sie rund ein Jahr nach Gerbers Tod von der
Bank ersteigert. Da waren noch Grundschulden von mehr als
einer halben Million Euro drauf. Die hat sie wohl nicht gehabt.
Trotzdem wird diese Bonzenbude wohl ein Schnäppchen gewesen sein.«

»Schnäppchen? Worauf begründet sich Ihre Annahme?«

Franziska wiegte den Kopf. »Bei der Vorgeschichte findet sich
bestimmt nicht so schnell ein Käufer. Oder würden Sie ein Haus
kaufen, in dessen Badezimmer eine Leiche zerstückelt wurde?«

Sebastian kamen die Fotos aus Gerbers Fallakte in den Sinn.
Und das Wort »Schlachthaus«, das Franziska gebraucht hatte.
Auf den weißen Fliesen, den Sanitärmöbeln, den Wänden, der
Decke, überall angetrocknete Blutspritzer. Nur überstreichen
würde nicht helfen. Er beließ es bei einem Kopfschütteln.

»Sehen Sie, ich auch nicht.« Franziska runzelte die Stirn. »Obwohl, in ›Breaking Bad‹ haben die dort weiter gewohnt.«

»Das hatten Sie so ähnlich bereits erwähnt«, sagte Sebastian
schnell und in der Hoffnung, dass sie nicht erneut mit der Leiche
und der Säure anfing.

»In zweihundert Metern rechts in die Zielstraße abbiegen«,
meldete die Stimme aus dem Navigationsgerät.

Sebastian setzte den Blinker. Als er in die Gerokstraße einbog, stach ihm sogleich die abrupte Änderung der Bebauung ins Auge. Das, was er auf der Fahrt bisher vom Stuttgarter Osten gesehen hatte, war von kleineren Arbeiterhäusern geprägt gewesen. Jetzt beherrschten mit einem Mal mehrstöckige Villen mit kunstvoll angelegten Vorgärten und langen Einfahrten das Straßenbild. Hier in der begehrten Halbhöhenlage Stuttgarts, über dem vom Feinstaub geplagten innerstädtischen Kessel, versteckten die Anwohner sogar ihre Mülltonnen in eigens gemauerten Häuschen mit schmiedeeisernen Gittern. Sebastian würde Wetten darauf abschließen, dass er auf den goldenen Klingelschildern überproportional viele Anwälte, Ärzte und Architekten finden würde. Ein wahrhaft schönes Viertel für selbstständig Tätige, prädestiniert für gleichzeitiges Arbeiten und Wohnen.

Franziska las die Hausnummern vor. »Da vorn, das muss die hundertachtunddreißig sein.« Sie deutete auf ein weiß getünchtes, dreistöckiges Gebäude, dessen oberster Stock unter einem tief heruntergezogenen Dach verschwand.

Das Tor stand offen. Sebastian zögerte nicht lange und bog in die Grundstückszufahrt ein. Er ließ den Wagen direkt vor einer fünfstufigen Treppe aus hellem Sandstein ausrollen, die hoch zu einer Rundbogen-Eingangstür aus massivem Holz führte.

Er stieg aus und sah sich um. Im Vergleich zu den umliegenden Grundstücken mutete der Vorgarten eher bescheiden an. Auch kam es ihm so vor, als ob die Außenanlage weniger gepflegt wurde.

Aus den Augenwinkeln sah er, wie sich der Vorhang an einem der Fenster im ersten Stock bewegte. Zu schnell und zu weit entfernt, als dass er etwas erkennen konnte. Er wandte den Kopf um, entdeckte jedoch nur noch den Hauch eines Schattens hinter dem hellen Stoff.

Franziska hatte bereits die Treppe erklommen und wartete vor der Tür.

»Augenblick«, rief Sebastian ihr zu. Er betätige die Schließanlage des Mercedes und hastete die Sandsteintreppe hinauf.

Franziska drückte die Klingel. Ein viel zu lautes Ding-Dong

erklang, das gut und gern auch als Zweiuhrschlag einer Kirchenglocke durchgegangen wäre.

Bisher hatte Sebastian aus Franziskas Schilderungen herausgehört, dass Ladislaus von Meißner ein Spinner sein musste – so ihre äußerst unkonventionelle Umschreibung. Doch das traf es nur zum Teil, zumindest äußerlich. Der Mann jenseits der sechzig, der wenig später im Halbdunkel unter der Rundbogentür erschien, wirkte in allen Belangen schlicht bizarr. Das lag nicht nur an seiner Kleidung, einer Art Phantasieuniform aus hellblauer Seide, bestückt mit goldenen Knöpfen, Bordüren und Litzen samt den auf Hochglanz polierten Reitstiefeln. Auch sein Aussehen mutete ungewöhnlich an. Wie weißes Papier spannte sich die Haut über Stirn, Wangen und einen mächtigen Unterkiefer. Seine Lippen, die er zu einem schmalen Strich zusammenpresste, schienen blutleer. Durch seine hellen Haare im tadellosen Militärhaarschnitt wirkte der Kopf wie ein nahezu perfekter Quader. Seine Gesichtsbehaarung war so weiß, dass es aussah, als ob er weder über Augenbrauen noch über Wimpern verfügte. Die kantige Geometrie setzte sich beim Körper fort. Arme, Oberkörper, Becken und Beine hätten so ähnlich auch mit Legosteinen geformt werden können.

Das bizarre Erscheinungsbild des Mannes wurde durch einen weißen Terrier gekrönt, der auf seinem rechten Arm thronte wie ein kleiner Löwe. Und auch dessen Kopfform erinnerte an einen übergroßen Zuckerwürfel.

Sebastian brauchte einen Augenblick länger als sonst, um seinen Ausweis aus der Innentasche des Jacketts zu befördern. Er hielt ihn in die Höhe. »LKA Stuttgart, Oberkommissar Franck mein Name. Das ist meine Kollegin Frau Hegel.« Er deutete zu Franziska und steckte den Ausweis zurück.

Der Mann starrte ihn reglos an. Kein Muskel in seinem Gesicht bewegte sich. Nicht einmal ein Blinzeln war zu sehen. Auch der Hund kauerte weiterhin auf seinem Arm, als ob er festgefroren wäre.

»Herr Ladislaus von Meißner?«, fragte da Franziska.

Jetzt reagierte der Mann, wenn auch nur in kaum wahrnehmbarem Ausmaß. Seine wasserblauen Augen unter den hellen

Brauen rollten genau einmal nach links und blieben auf Franziskas Gesicht haften. Als ob er einem stummen Befehl gefolgt wäre, bewegte auch der Terrier seinen Kopf in die gleiche Richtung und verharrte.

Sebastian wertete das darauffolgende Blinzeln des Mannes samt minimalem Kopfnicken als Bestätigung.

»Ich habe gestern angerufen«, fuhr Franziska fort. »Sie wollten uns Ihr Haus in Augenschein nehmen lassen.«

»Wollte ich das?«, fragte Meißner mit einer unangenehm leiernden Stimme. In seinen Blick, der bisher auf Franziskas Gesicht geruht hatte, kam Bewegung. Unverhohlen musterte er sie von oben nach unten.

Die reckte das Kinn, schien etwas sagen zu wollen. Doch offenbar besann sie sich im letzten Augenblick eines Besseren und beließ es bei einem Nicken.

Meißners Mundwinkel wanderten wenige Millimeter nach oben, was vermutlich seine Art zu lächeln darstellte. »Und Sie wollten mir Ihren Vornamen nennen.«

Gern hätte Sebastian jetzt angemerkt, dass ihn der überhaupt nichts anginge. Doch er hielt sich zurück, wollte er sich doch zumindest Kamin- und Badezimmer näher ansehen.

»Franziska«, hörte er ihre Stimme neben sich.

»Ein schöner Name.« Erneut blinzelte Meißner, ohne dass Sebastian Wimpern an seinen Augenlidern erkennen konnte. »Und wie alt sind Sie, wenn ich fragen darf?«

Franziska legte den Kopf schief. »Das dürfen Sie gern.« Sie warf ihm ein unechtes Lächeln zu. »Aber das beantworte ich Ihnen erst, nachdem wir fertig sind.«

Meißners Mundwinkel sanken zurück in ihre Ausgangsposition.

»Lassen Sie uns bitte zuerst unsere Arbeit machen«, schob Franziska hinterher. »Hier draußen rumzustehen und nur zu quatschen, ist nicht so prickelnd.«

Ohne ein weiteres Wort wandte sich Meißner um. Einen Herzschlag später war er geräuschlos wie ein Gespenst im Halbdunkel des Eingangsbereiches verschwunden.

»War das ein Ja?« Sebastian blickte zu Franziska. »Sollen wir hinterhergehen?«

»Scheint so.« Sie zuckte mit den Schultern und setzte sich in Bewegung.

Er folgte ihr und fand sich nach dem dunkel getäfelten Eingangsbereich in einem weiteren, etwas helleren Vorraum wieder, dessen Fußboden aus schwarzen und weißen Fliesen im Schachbrettmuster bestand. Es roch alt und muffig. Nicht verwahrlost, nicht einmal unangenehm, nur alt. Außer einer kleineren Kommode in Nussbaum mit einem weißen, altmodischen Telefon entdeckte er auf den ersten Blick keine weiteren Möbel. Die Gemälde an den Wänden zeigten Militärschauplätze und Jagdszenen aus dem vorletzten Jahrhundert. Freilich hatten sie alle etwas gemeinsam: Sie zeugten von schlechtem Geschmack. Sein Vater hätte sie vermutlich als »unverkäufliche alte Schinken« bezeichnet.

Meißner stand in der Mitte des Raums vor einer Treppe, die auf einer Seite in den Keller, auf der anderen in die oberen Stockwerke führte. Noch immer kauerte der weiße Terrier unbeweglich auf einem Arm. Mit dem anderen Arm deutete er auf eine halb geöffnete Tür, hinter der Sebastian schon den hellen Sandstein des Kamins erkennen konnte. »Sie wollen sich doch sicher das Kaminzimmer anschauen. Dort wurde der Vorbesitzer vom Leben zum Tod befördert.« Ohne sichtbare Gemütsregung wanderte sein Arm weiter und zeigte auf eine geschlossene Tür. »Das ist das Badezimmer. Da wurde die Leiche zerteilt.«

»Danke«, entgegnete Sebastian und machte sich auf den Weg ins Kaminzimmer.

»Ja, schauen Sie sich gern dort um. Ich zeige Fräulein Franziska in der Zwischenzeit das Badezimmer.«

Abrupt blieb Sebastian stehen, wandte sich um. Meißner stand so nah bei Franziska, dass er beinahe ihren Oberarm berührte. Er hatte sein Kinn angehoben, die Nasenflügel bewegten sich leicht. Sebastian sah ihm an, dass er versuchte, ihren Geruch wahrzunehmen. »So geht das nicht, Herr von Meißner. Frau Hegel kommt mit mir.«

»Wie Sie meinen.« Meißner machte einen schnellen Schritt zurück. Ein enttäuschter Ausdruck lag auf seinem Gesicht.

Sebastian wartete, bis Franziska zu ihm aufgeschlossen hatte, und betrat dann zusammen mit ihr das Kaminzimmer.

Nichts war mehr übrig von Gerbers ehemaliger Einrichtung, die Sebastian sich mit Hilfe Dutzender Fotos aus der Fallakte längst eingeprägt hatte. Die Bücherregale und Vitrinen samt Inhalt waren einer hellgrauen Wohnwand mit bunten Türchen gewichen, die zwar als modern bezeichnet werden konnte, aber überhaupt nicht zum Charakter des Raums passte. Orangefarbene Ledermöbel samt kanariengelbem Couchtisch verstärkten den Eindruck zusätzlich, einem schlechten Einrichtungsberater vertraut zu haben.

Den Gipfel des Geschmacklosen jedoch stellte ein hellgrün gefärbtes Tierfell dar, das statt des Orientteppichs auf dem Parkettboden vor dem gemauerten Kamin lag.

Sebastian ließ seinen Blick weiter durch den Raum schweifen, versuchte, sich die ehemaligen Möbel an der richtigen Position vorzustellen. Da stand die Vitrine mit den Vasen, dann kamen zwei beige, quaderförmige Polstersessel und weiter rechts davon der fahrbare Bartisch.

*Es war so leicht, sein Vertrauen zu erschleichen. Geh mit ihm ins Bett, spiel ihm etwas vor und schwups, sitzt seine Kohle locker. Nach einer Weile kannst du in seiner Villa einziehen und für die nächsten Monate bei ihm leben wie die sprichwörtliche Made im Speck. Ach, ihr Männer, ihr seid so herrlich einfach gestrickt. Und je älter, hässlicher oder fetter ihr seid, desto einfacher ist es. Und bei ihm trifft alles drei zu. Egal, inzwischen hat er dir bestimmt für ein paar tausend Euro Klamotten spendiert, dich zum Essen ausgeführt und immer deine Drinks bezahlt. Natürlich macht das nicht immer Spaß, manchmal ekelst du dich auch, wenn dieses Walross auf dir rumliegt. Aber was tut man nicht alles für ein luxuriöses Leben ohne Geldsorgen.*

*Schon seit Tagen erzählt er dir von einem dicken Geschäft, das er abgeschlossen hat. Heute sei es so weit. Jemand würde die wertvollen Münzen abholen, die im Tresor nebenan liegen. Und um das mit dir zu feiern, hat er eine Flasche Champagner für ein paar hundert Euro aufgemacht.*

*Doch dann läuft etwas schief. Er ist schon betrunken, und als er dir an die Wäsche geht, bedrängt er dich mehr, als du zulassen willst. Er zerrt an deiner Kleidung, du wehrst dich, versuchst, ihn von dir wegzuschieben. Er wird noch grober, will dich zum Sex zwingen. Deine Bluse reißt, und im nächsten Moment hat er seine Hand in deiner Hose.*

*Ein Geräusch aus dem Vorraum mit den Schachbrett-Fliesen rettet dich. Er schreckt auf, schaut sich um und lässt dann widerwillig von dir ab.*

Die Bilder verblassten. Das grün gefärbte Tierfell und die orange Ledergarnitur drängten sich wieder in Sebastians Blickfeld. Er sah zu Franziska, auf deren Stirn ein großes Fragezeichen stand, und deutete ein Kopfnicken an.

»Können wir uns das Badezimmer noch anschauen?«, fragte er an Meißner gewandt. Zum ersten Mal zeigte der Terrier auf dem Arm eine Reaktion: Er hob den Kopf und starrte Sebastian an.

Statt einer Antwort zeigte Meißner stumm zur Tür. Sebastian folgte seiner Aufforderung, trat auf den Flur und weiter in das Badezimmer.

Mit Ausnahme eines Spiegelschrankes entsprach die Einrichtung auf den ersten Blick noch immer der auf den Tatortfotos. Wohl auch deshalb versprühten die Sanitärmöbel und die weißen Fliesen den Charme eines frisch gesäuberten Schlachthauses. Lediglich die roten Handtücher mit den Monogrammen »LvM« samt gleichfarbigen Badvorlegern wollten nicht zu diesem Eindruck passen.

Sebastian ließ seinen Blick durch den Raum schweifen: Toilettenschüssel, Bidet, die bodenebene Dusche samt einigen Duschutensilien hinter einer gläsernen Trennwand. Auf der gegenüberliegenden Seite zwei Waschbecken nebeneinander, darauf ein Rasierer und eine elektrische Zahnbürste. Mitten in den Raum ragte die Badewanne, etwas größer als der Standard. Alles perfekt sauber. Die Armaturen glänzten, als wären vor kurzer Zeit noch Werbefotos für einen Sanitärhersteller gemacht worden.

Er trat vor die Badewanne. Auch sie schien noch dieselbe wie in der Mordnacht zu sein. Langsam streckte er den Kopf nach vorn, bis er den Abfluss sehen konnte. Ein beklemmendes Gefühl machte sich in ihm breit, fast so, als würde er keine Luft mehr bekommen.

*Blutspritzer reichen fast bis zur Zimmerdecke. Auf dem Boden liegt eine Eisensäge. An Griff und Sägeblatt kleben Reste von Haut, Fleisch und Knochen. Aus der dunkelroten, zähen Masse in der Wanne ragen fünf Finger, eine Hand, quer darüber ein loser Arm, ein Oberschenkel. Vom Kopf sind nur die blutverklebten Haare und ein Teil der rechten Gesichtshälfte zu erkennen. An den Bartstoppeln haften winzige Blutstropfen. Der Mund steht einen Spalt offen. Es gluckert, und Luftblasen steigen auf ...*

Die Krawatte, sie schien ihm den Hals abzuschnüren. Sebastian lockerte sie, atmete ein paarmal tief durch. Doch statt des erlösenden Gefühls spürte er mit einem Mal Schwindel hinter seiner Stirn. Eine Art von Schwindel, die er noch nie empfunden hatte. Seine Knie wurden weich. Er ließ sich auf den Rand der Badewanne sinken. Schweiß rann in kleinen Bächen über sein Gesicht.

»Chef, alles in Ordnung?« Wie durch Watte drang Franziskas Stimme an sein Ohr. Das Nächste, was sie sagte, hörte sich an wie Gemurmel.

Er sah auf. Doch statt Franziska erblickte er Meißner mit dem Terrier auf dem Arm. Es kam ihm so vor, als ob der Hund lachte. Sebastian schloss die Augen. Der Schwindel wollte nicht aufhören, und jäh gesellte sich Übelkeit, eine unabwendbare Übelkeit dazu.

Sebastian sprang auf, riss den Toilettendeckel hoch. Er beugte sich vornüber und übergab sich.

Hinter ihm bellte der Hund. War es überhaupt ein Bellen, oder lachte das blöde Vieh tatsächlich?

»Was ist mit Ihnen?« Franziskas Stimme drang bereits wieder deutlicher zu ihm vor. »Brauchen Sie Hilfe?«

Sebastian versuchte sich an einem Kopfschütteln. Ein erneuter Schwindelanfall blieb aus. Die Hände auf die Knie gestützt, wartete er, bis sich sein Magen beruhigt hatte, und richtete sich dann wieder auf.

»Geht's wieder?«

Er nickte zaghaft, nahm ein Taschentuch aus seinem Jackett und wischte sich den Mund ab. »Ich denke schon.« Er drückte die Spülung und klappte den Toilettendeckel wieder zu.

Franziska atmete erleichtert aus.

Sebastian trat an eines der Waschbecken, drehte den Wasserhahn auf, spülte sich den Mund aus und tupfte mit dem Taschentuch die Lippen trocken. »Ich muss wohl etwas Schlechtes gegessen haben.«

»Haben Sie einen nervösen Magen?« Mit seinem Hund auf dem Arm stand Meißner noch immer unter der Badezimmertür, als ob ihn das alles nichts anginge.

»Heute schon.« Sebastian drehte den Hahn wieder zu. »Das tut mir wirklich leid, Herr von Meißner. So etwas ist mir noch nie passiert.«

»Ich hab ja eine Putzfrau.« Er lächelte, verzog dabei aber das Gesicht, als ob es wehtat.

Sebastian wandte sich an Franziska. »Ich habe genug gesehen.« Er schluckte trocken. »Wir sollten gehen.«

Sie runzelte die Stirn, nickte aber sogleich.

Meißner ging voran, über die Schachbrett-Fliesen durch den hellen Vorraum und weiter zum Eingangsbereich. Er öffnete die Haustür, ließ Sebastian und Franziska passieren.

»Herr von Meißner, danke für Ihre Zeit«, sagte Sebastian. »Und entschuldigen Sie nochmals die Unannehmlichkeiten im Bad. Wie gesagt, so etwas ist mir noch nie passiert.«

»Schön, dass ich helfen konnte«, entgegnete der, sah dabei aber nicht ihn an, sondern musterte Franziska, die bereits mit dem Rücken zu ihm stand. »Fräulein Franziska?«

»Ja?« Sie drehte sich um.

»Sie wollten mir noch Ihr Alter nennen.«

Franziska zog das gleiche unechte Lächeln von vorhin auf.

»Da hab ich wohl gelogen.« Sie wandte sich wieder der Treppe zu und stapfte wortlos hinunter zum Mercedes.

»Arschloch«, stieß sie zwischen den Zähnen hervor, als sie im Wagen saßen. »Haben Sie das gehört?« Sie äffte Meißners leiernde Stimme nach: »›Ich hab ja eine Putzfrau‹ – was für ein großkotziger Chauvi.«

Sebastian schloss die Augen und lehnte sich zurück. »Das ist eigentlich unmöglich.«

»Was? Dass Meißner ein großkotziger Chauvi ist?«

»Nein, dass eine Frau einen hundertfünfzig Kilo schweren Mann vom Kaminzimmer ins Badezimmer schleppt und ihn in die Badewanne hievt.«

»Das müssten die Ermittler doch damals schon bemerkt haben.«

Sebastian öffnete wieder die Augen. »Wenn man sich bereits auf einen Täter festgelegt hat, sucht man nicht unbedingt noch nach einem weiteren.«

Franziska schürzte die Lippen, sie schien nachzudenken. »Wir könnten noch am Feuersee vorbeifahren. Vielleicht finden Sie dort mehr über den Verlauf des Abends heraus.«

»Ein anderes Mal.« Er fuhr sich mit der Hand übers Gesicht. »Für heute habe ich genug.«

Franziska beäugte ihn mit einem kritischen Blick. »Was haben Sie im Badezimmer gesehen, Chef?«

»Das wollen Sie nicht wissen, Franzi.«

»So schlimm?«

Sebastian schluckte schwer. »Schlimmer.«

# 7

Die Auswahl an freien und gleichzeitig kostenlosen Parkplätzen hätte Sebastian beinahe überfordert, als er zwei Tage später seinen Mercedes auf den mittleren von fünf Besucherparkplätzen vor dem alten Rottweiler Krankenhaus lenkte. Das vierstöckige Gebäude mit der hellgelben Fassade aus dem frühen 20. Jahrhundert lag auf einer Anhöhe nahe dem Klinikneubau. In den Fenstern der oberen Stockwerke, die teilweise umrahmt von aufwendigen, ockerfarbenen Stuckfriesen waren, spiegelte sich die Morgensonne. Ganz unten im Kellergeschoss lagen die Räume der Rechtsmedizin. Dorthin drang nie Tageslicht.

Melchior hatte ihn am Vorabend informiert, dass ein Dr. Karchenberg die rechtsmedizinische Untersuchung bereits abgeschlossen habe. Eine Teilnahme der ermittelnden Beamten sei nicht erforderlich gewesen, da es sich lediglich um Knochen und deren Begutachtung handele. Und dazu fehle den Beamten der Zugang, wie er sich ausdrückt habe. Dafür wolle er am darauffolgenden Tag um neun Uhr die Ergebnisse seiner Untersuchung am Knochenfund selbst vorstellen. Doch auch das wollte Sebastian sich nicht entgehen lassen. Zumal Unklarheiten direkt vor Ort besser und schneller ausgeräumt werden konnten als durch einen Bericht, der vermutlich erst in ein paar Wochen vorlag.

Die Fahrt von Stuttgart nach Rottweil war besser verlaufen, als er befürchtet hatte. Es gab lediglich einen kleinen, jedoch einkalkulierten Stau auf dem Zubringer zur Autobahn. Statt der zwei Stunden, die er geplant hatte, waren nur sechsundneunzig Minuten vergangen. Und die Rottweiler Abfahrt zu übersehen, war schlicht unmöglich. Auf den letzten Autobahnkilometern hatte ihm der zweihundertfünfzig Meter hohe Aufzugstestturm wie ein Leuchtfeuer den Weg gewiesen.

Sebastian traf gern früher als vereinbart zu einem Termin ein, um in aller Ruhe ein Gespür für den Ort zu bekommen. In einer unbekannten Stadt konnte man nie wissen, was einen erwartete: eine unvollständige oder gar fehlerhafte Adressangabe, kein Parkplatz, sonderbare Verkehrsführung, Polizeikontrolle, Motorschaden und vieles andere mehr. Außerdem verabscheute er Menschen, die lediglich pünktlich oder gar zu spät eintrafen, und so versuchte er, in einem kontinuierlichen Prozess seine optimale Pufferzeit zu bestimmen. Und falls ihn jemand danach fragen würde, könnte er diese mit dreizehn Minuten beziffern.

Er hatte die letzten beiden Tage dazu genutzt, sich durch die Akten des Feuersee-Falls zu arbeiten. Und inzwischen musste er KHK Merbold, dem damaligen Ermittler, zumindest hinsichtlich dessen Einschätzung zu Gerber beipflichten. Zwar würde Sebastian sich Ausdrücke wie »alter geiler Sack« oder »Beine breitmachen« nie zu eigen machen, aber der ewige Junggeselle Heinrich Gerber schien zumindest eine Art Doppelleben geführt zu haben. Mit seinem florierenden Münz- und Goldhandel verdiente er ein Vermögen, das oft genauso schnell wieder geschmolzen war, wie er es angehäuft hatte. Sebastian konnte sich des Eindrucks nicht erwehren, dass Gerber sich so auch seinen Platz in die Stuttgarter High Society erkauft hatte.

In der Nähe jaulte ein Martinshorn auf. Sebastian schrak zusammen, schaute sich um. Ein Krankentransporter schoss aus einer Ausfahrt und jagte hinter dem Parkplatz die Straße entlang. Offenbar wurde das Gebäude des alten Krankenhauses auch vom Deutschen Roten Kreuz als Rettungswache und Garage für den Fuhrpark verwendet.

Die Digitaluhr im Armaturenbrett zeigte Viertel vor neun an, noch fünfzehn Minuten. Aber wo blieben eigentlich die beiden Rottweiler Kommissare? Der Parkplatz war bis auf zwei für Angestellte reservierte Stellplätze leer. Zumindest Melchior hatte angedeutet, dass sie ebenfalls teilnehmen wollte. Aber vermutlich würde sie später kommen. Nicht jeder war so pünktlich wie er.

Älterer, vermögender Mann aus Habgier von junger Geliebter ermordet. Klang einfach und war meist zutreffend. Aber eben nicht immer. Bald würde er mehr wissen. Sebastian prüfte den Sitz seiner Krawatte im Rückspiegel, strich sie glatt. Er stieg aus und verriegelte den Mercedes.

Hinter ihm heulte erneut ein Martinshorn auf, viel lauter als noch im Wagen. Diesmal jagte ein Mercedes Kombi des Roten Kreuzes mit der Aufschrift »Notarzt« vorbei.

Er wandte sich dem Haupteingang zu. Hinter der doppelflügeligen Holztür, groß wie ein Scheunentor, breitete sich eine Eingangshalle aus, die weitere drei Stockwerke emporreichte. Es roch nach Desinfektionsmittel und Bohnerwachs. Sebastian entdeckte einen Wegweiser und folgte dem Pfeil hinunter ins Kellergeschoss. Vor einer fensterlosen, unscheinbaren Stahltür drückte er die Klingel mit der Aufschrift »Rechtsmedizinische Abteilung«. Sekunden später knackte die Gegensprechanlage, und eine Mitarbeiterin der Rechtsmedizin erkundigte sich nach seinem Namen.

»Oberkommissar Franck vom LKA Stuttgart«, meldete sich Sebastian. »Ich habe um neun einen Termin mit Dr. Karchenberg.«

Im nächsten Augenblick erklang der Türsummer. Sebastian drückte die Tür auf und fand sich in einem völlig verlassenen Flur mit unansehnlichen, hellgrauen Fliesen an Wänden und Boden wieder. Die Temperatur schien abrupt ein paar Grad gefallen zu sein. Kein Laut drang an sein Ohr. »Hallo«, rief er halblaut und vernahm den Hall seiner Stimme.

Es klang wie ein Donnerschlag, als die erste Tür auf der rechten Seite aufging. Eine jüngere, dunkelhaarige Frau mit dicker Brille streckte ihren Kopf heraus. Sie musterte ihn lange, und es schien, als ob sie auf etwas wartete.

»Das Skelett liegt in Saal eins«, sagte sie schließlich in einem Tonfall, als ob ihr jedes Wort Mühe bereitete. »Sie sind doch wegen des Skeletts hier?«, fügte sie hinzu, als er nicht sofort reagierte.

»Skelett, ja natürlich«, antwortete Sebastian etwas überrascht von ihrem schwerfälligen Auftreten. Offenbar hatte sie hier unten selten Besuch.

»Hier entlang.« Sie deutete mit dem Daumen hinter sich und war schon einen Augenblick später mit einem ähnlich lauten Donnerschlag wieder in ihrem Büro verschwunden.

Er schaute in die angedeutete Richtung und entdeckte am Ende des Flurs zwei Türen. Durch die Milchglasscheibe der rechten Tür drang Neonlicht, das ein scharfes Rechteck auf die Fliesen zeichnete. Die Frau konnte nur diesen Raum gemeint haben. Sebastian setzte sich in Bewegung, ging den Flur entlang, nicht ohne die Beschriftungen neben den Türen zu betrachten. Er passierte ein weiteres Büro, zwei Kühlräume sowie ein anderes Aufbewahrungszimmer für Leichen. Am Ende des Flurs, neben dem Raum mit der beleuchteten Milchglasscheibe, stand »Sektionssaal 1«. Er zögerte kurz und drückte dann die Pendeltür auf.

Eine gewaltige Deckenleuchte warf ein schattenloses Licht auf den Seziertisch in der Mitte des Saales. Darauf lagen etliche elfenbeinfarbene Knochen, die ähnlich einem Puzzle zu einem Skelett angeordnet worden waren. Ein kleineres, fahrbares Tischchen mit noch mehr Knochen und einem glänzenden Metallteil stand etwas abseits. Ein älterer Mann im grünen Kittel und mit gelben Handschuhen, die weit über seine Unterarme reichten, beugte sich darüber. Offenbar handelte es sich um einen weiteren Mitarbeiter der Rechtsmedizin, der die letzten Vorbereitungen traf, indem er wie in einem bizarren Tetris-Spiel die Knochen hin und her schob. Auch der Mann selbst machte auf Sebastian einen skurrilen Eindruck. Mitten auf seinem Kopf breitete sich eine handtellergroße kahle Stelle aus. Den Rest seiner Haare hatte er zu einem silbergrauen Zopf im Nacken gebunden, der hin und her wackelte wie der Schweif eines Ponys.

Sebastian räusperte sich, doch der Mann reagierte nicht. Und erst jetzt bemerkte Sebastian die Kabel, die vom Kopf zu einer Seitentasche seines grünen Kittels führten. Der Mann trug Ohrhörer, und mit dem Wippen des Kopfes wackelte auch sein Zopf im Takt der Musik.

»Hallo«, rief Sebastian nun laut.

Schlagartig stoppte der Mann mit dem Kopfwackeln und warf ihm über die Ränder seiner Nickelbrille einen Blick zu, den Sebastian nur als vorwurfsvoll deuten konnte.

»Tut mir leid«, beeilte er sich zu sagen. »Ich wollte Sie nicht erschrecken. Aber können Sie mir sagen, wo ich Dr. Karchenberg finde?«

Der Mann schluckte, und sein grüner Mundschutz, den er bis zum Hals heruntergezogen hatte, hüpfte dabei auf und ab. »Was?«, schrie er viel zu laut.

Sebastian deutete mit den Zeigefingern beider Hände auf seine Ohren.

Der Mann nickte, zog seine Kopfhörer heraus und ließ sie in der Kitteltasche verschwinden.

»Ich bin auf der Suche nach Dr. Karchenberg«, begann Sebastian ein weiteres Mal. »Vorn am Empfang hat man mich hierher geschickt.«

»Und wer sind Sie?«

»Mein Name ist Oberkommissar Franck, Franck mit ck. Ich bin vom LKA Stuttgart und habe um neun Uhr einen Termin mit Dr. Karchenberg.«

»Da sind Sie zehn Minuten zu früh«, sagte der Mann nach einem kurzen Blick auf eine Wanduhr über der Tür.

Sebastian sah auf seine Armbanduhr. »Eigentlich nur achteinhalb.«

»Achteinhalb Minuten, richtig.« Der Mann lächelte zufrieden und schob seine Nickelbrille auf die Stirn. »Ich bin froh, mal einen Polizeibeamten um mich herum zu haben, der es etwas genauer nimmt.«

Eigentlich hatte Sebastian keine Zeit, sich mit dem Mann zu unterhalten. Schließlich wollte er pünktlich zu seinem Termin kommen. »Wo finde ich denn nun Dr. Karchenberg?«

Der Mann blickte sich betont auffällig um. »Sehen Sie hier noch jemanden?«

Sebastian schüttelte den Kopf, stockte dann aber mitten in der Bewegung. »Dann sind Sie wohl …«

»Dann bin ich es wohl, ja.« Wieder trat ein zufriedenes Lächeln auf sein Gesicht. »Dr. Günther Karchenberg, Leiter der Rechtsmedizin Rottweil.«

»Ah.« Ein bisschen unangenehm war Sebastian die Beinahe-Verwechslung schon. Er beeilte sich, den eigentlichen Grund seiner Anwesenheit anzusprechen. »Wissen Sie, ob die beiden Rottweiler Kollegen noch kommen?«

»Sie meinen Frau Melchior und Herrn Treidler?«

Sebastian nickte.

»Ich denke schon.« Karchenberg winkte ab. »Aber Treidler nimmt es mit der Pünktlichkeit nicht so genau.« Sebastian ließ ein weiteres Kopfnicken folgen. »Besonders nachdem vor einiger Zeit sein Wagen von Kugeln durchsiebt wurde. Seitdem muss er sich von seiner Kollegin durch die Gegend kutschieren lassen.« Karchenberg klang spöttisch. »Was fahren Sie eigentlich für einen Wagen?«

»Einen Mercedes«, gab Sebastian knapp zurück und verkniff sich die genaue Typenbezeichnung. Womöglich musste er sonst noch erklären, wie er sich den Wagen in der Besoldungsgruppe für Oberkommissare leisten konnte.

»Was für einen?«

Jetzt musste er wohl Farbe bekennen. »Einen 500er SL ...«, er zögerte kurz, »... Roadster.«

Karchenberg stieß einen leisen Pfiff aus. »Ich fahr ja einen Jaguar XJ, ganz klassisch in ›Racing Green‹.« Er sah auf, schien auf eine Reaktion zu warten. Als Sebastian nichts erwiderte, zog er umständlich die langen Gummihandschuhe aus und legte sie auf den Stahltisch an der rückwärtigen Wand.

Da schwang die Tür auf, und ein Mann Mitte, Ende vierzig, gefolgt von einer etwas jüngeren, zierlichen Frau trat ein.

»Wenn man vom Teufel spricht«, hörte er Karchenberg neben sich sagen. »Darf ich vorstellen, die Frau Melchior und ihr Kollege Treidler.« Er deutete auf Sebastian. »Das hier ist Oberkommissar Franck vom LKA Stuttgart.«

Er hätte nicht sagen können, warum er die beiden als eingespieltes Team bezeichnen würde. Zumal sie äußerlich nicht unterschiedlicher hätten sein können. Auf den ersten Blick machte Treidler einen eher schwerfälligen Eindruck, Melchior hingegen wirkte drahtig.

Sebastian streckte zuerst ihr die Hand entgegen. Melchior ergriff sie und begrüßte ihn mit einem freundlichen »Hallo«, während ihre dunklen, fast schwarzen Augen unter fein geschwungenen Brauen ihn neugierig musterten.

Er wandte sich an Treidler, streckte auch ihm die Hand entgegen. Der Händedruck war kräftiger als vermutet, und kurz traf ihn ein misstrauischer Polizistenblick, bevor Treidler ein versöhnliches Lächeln andeutete. Sebastian musste seine erste Einschätzung wohl revidieren. Treidler gehörte zu jenen Kriminalpolizisten, denen niemand etwas vormachen konnte. Wie bei seiner Vorgesetzten Marga Kronthaler konnte jahrzehntelange Erfahrung durch nichts ersetzt werden.

»Wie war die Fahrt?«, fragte Melchior eher beiläufig. Durch ihr schmales, hochwangiges Gesicht mit dem braunen Teint wirkte sie jünger, als sie vermutlich war.

»Ich bin gut durchgekommen.«

Melchior nickte, und eine Strähne löste sich aus dem Knoten am Hinterkopf. Sie schob sie vom Kinn hinter ihr Ohr.

Treidler verschränkte die Arme vor seinem Bauchansatz. »Dann gehört Ihnen wohl der silberne Mercedes Roadster mit Stuttgarter Kennzeichen. So was kann ich mir in meiner Besoldungsgruppe nicht leisten.«

»Ich auch nicht«, erwiderte Sebastian. Vielleicht sollte er sich doch einen anderen Wagen anschaffen. Der jetzige jedenfalls erregte zu viel Aufmerksamkeit. »War ein Geschenk von meinem Vater.«

»Ein schöner Wagen.« Treidler nickte anerkennend.

»So.« Karchenberg klatschte ein paarmal in die Hände, wie ein Lehrer, der seine Schüler zur Ordnung rief. »Da wir nun alle zusammen sind, kann's jetzt losgehen.« Erneut wandte er sich dem Edelstahltisch an der rückwärtigen Wand zu, ergriff ein weinrotes Klemmbrett mit einem dünnen Stapel Blätter und trat neben den Seziertisch. Er schob seine Brille von der Stirn wieder auf die Nase und fing an, in den Papieren zu blättern.

Treidler machte einen Schritt auf den Seziertisch zu und betrachtete das Skelett. Unter den Hosenaufschlägen seiner abgetragenen Jeans schauten die Spitzen von Cowboystiefeln hervor, die nur oberflächlich gereinigt worden waren.

Sebastian verschränkte jetzt ebenfalls die Arme vor der Brust und sah zu Karchenberg.

Auch Melchior trat näher an den Seziertisch. Sie musterte das Skelett und zupfte dabei an dem bunten Tuch, das sich so eng um ihren Hals schmiegte, als wollte sie etwas darunter verbergen.

»Die Knochen, die ich untersucht habe, gehörten zu zwei verschiedenen Personen.« Er deutete auf den Seziertisch mit dem vollständigen Skelett. »Zum einen haben wir es mit einem nahezu kompletten Skelett, zum anderen«, sein Finger zeigte auf den Wagen neben sich, »mit dem rechten Unterschenkel samt Fuß und einem nahezu kompletten linken Bein, ebenfalls inklusive Fuß, einer zweiten Person zu tun.«

Sebastians Überraschung hielt sich in Grenzen. Genau das hatte Franziska bereits vermutet. Auch konnte er sich des Eindrucks nicht erwehren, dass die beiden Rottweiler Kollegen ebenfalls mit diesem Umstand gerechnet hatten.

»Können Sie Aussagen zu Alter und Geschlecht machen?«, fragte Treidler.

Karchenberg bedachte ihn mit einem finsteren Blick. Gewiss war er es nicht gewohnt, unterbrochen zu werden. »Herr Treidler, warten Sie doch bitte, bis ich in meinen Ausführungen dazu komme.«

Treidler seufzte, schien eine weitere Frage gerade noch zurückhalten zu können.

»Die Gebeine beider Personen liegen etwa zwölf bis vierzehn Jahre unter der Erde.« Karchenberg griff nach einem metallenen Etwas in der Form eines großen Scharniers und hielt es an einer langen Schraube hoch. »Was ein paar Jahre nach dem Herstelldatum dieser Femur-Patella-Knieendoprothese liegt. Dass sie nicht mehr mit dem Femur verbunden ist, obwohl sie es nach so kurzer Zeit noch sein sollte, hat mir die Schätzung anfangs etwas erschwert.« Er legte die Prothese zurück und blickte in die Runde, als erwartete er jetzt eine Frage. »Dem Anschein nach kennen Sie alle die unterschiedlichen Arten von Kniegelenksprothesen.«

Aus den Augenwinkeln sah Sebastian, wie Treidler schnell und vehement nickte.

Ganz offensichtlich hatte Karchenberg seine Aussage rhetorisch gemeint, denn er fuhr im nächsten Atemzug fort: »Um die verschiedenen Arten von Kniegelenksprothesen zu verstehen, ist ein Verständnis der Funktion des Knies notwendig. Es ist nicht nur das größte Gelenk im menschlichen Körper, sondern es trägt im Normalfall auch das gesamte Körpergewicht.«

Treidler verdrehte die Augen.

Derweil sah Karchenberg erneut in die Runde. Diesmal eher wie ein Dozent, der kontrollierte, ob die Studenten seiner Vorlesung folgten. »Im Kniegelenk treffen das Femur, das ist der Oberschenkelknochen, die Tibia, das Schienbein, und die Patella, also die Kniescheibe, zusammen. Zur Stabilisierung umgibt die Kniegelenkkapsel das Kniegelenk und wird dabei von Bändern unterstützt.«

»Ist das wichtig?«, platzte es aus Treidler heraus.

Falls Sebastian Karchenbergs Blick zuvor lediglich finster erschienen war, so hätte Sebastian ihn jetzt als vernichtend bezeichnet. Ähnlich klang auch dessen Stimme, als er lospolterte: »Ja. Nur so verstehen Sie die Zusammenhänge. Oder wissen Sie bereits, warum das Femur nach so kurzer Zeit nicht mehr mit der Prothese verbunden war?«

Treidler schüttelte den Kopf.

»Sehen Sie. Deswegen haben Sie mich.« Als Karchenberg weitersprach, klang seine Stimme wieder etwas milder. »Femur-Patella-Knieendoprothesen werden oft zementiert. Die Verbindung ist unter den Umständen, die im lockeren Waldboden vorlagen, nicht sonderlich stabil. Also schnelle Verwesung und der damit einhergehende Abbau der Knochensubstanz.« Er sah zu Treidler. »Und deswegen bleibe ich bei meiner ersten Schätzung von zwölf bis vierzehn Jahren Liegezeit.«

Karchenberg blätterte in den Seiten auf seinem Klemmbrett und sagte zum ersten Mal nichts.

Sebastian räusperte sich. »Können Sie bereits eine Aussage zum Alter und Geschlecht des Skeletts machen?«

»Einen Moment noch.« Karchenberg sah auf. »Ich möchte noch kurz bei den unteren Extremitäten bleiben.« Er deutete wieder auf den Wagen neben sich. »Zwei der Knochen haben Spuren von einer feinzackigen Säge, vermutlich einer Eisensäge. Leider kann ich aufgrund des wenigen Materials keine Aussage zur Todesursache machen. Und ohne das Becken oder eine DNA-Untersuchung ist auch das Geschlecht nicht zu bestimmen. Aber aufgrund der Dimension der Knieendoprothese tippe ich auf einen übergewichtigen Mann um die siebzig.«

Alter und Geschlecht passten. Inzwischen gab es für Sebastian keinen Zweifel mehr, dass es sich um die fehlenden unteren Extremitäten von Heinrich Gerber handelte. Auch die bisher sichergestellten Körperteile aus den beiden Müllsäcken im Feuersee waren mit einer Eisensäge abgetrennt worden.

Karchenberg legte sein weinrotes Klemmbrett auf dem Stahltisch ab und kam mit einem schwarzen zurück, das deutlich mehr Seiten zusammenhielt. Wieder blätterte er darin. »Das Skelett hier sieht zwar vollständig aus, ist es aber nicht. Es fehlen das Würfel- und Fersenbein des rechten Fußes sowie das linke Waden- und Schienbein.«

»Fehlen?«, fragte Treidler, dabei huschte ein irritierter Ausdruck über sein Gesicht.

»Ich denke, dass es sich hier um Tierfraß handelt. Sie sollten die Umgebung nochmals absuchen. Vielleicht finden Sie die restlichen Knochen.«

»Wir veranlassen das«, sagte Melchior.

»Gut«, erwiderte Karchenberg und wandte sich wieder seinen Unterlagen zu.

Sebastian horchte auf. Erst jetzt begann der interessante Teil. Alles andere hatte er sich bereits zusammengereimt.

»Hier können wir auch das Geschlecht bestimmen. Ausladende Beckenschaufeln und ein dreieckiges Hüftbeinloch.« Karchenberg sah auf. »Es handelt sich eindeutig um eine Frau.«

»Und wie alt?«, wollte Treidler wissen.

Sebastian hätte zumindest einen kritischen Blick von Karchenberg erwartet. Doch stattdessen lag ein Grinsen um seinen

Mund. »Im gebärfähigen Alter. Der Beckengürtel ist ziemlich breit, und erst ab einem Alter von etwa vierzig Jahren gleicht sich die Beckenform wieder der von Männern an.«

»Zwischen zwanzig und vierzig Jahren?«, fragte Sebastian. Im nächsten Moment registrierte er aus den Augenwinkeln Treidlers argwöhnischen Blick.

Karchenberg nickte. »Ich legte mich sogar genauer fest: älter als fünfundzwanzig und jünger als dreißig.«

»Wissen Sie etwas, das Sie uns sagen sollten?«, fragte Treidler. Das Misstrauen in seiner Stimme war kaum zu überhören.

»Ich möchte mich zu diesem Zeitpunkt nicht an Spekulationen beteiligen«, antwortete Sebastian. »Aber ich mache Ihnen einen Vorschlag: Warten wir erst den Bericht ganz ab, dann stehe ich Ihnen zu den bisherigen Fakten Rede und Antwort.«

Treidler nickte zufrieden. »Sprechen wir nachher bei uns auf dem Revier.«

»Zur Todesursache kann ich noch nichts sagen«, fuhr Karchenberg fort. »Aber bisher habe ich keine Anzeichen für ein Gewaltverbrechen gefunden.« Er zuckte mit den Schultern, als wollte er so seinen nächsten Satz gleich entschuldigen. »Es ist nicht gerade trivial, an einem unvollständigen Skelett die Todesursache festzustellen. Ich konzentriere mich zuerst mal auf den Bereich des Oberkörpers und den Schädel. Da muss ich mir jeden Knochen einzeln anschauen.«

»Haben Sie Anhaltspunkte für eine Identifizierung?«, fragte da Melchior. »Verschleißerscheinungen, Krankheiten, können wir einen Gebissabdruck anfertigen lassen?«

»Das können Sie gern tun.« Karchenberg rieb sich mit dem Handrücken über das Kinn. »Aber damit werden Sie kaum weiterkommen.«

»Und warum?«

»Weil Sie hier in Deutschland wohl keinen Vergleichsabdruck dazu finden. Die Zahnfüllungen sind aus Kunststoff. Und zwar aus einem lausigen, der bis Ende des letzten Jahrhunderts in Osteuropa verwendet wurde.«

»Polen, Rumänien, Bulgarien?«

Karchenberg schüttelte den Kopf. »Ich würde mein Geld auf die ehemaligen Sowjetrepubliken setzen: Russland, Weißrussland oder die Ukraine.«

In Sebastians Kopf blitzte ein Verdacht auf. Ein Verdacht, der völlig abwegig schien – eigentlich. »Veranlassen Sie bitte, dass das Skelett in das Kriminaltechnische Institut des LKA überführt wird.«

»Und aus welchem Grund?« Karchenberg musterte ihn mit kaum verborgener Missbilligung.

»DNA-Abgleich zwecks Feststellung der Identität.«

## 8

Das Rottweiler Polizeirevier residierte in einem relativ neuen Gebäude aus Glas und Beton. Treidlers und Melchiors Büro lag auf der straßenzugewandten Seite und war zweckmäßig mit zwei Schreibtischen und einigen Schränken ausgestattet. Auch der Besucherstuhl, auf dem Sebastian eine halbe Stunde nach dem Besuch bei Karchenberg Platz genommen hatte, schien zum Rottweiler Behördenstandard zu gehören. Zusätzlichen Platz für Whiteboards und weitere Abstelltische für Akten suchte er vergeblich. Und an eine Stellfläche für eine Couch wie in seinem Stuttgarter Büro war nicht zu denken.

Sebastian lehnte den obligatorischen Kaffee dankend ab und wartete, bis einer der beiden Rottweiler Beamten das Gespräch eröffnete. Mit eigenen Rückschlüssen aus den vielen Bildern, die in Gerbers ehemaliger Villa auf ihn eingestürzt waren, wollte er sich zurückhalten. Schließlich konnte er den Rottweiler Kollegen unmöglich erklären, warum sich in seinem Kopf Vergangenes derart realistisch abspielte, dass er dem Geschehen folgen konnte wie in einem Film. Die Wahrnehmung ohne Sinnesreize, im Fachjargon auch *visual imagery* genannt, würden sie vermutlich als Hokuspokus abtun. Und genau dieser Voreingenommenheit wollte er aus dem Weg gehen und deshalb ihre Fragen nur aufgrund der Aktenlage beantworten.

Melchior tat ihm den Gefallen. Sie strich die gleiche Strähne wie zuvor hinter das Ohr und legte ihre Hände vor sich auf den Schreibtisch. »Herr Franck«, begann sie zögernd, »Sie müssen wissen, wir haben hier selten Besuch vom Landeskriminalamt.«

»Dessen bin ich mir sehr wohl bewusst.« Sebastian nickte. »Im Zuständigkeitsbereich des Polizeireviers Rottweil gab es die letzten beiden Jahre relativ wenig Kapitalverbrechen und schon gar keine, die das LKA tangierten.« Er wartete kurz auf eine Reaktion. Als die ausblieb, fuhr er fort: »Aber das hier ist nun eindeutig ein Fall, bei dem wir uns vermutlich einschalten werden. Heinrich Gerber wurde in Stuttgart getötet, und die Fallakten liegen bei uns im Dezernat.«

»Einschalten von mir aus«, sagte da Treidler und hob seine Stimme an, »aber wir wollen nicht die Trottel sein, die im Dunkeln tappen.«

Melchior räusperte sich. »Was mein Kollege damit sagen möchte, ist, dass Sie uns über den Stand der Ermittlungen im Fall Gerber informieren sollten. Schließlich lagen einige Körperteile von ihm bei unserem Skelett. Und die unbekannte Tote ist zuallererst unser Fall.«

»Das steht außer Frage«, beeilte sich Sebastian zu sagen. »Bedenken Sie aber, dass der Feuersee-Fall, so wird der Fall um den getöteten Heinrich Gerber intern genannt, auch für uns neu ist. Und bisher hat die Leitung des Dezernats überhaupt noch nicht endgültig entschieden, ob wir die Ermittlungen wiederaufnehmen.«

»Das tut der Sache keinen Abbruch.« Treidlers Tonfall blieb fordernd. »Auch wenn Sie sich nachher wieder nach Stuttgart verdrücken, bleibt uns«, er tippte mit dem Zeigefinger auf seine Brust, »keine andere Möglichkeit, als Ermittlungen zu der unbekannten Toten im Wald aufzunehmen, und …« Er setzte ab und hob den Zeigefinger.

»… dabei stellt sich uns die Frage«, fuhr Melchior statt Treidler fort, »ob wir ganz von vorn anfangen müssen oder Sie uns Starthilfe geben.«

»Natürlich kann ich Ihnen, wie Sie es nennen, ›Starthilfe geben‹, aber erwarten Sie nicht zu viel. Bitte fragen Sie.« Sebastian forderte sie mit einer Handbewegung auf.

Treidler beugte sich vor. »Dann fangen wir einfach mal mit diesem Heinrich Gerber an. Was können Sie uns über ihn sagen? Was für ein Mensch war er? Hatte er Feinde?«

Sebastian nickte. Das Motiv eines Mordes ergab sich oft aus dem Verhalten des Opfers. Hinzu kam, dass Treidler den Teil der Ermittlungen angesprochen hatte, die damals schon weit fortgeschritten waren und deren Erkenntnisse deshalb auch als gesichert galten.

Melchior kramte in ihrem Schreibtisch. Sie förderte einen Schreibblock aus einer Schublade zutage und nahm einen Stift zur Hand. Erwartungsvoll blickte sie ihn an.

Sebastian lehnte sich zurück. Seit dem Studium der Akten wusste er, dass es eine längere Geschichte werden würde. »Heinrich Gerber war bei seinem Tod siebzig Jahre alt, vermögend und in seiner Heimatstadt bekannt als großmütiger Gönner verschiedener Vereine. Nach außen hin tat er sich hervor als Förderer der Kunst und schien auch sonst allseits beliebt zu sein.«

»›Nach außen hin‹?« Melchior sah von ihrem Block auf. Sie hatte bereits einige Zeilen notiert. »Wie soll ich das verstehen?«

»Es existierte eine andere Seite Gerbers, die nur wenige kannten. Das lag vor allem daran, dass dieser Teil seines Lebens nicht in der Stuttgarter Öffentlichkeit stattfand, sondern meist nachts in den kleineren Nachbarstädten.«

»Sie meinen eine Art Doppelleben?«, fragte da Treidler, der es sich in seinem Stuhl ebenfalls bequem gemacht hatte. »Ging er zu Prostituierten?«

»Das steht außer Frage.« Sebastian nickte. »Im Umkreis von dreißig Kilometern existierte kaum ein Nachtlokal oder Bordell, in dem er nicht verkehrte. Aber das ist noch nicht alles. Er hatte eine Vorliebe für junge Frauen, sehr junge Frauen. Ein gutes Dutzend Verhältnisse konnten ermittelt werden. Und die begannen nicht selten in jenen Etablissements.«

Treidler gab einen Laut der Belustigung von sich und verschränkte die Arme vor der Brust. »Dann gab es ja genügend Verdächtige.«

»Insgesamt achtzehn. Die Befragungen zogen sich über Monate hin, weil einige der Verdächtigen erst nach mehreren Versuchen angetroffen wurden. Schlussendlich konnten aber alle benannten Verdächtigen befragt werden.«

»Jemand dringend Tatverdächtiges?«

Sebastian kratzte sich an der Schläfe. »Die Täterschaft konnte offenbar bei allen ausgeschlossen werden. Meist durch Alibis. Bis auf eine Ausnahme: Aljona Tremschowa, eine junge Ukrainerin, die Gerber einige Monate vor seinem Tod in einem Sindelfinger Nachtlokal kennengelernt hatte.«

Melchior blätterte eine Seite ihres Blocks um und sah dann auf. »Wurde sie verhaftet?«

»Nein. Tremschowa hat am Tag nach dem Mord im polnischen Korczowa die Schengener Außengrenze zur Ukraine überschritten.«

»Somit bleibt sie als einzige Verdächtige übrig, die sich dauerhaft einer Befragung entzogen hat.«

»In Ermangelung weiterer Ermittlungsansätze blieb der damaligen Sonderkommission keine Wahl, sie als dringend Tatverdächtige zur Fahndung auszuschreiben. Besonders wenn man in Betracht zieht, dass am Abend der Tat nicht nur sie, sondern auch eine historische Münzsammlung verschwunden ist.« Sebastian hatte sich aus der Auflistung in den Akten einige Details zu den Münzen eingeprägt. »Der Gesamtwert der Sammlung wird auf mehrere hunderttausend Euro geschätzt. Darunter sind ein paar seltene Stücke, die viele Jahrhunderte alt sind.«

Treidler stieß einen Schwall Luft aus. Es hörte sich an wie bei einem Blasebalg. »Wer kauft so was?«

Sebastian zuckte mit den Schultern. »Vermutlich gibt es genügend wohlhabende Sammler, die bereit sind, solche Summen für historische Münzen auszugeben. Wie dem auch sei, diese seltenen drei, vier Stücke gehören zu den teuersten Münzen Deutschlands und sind demzufolge nur schwer verkäuflich.«

Treidler beugte sich vor, stützte sich auf die Unterarme. »Und warum hatte Gerber derart teure Münzen zu Hause?«

»Nun, er hatte wohl einen Käufer für die Sammlung gefunden. Die eigentliche Transaktion sollte offenbar in Kürze stattfinden. Deshalb hatte er vermutlich auch die Sammlung zu Hause in seinem Tresor zwischengelagert.«

»Und der Käufer?«, fragte da Melchior und blätterte erneut eine Seite um. »Der würde bei mir ja ganz oben auf der Liste der Tatverdächtigen stehen.«

»Seine Identität konnte nie ermittelt werden. Und da am Tatort die forensischen Spuren keiner weiteren Person zugeordnet werden konnten, hat man diesen Ansatz auch wieder verworfen.«

»Wie ist Gerber eigentlich zu Tode gekommen?«

»Kompressionsfraktur und Fraktur des Schädelknochens. Wir vermuten eine Tötung im Affekt durch rein körperliche Gewalt. Dafür sprechen auch die Hämatome. Gerber hatte einige an Oberkörper und Schädel, die ihm vor seinem Tod durch Schläge zugefügt wurden.«

»Dann gibt es auch keine Mordwaffe.«

»Keine Mordwaffe. Allerdings wurde die Leiche mit einer Eisensäge zerteilt. Die Säge, ein Hammer und weiteres Werkzeug wurden neben der Badewanne zurückgelassen. Und um Ihrer Frage zuvorzukommen: Im Badezimmer und am Werkzeug konnten nur forensische Spuren von Gerber selbst, seiner Schwester Rosa und Aljona Tremschowa gesichert werden.«

Eisiges Schweigen legte sich über den Raum. Offenbar sahen beide das Bild des bluttriefenden Badezimmers vor sich. Auch Sebastian hatte jetzt Mühe, den Anblick der Luftblasen zu verdrängen, die aus Gerbers Mund im Blut der Wanne gluckerten.

Treidler durchbrach als Erster die Stille. »Was wissen Sie über den Verbleib dieser Ukrainerin, dieser Tromschewa?«

»Tremschowa«, korrigierte Sebastian. »Die deutschen Behörden haben im März 2007 bei Interpol eine *Red Notice* für sie erwirkt.«

»›*Red Notice*‹?«

»Das ist ein internationaler Haftbefehl mit Antrag auf Auslieferung für den Fall der Festnahme.«

»Ich weiß, was eine *Red Notice* ist«, gab Treidler zurück.

»Natürlich«, sagte Sebastian schnell. »Nachdem zwei Monate später immer noch keine Unterstützung durch die ukrainischen Behörden erkennbar war, wurden zwei Zielfahnder nach Odessa geschickt. Aber auch die kehrten ohne Erfolg zurück. Seither gilt Aljona Tremschowa offiziell als dauerhaft untergetaucht, und der Fall wurde mit ihr als benannter Täterin der Staatsanwaltschaft übergeben.«

»Dann haben Sie doch einen gelösten Fall vor sich liegen.

Was wollen Sie mehr?« Treidler ließ sich wieder in seinen Stuhl zurückfallen und verschränkte die Arme.

»Eigentlich schon.«

»Aber?«

»Die Akten liegen bei uns im Dezernat für ungeklärte Mordfälle.«

»Und warum liegen die dort?«

Auf die Frage hätte Sebastian selbst gern eine Antwort gehabt. Es war ihm trotz aller Nachforschungen bisher nicht gelungen, zu klären, welchen Weg die Akten des Feuersee-Falls ins Dezernat genommen hatten. Sie waren einfach da. Inzwischen jedoch erschien es ihm zweitrangig, dass der Fall damals als abgeschlossen gegolten hatte. Durch den Fund von Gerbers fehlenden Leichenteilen gab es neue Ermittlungsansätze. Zumal seit vorhin noch ein verrückter Verdacht in seinem Kopf herumschwirrte.

»Sie wissen's wirklich nicht?«

Er zuckte mit den Schultern. »Vielleicht wollte ein Mitarbeiter der Staatsanwaltschaft die Anzahl der Fälle auf seinem Schreibtisch verringern. Ich weiß es nicht.«

»Vielleicht.«

Sebastian schaute in die Runde. Ein summendes Geräusch erklang, und sein Blick folgte der elektrischen Jalousie, die wie in Zeitlupe herunterfuhr und das Zimmer verdunkelte.

Treidler rieb sich sein unrasiertes Kinn. Das Kratzen der Bartstoppeln war nicht zu überhören.

»Wenn Sie keine weiteren Fragen mehr haben«, fuhr Sebastian schließlich fort, »können wir uns dann den Fundort der Gebeine anschauen?«

Treidler sah zu seiner Kollegin. »Frau Melchior begleitet Sie bestimmt gern. Ich hab nachher noch einen wichtigen Termin.« Ein Grinsen zog sich über sein ganzes Gesicht. Und als Melchior mit den Augen rollte, wusste Sebastian, dass es sich nur um eine Ausrede handelte.

Kurze Zeit später saß Sebastian auf dem Beifahrersitz in Melchiors Dienstwagen. Ihrer Aussage nach würde die Fahrt zum

Fundort etwas mehr als eine Viertelstunde dauern. Er wäre gern selbst gefahren. Aber als er herausgehört hatte, dass es sich um einen matschigen Wanderparkplatz im Wald handelte, war er rasch davon abgerückt.

Die Fahrt als solche verlief angenehmer als erwartet. Zufrieden stellte er fest, dass Melchior sich an jedes Tempolimit und auch sonst an alle Verkehrsregeln hielt.

»Sie stammen nicht aus Stuttgart«, sagte sie nach einer Weile.

Eigentlich war Sebastian kein Freund von Small Talk, aber eine Viertelstunde stumm neben ihr zu sitzen, fände sie bestimmt unangenehm.

»Nein. Hört man das?«

»Sie sprechen Hochdeutsch ohne jeden Akzent. Als Schwabe ist das ziemlich schwer.« Melchior lachte auf. »Sie kommen bestimmt irgendwo aus Niedersachsen.«

»Gut geraten. Aus Hannover«, erwiderte Sebastian in der Hoffnung, nicht nach dem Warum gefragt zu werden.

Doch schon Melchiors nächste Frage konfrontierte ihn damit. »Und wie kommt ein Hannoveraner zum LKA nach Stuttgart?«

»Das ist eine längere Geschichte.« Das Gespräch begann sich in eine Richtung zu entwickeln, die Sebastian gern ausgeklammert hätte.

Melchior musterte ihn mit ausdrucksloser Miene. Es war schwer zu sagen, was ihr gerade durch den Kopf gehen mochte. Vielleicht dachte sie über seine reservierte Antwort nach, womöglich aber auch über etwas ganz anderes.

Sebastian hätte nicht sagen können, warum er es ebenfalls mit Small Talk versuchte. »Sie sind auch nicht von hier. Ihr leichter Berliner Akzent verrät Sie.«

»Pankow.«

»Und wie hat es Sie hierher verschlagen?«

Melchior scherte aus und überholte einen roten Gelenkbus, auf dessen Seite die Silhouette der Rottweiler Türme klebte.

»Wie sagten Sie gerade? Das ist eine längere Geschichte?« Erneut warf sie ihm einen Blick zu, den er nicht deuten konnte. »Bei mir auch.«

Ein unangenehmes Schweigen breitete sich aus. Sebastian kam es so vor, als ob das Motorgeräusch des VW Passats lauter geworden wäre. »Der Herr Treidler scheint mir ein nicht ganz einfacher Typ zu sein«, sagte er schließlich, nur um die Stille zu füllen.

»Ich weiß, wie ich mit ihm umgehen muss.« Melchior lächelte. »Eigentlich ist er ganz zahm.«

Sebastian sah zum Fenster hinaus. Eine wellige, teilweise bewaldete Fläche hatte die Wohnhäuser mit ihren schmucken Vorgärten abgelöst. Anders als im Umland von Stuttgart gab es hier draußen nur noch wenige Straßen und Häuser. Erst in einiger Entfernung auf den Anhöhen der Schwäbischen Alb bemerkte er kleine Ansiedlungen, die wie bunte Farbtupfer im allgegenwärtigen Grün schwammen. »Meine Vorgesetzte im Dezernat ist vom selben Schlag wie er.«

»So? Erzählen Sie mal.«

»Wo soll ich da anfangen? Frau Kronthaler hat vermutlich ähnlich viele Dienstjahre hinter sich wie Ihr Kollege. Und es gibt eigentlich nicht viel, was sie aus der Ruhe bringt. Da könnte ich mir eine Scheibe davon abschneiden.«

»Tja, um Treidler aus der Ruhe zu bringen, braucht's tatsächlich einiges.« Melchior lächelte vor sich hin. Ein Lächeln, mit dem sie sicher nicht seinen Vergleich von Margas und Treidlers Eigenarten bewerten wollte.

Sebastian wandte ihr den Kopf zu. »Sie beide sind …« Er brach ab. Gerade noch rechtzeitig, um seine Vermutung über eine andere Art von Beziehung für sich zu behalten.

Melchior musterte ihn mit gerunzelter Stirn. »Was sind wir beide?«

»Vergessen Sie's.« Sebastian winkte ab. Er sollte es tatsächlich mit dem Small Talk sein lassen oder Nachhilfe nehmen.

Da kam sie wieder zurück, die unangenehme Stille. Sebastian war froh, dass Melchior wenig später auf einen Wanderparkplatz einbog und den Wagen abstellte.

Sie stiegen aus, und Sebastian sah sich um. Lediglich ein weiteres Fahrzeug, ein dunkler Mercedes Kombi mit Stuttgarter

Kennzeichen, stand auf dem Parkplatz. Eine Reihe Laubbäume auf der Südseite spendete etwas Schatten. Einige trieben bereits aus, doch noch war es besonders nachts zu kalt, als dass sie anfingen zu blühen.

Die Schließanlage des Dienstwagens klackte. Melchior deutete auf eine bewaldete Anhöhe nördlich des Parkplatzes. »Hier geht's hoch. Anfangs ist es etwas steiler.«

Sebastian nickte. Kein Problem, derartige Anhöhen joggte er für gewöhnlich hinauf, ohne außer Atem zu kommen.

Melchior deutete auf seine Schuhe. »Die könnten aber etwas schmutzig werden.«

Verdammt. Daran hatte er am Morgen nicht gedacht, als er losgefahren war. Für die Besichtigung der Fundstelle hätte er besser zweckmäßigere als die handgenähten Kalbslederschuhe anziehen sollen. »Ich werde aufpassen«, gab Sebastian zerknirscht zurück und setzte sich in Bewegung.

»Natürlich«, hörte er sie hinter sich sagen. »Männer und ihre Schuhe, ein nicht ganz einfaches Kapitel.«

Der Aufstieg war tatsächlich steil. Als viel unangenehmer jedoch erwies sich der schmale, schmierige Pfad unter seinen Sohlen. Nicht nur einmal rutschte er mit den Füßen ab, konnte jedoch einen Sturz vermeiden.

Oben angekommen, brauchte es nicht viel Phantasie, um den Fundort der Gebeine bereits von Weitem zu erkennen. Obwohl die Untersuchungen der Kriminaltechnik schon seit einigen Tagen abgeschlossen sein mussten, umschloss ein rot-weißes Flatterband ein rechteckiges Areal, in dessen Mitte ein umgestürzter Baum lag. An der riesigen Wurzel lehnten einige verrottete Bretter.

Melchior stieg an einer Stelle über das Flatterband, an der es sich im Unterholz verheddert hatte. Sie ging weiter voran und blieb nach einigen Schritten vor einer rechteckigen Grube mit einer Tiefe von rund einem halben Meter stehen.

»Hier haben die beiden Kinder den Schädel entdeckt. Alles andere haben unsere Kriminaltechniker im Laufe des Nachmittags ausgegraben.«

»Was lag obenauf?«

»Das Skelett. Allerdings, wie wir inzwischen von Dr. Karchenberg wissen, fehlen einige Knochen.«

Sebastian nickte. »Ich möchte mich nicht in Ihre Ermittlungen einmischen. Aber die Erfolgsaussichten sind gar nicht mal so schlecht, dass Sie die fehlenden Knochen in der Nähe finden.«

»Tierfraß, ich weiß. Bisher wurde allerdings nichts gefunden. Vielleicht erweitern wir den Suchumkreis nochmals.«

»Sie sagten bei unserem ersten Telefonat, dass weder Kleidung, Papiere noch andere persönliche Gegenstände in der Grube gefunden wurden.«

»Nein, nichts. Oder doch, warten Sie mal. Da war so ein schmaler Plastikstreifen, vielleicht von dieser Länge.« Melchior hielt Daumen und Zeigefinger ihrer linken Hand auf Streichholzlänge auseinander.

»Was für eine Farbe? Blau?« Noch fehlte der dritte Müllsack, sofern auch die jetzt gefundenen Leichenteile so verpackt worden waren wie die anderen.

»Weiß oder beige, leicht knitterig.«

»Sicher nicht blau?« Sebastian dachte für einen Moment darüber nach, ob die Farbe eines Müllsacks ausbleichen konnte. Doch sogleich verwarf er diesen Gedanken wieder.

»Nein.« Melchior schüttelte vehement den Kopf. »Ganz sicher nicht.«

»Und Sie wissen nicht, was dieser Plastikstreifen einmal gewesen sein könnte?«

»Unsere Kriminaltechniker arbeiten daran.«

»Falls wir vom LKA Ihnen unter die Arme greifen können, lassen Sie es mich bitte wissen. Sie dürfen gern auf unsere Laborkapazität zugreifen.«

Melchior nickte. »Wenn wir nicht weiterkommen, gern.«

»Gut.« Sebastian ließ seinen Blick über die Landschaft schweifen. Turmhohe Tannen verdunkelten die dicht bewachsene Ebene. Büsche, Farne und anderes Gestrüpp überwucherten den Waldboden. Es roch feucht und modrig. Vögel zwitscherten, irgendwo hämmerte ein Specht.

Er wandte sich den Bretterwänden zu. »Was ist das?«, fragte er und klopfte auf eines der Bretter, die von Querlatten und rostigen Nägeln mehr schlecht als recht zusammengehalten wurden.

Melchior trat neben ihn. »So eine Art Baumhaus, gehörte den beiden Jungen, die den Schädel gefunden haben.«

»Und die Bretter haben die beiden den ganzen Weg, den wir vorhin genommen haben, heraufgeschleppt?«

»Ich denke ja.«

»Das würde bedeuten, dass die unbekannte weibliche Tote und Gerbers Leichenteile damals ebenfalls auf diesem Weg hierher transportiert worden sind.«

»Darüber haben wir uns auch bereits Gedanken gemacht. Sofern hier nicht der Tatort ist, spricht einiges dafür. Und bei Gerber können wir das schon mal ausschließen.«

»Gibt es keinen anderen Weg?«

Melchior zögerte einen Moment. »Eigentlich nein.«

»Eigentlich?«

»Treidler meint, dass es weiter hinten einen ehemaligen Forstweg gibt.« Sie zuckte mit den Schultern. »Aber der endet vor den Leitplanken einer Bundesstraße.«

Sebastian spürte ein leichtes Prickeln in sich aufsteigen. »Können Sie mir das zeigen?«

»Klar. Hier entlang.« Melchior setzte sich in Bewegung, stapfte um den umgestürzten Baum herum und stieg eine leichte Anhöhe hinauf.

Zuerst dachte Sebastian, dass sie sich irren musste, der Untergrund wurde eher unwegsamer denn besser. Doch oben angekommen, traten die Bäume weiter auseinander. Einige Schritte weiter konnte er bereits Schotter unter dem mit Moos bewachsenen Waldboden spüren. Nach weiteren fünfzig Metern gab es keinen Zweifel mehr. Der Schotter bildete zwei Fahrspuren, die in Richtung Norden führten.

Sebastian blieb stehen, musterte die Bäume, die fast wie bei einer Allee die Fahrspuren säumten. Zweihundert Meter entfernt endete der Weg vor einem Hang mit dichtem Gebüsch.

*Es riecht nach frisch geschlagenem Holz, nach Dieselöl und Abgasen. Der Motor des schweren Forstschleppers hallt durch den Wald, übertönt jeden anderen Laut. Dunkler Qualm steigt aus zwei armdicken Auspuffrohren gen Himmel. Der Schlepper heult auf, zieht hinter sich eine mächtige Tanne über den Morast aus dem dicht bewachsenen Teil des Waldes. Zapfen und kleinere Zweige lösen sich und bleiben in den tiefen Furchen voll Regenwasser zurück. An einer nahen Lichtung mit einem Stapel nackter Stämme stoppt der Schlepper, lässt die Tanne auf den Boden fallen wie ein Stück Abfall und macht sich mit aufheulendem Motor wieder auf den Rückweg.*

*Der Greifarm einer zweiten Forstmaschine fährt aus, umklammert den Stamm wie die Hand eines Riesen. Als ob die turmhohe und tonnenschwere Tanne nur ein Bleistift wäre, wird sie innerhalb weniger Sekunden durch einen überdimensionalen Spitzer gezogen und von ihren Ästen befreit. Als der Lärm verebbt, bleiben ein Haufen gehäckseltes Geäst und der nackte Stamm zurück. Mit einer fast sanften, ruhigen Bewegung des Greifarms landet der auf dem Stapel nebenan.*

Lautes Rufen drang an Sebastians Ohr. Der Krach der schweren Dieselmotoren erstarb. Stattdessen vernahm er wieder das Vogelzwitschern und Hämmern des Spechts. Feuchte, modrige Luft hatte den Geruch frisch geschlagenen Holzes abgelöst.

»Hallo, Sie da«, vernahm er eine Stimme ganz in der Nähe und wandte sich um.

Die Bilder vor seinem geistigen Auge waren verschwunden. Stattdessen sah er zwei ältere Wanderer in bunten Regenjacken, die durch den kniehohen Farn auf sie zustapften. Der grauhaarige Mann ging ein paar Schritte vor seiner Begleiterin und fuchtelte mit den Armen wie ein wütender Hummer mit seinen Scheren.

»Gut, dass wir Sie treffen. Sie können uns bestimmt helfen.« Er kam vor ihnen zum Stehen und atmete erleichtert aus. Sein Blick pendelte zwischen Sebastian und Melchior hin und her. »Wissen Sie, wie wir zum Wanderparkplatz kommen?«

Seine Begleiterin mit einer viel zu auffällig gefärbten Kurzhaarfrisur lächelte wie zur Entschuldigung. »Wir haben uns wohl verlaufen.«

»Da haben Sie es nicht mehr weit«, sagte Melchior. »Sehen Sie die beiden Laubbäume da vorn?«

Beide nicken simultan.

»Gehen Sie zwischendurch. Dort fängt auch gleich ein Pfad an, der direkt hinunter zum Wanderparkplatz führt. Das sind keine zehn Minuten mehr.«

»Danke. Sehr freundlich von Ihnen. Einen schönen Tag noch«, sagte die Frau und ging voran. Ihr Begleiter nickte Melchior zu und setzte sich ebenfalls in Bewegung.

»Sie sehen etwas durcheinander aus«, sagte Melchior, als die beiden außer Hörweite waren.

»Nein.« Sebastian schüttelte den Kopf. Sein Blick folgte den beiden Wanderern, bis sie hinter den Bäumen verschwanden. »Das ist es nicht. Ich hab mir nur Gedanken gemacht, wie die Leiche der unbekannten Toten und Gerbers Leichenteile hier heraufgebracht worden sein könnten.« Und ich hab immer noch keine Idee, fügte er in Gedanken hinzu.

**9**

Kurze Zeit später saß Sebastian wieder neben Melchior im Dienstwagen auf dem Weg ins Polizeirevier. Während des Abstiegs hatten sie kaum ein Wort miteinander gesprochen. Was Sebastian nicht ungelegen kam. So konnte er sich weiter Gedanken um die Bilder machen, die am Fundort vor seinem geistigen Auge aufgetaucht waren: Forstmaschinen und Waldarbeiter. Inzwischen war Sebastian sich sicher, dass Treidler mit der Vermutung eines ehemaligen Forstwegs nicht falschlag. War das womöglich der Weg, den der Täter mit seinem Fahrzeug genommen hatte, um die Leichen zu entsorgen? Aber wie kam der Täter überhaupt in den Wald? Es gab keine andere Zufahrt.

Melchiors Telefonklingeln riss ihn aus den Gedanken. Sie nahm das Gespräch mit einem Tastendruck am Lenkrad entgegen. Über die Freisprechanlage meldete sich Josef Dorfler, ein Mitarbeiter der Rottweiler Kriminaltechnik.

»Ich kann Treidler im Büro nicht erreichen«, begann der sogleich. »Ist er bei Ihnen?«

»Nein.«

»Wissen Sie, wo ich ihn finde?«

»Keine Ahnung. Vermutlich hat er sein Telefon wieder auf dem Schreibtisch liegen lassen.«

»Ah«, machte Dorfler. Schweigen.

Melchior verdrehte die Augen. »Jetzt müssen Sie halt mit mir vorliebnehmen.«

»Sind Sie im Haus?«

»Nein. Ich bin mit einem Kollegen vom LKA unterwegs. Wir kommen gerade vom Fundort.« Melchior verlangsamte die Geschwindigkeit, setzte den Blinker und stoppte den Wagen an der Abzweigung auf eine Vorfahrtsstraße.

»LKA? Was hat das LKA mit unserem Skelett zu tun?«, fragte Dorfler, den offenbar noch niemand über den Zusammenhang mit dem Feuersee-Fall aufgeklärt hatte.

»Die Leichenteile samt Knieprothese gehören zu einem Fall, den das LKA-Dezernat für ungeklärte Mordfälle bearbeitet. Herr Franck sitzt neben mir und hört zu.« Sie wartete, bis ein roter Ford Fiesta die Kreuzung passiert hatte, und bog dann ab. Der Wegweiser zeigte in die entgegengesetzte Richtung: »Rottweil 4 km«.

»Guten Tag, Herr Dorfler«, begrüßte Sebastian ihn.

Dorfler erwiderte den Gruß. »Unterstützung vom LKA, das kann nicht schaden. Ich hätte da schon was.«

»Wir helfen gern im Rahmen unserer Möglichkeiten. An was denken Sie?«

Dorfler sagte lediglich ein Wort: »Gesichtsrekonstruktion.«

»Gesichtsrekonstruktion? Den Schädel vom Fundort?«, fragte Sebastian einigermaßen überrascht, obwohl es keinen Zweifel gab, was Dorfler gemeint haben könnte.

»Natürlich den Schädel vom Fundort. Einen anderen hab ich gerade nicht zur Hand.«

Sebastian atmete hörbar aus. Eine nicht ganz triviale Anfrage der Rottweiler Kriminalpolizei. Freilich konnte er jetzt schlecht einen Rückzieher machen, nachdem er Melchior erst kürzlich seine Hilfe angeboten hatte.

»Haben Sie da jemanden beim LKA?«

»Ich denke schon. Aber eine Gesichtsrekonstruktion ist ein langwieriger Prozess, und ein lebensnahes Abbild ist nicht garantiert.« Sebastian wusste um die Schwierigkeit, besonders Augen, Nase und Mund, drei elementare Merkmale, getreu dem ehemaligen Gesicht zu modellieren. Größe und genaue Position wurden in der Regel aufgrund von Durchschnittswerten gebildet.

»Schon klar.« Dorfler hielt einen Moment inne, fuhr dann aber in nachdrücklichem Tonfall fort: »Aber wenn wir den Fall der unbekannten Toten aufklären wollen, müssen wir jede Möglichkeit zur Identifizierung nutzen.«

Damit sprach er Sebastian aus der Seele. Schließlich spukte seit dem Morgen dieser ungeheuerliche Verdacht in seinem Kopf herum. Und nur mit der Identifizierung der unbekannten Toten würde er diesen ausräumen oder eben bestätigen können. »Ich habe das bereits mit Dr. Karchenberg geklärt. Er veranlasst die Überführung des Skeletts zu uns ins KTI. Warten wir zuerst die DNA-Untersuchung ab. Womöglich gibt es einen Treffer in den Datenbanken.«

»Gehen Sie davon aus, dass das LKA am Skelett noch DNA isolieren kann?«

Dorflers Frage hatte durchaus ihre Berechtigung. Nirgends hing die Isolierung brauchbarer DNA stärker vom Zustand des untersuchten Materials ab als bei Knochen. Schon eine hohe Feuchtigkeit senkte die Wahrscheinlichkeit auf weniger als zehn Prozent.

»Folgender Vorschlag, Herr Dorfler«, erwiderte Sebastian. »Falls wir keine brauchbaren Spuren finden oder es keinen Treffer in der DNA-Analyse-Datei gibt, versuche ich in einem zweiten Schritt eine Gesichtsrekonstruktion zu organisieren. Einverstanden?«

»Das ist ein Wort.« Dorfler klang zufrieden. »Melden Sie sich einfach, sobald Sie Genaueres wissen. Bis dahin, Herr Franck.«

»Stopp«, rief da Melchior schnell. »Warum haben Sie eigentlich angerufen?«

»Ach so, ja, wegen des Streifens«, kam es mit einiger Verzögerung aus dem Lautsprecher. »Ich hab herausgefunden, was es damit auf sich hat.«

»Streifen?«, echote Melchior.

»Ja, diesem hellen Streifen, den wir beim Freilegen des Skeletts zwischen den Knochen gefunden haben.«

Sebastian horchte auf. Neben den Knochen zweier Menschen und der Knieprothese das Einzige, das in der Grube gefunden worden war.

»Dieser Plastikstreifen?« Melchior runzelte die Stirn und sah kurz zu ihm.

»Es ist kein Plastik.«

»Sondern?«

»Das Material ist verrottet«, antwortete Dorfler. »Und es war ziemlich aufwendig, herauszufinden, was es ist.« Wie viele seiner Zunft gehörte er offenbar zu jenen Kriminaltechnikern, die ihren Erfolg gern auskosteten.

111

»Machen Sie's nicht so spannend.«

»Nicht so schnell, Frau Melchior. Dass der Streifen inzwischen verrottet ist, ist vermutlich ein wichtiger Punkt für Ihre Ermittlungen.«

»Und warum?«

Einige Fabrik- und Ausstellungshallen kamen in Sicht, dann vor einer belebten Kreuzung das Ortschild: »Große Kreisstadt Rottweil«. Melchior kannte wohl eine Abkürzung. Seit dem letzten Wegweiser hatten sie definitiv noch keine vier Kilometer hinter sich gebracht. An der Schlange vor der roten Ampel ließ sie ihren Wagen ausrollen.

»Weil er mit den Leichen vergraben wurde. Er liegt also genauso lange dort wie die Knochen.«

»Wieso sollte jemand diesen Streifen vergraben?«

Die Ampel schaltete auf Grün. Die Autos vor ihr fuhren los, und die Fahrbahn bis zur Ampel leerte sich.

»Natürlich nicht als Streifen, sondern als das, was es war, bevor es verrottet ist.«

»Bitte, Herr Dorfler, können wir die nächsten Schritte überspringen und gleich zur Sache kommen? Also: Können Sie mir nicht einfach sagen, was es war?«

Sebastian deutete hinaus zur Frontscheibe, doch Melchior machte keine Anstalten loszufahren. Hinter ihr hupte jemand. Dann noch einmal deutlich länger.

»Ein fusselarmes, papierähnliches Material, das unter dem Namen ›Airlaid‹ bekannt ist.«

Sebastian hatte den Namen schon einmal gehört, kam aber im Moment nicht darauf, in welchem Zusammenhang. »Und für was wird es verwendet?«

»Hm«, machte Dorfler. »Wischtücher, Hygieneprodukte und Einwegbekleidung. Ähnlich wie bei der Papierherstellung wird es aus Zellulose und Bindemitteln produziert. Und das ist auch der Grund, warum es so verrottet ist. Polyethylen etwa wäre nach dieser Zeit immer noch vollständig erhalten.«

Das Hupen hinter ihnen wurde drängender.

»Wischtücher, Hygieneprodukte, Einwegbekleidung«, murmelte Sebastian vor sich hin. Und mit einem Mal wusste er, was damals mit den Knochen vergraben worden war. »Natürlich.« Er klatschte sich mit der flachen Hand auf die Stirn.

»Was?«, fragte Melchior, die noch immer keine Veranlassung sah, loszufahren.

»Einweganzug, das ist es.« Er schaute zu Melchior, die seinen Blick mit großen Augen erwiderte. »Gerbers Leiche wurde zerstückelt.«

Melchior nickte.

»Der Täter muss einen Einweganzug getragen haben, den er mit in der Grube entsorgt hat. Vielleicht hat er sogar die Leichenteile darin eingewickelt. Das würde auch den fehlenden dritten Müllsack erklären. Die Zeit hat dann dafür gesorgt, dass fast alles verrottet ist. Wir reden hier doch von papierähnlichem Material, Herr Dorfler?«

»Zellulose, natürlich«, antwortete der. »Hauptrohstoff bei der Papierherstellung.«

Aus den Augenwinkeln bemerkte Sebastian zwei dunkle Autos, die hupend an der linken Fahrzeugseite vorbeifuhren.

»Können Sie das Material auf Fingerspuren überprüfen?«, wandte er sich an Dorfler in der Hoffnung, dass sich seine Vermutung mit dem Einweganzug bestätigte. Schließlich hatte der Täter ihn zum An- und Ausziehen anfassen müssen, und nicht jeder war so scharfsinnig, von vornherein Handschuhe zu tragen.

»Das hab ich schon. Da ist nichts.«

Melchior legte einen Gang ein und fuhr endlich los. Gerade als sie die Haltelinie erreichte, schaltete die Ampel wieder auf Gelb. Melchior gab Gas.

»Dann haben Sie sicher nichts dagegen, wenn ich den Streifen mit ins KTI nach Stuttgart nehme.«

Dorfler lachte auf. »Glauben Sie wirklich, dass die noch was finden?«

»Mikrospuren von eingetrocknetem Blut oder Schweiß reichen bereits aus. Und mit etwas Glück können wir daraus ein DNA-Muster isolieren.«

»Vielleicht von Käfern und Würmern.« Dorflers Tonfall klang

belustigt. »Dieser Papierstreifen lag über zehn Jahre unter der Erde.«

»Ich lasse den Streifen trotzdem überprüfen.« Natürlich würde Sebastian keine Wette auf eine brauchbare DNA-Spur eingehen. Die Wahrscheinlichkeit, dass die an einem Material sichergestellt werden konnte, das so viele Jahre in der Erde gelegen hatte, war nicht sehr hoch. Gleichwohl lag sie statistisch gesehen bei knapp zehn Prozent. In Niedersachsen hatte das LKA zuletzt aus über elftausend DNA-Untersuchungen, das es in Auftrag gegeben hatte, tausenddreihundert DNA-Muster isolieren können. Und mit einem davon wurde ein zwanzig Jahre zurückliegender Mord aufgeklärt.

»Ich hab nichts dagegen. Sie können den Streifen gleich abholen«, sagte Dorfler, und Sebastian kam es so vor, als ob sein Tonfall etwas gekränkt klang. Aber das konnte er sich auch nur einbilden.

Eine gute Viertelstunde später betrat Sebastian die Abteilung der KTU im Polizeirevier Rottweil, die auf den ersten Blick aus lediglich zwei Räumen bestand. Im größeren der beiden standen einige Tische mit Schachteln, Kisten, Apparaturen und elektrischen Geräten, die er nur zum Teil identifizieren konnte. Sebastian entdeckte Schleif- und Bohrmaschinen, ein elektronisches Stethoskop, Detektoren für Metall und sogar eine elektrische Zahnbürste, deren Zweck sich ihm nicht erschloss. Eine Handvoll Metallkoffer enthielten vermutlich weitere Geräte. Der kleinere der Räume war mit Spannholzwänden vom größeren abgetrennt und diente als Büro. Durch die Fenster, die auf halber Höhe den gesamten Raum umgaben, sah Sebastian einen vollbepackten Schreibtisch, dahinter einen Mann im weißen Arbeitskittel. Einen guten Teil seiner Lippen verdeckte ein mächtiger Schnauzbart, der dem eines Seelöwen nicht unähnlich war.

Als der Mann ihn sah und hinter dem Schreibtisch hervorkam, wusste Sebastian sofort, um wen es sich handelte. Genau so hatte er sich Dorfler, den Leiter der Rottweiler KTU, während des Telefonats vorhin vorgestellt. Ein eher gemütlicher Mittfünfziger mit kleinem Bauchansatz, aber zweifellos sportlich und drahtig.

»Sie müssen der Kollege vom LKA sein«, begrüßte der ihn und streckte ihm die Hand entgegen.

Sebastian ergriff sie. Der kräftige Händedruck bestätigte seine Vermutung. »Oberkommissar Sebastian Franck, Franck mit ck. Sie sind dann wohl der Herr Dorfler.«

»Richtig«, gab der zurück und vergrub die Hände in den Seitentaschen seines Arbeitskittels.

Sebastian ließ seinen Blick durch den Raum schweifen. Erst jetzt bemerkte er einen weiteren Mitarbeiter im weißen Arbeitskittel. Er hatte ihnen den Rücken zugewandt und hantierte an einer grünen Plastikbox auf einem der hinteren Tische.

»Das alles haben Sie sicher größer und moderner bei Ihnen in Stuttgart.« Offenbar freute sich Dorfler über die Abwechslung. Und anscheinend hatte er auch genügend Zeit für eine kleine Plauderei.

»Da muss ich Sie leider enttäuschen.«

Dorfler runzelte die Stirn. »Inwiefern?«

»Bei uns im Dezernat für ungeklärte Mordfälle gibt es überhaupt keine Abteilung für die Kriminaltechnik. Allerdings können wir auf die gesamte Infrastruktur des LKA zugreifen: nasschemische, physikalische und biologische Labore, DNA-Analytik, Brand- und Explosionsursachenforschung. Dann die Funktionsbereiche für die allgemeine Kriminaltechnik, den Erkennungsdienst, die Daktyloskopie sowie eine Abteilung für allgemeine Fachfragen.«

Dorfler strich über seinen Schnauzbart. »Tja, bei uns hat das alles hier drinnen Platz.« Er breitete die Arme aus, als wollte er den Raum umgreifen, und lächelte. »Aber Sie möchten sicher jetzt den Streifen abholen.«

Sebastian nickte.

»Einen Moment«, sagte Dorfler, wandte sich um und ging zu dem anderen Kriminaltechniker, der immer noch Kopf und Hände in die Plastikbox gesteckt hatte.

Dorfler sprach ein paar Worte mit dem Mann, der kaum älter

als Anfang zwanzig schien. Sein geröteter, kugelrunder Kopf mit den kurzen schwarzen Haaren nickte ununterbrochen, während er zuhörte. Schließlich kramte er in einer weiteren, kleineren Plastikbox, die direkt daneben stand, und förderte Sekunden später ein Tütchen zutage. Er hielt es kurz hoch und reichte es an Dorfler weiter.

Der kam zurück und streckte Sebastian ein transparentes Tütchen von der halben Größe einer Postkarte entgegen. Ein Grinsen lag um seinen Mund. »Immer noch der Meinung, dass Sie Käfer-DNA in dem Fall weiterbringt?«

Kritisch musterte Sebastian den leicht verknitterten Streifen, der einem streichholzlangen Abfallstück aus einem Papierwolf ähnelte. An einigen Stellen konnte er kleine, bräunliche Schmutzpartikel, vermutlich Erde, entdecken. Im Grunde glaubte er selbst nicht mehr an eine brauchbare DNA-Spur. »Wie gesagt, wir sprechen uns, nachdem sich unser KTI damit befasst hat.«

»Dann wünsche ich Ihnen schon mal viel Glück damit.« Dorfler schob seine Hände wieder zurück in die Seitentaschen und musterte ihn.

»Danke.« Sebastian betrachtete den Inhalt des Tütchens von allen Seiten. Ein merkwürdiger Umstand, dass neben den Knochen nur dieser winzige Streifen übrig geblieben war.

»Was haben Sie?«, fragte Dorfler.

»Wenn ich mir dieses Airlaid-Material so anschaue, wundere ich mich schon ein bisschen, warum in der Grube sonst nichts gefunden wurde.«

»An was denken Sie?«

»Persönliche Dinge wie Schmuck, Geldbörse, Papiere, Kleidung, irgendetwas.«

Dorfler wiegte den Kopf. »Ich denke, dass keine persönlichen Dinge mit dem Opfer vergraben wurden. Sonst hätten wir etwas gefunden.«

»Und die Kleidung?«

»Falls die nur aus Naturfasern wie Wolle, Baumwolle oder Viskose bestanden hat, bleibt nach ein paar Jahren im Waldboden nichts mehr davon übrig. Im Gegensatz zu Kunstfasern wie Polyamid, Polyester und Polyacryl verrottet das Zeug relativ schnell.«

»Das heißt, Sie gehen davon aus, dass die Tote entweder Kleidung aus Naturfasern wie Baumwolle trug oder nackt vergraben wurde.«

Dorfler strich ein weiteres Mal über seinen mächtigen Schnauzbart und steckte die Hand wieder zurück. »Ich kann weder das eine noch das andere ausschließen.«

»Oder vielleicht …« Sebastian hielt inne und mühte sich um einen beiläufigen Tonfall. Er wollte der Rottweiler Polizei keine Ratschläge erteilen. »Haben Sie schon darüber nachgedacht, nochmals die nähere Umgebung der Fundstelle abzusuchen?«

»Wegen der Kleidung?« Auf Dorflers Stirn bildeten sich zwei senkrechte Falten.

»Nicht nur.«

»Sie denken an Tierfraß.« Dorfler schürzte die Lippen. »Wir haben schon einen ganzen Nachmittag lang den halben Wald dort oben umgegraben.«

»In welchem Umkreis?«

Ohne die Hände aus den Taschen zu nehmen, zuckte Dorfler mit den Schultern. »So ein- bis zweihundert Meter um die Fundstelle. Warum fragen Sie?«

»Zu der unbekannten Toten fehlen einige Knochen. Für unsere Rechtsmediziner wäre es gewiss einfacher, die Todesursache an einem vollständigen Skelett zu klären. Derzeit können wir nicht mit Gewissheit sagen, ob überhaupt ein Gewaltverbrechen vorliegt.«

Dorfler nickte. »Ich habe davon gehört. Aber da müssen Sie mit Treidler oder Melchior sprechen. Die beiden leiten die Ermittlungen.«

»Klar.« Sebastian hielt das Tütchen mit dem Streifen hoch. »Danke nochmals.« Er musste zurück nach Stuttgart. Falls notwendig, könnte auch das LKA eine erneute Suchaktion im Wald veranlassen. Noch wichtiger allerdings erschien ihm die DNA-Untersuchung am Skelett der unbekannten Toten.

## 10

Bereits während der Zigarette zum Morgenkaffee hatte Marga gespürt, dass dieser Tag etwas Besonders für sie bereithalten würde. Sie hätte nicht sagen können, ob positiv oder negativ, aber es würde etwas passieren. Dieses Gefühl begleitete sie auch den ganzen Vormittag im Büro, bis kurz vor zwölf ihr Telefon klingelte.

Das Display zeigte eine lange Nummer mit ausländischer Vorwahl.

Marga fischte den Telefonhörer von der Gabel. »LKA Stuttgart, KHK Kronthaler.«

»Hallo«, vernahm sie eine männliche Stimme, die sich über ein deutlich vernehmbares Rauschen legte.

»LKA Stuttgart, KHK Kronthaler, wer spricht denn bitte?«

»Können Sie mich hören?«

»Laut und deutlich.«

»Ich Sie nur schlecht. Egal. Hier ist Paul Scheffler.«

»Paul Scheffler«, wiederholte Marga wie zu sich selbst. Sie benötigte einen Moment, um zu realisieren, dass tatsächlich einer der Zeugen des Überfalls auf die Stadtsparkasse Hannover anrief. Das erste Mal, dass sie mit ihren Ermittlungen etwas in Bewegung gesetzt hatte. Ein gutes Gefühl.

»Sie wissen, wer ich bin?«, kam es aus dem Hörer. Das Rauschen schwoll weiter an und steigerte sich kurz zu einem Fiepen.

»Natürlich, Herr Scheffler. Wir haben uns kürzlich über den Banküberfall in Hannover unterhalten. Sie waren damals ebenfalls am Tatort.«

»Richtig, und deswegen rufe ich an.«

»Ist Ihnen noch etwas eingefallen?«

Trotz des Rauschens bemerkte Marga, dass Scheffler zwei, drei tiefe Atemzüge nahm. Offenbar fiel es ihm nicht leicht, weiterzusprechen. »Sie hatten mich gebeten, den Mann mit der Bärenmaske genauer zu beschreiben.«

»Das haben Sie ja auch getan.«

»Genau.« Wieder legte Scheffler eine Pause ein, bevor er weitersprach. »Damals ist mir aufgefallen, dass der Typ gelbe Turnschuhe trug.«

»Richtig.« Marga pulte eine Zigarette aus dem Päckchen neben der Computertastatur und zündete sie an. Sie nahm einen Zug und horchte dem Rauschen zu. Seit dem letzten Telefonat nach Málaga hatte sich die Leitungsqualität nicht gebessert.

»Ich wusste auch«, kam es zögernd von Scheffler, »dass Manuel die gleichen hatte.«

»Manuel?« Marga konnte im ersten Augenblick nichts mit dem Namen anfangen.

»Sie wissen schon. Manuel ist mein Lebenspartner. Er ist Spanier, und mit ihm zusammen lebe ich seit fünf Jahren hier in Málaga.«

»Ja, stimmt.« Marga konnte sich wieder an die jüngere Stimme erinnern, die sich beim letzten Anruf auf Spanisch gemeldet hatte.

»Ich rufe wegen Manuel an.«

»Wegen Manuel?«

»Ich weiß nicht, wie ich es Ihnen sagen soll. Aber …« Er stockte und atmete ein weiteres Mal tief durch. »Vielleicht ist es auch ein Fehler …« Er brach ab.

»Was ist ein Fehler, Herr Scheffler?« Marga spürte, dass er Mühe hatte, weiterzusprechen.

»Dass ich überhaupt angerufen habe.«

»Das ist es sicher nicht.« Marga musste schleunigst Schefflers Bedenken zerstreuen. Womöglich würde ihn sonst der Mut verlassen, das Gespräch fortzuführen. »Was ist mit Manuel?«

Marga nahm einen tiefen Zug von ihrer Zigarette und lauschte dem wieder anschwellenden Fiepen.

»Manuel hat diese Schuhe immer noch.« Scheffler räusperte sich. »Ich hab sie unten im Keller gefunden, als ich vor zwei Tagen aufgeräumt habe.« Wieder machte er eine Pause. Gerade als Marga ihn erneut zum Weitersprechen ermuntern wollte, fuhr er fort. »Auch an seinen Schuhen fehlt der Streifen.«

Rums! Marga konnte nicht verhindern, dass sie einen Schwall

Luft ausstieß und wegen des Rauchs in der Lunge einen kurzen Hustenanfall erlitt.

Sie richtete sich auf und drückte die nur halb gerauchte Zigarette im Aschenbecher aus. »Sind Sie sich sicher?«

»Natürlich bin ich mir sicher«, kam es sogleich scharf aus dem Hörer. »Würde ich sonst anrufen?«

Trotz des Tonfalls blieb Marga ruhig. »Auch am richtigen Schuh, auf der richtigen Seite?«

»An beiden Schuhen und an beiden Innenseiten.« Nachdem Scheffler offensichtlich den schwierigsten Teil des Gesprächs hinter sich gebracht hatte, antwortete er schneller und präziser.

»Würden Sie uns die Schuhe zur Verfügung stellen? Sie könnten sie uns per Postpaket zusenden.« Marga dachte an Amelie Neuburger, die zweite Zeugin. Vielleicht würde auch sie die Schuhe wiedererkennen.

Scheffler antwortete nicht. Nur sein schneller Atem drang an ihr Ohr. »Wie hoch ist die Strafe für einen Banküberfall mit Todesfolge?«, fragte er schließlich. Es klang, als ob er seine weitere Zusammenarbeit vom Strafmaß abhängig machte.

»Das kann ich Ihnen nicht sagen«, log Marga. »Es hängt von den Umständen und dem Richter ab. Aber mit acht bis zehn Jahren Gefängnis müssen Sie rechnen.«

»Acht bis zehn Jahre?«, kam es erschrocken zurück.

»Vielleicht auch weniger.« Marga versuchte bei ihrer Erwiderung möglichst unbestimmt zu bleiben. »Wenn sich der- oder diejenige kooperativ mit der Staatsanwaltschaft zeigt, Namen der Mittäter nennt. Oder der Richter erkennt auf mildernde Umstände aufgrund eines Geständnisses, wegen einer sozialen Notlage oder etwas Ähnlichem.«

»Mildernde Umstände, soziale Notlage.« Scheffler stieß einen Laut der Resignation aus. Er hörte sich jetzt an, als ob er fest mit Manuels Täterschaft und einem daraus folgenden Gefängnisaufenthalt rechnete.

»Herr Scheffler, bisher steht noch nicht einmal fest, ob die Turnschuhe tatsächlich diejenigen sind, die Sie damals in der Bank gesehen haben.« Marga hielt inne, um seine Reaktion abzuwarten.

»Und wie wollen Sie das klären?« Ein Anflug von Hoffnung lag in seiner Stimme.

»Indem Sie uns die Schuhe zur Verfügung stellen«, entgegnete Marga schnell.

»Das haben Sie vorhin schon gesagt. Aber warum?«

»Wir haben noch andere Zeugen. Und die müssen die Schuhe ebenfalls wiedererkennen«, sagte Marga, zweifelte aber zugleich, dass es mit Amelie Neuburgers Amnesie so einfach werden würde, wie es sich anhörte.

Wieder drang nur Rauschen aus dem Hörer. Marga befürchtete bereits, dass er aufgelegt hatte. »Sind Sie noch dran, Herr Scheffler?«

»Ja, ich bin noch dran. Und ja, ich mach's. Ich schicke Ihnen die Schuhe in einem Paket zu.«

»Gute Entscheidung«, sagte Marga und gab Scheffler ihre private Adresse in Degerloch durch. Schließlich wollte sie nicht, dass die Schuhe jemand anderem in die Hände fielen. Mit einem Dank verabschiedete sie sich von ihm und beförderte den Hörer auf die Gabel.

Nichts hielt sie mehr auf dem Stuhl. Marga sprang auf, zündete sich eine Zigarette an und starrte zum Fenster hinaus, ohne etwas wahrzunehmen.

War es wirklich so einfach, wie es sich plötzlich darstellte? Was sollte sie tun, falls Amelie Neuburger trotz aller Bedenken Manuels Turnschuhe wiedererkannte? Und hatte sie mit den Schuhen auch Daniels Mörder gefunden? Ein Schauer lief ihr über den Rücken.

Als Marga sich umdrehte, um die Zigarette auszudrücken, zuckte sie zusammen. Mit einer Aktenmappe unter dem Arm stand da Sebastian vor ihrem Schreibtisch. Sie hatte nicht bemerkt, dass er überhaupt eingetreten war. »Verdammt«, rief sie aus, »können Sie nicht anklopfen?«

Auf Sebastians Stirn traten zwei senkrechte Falten. »Ich habe angeklopft.«

»Dann klopfen Sie das nächste Mal lauter.« Obwohl die Zigarette schon beim zweiten Mal nicht mehr qualmte, stieß sie die Kippe immer wieder in den Aschenbecher, als ob sie sie zermalmen wollte. »Was gibt's?«

Statt einer Antwort spürte sie Sebastians vorwurfsvollen Blick auf sich. Glücklicherweise hatte sie die Akte zum Banküberfall in Hannover derzeit nicht auf dem Schreibtisch liegen. Bei ihm konnte man nie wissen, wann er ins Zimmer stürmte.

»Hat's Ihnen die Sprache verschlagen, oder brauchen Sie noch Zeit für eine Franck'sche Lebensweisheit zu meinem Zigarettenkonsum?«

»Weder noch. Aber die Zigarette da scheint mir inzwischen aus zu sein.«

Marga ließ die Kippe los. »Das sehe ich auch«, sagte sie und konnte gerade noch das Wort »Klugscheißer« zurückhalten.

»Sie müssen wissen, die Schadstoffe, die Sie beim Ausdrücken von Zigaretten freisetzen, sind beinahe so –«

Marga stieß einen Laut der Resignation aus. »Herr Franck, bitte. Konzentrieren Sie sich auf meine Ausgangsfrage: Was gibt's?«

»Ich denke, wir sollten uns über meinen aktuellen Fall unterhalten.« Sebastian trat von einem Fuß auf den anderen. Ein nervöser Tick, den sie trotz der kurzen Zeit, die sie zusammenarbeiteten, bereits gut deuten konnte. Offenbar war er bei seinen Nachforschungen auf etwas Erfolgversprechendes gestoßen.

»Das geht wohl länger.« Marga ließ sich in ihren Stuhl fallen. »Also, ich bin ganz Ohr.«

»Der Feuersee-Fall.«

»Der Feuersee-Fall, soso.« Marga gab sich keinerlei Mühe, weniger mürrisch zu klingen.

»Heinrich Gerber, Sommer 2006, die zerstückelte Leiche im Feuersee.«

Marga hatte nur eine leise Ahnung, wovon er da sprach. Seit ihre Gedanken beinahe täglich um den Banküberfall und das Tötungsdelikt an Daniel Franck kreisten, schien alles andere weit weg zu sein. »Ich bin vergesslich, frischen Sie mein Gedächtnis auf.«

Sebastian seufzte, offenbar konnte er nicht glauben, dass sie mit dem Namen des Falls nichts anzufangen wusste. »Die Rottweiler Kriminalpolizei untersucht derzeit den Fund einer unbekannten Toten. Die skelettierte Leiche wurde zusammen mit den fehlenden Leichenteilen von Heinrich Gerber in einem Wald bei Rottweil entdeckt.«

»Richtig, jetzt fällt's mir wieder ein. Dieser Mord während des Sommermärchens.«

»Sommermärchen, genau. Das war am 30. Juni, dem Abend, als Deutschland gegen Argentinien spielte«, entgegnete Sebastian, und sie konnte sich des Eindrucks nicht erwehren, einen Anflug von Triumph bei ihm herauszuhören.

»Und als begeisterter Fußballfan wissen Sie bestimmt noch das Ergebnis.«

»Ist das denn wichtig?«

»Nein.« Marga seufzte. Ironische Bemerkungen konnte sie bleiben lassen. Er würde sie ohnehin nicht verstehen. »Sie wollten mir etwas mitteilen, Herr Franck.«

»Richtig. Ich war gestern in Rottweil.«

»Haben Sie dort etwas Wichtiges in Erfahrung bringen können oder nur Spesen produziert?«

»In der Tat habe ich das.« Sebastian zog seine perfekt sitzende Krawatte glatt. »Und ich plädiere dafür, dass wir die Ermittlungen in dem Fall wiederaufnehmen.«

»Sie hatten mir doch erzählt, dass es eine Hauptverdächtige gibt, die seither untergetaucht ist. Schon vergessen?«

»Ich vergesse nie etwas.«

»Jaja, ist schon gut. Ist nun die Hauptverdächtige untergetaucht oder nicht?«

»Untergetaucht. Das ist korrekt.«

Marga legte den Kopf schief. »Wenn das korrekt ist, wie Sie so schön sagen, dann ist der Verdächtige benannt. In einem derartigen Fall braucht es allenfalls eine Zielfahndung, aber gewiss keine weiteren Ermittlungen.«

Sebastian atmete tief ein und wieder aus. Offenbar suchte er noch nach dem richtigen Einstieg für seine Argumentation. »Es existieren zwei Dinge, die an diesem Fall merkwürdig erscheinen«, begann er schließlich und zog die Aktenmappe unter seinem Arm hervor.

Marga lehnte sich zurück und verschränkte die Arme vor der Brust. Ohne Frage würde dieses Gespräch noch länger dauern. »Schießen Sie los.« Sie deutete auf den Besucherstuhl vor ihrem Schreibtisch.

»Erstens«, begann Sebastian, nahm auf dem angebotenen Stuhl Platz und legte die Aktenmappe auf seinen Schoß, »nehmen wir doch für einen Moment an, dass Tremschowa die genuine Täterin –«

»Was für 'ne Täterin?«

»Genuin. Heißt so viel wie ›echt, wirklich, tatsächlich‹.«

»Sie sind ein wandelndes Fremdwörterbuch. Aber erzählen Sie doch weiter, und wenn möglich in Deutsch.«

Sebastian nickte. »Wenn also Tremschowa die tatsächliche Täterin ist, wer hat dann die Leichenteile von Gerber nach Rottweil gebracht und sie dort mit der unbekannten Toten vergraben? Die Liegedauer der Gebeine ist ersten Untersuchungen zufolge nämlich identisch.«

Eine berechtigte Frage. Sofern der Täter sofort nach dem ersten Mord untertauchte, wäre es kaum wahrscheinlich, dass er es gewesen war. Nur wenige würden sich durch einen weiteren Mord unnötig der Gefahr einer Entlarvung aussetzen. »Wann genau ist Tremschowa ausgereist?«

»Breits am darauffolgenden Tag, und zwar über die polnische Grenze in die Ukraine.« Sebastian schlug seine Beine übereinander. Er trug tatsächlich lilafarbene Socken mit bunten Kreisen zu seinem hellgrauen Anzug. Dass er diesem Modetrend folgte, hätte sie ihm nicht zugetraut.

»Dann hätte sie genügend Zeit gehabt. Sie tötet diesen Gerber, zerstückelt dessen Leiche und will sie im Feuersee entsorgen. Als sie dabei gestört wird, verschwindet sie und vergräbt den Rest in einem Rottweiler Wald.«

Sebastian schob die Augenbrauen zusammen. »Zusammen mit einer anderen Leiche, die sie in dieser Zeit ebenfalls noch töten musste? Nach Korczowa, wo sie am 1. Juli mit ihrem Touristenvisum ausgereist ist, benötigt man mit dem Auto über zwölf Stunden.«

»Und warum ist das den Ermittlern damals nicht schon aufgefallen?«

»Nun ja, die wussten ja nichts von der Fundstelle in Rottweil mit der zweiten Leiche. Wenn Tremschowa direkt nach dem Mord in Stuttgart losgefahren ist, hätte die Zeit vermutlich gerade so bis Korczowa gereicht. Aber …«

»… wohl kaum mit einem zweiten Mord, der Fahrt nach Rottweil und dem Vergraben der Leiche.« Marga nickte. Er war tatsächlich einer Ungereimtheit auf die Spur gekommen, der sie nachgehen mussten.

»Richtig.« Sebastian blätterte kurz in seiner Aktenmappe und hielt ein Foto mit einem Schädel sowie verschiedenen Skelettteilen in einer rechteckigen Grube hoch. »Das ist die Fundstelle in Rottweil. Allein für die Fahrt dorthin, das Vergraben und die Fahrt zurück muss man mindestens vier, eher fünf Stunden rechnen.«

»Wenn diese Tremschowa nicht die Täterin ist, warum ist sie dann bis heute wie vom Erdboden verschwunden?«

»Verschluckt.«

»Bitte?«

Sebastian räusperte sich. »Man sagt ›wie vom Erdboden verschluckt‹, nicht ›verschwunden‹.«

»Kaum kann ich mich mit Ihren Theorien anfreunden, müssen Sie gleich wieder klugscheißen.«

»Dazu hab ich eine Vermutung«, sagte Sebastian in einem sachlichen Tonfall. Offenbar hatte er ihre Vorhaltung überhört. »Aber dazu komme ich später.«

Marga forderte ihn mit einer Handbewegung auf, weiterzureden. »Sie hatten vorhin zwei Merkwürdigkeiten angedeutet.«

»Genau.« Sebastian wechselte die übereinandergeschlagenen Beine. »Die zweite Merkwürdigkeit ist eigentlich eine Frage.«

»Die da wäre?«

»Warum liegt die Akte bei uns, wenn doch bereits ein Tatverdächtiger benannt ist?«

Eine weitere Ungereimtheit in diesem Fall. Auch darauf hätte Marga gern eine Antwort gehabt. Für die Gründung ihres Dezernats mit dem idiotischen Namen »Tote ohne Mörder« galt der Grundgedanke, dass Mord nie verjährte. Sofern über Jahre kein Täter ermittelt werden konnte wie bei über zweitausend vollendeten Straftaten gegen das Leben, so die offizielle Bezeichnung, handelte es sich um einen potenziellen Fall für das Dezernat. Und spätestens dann, wenn die Deckel der zugehörigen Ermittlungsakten vorläufig geschlossen wurden, landeten sie hier. Das bedeutete im Umkehrschluss jedoch, dass ein Mordfall, zu dem bereits ein Täter benannt worden war, schon per Definition nicht dazugehörte.

»Sehen Sie, Sie haben auch keine Antwort. Ich hab schon mit dem zuständigen Ermittler von damals gesprochen. KHK Merbold kann sich das auch nicht erklären.«

»Merbold? Berniebär Merbold? Ist er noch auf dem Revier drei in der Gutenbergstraße?«

»Ja, und er lässt Sie grüßen.«

»Konnte er noch was beitragen?«

»Nein, nichts.« Ein weiteres Mal wechselte Sebastian die übereinandergeschlagenen Beine.

Marga spürte, wie ihr Ermittlerinstinkt erwachte. »Ich könnte versuchen, Ihre letzte Frage bei der Staatsanwaltschaft zu klären. Ich kenne bestimmt jemanden, der mir noch einen Gefallen schuldig ist.«

Sebastian musterte einen Moment den Aktendeckel auf seinem Schoß und sah dann wieder auf. »Das hört sich ein wenig an wie Behördenfilz. Aber ich bin schon eine Weile hier«, ein Lächeln spielte um seine Mundwinkel, »und kann gut damit leben. Ich werde Sie dafür nicht kritisieren.«

Marga musste für einen Moment an jenen Sebastian Franck denken, der an seinem ersten Arbeitstag in Anzug und Krawatte vor ihrem Büro gestanden hatte. Garantiert hatte er sich seinen Arbeitsplatz und die Kollegen anders vorgestellt. Zwar hatte sich sein Kleidungsstil seither nicht geändert, aber das Team funktionierte, und bis auf die nervige Klugscheißerei konnte sie inzwischen gut mit seinen Eigenheiten umgehen. »Schön, dass wir das heute klären konnten.«

»Dann interpretiere ich Ihre Aussage dahingehend, dass wir in dem Fall die Ermittlungen wiederaufnehmen. Sie wissen, dass ich Ihre Einwilligung dazu benötige.«

»Das interpretieren Sie richtig.« Marga hatte doch tatsächlich neben seiner Klugscheißerei auch diese geschwollene Ausdrucksweise vergessen, mit der er ihr viel zu oft auf den Senkel ging. »Sie klären Ihre erste Merkwürdigkeit, ich kümmere mich um den Staatsanwalt.«

Sebastian kam vom Besucherstuhl hoch, wandte sich zum Gehen, hielt aber plötzlich inne.

»Ist sonst noch was?«, fragte Marga. Sie hatte ja bereits geahnt, dass sie ihn nicht so schnell loswerden würde.

»Ja.« Sebastian hielt kurz inne. »Ich habe bereits eine Theorie, mit der sich die erste Merkwürdigkeit erklären ließe.«

»Eine Theorie?«

»Ja.« Sebastian musterte sie. Wieso, ließ sich aus seiner Miene nicht ablesen.

»Und welche?«

Erneut dauerte es einen Moment, bis er antwortete. »Dass Aljona Tremschowa nie ausgereist ist.«

»Trotz des Ausreisevermerkes zu ihrem Touristenvisum?«

»Ein Schwachpunkt meiner Theorie.«

»Schwachpunkt?« Marga wusste nicht, was sie von seiner Antwort halten sollte. »Wo ist sie dann Ihrer Meinung nach? Immer noch in Deutschland?«

»Meiner Theorie nach ist sie die skelettierte Leiche in dem Waldstück bei Rottweil.«

Marga brauchte einen Moment, um das Gesagte zu verarbeiten. »Können Sie das beweisen?«

»Dann wäre es ja keine Theorie mehr. Aber ich arbeite daran.« Sebastian klemmte die Aktenmappe wieder unter den Arm. »Das Skelett sollte inzwischen beim KTI sein. Sobald geklärt ist, ob brauchbare DNA daran isoliert werden kann, lasse ich einen Abgleich mit den sichergestellten DNA-Spuren aus Gerbers Villa durchführen.«

## 11

Am folgenden Morgen wollte Sebastian sich endlich den Fundort der Müllsäcke mit Gerbers Leichenteilen anschauen. Er hätte nicht sagen können, warum er den fälligen Besuch am Feuersee so lange hinauszögert hatte. Schließlich empfand er die Bilder aus dem Rottweiler Wald nach dem unrühmlichen Ende in von Meißens Villa als eher belanglos. Vielleicht weil die Eindrücke von Gerbers zerstückelter Leiche im Badezimmer besonders real gewesen waren. Und am Feuersee könnten sich wieder ähnliche Bilder in seinen Kopf drängen, diesmal mit Leichenteilen in blauen Plastiksäcken.

Fast kam es ihm so vor wie früher. Als Kind hatte er sich gefürchtet, sobald die Bilder auf ihn einstürzten. Und sie stürzten regelmäßig auf ihn ein, wenn er mit seinen Eltern im Auto unterwegs war: längst vergangene Verkehrsunfälle. Er sah dann das zerbeulte Blech, gesplitterte Scheiben und auf dem Asphalt verteilte Fahrzeugtrümmer. Das Schlimmste jedoch war die Totenstille Sekundenbruchteile nach dem Aufprall, dann kamen die Schreie der Verletzten. Im Erwachsenenalter hatte er mit der Fähigkeit, Dinge ohne Sinnesreize wahrzunehmen, seinen Frieden gemacht, sie oft sogar als Gabe betrachtet. Doch auch heute erschien sie ihm manchmal noch wie ein Fluch.

Er würde, nein, er musste lernen, die Bilder zu kontrollieren. Sebastian packte die Fotos von der Auffindesituation in eine Aktenmappe und verließ das Büro.

Auf dem Flur kam ihm Franziska entgegen. »Wohin gehen Sie, Chef?«, fragte sie in einem Tonfall, der sich eher anhörte wie »Nehmen Sie mich mit?«.

»Zum Feuersee«, entgegnete Sebastian knapp. Nach einem Blick in ihr erwartungsvolles Gesicht fügte er hinzu: »Nun holen Sie schon Ihre Jacke.«

Franziska machte auf dem Absatz kehrt und kam wenig später mit einer schwarzen Nietenjacke auf ihrem Arm zurück. Sie streckte den anderen Arm hoch und ließ einen Autoschlüssel um den Zeigefinger kreisen. »Und wir können gleich unseren neuen Dienstwagen nehmen.«

»Ein neuer Dienstwagen?« Sollte es sich tatsächlich bewahrheitet haben, dass das Dezernat nach bald einem Jahr endlich einen Dienstwagen bekam?

»Seit gestern. Und es ist kein Schrotthobel, wie die Chefin zuerst vermutet hat.«

»Das ist ja schon mal was.«

Franziska hielt ihm einen Schlüssel mit BMW-Zeichen vor die Nase. »Ein 5er-BMW Touring.«

Sebastian nickte anerkennend. Auch er hatte nicht mit einem derart hochwertigen Fahrzeug gerechnet. Bisher war er von einem VW Golf oder Passat ausgegangen. Die Standardfahrzeuge der Behörden Baden-Württembergs.

»Das muss er sein«, rief Franziska sogleich aus, als sie auf dem Parkplatz nach dem Wagen Ausschau hielten. Sie deutete auf einen weißen BMW Kombi auf der gegenüberliegenden Seite.

Sebastian musterte den Wagen. Schon auf den ersten Blick erkannte er, dass es sich um den Vorgänger des aktuellen Modells handelte. Womöglich stammte er von einer anderen Polizeibehörde, die ihn loswerden wollte. »Das ist kein neuer Wagen.«

»Ich weiß, er ist zwei Jahre alt. Macht aber nix. Der Typ, der ihn vorbeigebracht hat, war von der Autobahnpolizei, Zivilstreife. Er sagt, die Karre hat dreihundertzwanzig PS und fährt Spitze über zweihundertfünfzig.«

Und hat vermutlich bereits zweihunderttausend Kilometer hinter sich gebracht, dachte Sebastian, bevor er sich in Bewegung setzte.

»Cem wird sich bestimmt freuen.«

»Wieso Cem?«

»Der ist BMW-Fan.« Unübersehbar mühte sich Franziska um einen ernsten Gesichtsausdruck, der ihr gründlich misslang.

Sebastian ertappte sich dabei, dass er für einen Augenblick tatsächlich über den Wahrheitsgehalt ihrer Aussage nachdachte. »Wissen Sie eigentlich, wo er ist?«

»Hat die Chefin doch gesagt: im Urlaub. Hoffentlich hat er nicht zu viel im türkischen Facebook gepostet.«

Sebastian runzelte die Stirn. Auch diese Anspielung verstand er nicht.

»War nur Spaß.« Sie ließ ihr Zahnpiercing aufblitzen. »Er fährt schon seit Jahren nicht mehr in die Türkei in Urlaub. Er hat was von Kroatien erzählt. Und erst nächste Woche ist sein Urlaub vorbei. Also alles im grünen Bereich.«

Sebastian umrundete den Wagen, musterte die Bereifung und den Lack: auf den ersten Blick keine Unfallschäden und ausreichendes Reifenprofil.

Franziska drückte auf die Funkfernbedienung, die Blinker leuchteten kurz auf, die Schließanlage klackte.

»Ich fahre.« Sebastian hielt ihr die Hand hin.

»Muss das sein?«

Er nickte und verkniff sich die Bemerkung, dass sein Sicherheitsgefühl unter ihrer unbeständigen und aggressiven Fahrweise litt.

Mit kaum verhohlenem Missmut legte sie ihm die Schlüssel in die Hand. Er reichte ihr die Aktenmappe.

Kaum saß Franziska im Wagen, deutete sie nach oben. »Wir haben ein Schiebedach.« Sie betatschte die Seitenverkleidung, das Armaturenbrett, die Sitzbezüge. »Aber kein Leder wie bei Ihnen. Und hier«, sie drückte einen Knopf in der Mittelkonsole, »ein Navi. Und da ist er ja schon.« Sie zog an einem weiteren Schalter, das Schiebedach klappte hoch und fuhr zurück.

Sebastian ließ sie gewähren, obwohl er weniger als zehn Grad Außentemperatur eigentlich als zu kalt empfand, um mit offenem Schiebedach zu fahren. Er wartete, bis sie Sitz, Rückenlehne und Heizung mit einigen anderen Knöpfen eingestellt hatte, und startete dann den Motor.

»Schnallen Sie sich bitte an.« Er stellte den Wahlhebel für die Fahrstufe auf D.

Franziska strich eine lilafarbene Strähne zurück und legte den Sicherheitsgurt um.

Sebastian fuhr über den Parkplatz und bog in die wenig befahrene Bernhardstraße ein. Auch in der Innenstadt blieb der Verkehr erträglich, beinahe angenehm. So dauerte die Fahrt zum Feuersee, der relativ zentral im Stuttgarter Westen lag, gerade mal eine Viertelstunde.

Der ehemals als Löschwasserteich angelegte See umschloss wie ein nach Norden geöffnetes U die Johanneskirche von drei Seiten. Wobei die Bezeichnung »See« sich freilich als viel zu hoch gegriffen entpuppte. Die Länge der drei kerzengeraden Ufer betrug gerade mal hundert Meter.

Franziska lotste ihn zu der Sackgasse entlang des Ostufers, wo Sebastian tatsächlich einen Parkplatz für ihren Dienstwagen fand. Mächtige Bäume, teilweise höher als die mehrstöckigen Gebäude auf der anderen Straßenseite, versperrten den Blick auf den See.

Sebastian stieg aus, suchte und fand den Parkscheinautomat, musste jedoch feststellen, dass er kein passendes Kleingeld dabeihatte.

»Haben Sie ein Ein- oder Zwei-Euro-Stück für mich?«, wandte er sich an Franziska.

»Sie wollen doch nicht allen Ernstes mit dem Dienstwagen diese scheißteuren Parkgebühren bezahlen?«

»Wieso nicht? Sehen Sie.« Sebastian deutete zum blauen Parkplatzschild am Gehweg und las vor: »›Nur mit Parkschein. Werktags von acht bis achtzehn Uhr‹. Und da heute kein Sonntag ist, müssen Parkgebühren entrichtet werden. Dienstwagen hin oder her.«

Franziska seufzte, als ob seine Antwort schmerzte. »So was steht immer irgendwo. Ich zahle nie.«

»Mir erschließt sich Ihre Logik nicht. Nur weil dieses Schild ›immer irgendwo steht‹, heißt das noch lange nicht, dass man nicht bezahlen muss.«

»So hab ich das auch nicht gemeint, Chef. Sondern ich hab mir das ausgerechnet.« Franziska stemmte den freien Arm in die Hüfte. »Einmal Parken gibt's in Stuttgart nicht für unter zwei Euro die Stunde. Das Verwarnungsgeld fürs Falschparken unter drei Stunden macht fünfzehn Euro. Das heißt, wenn mich das

Ordnungsamt viermal bei zwei Stunden Parken nicht erwischt, fahr ich günstiger.«

»Und wie ist die Quote bisher?«

Franziska winkte ab. »Ich hab erst zweimal bezahlen müssen. Ist doch ein guter Schnitt, oder?«

»Zweimal? Da nehme ich besser das Kleingeld. Haben Sie nun welches oder nicht?«

»Nein. Und außerdem dürfen wir das. Paragraf fünfunddreißig StVZO, Sonderrechte. Und«, Franziska klemmte sich die Aktenmappe unter den Arm, »wir haben einen ehemaligen Dienstwagen der Autobahnpolizei.« Sie ließ ihm keine Zeit mehr zu antworten und stiefelte davon.

Sebastian verdrängte die Bedenken und folgte ihr entlang der Sackgasse Richtung Südufer des Sees. Vermutlich war er der einzige Kriminalpolizist in Stuttgart, der bei Ermittlungen ein schlechtes Gefühl hatte, wenn er die Parkgebühren nicht bezahlte.

Sie passierten ein geschlossenes Straßencafé und gelangten an einen breiten Vorplatz. Die Bäume lichteten sich und gaben den Blick auf den See mit drei Wasserfontänen frei. Mit ihrer außergewöhnlichen Erscheinung dominierte die neugotische Johanneskirche die gegenüberliegende Uferseite. Statt einer Turmspitze wie bei Kirchen üblich verfügte sie lediglich über eine Plattform mit Brüstung.

Vom Vorplatz führten Steinstufen hinunter zum Ufer des Sees. Dort saßen, besser gesagt lärmten, eine Handvoll junger Leute. Sebastian tippte auf Studenten der nahen Wohnheime, die trotz des kühlen Vormittags das Schwätzchen an der frischen Luft einer Vorlesung vorzogen.

Franziska klappte den Aktendeckel auf und blätterte durch die Bilder. Mit einer Hand hielt sie die aufgeschlagene Mappe hoch, mit der anderen deutete sie hinunter zum See. »Hier wurden die beiden Müllsäcke aus dem Wasser gezogen.«

Das oberste Bild in der Mappe zeigte am Ufer zwei blaue, gut erhaltene Müllsäcke mit den gelben Spurentafeln eins und zwei samt der Johanneskirche im Hintergrund. Das Foto war nicht weit von ihrer jetzigen Position aus aufgenommen worden. Und davon gab es Dutzende, die sich in ihrer Perspektive nur wenig unterschieden.

Sebastian sah sich um, musterte die Steinstufen, auf der die Studenten saßen. Vier Stück reichten hinauf zum Vorplatz. Auf dem Foto war nichts davon zu sehen. Die Sitzgelegenheit mit den Brettern konnte erst in den letzten Jahren erbaut worden sein. »Das kann nicht der Ort sein, an dem die Müllsäcke in den See geworfen wurden. Wir müssen einen Platz in der Nähe des Ufers finden, den man mit einem Auto anfahren kann.«

Auch Franziska sah sich jetzt um. »Das geht eigentlich nur dort drüben.«

Sebastians Blick folgte ihrer ausgestreckten Hand zur westlichen Uferseite des Sees. Auch dort führte eine Straße entlang. Doch im Gegensatz zur Sackgasse, wo der Dienstwagen stand, verlief dort parallel zur Straße ein Weg für Fußgänger, der bis ans Ufer reichte.

Sebastian musste Franziska beipflichten, als sie die westliche Seite des Sees erreichten. Sie hatten den perfekten Ort gefunden.

*Das Adrenalin schießt immer noch durch deinen Körper. Du hast gerade eine Leiche zerteilt und fährst sie im Kofferraum durch halb Stuttgart. Vielleicht hättest du sie einfach liegen lassen sollen. Egal, jetzt ist es sowieso zu spät. Es wird Zeit, einen Ort zu finden, wo du die Säcke loswerden kannst. Und das ist in dieser verdammten Stadt schwieriger, als du angenommen hast.*

*Der See ist ein guter Platz. Es ist stockdunkel auf der Straßenseite am Ufer, zudem verdecken die vielen Bäume die Sicht. Du fährst rückwärts über den Fußgängerweg ans Ufer, steigst aus. Noch lässt du den Kofferraumdeckel geschlossen, zuerst musst du die Lage beurteilen. Aus allen Fenstern rundum hörst du die Leute grölen. Fußball-WM-Viertelfinale mit deutscher Beteiligung, eigentlich ein guter Tag, um eine Leiche zu entsorgen.*

*Du öffnest den Kofferraum, schaust dich nochmals um. Niemand ist zu sehen. Du lädst den ersten Müllsack aus, ziehst ihn die Böschung hinunter, dann folgt der zweite. Doch die Säcke schwimmen im Wasser, wollen einfach nicht untergehen. Du suchst nach Steinen oder etwas anderem, um sie zu beschweren. Da hörst du plötzlich Stimmen, Stimmen, die anschwellen und nach dem Grölen aus den Fenstern noch lauter in deinen Ohren dröhnen. Du spähst zwischen den Bäumen hindurch. Es sind zu viele, die sich mit ihren Fahnen mit einem Mal auf der Straße tummeln. Das Spiel ist aus.*

Ein Luftzug kam auf und trug den Lärm der Studenten bis zu ihnen ans Ufer.

»Was für einen Eindruck haben Sie?«, hörte er Franziskas Stimme neben sich.

Er wandte sich ihr zu. »Sie haben es bereits selbst angedeutet. Hier ist der einzige Platz, an dem man relativ unbeobachtet mit einem Fahrzeug ans Wasser fahren kann, um die Müllsäcke zu entsorgen. Und ich denke, wir haben richtig vermutet. Er könnte von feiernden Fußballfans gestört worden sein.«

»Boah, ey. Ich find das ja immer noch voll abgefahren.« Franziska musterte ihn mit großen Augen. »Dass Sie das alles sehen können.«

»Vorstellen.«

»Wegen mir auch vorstellen. Aber das könnte auch erklären, warum die Säcke an der Oberfläche schwammen. Der Täter hatte schlicht keine Zeit, sie zu beschweren.«

»Und er musste mit dem Rest der Leiche im Kofferraum wieder davonfahren.«

Zurück im Büro sah Sebastian schon von Weitem das Blinken an seinem Telefon. Dass der Anruf aus dem Kriminaltechnischen Institut des LKA gekommen war, erkannte er an der Nummer in der Anrufliste. Mit gespannter Erwartung drückte er die Taste für den Rückruf.

»KTI, Fachbereich 230. Brändle«, meldete sich eine jüngere, weibliche Stimme.

Sebastian stellte sich vor. »Sie hatten angerufen.«

»Dezernat T.O.M, ja, genau. Das war wegen der beiden

DNA-Proben im Fall ...« Es raschelte am anderen Ende der Leitung. »Verdammt ... ich habe keine Ahnung, wo dieser Scheißzettel gerade herumliegt.«

Sebastian verzichtete, sie darauf hinzuweisen, dass sie aus Datenschutzgründen nur über die Fallnummer kommunizieren durften. »Ich weiß, von welchem Fall Sie reden.«

Auch Brändle schien sich nicht darum zu scheren. »Dann kann ich mich ja kurzfassen.«

»Können Sie.« Sebastian mühte sich um einen freundlichen Tonfall. Schließlich wusste er, dass die Isolierung von DNA oft einer Sisyphusarbeit glich. Meist wurde erst nach Ende einer Analyse klar, ob die Probe überhaupt ausreichend DNA enthielt. So konnte es durchaus passieren, dass auch nach einem Dutzend Versuchen kein brauchbares Ergebnis vorlag. Die tagelange Arbeit einer Mikrobiologin wie Brändle war dann völlig umsonst gewesen.

»Ich habe eine gute und eine schlechte Nachricht für Sie. Welche wollen Sie zuerst?«

Die Aussicht, am Skelett keine DNA isolieren zu können, trübte Sebastians Vorfreude. »Die schlechte.«

»Wir haben hier einen schmalen Streifen aus Airlaid-Material. Die Suchtests zeigen, dass das Spurenbild entweder an der Nachweisgrenze liegt oder es sich um einen Mischspurenbefund handelt.«

»Das bedeutet?«, fragte Sebastian. Dorflers Worte von der Käfer-DNA kamen ihm in den Sinn. Sollte er mit seiner Befürchtung doch recht behalten?

»Hm«, machte Brändle. »Bisher jedenfalls konnten wir kein DNA-Muster daran isolieren.«

Sebastian horchte auf. Noch war es also nicht so weit, den Streifen als relevante Täterspur aufzugeben. »Bisher?«

Brändle zögerte einen Moment. »Wir haben seit ein paar Monaten ein neues Analyseverfahren im Einsatz. Etwas Experimentelles, das 'ne ziemliche Weile dauert.«

»Und damit würden Sie weiterkommen?«

»Das kann ich nicht mit Gewissheit sagen. Aber vor Kurzem

haben wir bei einem ähnlichen Befund damit ein DNA-Profil erstellen können.«

»Dann bleiben Sie dran?«

»Natürlich. Für ein Ergebnis kann es aber noch einige Tage dauern. Falls wir überhaupt eines bekommen.«

Als es am anderen Ende der Leitung für einige Sekunden still blieb, fragte Sebastian: »Dann betrifft die gute Nachricht hoffentlich das Skelett?«

»Richtig«, vernahm er Brändles erlösende Worte. »Daran haben wir ausreichend biologisches Material für ein DNA-Profil isolieren können.«

»Das hört sich gut an«, sagte Sebastian in nüchternem Tonfall. Innerlich jedoch hätte er jubeln können. Damit war er der Identifizierung der unbekannten Toten einen großen Schritt näher gekommen.

»Aus dem Knochenmark der Wirbelsäule. Das war ein bisschen tricky«, fuhr sie fort. »Vor einigen Jahren noch wären Sie mit den Knochen leer ausgegangen.«

Sebastian musste unweigerlich an Franziska denken: gleicher Wortschatz, gleicher Tonfall. Egal, um zu beweisen, dass es sich bei der unbekannten Toten aus Rottweil und Tremschowa um ein und dieselbe Person handelte, musste aus dem Material nur noch ein DNA-Profil erstellt und mit deren genetischem Fingerabdruck verglichen werden. »Bis wann kann ich mit dem Profil rechnen?«

»Wie dringend ist es?«

»Dringend.«

»Das sagen Sie alle.« Brändle lachte freudlos auf. »Aber wir sind hier nicht bei ›CSI Miami‹. Acht Stunden mindestens.«

»Acht Stunden?« Sebastian hatte mit einem längeren Zeitraum gerechnet.

»Falls die Zeit nicht so drängt, würde ich heute Abend, bevor ich gehe, die Geräte einschalten. Die laufen dann über Nacht, und morgen früh haben wir das Profil. Vielleicht reicht Ihnen das ja.«

»Natürlich«, sagte Sebastian und gab ihr zur Sicherheit noch die Fallnummer durch.

»Wenn Sie wollen, kann ich gleich den DNA-Abgleich beim BKA durchführen. Das ist eine einfache Datenbankabfrage. Bei einem Treffer haben Sie das Ergebnis morgen früh per E-Mail.« »Ein perfekter Service des KTI.« Sebastian konnte sein Glück kaum fassen. Er gab Brändle seine E-Mail-Adresse durch, bedankte sich und legte auf.

Es stand außer Frage, dass sich spätestens morgen sein Verdacht bestätigen oder widerlegt werden würde. Die DNA-Analyse war inzwischen so weit standardisiert, dass ein DNA-Profil über Ländergrenzen hinweg in Form eines Zahlenschlüssels verglichen werden konnte. In Deutschland speicherte die DNA-Analysedatei die DNA-Profile von biologischen Spuren aus nicht aufgeklärten Straftaten sowie die von Straftätern und Beschuldigten aus Ermittlungsverfahren. Die im Jahr 1998 eingerichtete Datenbank beim Bundeskriminalamt umfasste inzwischen die DNA-Profile von rund einer Million Personen sowie einer halben Million nicht zugeordneter Spuren.

Einige Datensätze dieser unfassbaren Menge standen seit dem Jahr 2006 in einem Bezug zum Feuersee-Fall. Sie stammten von den kriminaltechnischen Untersuchungen in Gerbers Stuttgarter Villa. Aus den dort sichergestellten DNA-Spuren hatten drei genetische Fingerabdrücke erstellt und Personen zugeordnet werden können. Neben dem DNA-Profil des Opfers Heinrich Gerber und seiner Schwester Rosa gehörte auch eines zu der dringend tatverdächtigen Aljona Tremschowa.

## 12

Als Sebastian am nächsten Morgen sein Büro betrat, schaltete er noch im Mantel den Computer ein. Das System fuhr hoch, und es kam ihm so vor, als ob es noch länger dauerte als sonst, bis endlich das Icon für den E-Mail-Client auf dem Bildschirm erschien. Er klickte und erkannte im nächsten Moment, dass sich das Warten im Stehen gelohnt hatte. Die oberste Nachricht im Posteingang stammte vom KTI. Er überflog Brändles E-Mail und fand die erlösende Formulierung im zweiten Absatz: »Übereinstimmung mit DNA-Profil Aljona Tremschowa, geboren 14. Mai 1978 in Odessa.«

Obwohl er dieses Ergebnis nicht nur erhofft, sondern damit gerechnet hatte, setzte sein Herz einen Schlag aus. Sebastian ließ sich auf seinen Bürostuhl fallen. Damit änderte sich alles. Die Gewissheit, dass Tremschowa und die unbekannte Tote aus dem Rottweiler Wald ein und dieselbe Person waren, ließ den Fall in einem anderen Licht erscheinen. Und mit einem Mal existierte für das Tötungsdelikt an Heinrich Gerber mehr als nur ein mögliches Szenario.

Falls er die bisherigen Ermittlungen nicht in Frage stellte und weiter an Tremschowa als Täterin festhielt, musste es mindestens eine weitere Person geben. Und die hatte Tremschowas Leiche mit den Leichenteilen von Gerber in Rottweil vergraben. Ob es sich dabei um einen Mittäter oder nur um einen Mitwisser handelte, mussten neue Ermittlungen zeigen. Ein zweites mögliches Szenario wäre, dass es von Anfang an nur einen Täter gab. Dann war Tremschowa nicht Täterin, sondern Opfer. Dagegen sprach allerdings die Tatsache, dass die beiden Opfer völlig unterschiedlich zugerichtet worden waren. Zum einem die brutale Vorgehensweise bei Gerber, auf der anderen Seite Tremschowa, an deren Leiche bis jetzt keinerlei Gewalteinwirkung festgestellt werden konnte. Eines jedoch lag bei beiden Szenarien auf der Hand: Sie suchten nach einer weiteren Person.

Ein Klopfen holte ihn aus den Gedanken. Erst jetzt bemerkte Sebastian, dass er vor lauter Anspannung sogar vergessen hatte, die Bürotür zu schließen.

Franziska wedelte mit einem Stapel Papier und stand einen Augenblick später vor seinem Schreibtisch. »Sie haben ja Ihren Mantel noch an.«

»Das ist mir bewusst.« Sebastian musterte den Papierstapel in ihrer Hand. »Was haben Sie da?«

»Den Bericht unserer Rechtsmedizin zur unbekannten Toten im Rottweiler Waldstück.«

»Sie ist nicht mehr unbekannt.«

Franziska runzelte die Stirn.

»Es ist Aljona Tremschowa. Ich habe es gerade erst erfahren. Der DNA-Abgleich ergab eine Übereinstimmung mit ihrem DNA-Profil.«

»Aber sie ist doch untergetaucht und … und da ist doch der Ausreisevermerk zu ihrem Touristenvisum.«

Mit diesem scheinbaren Widerspruch hatte Sebastian sich nur kurz aufgehalten. »Für eine ähnlich aussehende Frau dürfte es nicht allzu schwer sein, mit Tremschowas Visum den Schengenraum zu verlassen.«

Franziska formte den Mund, wollte offenbar etwas sagen. Es blieb bei der Absicht. Sie schien tatsächlich zum ersten Mal sprachlos.

»Haben Sie ihn gelesen?«, fragte er in die Stille hinein.

»Gelesen was?«

»Den Bericht.« Sebastian deutete mit dem Kinn auf die Papiere in ihrer Hand.

»Ach so, ja, der Bericht.« Franziska nickte. »Klar hab ich den gelesen.«

»Steht etwas Relevantes drin?«, fragte Sebastian, obwohl er immer noch davon ausging, schon während des Vorort-Termins in Rottweil alles Wichtige erfahren zu haben.

»Das kann man wohl sagen«, sagte Franziska, sprach aber nicht weiter. Offenbar brauchte auch sie noch einen Moment, um die neue Wendung im Feuersee-Fall in ihrer Gänze zu verarbeiten. Immerhin sah es seit heute danach aus, dass es sich nicht um zwei Fälle, sondern um einen handelte.

»Machen Sie es nicht so spannend.«

»Klar, Chef«, kam es schnell zurück. »Es wird eine Todesursache genannt.«

»Und welche?« Der heutige Tag hielt offenbar noch mehr überraschende Wendungen parat.

»Tod durch Erstechen. Zweischneidige Klinge, circa drei Zentimeter breit.«

»Zweischneidig?« Obwohl Sebastian bei der Todesursache inzwischen mit allem gerechnet hatte, war er doch einigermaßen verblüfft. »Dann haben wir es nicht einfach nur mit einem Küchenmesser, sondern mit einer Waffe zu tun.«

»Genau. Ein einziger Stich.« Franziska schlug den Bericht auf. »Vermutlich von einem Rechtshänder. Kerben an dritter und vierter Rippe links.«

»Am Tatort wurde kein Messer sichergestellt. Das heißt, die Tatwaffe ist entweder noch im Besitz des Täters, oder er hat sie nach dem Mord entsorgt.«

»In diesem Waldstück bei Rottweil?«

»Gut möglich.« Sebastian machte sich in Gedanken eine Notiz, dass er sich um die erneute Durchsuchung des Waldstücks kümmern musste. Am besten gleich mit Metalldetektoren.

Er lehnte sich zurück. Es wurde Zeit, einige Ergebnisse der Ermittlungen von KHK Merbolds Team in Frage zu stellen. »Nachdem klar ist, dass es sich bei der unbekannten Toten um Tremschowa handelt und sie einem Tötungsdelikt zum Opfer gefallen ist, müssen wir sie spätestens jetzt als alleinige Täterin ausschließen.«

Franziska nahm auf der Couch Platz, schlug die Beine übereinander. »Sie tötet Gerber, eine zweite Person dann sie?«

»Darüber habe ich auch schon nachgedacht.« Sebastian kam hinter seinem Schreibtisch hervor, trat zum Wasserkocher auf der Tischreihe an der Wand und schaltete ihn an. »Womöglich haben wir es mit einem Doppelmörder zu tun.«

»Einem Unbekannten, der Gerber und Tremschowa am Tatabend in der Villa überfallen und getötet hat?« Franziska reckte das Kinn. »Da würde mir zuerst der angebliche Käufer der Münzsammlung in den Sinn kommen.«

Sebastian lauschte dem Fauchen des Wasserkochers. Diesen ominösen Käufer durfte er nicht aus dem Blick verlieren. Schließlich war der auch der Grund gewesen, warum die Münzen an jenem Tag überhaupt in Gerbers Tresor lagen. »Vielleicht. Aber das ist nur *eine* Möglichkeit.«

»Gibt es noch eine andere?«

Sebastian nickte. »Tremschowa könnte einen Komplizen gehabt haben, mit dem sie den Raub der Münzsammlung geplant hat.«

»Warum sollte dieser Komplize dann Tremschowa töten? Und dazu noch mit einem Messer.«

»Vielleicht bei einem Streit um die Beute. Aber es gibt bestimmt noch andere mögliche Motive.«

Franziska schlug die Beine übereinander, setzte eine nachdenkliche Miene auf, stellte dann beide Beine nebeneinander auf den Boden, streckte sie kurz aus, zog sie wieder heran und schlug sie wieder übereinander, diesmal anders herum. Schließlich sah sie auf. »Und wie gehen wir jetzt vor, Chef?«

Sebastian gab sich Mühe, den Blick nicht wieder auf ihre nervösen Beine zu richten. »Als Erstes müssen wir die unbekannte Person finden. Dazu denke ich an eine Art Profil, das wir formulieren.«

»Profil ist gut. Und«, Franziska hob den Zeigefinger, »wir brauchen einen Namen für ihn.«

»Einen Namen?« Sebastian glaubte, sich verhört zu haben. »Wieso einen Namen?«

»Wir können ihn nicht die ganze Zeit über nur ›unbekannte Person‹ nennen. Das hört sich an wie ›namenloser Täter‹.« Sie kratzte sich an der Schläfe. »Wie wäre es mit einem krassen Pseudonym, so was wie ›Son of Sam‹ oder ›Zodiac Killer‹?«

»Ist das Ihr Ernst?

Franziska nickte.

Sebastian konnte einen tiefen Seufzer nicht zurückhalten. »Was schlagen Sie vor?«

»Münzkiller.«

Der Wasserkocher schaltete mit einem Klacken ab.

»Münzkiller?«

Erneut nickte Franziska.

»Gut, meinetwegen nennen wir ihn Münzkiller.« Sebastian nahm eine Tasse zur Hand, blies hinein und füllte sie mit dem heißen Wasser etwas mehr als halb voll. »Wollen Sie auch einen grünen Tee?«

»Nein.« Franziska schüttelte den Kopf.

»Was fällt uns zum … Münzkiller ein?«, fragte Sebastian und stellte die Kanne wieder zurück auf den Wasserkocher.

»Ich denke, es handelt sich um einen Mann.« Franziska legte den Bericht auf dem Besuchertisch ab und lehnte sich zurück. »Nur wenige Frauen wären stark genug, beide Leichen in ein Auto zu verfrachten und wieder auszuladen.«

»Einverstanden. Und da es keinerlei Einbruchspuren gab, wurde dieser Mann freiwillig ins Haus gelassen.« Sebastian schüttete einige getrocknete Teeblätter aus der grünen Schachtel mit den laotischen Schriftzeichen in das Teesieb und schloss es. »Das wiederum bedeutet, dass ihn mindestens eines der beiden Opfer gekannt haben muss.« Er steckte das Teesieb in die dampfende Wassertasse und setzte sich damit wieder hinter seinen Schreibtisch.

»Dann haben wir also einen jüngeren, kräftigen Mann, den Gerber oder Tremschowa kannten.« Franziska stieß einen Laut der Resignation aus. »Das trifft auf Dutzende in und um Stuttgart zu. Und da hab ich die möglichen Käufer der Münzsammlung noch nicht einmal mitgerechnet.«

»Wenn ich an die Hämatome bei Gerber denke, neigt der … Münzkiller zu Gewalt und Wutausbrüchen.« Sebastian blies in die dampfende Teetasse. Der würzige Duft des grünen Tees drang an seine Nase.

»Genau. Und er ist äußerst brutal. Einen Menschen zu zerstückeln, dazu gehört eine große Portion Abgestumpftheit. Oder der Münzkiller macht es beruflich.«

»Was? Menschen zerstückeln?«

»Nein, natürlich nicht.« Sie lachte auf. »Aber vielleicht Tiere. Ein Schlachter, Jäger oder so was.«

So ganz gefiel Sebastian diese Annahme nicht. »Gewiss hat sich eine derart brutale Komponente nicht über Nacht entwickelt. So etwas braucht Zeit, aber vor allem braucht es Vorstrafen.«

»Und wie beginnen wir?«, fragte Franziska, nachdem eine Weile lang niemand etwas gesagt hatte. »Wenn ich damit POLAS füttere, hab ich bestimmt immer noch hundert Treffer.«

»Wir beginnen mit den Namen, die am naheliegendsten sind. Und die finden wir in den Ermittlungsakten.« Sebastian nahm das Teesieb aus der Tasse, schlürfte vorsichtig einen winzigen Schluck. Noch viel zu heiß.

»Dann suchen wir in den Personenakten zum Feuersee-Fall also nach einem jüngeren, kräftigen Mann, der aufgrund eines Gewaltdeliktes wie Körperverletzung und Raub rechtskräftig verurteilt wurde.«

»Oder als Tatverdächtiger benannt wurde.«

Franziska zupfte ein paarmal an ihrer Unterlippe. »Das sollte nicht so schwierig sein.«

»Und wir nehmen keine Rücksicht auf die damaligen Alibis. Jeder, der ins Profil passt, ist verdächtig.« Sebastian kam der damalige Befragungsmarathon in den Sinn, bei dem fast jeder der Verdächtigen irgendwann ein Alibi aus dem Hut gezaubert hatte.

Franziska nickte.

»Wir haben vier Ordner mit Personenakten.« Sebastian deutete auf die Aktenreihe zum Feuersee-Fall, die er auf einen Tisch an der Wand ausgelagert hatte. »Gibt es einen bestimmten Ordner, der Sie anspricht?«

»Nur einen?«

»Ja. Ich hatte beabsichtigt, drei zu übernehmen. Aber warum nicht, Sie können sich auch zwei aussuchen. Ziel ist es, dass spätestens heute Abend die Fotos aller Personen, die in unser Profil passen, unter denen der Opfer hängen.« Er deutete zum Whiteboard, an dem seit gestern schon die Fotos von Heinrich Gerber und Aljona Tremschowa hingen.

Sebastian wartete, bis Franziska samt zwei Ordnern mit Personenakten in ihrem Büro verschwunden war. Er zog seinen Mantel aus und setzte sich mit den beiden anderen Ordnern und der immer noch dampfenden Teetasse auf die Couch.

Der Aufbau einer Personenakte folgte stets demselben Muster. Als Deckblatt fungierte ein Bogen, der alle relevanten Daten zur Person wiedergab. Neben dem vollständigen Namen, dem Geschlecht, dem Geburtsdatum und -ort und dem ausgeübten Beruf gehörten dazu auch der Aufenthaltsort sowie die Adresse des Arbeitgebers, sofern vorhanden. Oft befand sich auch die Kopie des Personalausweises oder Reisepasses darunter. Bei bereits erkennungsdienstlich behandelten Personen enthielt der Bogen zusätzlich einige Angaben zur körperlichen Erscheinung. Dies umfasste Merkmale wie Gesichtsform, Statur, Körpergröße, Augen- und Haarfarbe und natürlich die Lichtbilder der ED-Behandlung. Interessanter jedoch waren die Folgeseiten: zuerst die Eintragungen im Strafregister, danach die Protokolle der Befragungen oder Vernehmungen.

Bei den Ermittlungen im Jahr 2006 wurden insgesamt neunzehn Verdächtige identifiziert. Nach Tremschowas vermeintlicher Flucht konnten achtzehn davon befragt werden. Eine relativ große Anzahl. Allerdings nur auf den ersten Blick. Nicht jedoch, sobald man bedachte, in welchem Milieu Gerber vor seinem Tod verkehrt hatte.

Bevor Sebastian die ersten Personenakten aufschlug, wollte er sich zuerst einen Überblick verschaffen. Seine beiden Ordner beinhalteten elf Personenakten, Tremschowas war nicht darunter. Vier davon gehörten zu anderen Frauen, die er aufgrund des Profils von vornherein ausschließen konnte. Damit blieben sieben Männer übrig, wovon vier schon damals über eine Strafakte verfügten. Und mit diesen potenziellen Verdächtigen wollte er sich in einem ersten Schritt näher beschäftigen.

Zum einen war da Oswald Harter, ein achtundfünfzigjähriger Taxifahrer, den Gerber offenbar als seinen persönlichen Chauffeur betrachtet hatte. Ihn hatte er beim Taxiunternehmen immer angefordert, sobald er nachts nach Hause kutschiert werden wollte. Harters Strafakte umfasste zwei Einträge: Fahrerflucht und fahrlässige Körperverletzung. Sebastian beließ die Akte im Ordner. Mit achtundfünfzig Jahren fiel Oswald Harter bereits aufgrund seines Alters aus dem Profil.

Nach ein paar Schluck Tee nahm Sebastian sich die Akte von Eugen Borimirow vor, einem damals sechsunddreißigjährigen Spätaussiedler, der eine Partneragentur betrieb und russische sowie ukrainische Frauen an deutsche Männer vermittelte. Nach Erkenntnissen der Ermittler hatte ihm Gerber bis zu dessen Tod vierzehntausend Euro geschuldet. Zeugenaussagen bestätigten, dass es vonseiten Borimirows Drohungen gegeben hatte. Seine ellenlange Strafakte umfasste eine zweijährige Bewährungsstrafe wegen gefährlicher Körperverletzung aus dem Jahr 1993, dann Anzeigen wegen Raub, Erpressung, Betrug und Verstoß gegen das Betäubungsmittelgesetz, jedoch immer ohne Verurteilung. Dennoch ein Paradebeispiel für einen Treffer zum Profil. Hinzu kam sein schwaches Alibi. Eine Angestellte bescheinigte ihm für die Tatzeit die Anwesenheit im Büro seiner Agentur. Sebastian entnahm die Akte und legte sie neben sich auf die Couch.

Beim Dritten im Bunde tat Sebastian sich schwer. 1986 als Silvio Fehrmann geboren und insgesamt dreimal wegen Körperverletzung straffällig geworden, hatte er sich Ende 2006 einer Geschlechtsumwandlung unterzogen und hieß seither Silvana Fehrmann. Die Ermittler hatten ihn als Verdächtigen eingestuft, weil die Polizei einmal aufgrund einer Schlägerei mit Gerber hatte anrücken müssen. Beide hatten jedoch auf eine Anzeige verzichtet.

Sebastian trank den Rest des Tees aus.

Ob Fehrmann nach dem Jahr 2006 weitere Straftaten begangen hatte, musste eine POLAS-Abfrage klären. Auch sein Alibi konnte nur als schwach bezeichnet werden. Er hatte zur Tatzeit bei einem Freund in Düsseldorf übernachtet. Sebastian entschied, die Akte im Auge zu behalten, und legte sie auf die von Borimirow.

Die Tür schwang auf. Franziska trat in sein Büro und schaute mit dem Gesichtsausdruck eines Kindes drein, das ein anderes Weihnachtsgeschenk erwartet hatte.

Sebastian stellte den ersten Ordner zurück auf den Couchtisch. »Was gibt's?«, fragte er in der Hoffnung, sie würde ihn noch die letzte Akte begutachten lassen.

»Ich bin schon durch, Chef«, entgegnete sie.

Sebastian sah auf seine Uhr. Seit sie sich mit den beiden Aktenordnern in ihr Büro verdrückt hatte, waren knapp zwei Stunden vergangen. »Ich brauch noch etwas Zeit für diesen hier.« Er deutete auf den zweiten Ordner.

Franziskas Gesichtsausdruck blieb unverändert. »Ich hab nur einen Typen gefunden, der in unser Profil passt.«

»Das war zu erwarten. Bei mir sind es auch nur zwei.«

»Macht zusammen drei.« Sie presste die Lippen aufeinander. »Vielleicht haben wir bei der Erstellung des Profils einen Fehler gemacht.«

»Und an welchen denken Sie?«

»Ich weiß auch nicht.« Sie zuckte mit den Schultern. »Wir hätten nicht nur in den Ermittlungsakten des Feuersee-Falls suchen sollen.«

»Sie sagten doch, dass Sie in POLAS mit den Angaben bestimmt hundert Treffer hätten.«

»Ja, stimmt schon.« Ihre Miene hellte sich etwas auf. »Aber das Ergebnis ist echt ernüchternd.«

»Wir schauen uns das nachher an. In der Zwischenzeit könnten Sie Farbkopien der Fotos Ihres möglichen Verdächtigen sowie dieser beiden hier machen.« Sebastian streckte ihr die Personenakten von Borimirow und Fehrmann entgegen. »In DIN-A4, bitte.«

Franziska nahm sie entgegen.

»Und machen Sie gleich noch eine POLAS-Abfrage für alle drei. Es würde mich nicht überraschen, wenn da noch etwas Neues hinzugekommen wäre.« Sebastian wartete, bis Franziska das Zimmer verlassen hatte, dann wandte er sich dem zweiten Ordner auf dem Couchtisch zu.

Die letzte Personenakte gehörte zu Ahmad Yusuf Bashar,

einem dreiundzwanzigjährigen syrischen Flüchtling, der zehn Jahre vor der großen Migrationswelle mit seiner jüngeren Schwester Yalda nach Deutschland gekommen war. Nachdem Yalda ein Verhältnis mit einem Deutschen begonnen hatte, versuchte er zusammen mit einem anderen Syrer aus dem gleichen Flüchtlingsheim, sie zu töten. Die zwei überfielen das Paar. Dabei trug Yaldas Freund lebensgefährliche Stichverletzungen davon. Sie wurde entführt, konnte jedoch flüchten. Beide Täter wurden gefasst und zu Bewährungsstrafen zwischen zwölf und achtzehn Monaten verurteilt.

Bashar war durch die Aussage eines Nachbarn in den Blick der Ermittler geraten. Der gab an, ihn einige Male dabei beobachtet zu haben, wie er sich »in verdächtiger Weise«, so seine Formulierung, vor Gerbers Villa herumtrieb. Bashars Alibi bestand aus mehreren gleichlautenden Aussagen von Bewohnern seines Flüchtlingsheims. Sebastian entnahm auch diese Akte dem Ordner. Obwohl Entführung und gefährliche Körperverletzung in Verbindung mit versuchtem Ehrenmord eher weniger ins Profil passten.

Wenige Minuten später kam Franziska schwer beladen und etwas außer Atem zurück. Vor sich in den Armen trug sie die beiden Aktenordner, lose darauf drei Personenakten, ihr »Death Note«-Notizbuch und die Fotokopien. Sie stellte die beiden Ordner wieder in die Reihe auf dem Tisch an der Wand, legte die Personenakten zurück auf den Stapel und trat mit den Fotokopien und ihrem Notizbuch vor das Whiteboard.

Sie heftete die Fotos von Eugen Borimirow und einer weiteren Person unter die von Gerber und Tremschowa. Bei jedem Magneten, den sie anbrachte, klimperten die Kettchen um ihre Armgelenke.

»Es werden immer weniger.« Franziska wandte sich um, sah in ihr Notizbuch. »Silvana Fehrmann brauchen wir erst gar nicht dazuhängen. Sie ist schon seit vier Jahren tot. Ein Verkehrsunfall mit Fahrerflucht.«

»Das schließt sie als Täter im Jahr 2006 nicht aus. Aber Sie haben recht, vielleicht hängen wir sie einfach etwas weiter unten hin.«

Franziska tat, wie ihr geheißen, und heftete das Foto von Fehrmann zwei Handbreit unter die beiden andern.

Mit Bashars Akte in der Hand trat Sebastian neben sie und hängte dessen Foto daneben. »Das ist Ahmad Yusuf Bashar, 2006 verurteilt wegen gefährlicher Körperverletzung und Entführung. Er passt nicht unbedingt ins Profil. Aber nur deswegen sollten wir ihn nicht ignorieren.«

Franziska nahm einen dicken schwarzen Filzstift zur Hand und schrieb die Namen »Silvio/Silvana Fehrmann« und »Ahmad Yusuf Bashar« zu den unteren Bildern, dann »Eugen Borimirow« sowie »Klaus Weinrich« zu den beiden anderen. Auf ein leeres Blatt von Sebastians Schreibtisch zeichnete sie die Kontur eines Kopfes mit einem Fragezeichen. Sie heftete es neben das von Bashar und schrieb »Unbekannter Käufer« darunter. »Damit wir den nicht vergessen.«

»Einverstanden.« Sebastian nickte und deutete auf den einzigen Namen, den er nicht kannte: Weinrich. »Und wer ist das?«

»Klaus Weinrich«, sagte sie. »Der Typ hat's in sich.«

»Inwiefern?«

Franziska legte den Filzstift zurück. »Wollen Sie die kurze Version?«

»Vorerst ja.«

»Ein gewaltbereiter ehemaliger Türsteher, der inzwischen der Reichsbürgerbewegung nahesteht.«

Sebastian musterte das Foto. Die Aufnahme stammte von einer ED-Behandlung des Polizeipräsidiums Stuttgart aus dem Jahre 2006 und zeigte Oberkörper und Kopf eines jüngeren, muskulösen Mannes mit kantigem Kopf und Stoppelhaaren. Vom Halsansatz rechts bis hoch zum Kinn schlängelten sich vier tätowierte germanische Runen. Sebastian vermutete, dass es sich nicht um das einzige Tattoo an Weinrichs Körper handelte.

Franziska las aus ihrem Notizbuch vor. »1999 mit neunzehn gab's vier Jahre Jugendarrest wegen Totschlags, dann 2006 eine achtzehnmonatige Haftstrafe wegen gefährlicher Körperverletzung.«

»Dann war er zur Tatzeit im Gefängnis?«

Franziska schüttelte den Kopf. »Nein, die Verurteilung war erst Ende des Jahres.«

»Der Typ hat's tatsächlich in sich.« Sebastian hasste nichts mehr als gewalttätige Menschen. Und dieser Weinrich gehörte fraglos dazu.

»Das ist noch nicht alles. Ich hab ja die POLAS-Abfragen gemacht, wie Sie gesagt haben.«

»Und?«

»Das gehört zwar zur längeren Version, aber wenn Sie schon danach fragen, kann ich's auch gleich loswerden.« Sie sah kurz von ihrem Notizbuch auf und las dann weiter: »Es gab über zwei Dutzend Anzeigen wegen Körperverletzung, Nötigung und Beleidigung, unter anderem auch gegen Vollstreckungsbeamte. Und jetzt kommt der Knaller, Chef«, sie hob den Zeigefinger, »bei seiner letzten Verhandlung vor dem Amtsgericht Stuttgart gab Weinrich an, Bürger der ›Republik Hochgau‹ zu sein. Er bestreitet die Existenz der Bundesrepublik Deutschland, weigert sich, Steuern oder Bußgelder zu zahlen und Gerichtsbeschlüsse zu befolgen.« Sie ließ das Notizbuch sinken. »Derzeit wird gegen ihn ermittelt. Verdacht der Bildung einer terroristischen Vereinigung, Paragraf 129a StGB.«

»Eine ziemlich lange Liste. Und welche Verbindung gab es damals zu Gerber?«

»Sein Bewährungshelfer hat ihm 2004 im ›Spechtloch‹, das ist ein Nachtlokal in Ludwigsburg, eine Anstellung als Türsteher beschafft. Er muss dabei wohl ein paarmal mit Gerber in Streit geraten sein, als er ihn betrunken nicht reinließ. So jedenfalls die Zeugenaussagen.«

»Und sein Alibi?«

»Schwach. Sein damaliger Chef und eine Prostituierte haben bezeugt, dass er zur Tatzeit gearbeitet hat.«

»Es müsste doch genügend Zeugen geben, die einen Türsteher zu einer bestimmten Zeit an seinem Arbeitsplatz gesehen haben.«

»Besucher eines Nachtlokales?« Franziska verzog das Gesicht. »Das ist so wahrscheinlich wie ein Ameisenbär, der keine Ameisen frisst.«

»Sie haben recht. Ein Zeuge müsste zugeben, im Nachtlokal gewesen zu sein. Die wenigsten Ehefrauen mögen das.« Er fuhr sich mit der Hand über das Kinn. »Haben Sie bei POLAS etwas Neues zu Eugen Borimirow gefunden?«

Franziska verzog den Mund. »Fromm wie ein Lamm, keine Einträge seit 2005.«

»Das ist eigenartig.« Sebastian musterte nacheinander die Fotos am Whiteboard. Wenn er eine Rangliste der Verdächtigen aufstellen müsste, wäre für Weinrich sicherlich Platz eins reserviert. Es folgten Borimirow, dessen Strafregister aus unerfindlichen Gründen nur Einträge bis 2005 auswies, dann die tote Fehrmann und zum Schluss Bashar.

Auch wenn die letzten beiden nicht besonders gut ins Profil passten, blieben mit Weinrich und Borimirow dennoch zwei Personen als potenzielle Mörder von Heinrich Gerber und Aljona Tremschowa übrig. Gleichwohl verwarf Sebastian den Gedanken, die Rottweiler Kollegen von ihren ersten Ermittlungsergebnissen zu unterrichten. Noch schienen sie ihm zu wenig gesichert.

## 13

Auf der Fahrt zur Dienststelle hatte Marga beschlossen, sich in den Feuersee-Fall miteinzubringen, bis Schefflers Päckchen mit den Samba-Turnschuhen aus Málaga eintraf. Und ihre erste Aktion würde das Telefonat mit der Staatsanwaltschaft sein, um abzuklären, warum die Akten beim Dezernat für ungeklärte Mordfälle lagen, obwohl von den Ermittlungsbehörden bereits ein Täter benannt worden war. Schließlich hatte sie genau das Sebastian schon vor Tagen zugesagt.

Es dauerte eine gute Stunde, drei Telefonate und eine Einladung zum Feierabendbier, bis sie den damals zuständigen Staatsanwalt, einen Dr. Ansgar Landwehr, sowie dessen neuen Dienstsitz samt Telefondurchwahl in Erfahrung gebracht hatte. Er arbeitete nach wie vor in seinem Beruf, war allerdings jetzt bei der Staatsanwaltschaft Berlin tätig, die im Kriminalgericht Moabit residierte.

Marga nahm den Telefonhörer zur Hand und wählte Landwehrs Durchwahl. Vielleicht könnte sie sich den Anruf auch sparen. Die Berliner Behörden waren nicht unbedingt als die eifrigsten bekannt, und so rechnete sie schon gar nicht damit, ihn zu erreichen.

»Dr. Landwehr«, meldete sich nach unerwartet wenigen Klingelzeichen eine polternde Stimme.

»LKA Stuttgart, Kriminalhauptkommissarin Kronthaler«, stellte Marga sich vor.

Einen Augenblick lang herrschte Stille am anderen Ende der Leitung, dann drang Landwehrs Stimme deutlich dezenter, fast schon vorsichtig an ihr Ohr. »Was will das LKA Stuttgart von der Staatsanwaltschaft Berlin?«

»Ich rufe wegen eines älteren Ermittlungsverfahrens an.«

»Haben Sie einen Termin?«

»Nein, aber Ihre Durchwahl und wenig Zeit«, antwortete Marga schnell und bereute im nächsten Moment ihr forsches Auftreten.

Ihre Befürchtungen schienen unbegründet. »Ganz schön keck, Frau Kronthaler«, kam es von Landwehr amüsiert zurück. »Aber fragen Sie. Sie haben fünf Minuten, dann muss ich zu einem Gerichtstermin.«

»Es geht um den Feuersee-Fall im Sommer 2006. Heinrich Gerber, der zerstückelte Leichnam aus dem Feuersee. Klingelt da was bei Ihnen?«

Am anderen Ende der Leitung blieb es ruhig.

Marga nahm Landwehrs Denkpause zum Anlass, sich eine Zigarette anzuzünden.

»Hm«, machte der. Dann noch einmal. »Daran kann ich mich dunkel erinnern.«

Marga nahm einen tiefen Zug von ihrer Zigarette und ließ den Rauch langsam entweichen.

»Die Täterin ist untergetaucht«, kam es schließlich von ihm. »Eine Ukrainerin. Wie hieß sie noch mal?«

»Aljona Tremschowa.«

»Tremschowa, genau. Um sie dingfest zu machen, haben wir Zielfahnder nach Kiew geschickt.«

»Odessa.«

»Von mir aus auch Odessa, liegt beides in der Ukraine. Aber wie lautet nun Ihre Frage?« Landwehrs Stimme klang wieder energischer. Vermutlich schielte er mit einem Auge bereits auf die Uhr oder zog seine schwarze Robe über.

»Ich will klären, warum die Akten als ungelöster Fall bei uns liegen, obwohl ein Täter benannt wurde.«

»LKA Stuttgart?« Wieder eine längere Pause. »Welches Dezernat?«

»Für ungeklärte Tötungsdelikte, T.O.M.« Marga rechnete inzwischen nicht mehr damit, dass Landwehr etwas beitragen konnte. Zumal er nicht einmal mehr wusste, dass er selbst es gewesen war, der damals die Zielfahnder nach Odessa und nicht nach Kiew geschickt hatte.

»Ist das wichtig?« Etwas Unsicherheit schwang jetzt in seiner Stimme mit.

»Wie wichtig, weiß ich nicht, aber auf jeden Fall merkwürdig.«

Marga nahm einen weiteren Zug von ihrer Zigarette. Sie sah zum Aschenbecher und zählte die Kippen. Es waren bereits acht, obwohl es gerade mal elf Uhr war. Es würde auch heute wohl wieder mehr als eine Packung werden. Verdammt, sie musste sich endlich zurückhalten mit ihrer Qualmerei.

»Nun«, seine Stimme veränderte sich ins Oberlehrerhafte, als er fortfuhr, »das könnte mit meiner damaligen Dienststelle zusammenhängen.«

»Inwiefern?« Marga zog erneut an der Zigarette, beließ den Rauch jedoch in der Lunge.

»Niemand will sich seine Statistik verhauen.«

»Statistik … verhauen?« Marga konnte gerade noch einen Hustenanfall unterdrücken, während sie den Rauch entschlossen hinauspustete.

»Ich bemerke Ihren sarkastischen Unterton, Frau Kronthaler. So ist es nun mal. Für die Staatsanwaltschaft gilt ein Fall erst dann als abgeschlossen, wenn der Täter nicht nur benannt, sondern auch gefasst und ein Gerichtsverfahren eröffnet werden kann. Oder eben wenn der Fall einer anderen Dienststelle übergeben wurde.«

»Ist das Ihr Ernst?« Marga konnte kaum glauben, was sie da von einem Staatsanwalt hörte. Auf gut Deutsch bedeutete das: Fortschieben statt Weiterermitteln. Jedenfalls war Landwehr in Berlin schon mal gut aufgehoben. Manchmal bestätigten sich Vorurteile eben doch.

»Das ist nicht nur mein Ernst, sondern die Vorgabe der jeweiligen Justizministerien.« Erneut blieb es für einen Moment still, dann erklang ein Rascheln. »Sie wollen den Fall abschließen? Schön, betrachten Sie ihn als abgeschlossen.«

»Ich will ihn nicht abschließen, ich will ihn aufklären.«

»Und ich muss jetzt zu meinem Gerichtstermin. Ihre fünf Minuten sind leider um, Frau Kronthaler. Guten Tag.«

»Wiederhören«, entgegnete Marga, war sich aber sicher, dass Landwehr bereits zuvor aufgelegt hatte.

Sie konnte es kaum glauben. Wenn diese Vorgehensweise in Baden-Württemberg Usus war, schlummerten in ihren Akten Dutzende, wenn nicht gar Hunderte Fälle, zu denen bereits ein

Täter benannt worden war. Vielleicht sollte sie den Zweck des Dezernats neu definieren. »Abgewälzte« statt »ungeklärte« Tötungsdelikte würde es vermutlich besser treffen.

Marga ließ den Telefonhörer auf die Gabel fallen und drückte ihre Zigarette aus.

Als sie ins gegenüberliegende Büro trat, starrten Sebastian und Franziska einige Fotos auf dem Whiteboard an. Keiner sprach ein Wort. Als die beiden sie bemerkten, wandten sie sich fast simultan zu ihr um.

»Ich hab gerade mit Dr. Landwehr gesprochen«, begann Marga und trat ebenfalls ans Whiteboard.

»Wer ist Dr. Landwehr?«, fragte Sebastian.

»Er war 2006 der leitende Staatsanwalt im Feuersee-Fall. Aber den Namen brauchen Sie sich nicht zu merken.« Marga betrachtete die Fotos: fünf Männer, eine junge Frau und ein Blatt Papier mit einem Fragezeichen.

»Warum? Mögen Sie ihn nicht?«

»Die haben die Akten nur an uns abgewälzt, damit sie sich ihre Statistik nicht verhauen.« Einer der Männer auf dem Whiteboard kam ihr bekannt vor: Eugen Borimirow.

»Das ist in der Tat befremdlich«, sagte Sebastian. Aus den Augenwinkeln erkannte sie, wie er seine Krawatte glatt strich.

»Befremdlich? Diesen Ausdruck würde ich nicht benutzen. Die hatten nur keinen Bock mehr, weiter zu ermitteln, weil die mutmaßliche Täterin dauerhaft untergetaucht ist.«

»Sie ist nicht die Täterin«, sagte da Franziska. »Oder zumindest nicht die einzige.«

Marga riss ihren Blick vom Whiteboard los und starrte sie an. Was sollte sie von Franziskas Aussage halten? »Das müssen Sie mir jetzt erklären.«

Stattdessen antwortete ihr Sebastian. »Der DNA-Abgleich hat ergeben, dass die Tote in dem Rottweiler Waldstück Aljona Tremschowa ist. Das ist die junge Frau da oben.« Er zeigte auf das Whiteboard. »Sie war wohl bis zuletzt die Freundin von Heinrich Gerber, dem älteren Mann hier neben ihr. Die Leiche aus dem Feuersee 2006, Sie wissen doch … Sommermärchen …«

Marga nickte. Ein weiteres Mal hatte sich Sebastians Verdacht bestätigt.

Franziska räusperte sich. »Inzwischen wissen wir, dass auch Tremschowa getötet wurde. Das heißt, wir suchen mindestens eine weitere Person.«

»Und das könnte einer der vier Männer oder das Fragezeichen hier sein?« Marga deutete auf die Fotos unterhalb von Gerber und Tremschowa.

»Genau. Diese vier und den unbekannten Käufer der Münzen haben wir als mögliche Verdächtige in den Feuersee-Akten identifiziert. Einer davon könnte der Münzkiller sein.«

»Münzkiller? Was ist das denn für ein bescheuerter Name?« Marga sah schon die Schlagzeile in der Lokalausgabe der Stuttgarter Nachrichten: *Münzkiller seit Jahren auf der Flucht.*

Franziska zog eine Schnute wie ein enttäuschtes Kind. »Ich finde, er passt.«

»Dann stammt er wohl von Ihnen.« Marga stieß einen Seufzer aus. »Meinetwegen. Achten Sie aber darauf, dass er nicht an die Öffentlichkeit kommt.«

Franziska nickte schnell.

»Und wie wollen Sie jetzt weiter vorgehen?«

»In einem ersten Schritt befragen wir Borimirow und Weinrich«, antwortete Sebastian. »Die beiden haben oberste Priorität für uns.«

Für einen Frischling und eine Auszubildende waren die beiden ziemlich weit gekommen. »Kann ich Sie dabei irgendwie unterstützen? Diesen Borimirow kenne ich irgendwoher. Ich komme nur noch nicht drauf.«

»Eugen Borimirow«, druckste Sebastian herum, »ist nicht unser Problem.«

»Sondern?«

»Klaus Weinrich.« Sebastian deutete auf das ED-Foto eines grobschlächtigen Mannes Mitte zwanzig, der einem Skinhead nicht unähnlich sah.

»Der Typ schaut verdammt unfreundlich drein. Aber das ist wahrscheinlich nicht Ihr Problem.«

»Mitnichten. Gegen ihn ermittelt bereits unsere Abteilung fünf wegen des Verdachts der Bildung einer terroristischen Vereinigung nach Paragraf 129a StGB.«

Marga stieß einen Pfiff aus. »Das ist der Staatsschutz. Geht's auch 'ne Nummer kleiner?«

Sebastian zuckte mit den Schultern. »Leider nein. Aber vielleicht könnten Sie dort mal vorfühlen, wie wir uns verhalten sollen, falls wir die Notwendigkeit sehen, ihn zu befragen.«

»Denken Sie, ich kenne jemanden beim Staatsschutz?«, fragte Marga, obwohl ihr, ohne lange überlegt zu haben, bereits zwei Personen einfielen. Aber eigentlich wollte sie mit keinem der beiden mehr etwas zu tun haben.

»Frau Kronthaler«, der Anflug eines Grinsens huschte über Sebastians Gesicht, »Sie sind bereits über dreißig Jahre dabei. Also ja.«

Marga nickte. »Ich schau mal, was ich machen kann. Aber erhoffen Sie sich nicht zu viel.« Ihre Augen blieben erneut an Borimirows Foto hängen. »Sie können inzwischen schon mal diesen Russen hier vorladen.« Sie legte den Kopf schief und ließ ihren Blick zwischen Gerber und Borimirow hin und her schweifen. »Wie steht er eigentlich in Verbindung zu Gerber und dieser Tremschowa?«

»Von einer Verbindung zu Tremschowa wissen wir bisher nichts. Aber Heinrich Gerber soll ihm Geld geschuldet haben. Vierzehntausend Euro, um exakt zu sein.«

»Und, hat er?«

»Das geben die Akten nicht her. Aber es soll zu Drohungen gekommen sein.«

»Drohungen?«

Sebastian nickte. »Wie dem auch sei, Borimirow hat offenbar ein Alibi für die Tatzeit.«

»Wieso hängt sein Foto dann hier, wenn er ein Alibi hat?«

»Alle Verdächtigen, die hier hängen, haben ein Alibi. Wenn auch ein eher schwaches. Bei ihm von einer Angestellten.«

»Was wissen wir sonst über ihn?«

»Er hat eine ellenlange Strafakte«, antwortete diesmal Franziska. »Zuerst mal eine zweijährige Bewährungsstrafe wegen gefährlicher Körperverletzung, dann Raub, Erpressung, Betrug und Verstoß gegen das Betäubungsmittelgesetz – das halbe Strafgesetzbuch. Aber das meiste ist verdammt lang her. Neunziger Jahre.«

Marga nickte. Ganz weit hinten in ihrem Kopf regte sich eine Erinnerung, noch zu klein, als dass sie erfassen konnte, woran. »Was hat er damals gemacht?«

»Inhaber einer Partneragentur. Er hat russische und ukrainische Frauen an deutsche Männer vermittelt. Zwecks Heirat, die übliche Geschichte, Sie wissen schon.«

»Partneragentur, russische Frauen«, wiederholte Marga wie zu sich selbst. Dann, schlagartig und in voller Größe, tauchte die Erinnerung auf. »Verdammt, jetzt fällt's mir wieder ein. Ich hab vor Gericht gegen ihn ausgesagt.« Ein Schauer lief ihr über den Rücken, als sie an die Verhandlung dachte. Borimirow hatte alle Register gezogen, bis sich niemand mehr traute, gegen ihn auszusagen.

Sebastian reckte den Kopf. »Ich habe den Verdacht, dass Sie uns ganz offensichtlich mehr über Eugen Borimirow erzählen können. Oder täusche ich mich?«

»Sie täuschen sich nicht. Er hat …« Marga ließ den Rest des Satzes unausgesprochen.

»Er hat was?«

»Eine dieser russischen Frauen halb totgeschlagen. Galina hieß sie. Wir waren auf Streife und haben sie damals gefunden. Sie lag in einem Hinterhof. Als sie zwei Tage später aus dem Koma erwachte, konnte sie sich an nichts erinnern. Jedenfalls sagte sie das. Erst mit der Zeit hat sie dann Vertrauen zu uns gefasst und uns Borimirow als Täter genannt.«

»Der Strafeintrag von 1993.« Franziska stieß einen Laut der Resignation aus. »Er hat nur eine zweijährige Bewährungsstrafe bekommen. Das ist echt zum Kotzen.«

»Schwere Kindheit, günstige Sozialprognose«, sagte Marga und bemerkte, dass sie die Worte fast ausspie. »Dieser elende Drecksack. Er hat sie auf der Straße liegen lassen wie ein Stück

Abfall. Wäre es in der Nacht nur ein paar Grad kälter gewesen, würde Galina nicht mehr leben.«

»Mittlerweile ist er wohl geläutert. Er hat sich seit 2005 nichts mehr zuschulden kommen lassen«, sagte Franziska. »Vermutlich hat sich seither nur niemand getraut, ihn anzuzeigen.« Marga spürte, wie unbändige Wut in ihr hochkochte. Sie ballte die Fäuste, lockerte sie wieder. »Laden Sie ihn vor, ich hab noch eine Rechnung mit ihm offen. Eine, die sich gewaschen hat.«

Franziska nickte vorsichtig. Offenbar bemerkte sie jetzt, dass Eugen Borimirow für sie nicht nur ein Verdächtiger war, der zu großzügig vor Gericht weggekommen war.

»Ich muss jetzt an die frische Luft.« Marga gab sich keine Mühe, ihren Ärger zu verbergen. »Und informieren Sie die Rottweiler Kollegen, dass wir den Fall übernehmen.«

Sie machte sich auf den Weg zurück in ihr Büro, vor Augen das Bild der halb totgeschlagenen jungen Frau, die in einem Vaihinger Hinterhof lag. Aufgeplatzte Lippen, die Wangen und Augenhöhlen entstellt von scheußlichen, blauvioletten Schwellungen, die blonden Locken blutverklebt und die Kleidung mehr zerfetzt denn zerrissen. Und erst am nächsten Morgen bei der Tatortbegehung wurden ihre zwei fehlenden Schneidezähne gefunden.

Marga packte die Zigarettenschachtel sowie das Feuerzeug von ihrem Schreibtisch und zündete sich eine an. Sie riss das Fenster auf, nahm ein paar rasche und tiefe Züge. Bereits nach wenigen Sekunden spürte sie, wie ihre Anspannung durch das Nikotin nachließ.

Schon während der Verhandlung damals hatte Marga sich zurückhalten müssen. Trotz Galinas gegensätzlicher Aussage beteuerte Borimirow unentwegt seine Unschuld. Hatte es dabei sogar fertiggebracht, Galina gegenüber Mitleid zu heucheln. Die hingegen traute sich die ganze Zeit über nicht, ihn anzuschauen, sondern saß mit gesenktem Kopf da. Abwechselnd hatte sie mit den Tränen gekämpft oder Löcher in die Tischplatte gestarrt.

Marga konnte sich noch gut an Borimirows Aussage erinnern.

Er sei ein gebranntes Kind, denn in seiner früheren Heimat Kasachstan sei bereits seine Mutter regelmäßig vom immerzu betrunkenen Vater verprügelt worden. Nie würde er so mit Frauen umgehen. Und genau diese Friedlichkeit bestätigten zwei seiner Angestellten. Zwar glaubte der Richter weder an Borimirows Mitleid noch an dessen Unschuld, blieb allerdings wegen dessen schwieriger Kindheit am unteren Ende des Strafmaßes.

Nach ein paar weiteren Zügen von ihrer Zigarette spürte Marga, wie das Papier schon heiß wurde. Sie pulte erneut im Päckchen, zündete sich mit der nur halb gerauchten Zigarette eine weitere an und schnippte die brennende Kippe aus dem Fenster. Filterlose Zigaretten waren garantiert umweltfreundlich.

Borimirow hatte das Urteil mit dem Victory-Zeichen und einem Lächeln auf dem Mund kommentiert. Als er Minuten später an ihr vorbei aus dem Gerichtssaal geführt worden war, wäre Marga ihm am liebsten an die Gurgel gesprungen. Galina war wenig später zurück in ihre russische Heimat gereist, in der Hoffnung, ihren Peiniger nie mehr sehen zu müssen.

Marga schnippte auch die zweite Zigarette nur halb geraucht aus dem Fenster und schloss es. Statt der frischen Luft war es wohl das Nikotin, das ihre Wut und den Ärger über Borimirow zurückgedrängt hatte. Und erst jetzt fühlte sie sich bereit, die nächste Unannehmlichkeit in Angriff zu nehmen: den Anruf bei Manfred »Mannie« Heldt, LKA-Abteilung fünf.

Sie hatte ihn bestimmt zehn Jahre nicht mehr gesehen. Was sie als positive Fügung betrachtete. Schon damals war ihr Heldt unsympathisch gewesen. Sie hätte es nicht an einer bestimmten Charaktereigenschaft festmachen können, vermutlich weil sie alle seine Eigenschaften verabscheute. Als Gesundheitsguru hatte er sich fast täglich im Fitnessstudio oder beim Jogging gequält, Kohlenhydrate und Fett gemieden, dafür aber so viel Gemüse verdrückt wie ein Pferd. Er rauchte nicht und trank keinerlei Alkohol, was ihr schon immer suspekt vorkam. Viel unangenehmer als seine Abstinenz gegenüber allem war sein Narzissmus. Er mochte nur sich, seine zugegebenermaßen gute Figur und sein tadellos gepflegtes Gesicht. Vermutlich drängten sich in seinem Badezimmer mehr Döschen, Salben und Fläschchen um den Spiegel als bei jeder Frau.

Marga nahm den Hörer zur Hand und ließ sich mit Hilfe der LKA-Telefonzentrale zu ihm durchstellen. Noch während die Rufzeichen ertönten, tauchte Heldt vor ihrem geistigen Auge auf: glänzendes, weil frisch eingecremtes Gesicht mit gezupften Augenbrauen, eng anliegende Kleidung, die jeden Muskel hervorhob, und natürlich die frisch rasierte und auf Hochglanz polierte Glatze.

»Kriminalrat Manfred Heldt«, drang seine ölige Stimme an ihr Ohr.

»Kriminalrat?«, entgegnete Marga, statt sich vorzustellen. »Ja, leck mich doch am Arsch, das glaub ich nicht.«

»Wer spricht denn da?«, fragte Heldt, und sie genoss für einen Augenblick seine Verwirrung.

»Kronthaler, und nur Kriminalhauptkommissarin.«

»Marga, bist du das?«

»Genau die.«

»Und gleich wiedererkannt.« Die Verwirrung in seiner Stimme wich schnell der Nüchternheit. »Ich hab gehört, du leitest ein neues Dezernat bei uns. Wie heißt es noch mal? T.-O.-M.?« Heldt betonte die drei Buchstaben, als wären sie die Abkürzung für eine ansteckende Krankheit.

»Da hast du richtig gehört, Mannie, das ist mein Laden. Aber was macht der Bizeps? Schrumpft er bereits? Du bist ja jetzt auch schon über fünfzig.«

»Keine Sorge, alles noch vorhanden. In voller Pracht. Aber lassen wir doch die Nickligkeiten. Du magst mich nicht, ich mag dich nicht. Also, was willst du von mir?«

Die Frage kam Marga nicht ungelegen, verspürte sie doch keinerlei Bedürfnis, länger als unbedingt notwendig mit ihm zu reden. »Klaus Weinrich«, sie hielt inne, um seine Reaktion abzuwarten.

Heldt sagte nur zwei Worte: »Sprich weiter.«

»Ihr ermittelt gegen ihn wegen des Verdachts der Bildung einer terroristischen Vereinigung.«

Heldt ließ einige Sekunden verstreichen, bevor er antwortete. »Hast du was für mich?«

»Wie kommst du darauf?«

»Die Ermittlungen wurden letzte Woche eingestellt.« In Heldts Stimme schwang Enttäuschung mit.

»Tatsächlich? Warum?«

»Wie heißt es so schön? Es besteht kein hinreichender Tatverdacht.«

Dieser Umstand würde die Sache für sie erleichtern. »Ihr habt also kein Interesse mehr an ihm?«

»Das stimmt so nicht.« Ein weiteres Mal hielt Heldt kurz inne und sprach dann erst weiter. »Deswegen auch meine Frage: Falls du was für mich hast, bin ich der Erste, der ihn an den Haaren ins Revier schleift.«

Marga überlegte für einen Moment, ob sie ihm überhaupt etwas über ihre Ermittlungen erzählen sollte, entschloss sich dann aber für die Ultra-Kurzform. »Sein Name taucht in einem unserer Fälle auf.«

»Welcher Fall?«, fragte Heldt. Wie jeder Polizist konnte er mit ihrer nichtssagenden Antwort unmöglich zufrieden sein.

»Ein lang zurückliegendes Tötungsdelikt. Der zerstückelte Leichnam im Feuersee.«

»Hm«, machte Heldt, »sagt mir jetzt gar nichts.«

»Mir bis vor Kurzem auch nichts. Aber wir müssten diesen Weinrich befragen, wollen euch dabei aber nicht in die Quere kommen.«

»Keine Angst. Ihr kommt uns nicht in die Quere. Wie gesagt, die Ermittlungen wurden letzte Woche eingestellt.«

»Dann können wir ihn also vorladen?«

Heldt lachte auf, als ob er einen schlechten Witz gehört hätte und vorgäbe, ihn lustig zu finden.

»Warum lachst du?«

»Weinrich ist so ein Reichsbürger-Arschloch. Der schert sich einen Scheiß um eure Vorladung.«

»Kein Problem, dann rücken wir ihm eben zu Hause auf die Pelle.« Schon wollte sie sich verabschieden und auflegen.

»Marga.« Heldts plötzlich so besorgte Stimme erreichte sie im letzten Augenblick.

Erneut drückte sie den Hörer ans Ohr. »Ist noch was?«

»Seid vorsichtig. Der Typ ist unberechenbar.«

Marga konnte nicht vermeiden, dass sie einen Schwall Luft ins Telefon stieß. Sie bedankte sich bei Heldt, tippte auf die Gabel, um das Gespräch zu beenden, und drückte die Taste für Sebastians Nummer.

Der meldete sich sofort, und Marga unterrichtete ihn vom Telefonat mit Heldt.

»Wie gehen wir dann vor?«, wollte Sebastian wissen.

»Es bleibt dabei, wir befragen Weinrich. Aber wir werden ihn wohl aufsuchen müssen – mit Dienstwaffe. Deshalb bleibt auch Franziska hier.«

»Und wann?« Sie meinte, Nervosität in seiner Stimme auszumachen.

Für Marga stand nicht Weinrich an erster Stelle. »Haben Sie bei Borimirow Erfolg gehabt?«

»Franziska hat mit ihm telefoniert. Er kommt Montag nächster Woche vorbei.«

»Mit oder ohne Anwalt?«

»Von einem Anwalt hat sie nichts erwähnt.«

»Dann kümmern wir uns zuerst um Borimirow. Vielleicht ergibt sich ja da schon was. Falls nicht, besuchen wir tags darauf Weinrich. Am besten gleich frühmorgens.«

Den Rest des Tages las Marga sich in die Akten ein. Jetzt mit dem Feuersee-Fall hatte sie endlich die Möglichkeit, die Dinge von damals wieder zurechtzurücken. Sie würde alles dafür tun, Borimirow den Mord an Gerber und Tremschowa nachzuweisen. Niemals mehr durfte er so billig davonkommen, und wenn er bei der Befragung nur eine Mücke zerdrücken würde. Ja, sie sehnte sich danach, es ihm heimzuzahlen: sein blödes Grinsen im Gerichtssaal und dieses Victory-Zeichen.

## 14

Zweiunddreißig Minuten zu spät meldete sich Eugen Borimirow am darauffolgenden Montag in der Stuttgarter Bernhardstraße. Dort am Eingang, hinter einer schusssicheren Scheibe,
saß ein älterer Beamter, an dem jeder vorbeimusste. Norbert
Queschke meldete die Besucher an und entschied letztend-
lich mit einem Druck auf den Türsummer darüber, wer die
LKA-Liegenschaft durch das mannshohe Absperrgitter überhaupt betreten durfte.

Auch bei freiwilligen Befragungen verabscheute Sebastian
Menschen, die nicht pünktlich eintrafen. Und so ließ er nach
Queschkes Anruf bewusst weitere fünf Minuten verstreichen.
Erst dann machte er sich auf den Weg, Borimirow abzuholen.
Noch auf der Treppe hörte er die Stimmen einer Frau und eines
Mannes, verstand jedoch nur Wortfetzten.

Sebastian blieb auf einer der Stufen stehen und spähte zwischen dem Absperrgitter hindurch in den Vorraum. Vor Queschkes Pförtnerloge im Halbdunkel stand ein Mann um die fünfzig
neben einer rund zwanzig Jahre jüngeren Frau. Er trug einen
dunkelblauen Anzug, der so gut saß, dass es sich nur um einen
Maßanzug handeln konnte. Der Mann war groß, gepflegt und
hatte seine dunkelblonden Haare akkurat zu einem Seitenschei-
tel gekämmt. An Borimirow schienen die vielen Jahre vorbei-
gegangen zu sein. Er sah fast immer noch so aus wie auf dem
Foto am Whiteboard. Lediglich die Falten um die Augen wirkten
tiefer.

Von dem, was die zweifellos blondierte und zu auffällig ge-
schminkte Frau neben ihm anhatte, konnte Sebastian nur die
helle Pelzjacke sehen. Die hörte weit oberhalb der Knie auf und
entblößte zu stämmige Oberschenkel für einen derart kurzen
Rock. Da sie mindestens einen Kopf kleiner war als Borimirow,
musste sie immerzu nach oben schauen, während sie sprach. Die
körperliche Unterlegenheit schien sie kompensieren zu wollen,

indem sie nachdrücklich und ausladend mit beiden Armen gestikulierte. Dabei schwang eine monströse rote Gucci-Handtasche um ihre Schultern wie eine Babyschaukel.

Jetzt verstand Sebastian auch, um was es ging. Offenbar hatte Borimirows Begleiterin bereits jetzt keine Geduld mehr, länger zu warten. Er nahm die letzten Stufen, trat vor das Absperrgitter und gab Queschke ein Zeichen. Der Türsummer erklang, und er drückte das Gitter auf.

»Guten Tag, Herr Borimirow«, sagte Sebastian und streckte ihm die Hand entgegen. »Mein Name ist Oberkommissar Sebastian Franck, Franck mit ck.«

»Das wird auch langsam Zeit, wir warten hier schon eine Viertelstunde«, sagte Borimirow und drängte an ihm vorbei, statt die angebotene Hand zu ergreifen. Wortlos folgte ihm seine Begleiterin.

»Das tut mir leid, ich hatte noch ein Telefonat«, log Sebastian und zog die Gittertür absichtlich laut hinter sich ins Schloss.

Borimirow blieb abrupt stehen. »Eigentlich bin ich nur gekommen, um ein weiteres Mal mit meiner Aussage der Polizei bei diesem unsäglichen und brutalen Mord an Herrn Gerber zu helfen. Wie schon 2006. Aber das scheint die Polizei nicht zu honorieren.«

»Doch, natürlich. Ich weiß das sehr wohl zu schätzen.« Sebastian mühte sich um einen freundlichen Tonfall. »Wer ist denn Ihre Begleiterin?«

Er musterte die Frau, die nur auf den ersten Blick zwanzig Jahre jünger aussah als Borimirow. Jetzt von Nahem und bei Licht deuteten sich Falten im Gesicht an, die mit reichlich Puder überdeckt worden waren. Bereits an den Mundwinkeln und auf der Stirn bröckelte die Schminke. Kein Wunder bei dem mürrischen Gesicht, das sie zog.

»Das ist meine Frau Johanna.«

Die nickte, gab sich aber keine Mühe, ihren bitterbösen Blick abzumildern.

Johanna Bezold, vervollständigte Sebastian in Gedanken. Borimirow hatte also gleich sein Alibi mitgebracht. Allerdings war er 2006 noch nicht mit ihr verheiratet gewesen.»Frau Borimirow oder Borimirowa?«

»Borimirow natürlich.« Er starrte Sebastian an, als ob er ein Aussätziger wäre. »Wir haben nach deutschem Recht geheiratet. Ich bin schließlich Deutscher und kein Russe.« Das erste Fettnäpfchen hatte er schon mal getroffen. Es konnte nur noch besser werden. Sebastian murmelte eine Entschuldigung und deutete zur Treppe. »Ein Stockwerk weiter unten haben wir einen Raum. Da können wir uns ungestört unterhalten.«

Sebastian ging voran, die Treppe hinunter, vorbei an zwei Lagerräumen, dem Technikraum und einem Heizungsraum. Er öffnete die Tür mit dem Schild »Verhörraum Eins«.

»Verhörraum?«, fragte da Borimirow. »Ich dachte, es geht um eine erneute Befragung?«

»Natürlich geht es nur um eine Befragung. Aber wir haben nur diesen einen Raum«, versuchte Sebastian ihn zu beschwichtigen.

Das war nur die halbe Wahrheit. Natürlich hätten sie Borimirow auch in einem der Büros im zweiten Stock befragen können oder im Besprechungszimmer. Aber für Vernehmungen existierte tatsächlich nur dieser eine fensterlose Raum mit einem quadratischen Tisch sowie vier unbequem wirkenden Plastikstühlen. Marga war es gewesen, die darauf bestanden hatte, dass Borimirow in dieser ehemaligen Arrestzelle im Kellergeschoss befragt wurde. Das hatte zweifellos auch seine Vorteile. Neben einem Tischmikrofon gab es zwei Kameras zur Videoüberwachung, die nicht abgeschaltet werden konnten. Ebenfalls nicht abgeschaltet werden konnte ein weiteres verstecktes Mikrofon, auch wenn der Befragte einer Aufzeichnung nicht zustimmte.

Sebastian deutete auf die Stühle, die Borimirow und seine Frau mit unverkennbarer Abneigung beäugten. »Was soll das, Herr Franck? Ich habe dieser Befragung freiwillig zugestimmt, weil ich als rechtschaffener Bürger der Polizei helfen will. Und Sie bringen mich zum Dank in dieses Loch hier?«

»Wir sind ein kleines Dezernat, und, wie ich bereits andeutete, wir haben nur diesen einen Verhörraum. Es dauert auch nicht lange, bitte. Und entschuldigen Sie die Unannehmlichkeiten.« Erneut deutete Sebastian auf die Stühle.

Borimirow wechselte einen langen Bick mit seiner Frau. Schließlich nahm er Platz, nicht ohne ein weiteres Mal den Plastikstuhl mit einem verächtlichen Blick zu betrachten. Sie stellte ihre monströse Handtasche auf den Tisch und ließ sich auf den Stuhl neben ihm nieder.

Sebastian setzte sich den beiden gegenüber, verschränkte die Arme vor der Brust und musterte die zwei eine Zeit lang. Borimirow ließ betont lässig seinen Blick durch den Raum schweifen, seine Frau inspizierte derweil ihre rot lackierten Fingernägel mit glitzernden Steinchen.

»Haben Sie genug gesehen?« Borimirows Lässigkeit war verschwunden, offensichtlich fühlte er sich bereits jetzt unwohl. So schnell würde er vermutlich einer weiteren Einladung ins Dezernat nicht Folge leisten.

»Wir warten noch auf jemanden«, entgegnete Sebastian in beiläufigem Tonfall.

Borimirow nickte und ließ erneut seinen Blick durch den Raum wandern.

Sebastian zählte derweil die Strasssteine auf den roten Fingernägeln. Es waren deren neunzehn, zwei auf jedem Nagel, am rechten Zeigefinger fehlte einer.

»Und auf wen?«, fragte Borimirow, dessen Geduld sich offenbar dem Ende zuneigte.

»Auf Hauptkommissar Kronthaler.«

»Hauptkommissar Kronthaler, aha. Und wie lange wird das noch dauern?« Borimirow klang jetzt leicht patzig.

»Ich erwarte sie jeden Moment«, erwiderte Sebastian und setzte eine bedauernde Miene auf.

»Sie?«

»Ja, meine Vorgesetzte Marga Kronthaler«, sagte Sebastian und versuchte keine Regung in Borimirows Gesicht zu verpassen. Und tatsächlich, plötzlich zuckten dessen Mundwinkel. Nur einmal, aber unübersehbar.

»Sie kennen sie?«, fragte Sebastian.

»Kennen?«, wiederholte Borimirow viel zu theatralisch und wich seinem Blick aus.

»Ja, kennen. Die Bedeutung dieses Wortes ist Ihnen sicherlich nicht fremd.«

\*\*\*

Obwohl seit der Gerichtsverhandlung fünfundzwanzig Jahre vergangen waren, hätte Marga Eugen Borimirow auch ohne das aktuellere Foto an Sebastians Whiteboard erkannt. Seine Kopfform erinnerte immer noch an einen Fünfliterkanister, die Mimik und im Besonderen die Linien zwischen und über seinen grauen Augen wirkten wie gemeißelt. Sebastians Frage jedoch hatte diese scheinbare Abgeklärtheit ins Wanken gebracht. Noch durch den einseitigen Spiegel im Technikraum nebenan erkannte Marga, dass Eugen Borimirow allein die Erwähnung ihres Namens Unbehagen bereitete. Spätestens jetzt musste ihm klar geworden sein, dass es sich nicht um eine Routine-Befragung zu einem vermeintlich abgeschlossenen Mordfall handelte. Und genau auf einen solchen Moment der Verwirrung hatte sie gewartet. Bevor er Sebastian antworten konnte, drückte sie die Tür zum Verhörraum auf und trat ein.

Eugen Borimirow reckte den Kopf, und für einen Augenblick blieb sein Mund offen stehen. Eine Sekunde später hatte er sich wieder unter Kontrolle.

»Guten Morgen«, sagte Marga nur und schloss die Tür hinter sich lauter als notwendig.

»Darum geht es also!«, rief Eugen Borimirow aus. »Muss ich herhalten, weil Sie Richter spielen wollen?«

»Wer ist diese Frau?«, wandte Johanna Borimirow sich in einer Lautstärke an ihren Mann, die zwischen einem Raunen und einer ernsthaften Frage lag. Gleichwohl konnte Marga ihren slawischen Akzent heraushören.

Niemand antwortete ihr.

»Sagen *Sie* mir, um was es geht.« Marga setzte sich auf den letzten freien Stuhl im Raum und starrte Eugen Borimirow direkt in die Augen.

Der rutschte auf dem Stuhl zuerst nach vorn, dann wieder nach hinten. »Ich weiß nicht, ob mir gefällt, wie Sie mich anschauen.«

»Mein Gesichtsausdruck ist reine Verachtung, weil ich Sie abstoßend finde.«

»Wer ist diese Frau?« Johanna Borimirows Stimme wurde lauter, fordernder und – slawischer.

Marga blickte weiterhin Eugen Borimirow an und antwortete statt ihm. »Soll ich's ihr sagen?«

»Was soll sie mir sagen, Eugen?« Johanna Borimirows Miene drückte ehrliche Besorgnis aus.

Seelenruhig wandte Marga ihren Blick von Eugen Borimirow ab und sah zu ihr. »Dass Ihr Mann Frauen verprügelt.«

»Frauen verprügelt?« In Johanna Borimirows Stimme drängte sich eine schrille Nuance. Mehr entsetzt denn überrascht musterte sie ihren Mann.

»Sie redet nur so dahin.« Eugen Borimirow tätschelte den Unterarm seiner Frau.

»Nein, die Frau Hauptkommissarin redet nicht nur so dahin«, sagte Marga wieder überdeutlich und verschränkte die Arme vor der Brust.

»Eugen, was will die Frau von dir?« Johanna Borimirow entzog ihrem Mann den Unterarm.

»Ich weiß es nicht.«

»Wir wollen uns mit Ihnen beiden über Heinrich Gerber unterhalten«, sagte da Sebastian neben Marga. »Es gibt neue Erkenntnisse.«

Marga bedachte ihn mit einem vorwurfsvollen Blick. »Für die Fragen ist mein zielstrebiger Kollege hier zuständig. Und wenn ich mit den Antworten zufrieden bin, können Sie ganz schnell wieder gehen. Also, strengen Sie sich an.«

Sebastian räusperte sich. »Können wir nun zurückkommen zu Heinrich Gerber und unseren neuen Erkenntnissen?«

Eugen Borimirow nickte beflissen. Ihre Ansage schien Wirkung zu zeigen.

»Sagt Ihnen der Name Aljona Tremschowa etwas?«
Eugen Borimirow runzelte die Stirn und schüttelte dann den
Kopf. »Nie gehört.«

»Sicher?«

»Ja. Natürlich.«

»Gerber hat Ihnen vierzehntausend Euro geschuldet«, fuhr
Sebastian fort. »Für was? Oder muss die Frage lauten: für wen?«

Eugen Borimirow seufzte. »Das hab ich doch alles schon ein
halbes Dutzend Mal zu Protokoll gegeben.«

»Eine Aussage ist was anderes als ein Aussageprotokoll. Es
fehlen die Gestik, die Mimik, die gesamte Körpersprache. Alles
Anzeichen dafür, ob Sie die Wahrheit sagen oder nicht.«

Marga warf Sebastian einen kritischen Blick zu. »Was mein
Kollege damit sagen möchte, ist, dass wir es noch einmal von
Ihnen hören möchten. Vielleicht waren die vierzehntausend Euro
ja für Aljona Tremschowa?«

»Was haben Sie denn immer mit dieser Aljona Tremschowa?«
Er schüttelte nochmals den Kopf, diesmal energischer. »Und
hätten Sie meine Aussage von damals gelesen, wüssten Sie, für
was er mir Geld schuldete.«

»Ihnen sollte inzwischen klar sein, dass ich Ihre Aussage bereits gelesen habe.« Sebastian lächelte. »Und etwas ein zweites
Mal zu lesen, ist bei meiner Gedächtnisleistung vergeudete Zeit.«

Eugen Borimirow starrte für einen Moment Sebastian an, als
ob der von einem anderen Stern stammte. »Heinrich Gerber hat
die Dienste unserer Agentur in Anspruch genommen und nie
bezahlt.«

»Vielleicht sah er keinen Grund zu zahlen, weil er mit Ihrer
Dienstleistung nicht zufrieden war.«

»Unsere Agentur bietet seriöse Partnervermittlung. Wir schließen mit unseren Klienten einen Vertrag, an den sich beide Seiten
halten müssen.« Borimirow sprach jetzt mit ruhiger Stimme, wog
jedes Wort genau ab, als wäre es so wichtig wie ein ganzer Satz.
»Und zwar seit bald fünfzehn Jahren.«

»Seriöse … Partnervermittlung«, imitierte Marga seine ab-
geklärte Stimme.

Borimirow sah kurz zu ihr, dann wieder zu Sebastian. »Mit diesem Vorurteil kämpfen wir, seit unsere Agentur besteht. Aber es gibt russische oder ukrainische Frauen, die einen deutschen Mann suchen, und es gibt deutsche Männer, die eine russische oder ukrainische Frau suchen. Was sollte daran nicht seriös sein? Wir befriedigen nur die Nachfrage.«

»Und wie läuft das ab?« Marga kannte Partnervermittlungen lediglich aus einigen Polizeiberichten. »Haben Sie auch einen Katalog, wo man sich aus willigen Frauen eine raussuchen kann?«

»Das ist Blödsinn, und das wissen Sie auch. Zuerst müssen die deutschen Männer in einem Sympathiecheck etwas von sich preisgeben und Fotos beilegen, auf denen ihr Gesicht zu sehen ist. Dazu können sie zehn Frauen aus unserer Fotogalerie benennen, die ihnen sympathisch sind.«

Marga hob die Arme, die Handflächen nach außen. »Ich hab nichts anderes gesagt.«

»Die Art, wie Sie es sagen, stört mich, Frau Kronthaler.«

»Das beruht auf Gegenseitigkeit, Herr Borimirow. Aber erzählen Sie doch einfach weiter. Oder soll ich ein bisschen aus dem Nähkästchen plaudern?«, fragte Marga und sah, wie Johanna Borimirow ihre monströse Handtasche vom Tisch nahm und sie wie einen Schild vor sich auf die Oberschenkel stellte.

Eugen Borimirow presste die Lippen aufeinander. Er würde sich nicht mehr lange zusammenreißen können. »Die benannten Frauen erhalten die Fotos sowie den Sympathiecheck und teilen uns dann mit, ob sie an einem Kontakt interessiert sind.«

»Und ab jetzt wollen Sie bestimmt Kohle sehen?« Marga gab sich keine Mühe, den spöttischen Unterton in ihrer Stimme zu verbergen.

Eugen Borimirow ließ sich nicht provozieren. »Die Männer entscheiden, ob sie unsere kostenpflichtigen Dienstleistungen in Anspruch nehmen wollen.«

Sebastian beugte sich vor. »Und Heinrich Gerber wollte tatsächlich Ihre kostenpflichtigen Dienstleistungen in Anspruch nehmen?«

Eugen Borimirow nickte. »Wir haben einen gültigen Vertrag geschlossen.«

»Welcher Art?«

»Das weiß ich nicht mehr. Wir bieten verschiedene Vermittlungsmodelle an: Vorauszahlung mit Rabatt, Step by Step, Ratenzahlung.«

»Den Sie nicht eingehalten haben.«

»Wie kommen Sie darauf?«

»Ich habe mir Ihre Website angeschaut. Ich zitiere die Allgemeinen Geschäftsbedingungen, Nummer drei, Absatz eins«, sagte Sebastian und sprach weiter, als würde er ablesen: »Die Vermittlungstätigkeit beginnt mit der Überweisung des Honorars auf unser Konto. Damit ist der Vermittlungsvertrag verbindlich zustande gekommen.«

»Diese Geschäftsbedingungen sind neu«, sagte Eugen Borimirow nach einigem Zögern.

»Vielleicht«, sagte Sebastian, und Marga meinte einen fast schon herablassenden Tonfall bei ihm herauszuhören. »Aber das müssen Sie beweisen. Und bis dahin gehe ich davon aus, dass Gerber Ihnen keinen Cent geschuldet hat.«

Eugen Borimirow schluckte, dann noch einmal.

»Es gibt eine Zeugenaussage von Gerbers Schwester Rosa, dass sie zweimal bei ihm vor der Tür standen und damit gedroht haben, ich zitiere: ›ihm Moskau-Inkasso auf den Hals zu hetzen‹.«

»Die senile Alte hatte schon immer einen an der Klatsche. Wahrscheinlich hat sie mich mit dem Postboten verwechselt.« Ein überhebliches Grinsen stahl sich auf Eugen Borimirows Gesicht.

»Und Sie sind ein wahrer Heiliger«, sagte Marga mit einem Seitenblick auf Johanna Borimirow, die wie zu Stein erstarrt auf ihrem Stuhl saß. Nur ihre Hände spielten am Griff ihrer Handtasche. »Aber denken Sie daran: Ihre Glaubwürdigkeit geht nicht erst mit dem Klicken der Handschellen verloren.«

Eugen Borimirow hob die Schultern. »Was soll's? Wir wissen beide, dass es bei dieser Befragung nicht um Gerber geht.«

Marga beugte sich so weit über den Tisch, wie sie nur konnte. »Um wen dann?«

»Um Galina, keine Ahnung, wie die dumme Kuh mit Nachnamen heißt.« Eugen Borimirows Stimme war laut geworden, verdammt laut. »Sie sind zu spät. Es gibt bereits ein Urteil. Niemand kann ein zweites Mal wegen einer Straftat verurteilt werden.« Er wischte sich mit dem Handrücken ein paar Speicheltropfen von den Lippen.

Und damit herrschte Stille. Eine Stille von der Art, die unwillkürlich Unbehagen auslöste.

Natürlich hatte Borimirow recht. Sie war zu spät, sie konnte kein anderes Urteil mehr gegen ihn erreichen. Das galt allerdings keineswegs für den Feuersee-Fall. Marga lehnte sich wieder zurück. »Wo waren Sie am Freitag, dem 30. Juni 2006, zwischen sechs Uhr abends und Mitternacht?«

»Was?«, rief Borimirow. Die Verwirrung stand ihm ins Gesicht geschrieben.

»Die Tatnacht.«

Borimirow atmete erleichtert aus.

»Johanna, sag ihnen, wo ich war.«

Alle Augen hefteten sich auf Johanna Borimirow, die weiterhin die Griffe ihrer Handtasche knetete.

»Er war bei uns im Büro«, kam es leise, fast wie ein Flüstern von ihr.

»Wie bitte?« Marga streckte ihr den Kopf entgegen.

»Im Büro«, sagte Johanna Borimirow nur wenig lauter, »den ganzen Abend.« Mit der riesigen Tasche auf dem Schoß wirkte sie jetzt wie eine Grundschülerin, die hinter ihrem Schulranzen Deckung suchte.

Marga gab einen Laut der Verachtung von sich. »Es ist schon verdammt praktisch, wenn man sein Alibi gleich mitbringen kann. Finden Sie nicht?«

Statt einer Antwort stieß Eugen Borimirow einen tiefen Seufzer Richtung Zimmerdecke.

»Ich glaube Ihnen kein Wort«, sagte Marga leise, ihren Mund ganz nah an Johanna Borimirows Kopf.

Eugen Borimirow sprang auf, der Stuhl kippte nach hinten und landete auf dem Boden. »Es ist uns scheißegal, was Sie glauben. Das hier ist alles Bullshit. Und der ist jetzt beendet, Leute.«

Auch Marga kam von ihrem Stuhl hoch. »Geben Sie mir nur einen Grund, nur einen einzigen, und ich packe Sie so fest am Sack, dass es wehtut.« Sie ballte die rechte Hand zu einer Faust.

»Ich kenne meine Rechte. Und diese Befragung wird für Sie und diesen Wichtigtuer hier Folgen haben. Machen Sie sich schon mal auf eine Dienstaufsichtsbeschwerde gefasst.«

»Lassen Sie sich nicht aufhalten. Ich sammle die.«

»Komm, wir gehen, Johanna.« Eugen Borimirow griff nach dem Unterarm seiner Frau, um sie mitzuziehen. Erneut nahm sie den Arm weg, stand aber einen Moment später von selbst auf und trottete mit gesenktem Kopf ihrem Mann hinterher.

Marga musste es geschehen lassen. Es gab keine Handhabe, Eugen Borimirow aufzuhalten. Sie hatte alles gegeben und doch verloren. Ohne ein weiteres Wort waren die beiden wenig später verschwunden. Die Tür fiel knallend ins Schloss.

Sie ließ sich auf den Stuhl fallen, verschränkte die Arme vor der Brust und saß einfach nur da.

»Er ist es nicht gewesen«, vernahm sie irgendwann Sebastians Stimme.

»Sind Sie unter die Hellseher gegangen?« Marga bemerkte, dass sie müde und mürrisch klang.

»Nein, aber ich hab das Gesicht seiner Frau gesehen, als sie Ihnen geantwortet hat.«

»Dann muss wohl Lügendetektor zu Ihren neuen Fähigkeiten gehören.«

»Sie sind ungerecht.«

Marga sah auf. »Kann sein.«

»Er ist es nicht gewesen«, wiederholte Sebastian.

»Dieses Arschloch.« Marga zog ihr Zigarettenpäckchen aus der Hosentasche, zündete sich eine an und nahm ein paar tiefe Züge. »Taucht hier mit seiner blondierten Bratze auf und präsentiert wieder und wieder dasselbe Alibi.«

»Haben Sie schon mal darüber nachgedacht, dass sie die Wahrheit sagen könnte?«

»Nein, verdammt.« Marga nahm einen weiteren tiefen Zug. Das Nikotin begann schon zu wirken. »Er ist ein besserer Verdächtiger als dieser Weinrich.«

»Oh nein. Er ist nur ein bequemerer – und zwar für Sie. Auch wenn Sie es nicht wahrhaben wollen, er hat keine Straftat mehr begangen, seit er verheiratet ist. Damit passt er faktisch nicht mehr ins Profil. Mein Fehler.«

## 15

Die Morgendämmerung brach heran, als Sebastian seinen Mercedes auf den fast leeren Parkplatz der LKA-Außenstelle B5 lenkte. Heute war es so weit, gegen sieben Uhr würden sie versuchen, Klaus Weinrich, ihren zweiten Verdächtigen, zu befragen. Und zwar unter Mitführung der Dienstwaffe, so Margas Anweisung. Besonders für ihn eine vollkommen neue Situation, deren Auswirkungen er nicht abschätzen konnte. Abgesehen von den vierteljährlichen Pflicht-Schießübungen hatte er seine Dienstwaffe noch nie benutzen müssen. Würde sich das heute ändern?

Sebastian stellte seinen Wagen ab und stieg aus. Wie zu erwarten, stand Margas orangefarbener Campingbus mit dem weißen Dach noch nicht da. Vermutlich würden sie wegen ihr nicht um sieben, sondern erst um halb acht oder acht vor Weinrichs Haus in Feuerbach eintreffen. Missmutig machte er sich auf den Weg zu den Schließfächern ins Kellergeschoss.

Obwohl die LKA-Außenstelle in der Bernhardstraße bereits seit über einem Jahr seine Dienststelle war, empfand er vieles an diesem Morgen als fremd. Hinter der schusssicheren Scheibe von Queschkes Pförtnerloge breitete sich eine gähnende, dunkle Leere aus. Auch im Vorraum und im Treppenhaus brannte kein Licht, das Gebäude schien menschenleer. Nicht einmal der Flur im Kellergeschoss, wo er grundsätzlich Licht anschalten musste, kam ihm vertraut vor. Es roch nach Staub und Papier. Und obwohl er um den nahen Lagerraum mit Akten wusste, gerochen hatte er die noch nie.

Er hätte einen Anflug von Nervosität nicht leugnen können, als er seine HK P2000 aus dem Schließfach nahm, den Verschluss und die Schusskammer überprüfte. Zum Geruch der Akten gesellte sich der von Metall und Waffenöl. Er schob ein Stangenmagazin in die Munitionszufuhr und verstaute die Waffe samt einem Ersatzmagazin im Schulterholster unter seinem Jackett. Damit verfügte er über insgesamt dreißig Neun-Millimeter-Parabellum-Patronen und sollte für jeden erdenklichen Fall gewappnet sein. Er verschloss das Schließfach wieder und machte sich auf den Weg zurück zum Parkplatz.

»Wo bleiben Sie denn, Herr Franck?«, begrüßte ihn Marga, als er vor die Eingangstür trat. Sie lehnte an der Beifahrerseite und rauchte eine Zigarette. Vielleicht würde sie es jetzt bis Feuerbach schaffen, nicht im Wagen zu rauchen. »Haben Sie Ihre Waffe dabei?«

»Im Holster. Und Sie?«

»Hier«, sagte Marga und klopfte auf Hüfthöhe auf ihre schwarze Softshell-Jacke.

»Ich komme nicht umhin anzumerken, dass Sie Ihre Waffe ebenfalls im Schließfach aufbewahren müssen.«

Sie schüttelte den Kopf.

»Ich verstehe, Sie berufen sich auf die Ausnahmen für die obersten Bundes- und Landesbehörden entsprechend Paragraf 55 des Waffengesetzes.«

»Auch nicht.« Marga grinste.

»Sondern?«

»Die Vorteile meines Dienstgrads.« Sie ließ ihre Zigarette auf den Boden fallen und zerrieb sie mit dem Fuß.

»Welchen Vorteil sollte Ihr Dienstgrad dabei bieten?«

»Ich muss Ihnen nichts erklären.«

Sebastian seufzte. Aber er hätte sich eine derartige Antwort auch denken können. Warum überhaupt begann er mit ihr eine Diskussion über Dienstvorschriften? Das war in etwa so befriedigend, wie mit Franziska über Beethoven oder Schubert zu diskutieren.

»Steigen Sie schon ein, Herr Franck.« Sie deutete mit dem Kopf zur Beifahrertür. »Wir fahren mit meinem Bus.«

»Ist der Wagen nicht zu auffällig?«

Marga sah kurz zu Sebastians Mercedes 500SL Roadster. »Und das sagt jemand, der mit solch einer Bonzenkarre unterwegs ist?«

Was sollte er darauf antworten? Statt sie auf ihren neuen Dienstwagen hinzuweisen, stieg er schweigend auf der Beifahrerseite ein.

Der Geruch von kaltem Rauch empfing ihn. Kein Wunder, wie immer türmten sich im Aschenbecher derart viele Kippen, dass er garantiert nicht mehr zuging. Sogar auf dem Boden unterhalb davon lag Asche und etwas Klebriges, von dem er gar nicht wissen wollte, was es einmal gewesen sein könnte. Er schob einen Wollschal, ein Paar Handschuhe sowie eine halb leere Wasserflasche beiseite und setzte sich ganz nach außen an die Tür, möglichst weit entfernt vom Gestank. Es half nichts, und so kurbelte er die Seitenscheibe herunter.

»Hier riecht's ein wenig nach Rauch«, sagte Marga das Offenkundige und öffnete die Scheibe auf ihrer Seite einen winzigen Spalt.

Sie startete den Motor, fuhr über den Parkplatz und bog in die Bernhardstraße ein.

So früh am Morgen, gerade kam die Sonne über den Horizont, herrschte nur wenig Verkehr. Lediglich drei, vier Autos kamen ihnen entgegen. Erst an der nächsten Ampel änderte sich das Bild. Auf beiden Spuren wartete eine Schlange von Fahrzeugen.

»Haben Sie die Adresse von Weinrich irgendwo notiert?«, fragte Sebastian und kurbelte die Seitenscheibe nach oben. Der Gestank der Abgase von den wartenden Fahrzeugen war noch schlimmer als der kalte Rauch im VW-Bus.

»War nicht nötig. Ich weiß, wo unser Reichsbürger wohnt.« Marga fuhr los und bog in die vierspurige Ausfallstraße nach Feuerbach ein.

»Sie rechnen mit Problemen bei der Befragung?«, fragte Sebastian, obwohl er ihre Antwort bereits ahnte.

Marga musterte ihn kurz. »Soll ich das als Frage oder als Feststellung auffassen?«

»Das weiß ich selbst nicht.«

»Ist es wegen der Dienstwaffe?«

Sebastian nickte, spürte wieder die Nervosität von vorhin in sich aufsteigen.

»Sie wirken angespannt.«

»Ist das schlecht?«

Marga zuckte mit den Schultern. »Nicht unbedingt. Nur wer auf alles gefasst ist, wird vorsichtig sein.«

Die Straße machte eine Biegung nach Osten. Die tief stehende Sonne zwang Marga, die Sonnenblende herunterzuklappen.

»Vorsichtig? Sie sagten doch, dass die Ermittlungen gegen Weinrich eingestellt wurden. Kein hinreichender Tatverdacht.« Sebastian klappte jetzt ebenfalls die Sonnenblende auf seiner Seite herunter.

»Es ist eine reine Vorsichtsmaßnahme. Weinrich steht der Reichsbürgerbewegung nahe. Kennen Sie da jemanden?«

Sebastian schüttelte den Kopf. Er verspürte auch keinerlei Interesse, jemanden von denen kennenzulernen.

»Sehen Sie, aber ich. Reichsbürger machen immer dann Schlagzeilen, wenn einer von ihnen gewalttätig wird. Von den meisten Anhängern dieser Ideologie werden Sie allerdings nie etwas erfahren. Eines haben sie jedoch alle gemeinsam: Sie bleiben unberechenbar. Manche sind nur verschrobene Idioten, andere wiederum ziemlich gewalttätig. Und mit welchem Typ Sie es zu tun haben, merken Sie erst, wenn derjenige tatsächlich vor Ihnen steht.«

Unberechenbar, hallte es in seinem Kopf nach. Natürlich war Sebastian sich bewusst, dass Weinrich zu den Gewalttätigen gehörte. Schließlich würde er sonst nicht ins Profil passen. Ein verschrobener Idiot, wie Marga sich ausdrückte, wäre lediglich ein harmloser Trottel, aber eben kein Mörder, der sein Opfer in mehrere Teile zersägte, um die dann in Müllsäcken zu entsorgen.

»Was machen wir eigentlich, falls wir ihn zu Hause nicht antreffen?«, fragte Sebastian. Ein Umstand, über den sie tatsächlich noch nicht nachgedacht hatten. »Eine richterliche Vorladung?«

»Die wird er garantiert nicht befolgen.« Marga schob sich eine Strähne hinter das Ohr. »Aber keine Angst, Weinrich ist zu Hause.«

»Was macht Sie da so sicher?«

»Wo sonst will dieser Spinner sich aufhalten, wenn nicht in seiner ›Republik Hochgau‹?« Sie drosselte die Geschwindigkeit. »Demnächst wissen wir's. Da vorn ist die Färberstraße, dort wohnt er.«

»Haben Sie keine Hausnummer?«

Marga lächelte, aber nicht wie über etwas Witziges. »Die brauchen Sie garantiert nicht.«

»Warum?«

»Das werden Sie gleich sehen.« Marga setzte den Blinker und bog die nächste Straße rechts ein.

Kleinwagen reihten sich auf beiden Seiten entlang der Färberstraße, die offenbar bereits nach einigen hundert Metern als Sackgasse endete. Die schmucklosen Einfamilienhäuser hinter halbhohen Lattenzäunen, gestutzten Hecken oder beidem lagen leicht oberhalb der Straße und ähnelten einander. Zugezogene Gardinen oder heruntergelassene Rollläden verrieten, dass sich das Interesse der Bewohner an sozialen Kontakten in Grenzen hielt. Doch nichts von dem, was er sah, vermochte Margas Aussage zu begründen.

Die musterte abwechselnd rechts und links die Häuser. Und mit einem Mal verlangsamte sie die Geschwindigkeit und starrte ein graues, zweistöckiges Haus mit kleinem Vorgarten an. Eine gepflasterte Fläche endete nach ein paar Metern vor der Garage. Ein gemauerter Durchgang direkt daneben führte leicht bergan zur Haustur. Auf den ersten Blick wirkte es wie die anderen unscheinbaren Einfamilienhäuser. Doch tatsächlich unterschied es sich von den anderen. Statt eines Lattenzauns umgab das Grundstück eine mannshohe Mauer.

Der ultimative Beweis jedoch, dass sie Weinrichs Haus gefunden hatten, stellte das weiße Emailleschild mit einem schwarzen Reichsadler und der Beschriftung »Deutsche Reichsgrenze« dar. Es hing statt einer Hausnummer am Durchgang.

Marga steuerte einen freien Platz am Straßenrand an und stellte ihren VW-Campingbus ab. Sie stiegen aus, und Sebastian folgte ihr zurück zum Durchgang. Auf dem Gehweg davor markierte eine gelbe Linie offenbar die Grundstücksgrenze. Gelbe, bestimmt fünf Zentimeter hohe Buchstaben auf den Pflastersteinen dahinter verkündeten: »Reichsgrenze Republik Hochgau«.

Wortlos deutete Marga auf die Beschriftung, tippte sich ein paarmal an die Stirn und passierte dann den Durchgang. Sebastian tat es ihr nach, und erst jetzt sah er den hölzernen Mast im Vorgarten, an dem eine Fahne schlaff herunterhing. Mit etwas Phantasie war auf dem weißen Tuch der Reichsadler zu erkennen. Ansonsten wirkte sie eher wie ein Stofflappen, den ein paar Kinder für ihr Baumhaus gebastelt hatten. Bereits nach wenigen Metern endete der Weg vor den beiden Stufen einer Steintreppe, die hinauf zur Haustür führte. Kein Namensschild ließ erkennen, ob sie richtig waren.

Marga warf Sebastian einen raschen Blick zu und drückte dann die Klingel. Er sah auf seine Armbanduhr. Die Zeiger standen auf zehn nach sieben.

»Vielleicht ist er doch nicht da«, sagte Sebastian und beobachtete die Ausparkversuche einer jüngeren Frau in einem himbeerfarbenen Renault Twingo.

»Er ist da«, entgegnete Marga. »Sein Wagen steht in der Garage. Haben Sie den nicht bemerkt?«

»Nein«, gab Sebastian kleinlaut zu. Statt in das Fenster der Garage zu schauen, hatte er die Fahne betrachtet.

Nochmals drückte Marga auf die Klingel und ließ sie nicht mehr los.

Die jüngere Frau hatte es inzwischen geschafft, ihren Twingo aus der Parklücke zu bugsieren, und entfernte sich mit rußendem Auspuff Richtung Innenstadt.

Marga nahm endlich den Finger vom Klingelknopf und rief: »LKA Stuttgart, machen Sie auf, Herr Weinrich. Wir wissen, dass Sie da sind!«

Es gab viele Laute, die hinter einer Tür ertönen konnten, wenn jemand klingelte oder klopfte. Zu den Klassikern gehörten Rufe, die hinhalten sollten, wie »Augenblick« oder »Ich komme gleich«. Dann gab es die Geräusche von Schritten oder gar umstürzenden Gegenständen, wenn die Bewohner zur Tür hasteten. Falls jemand partout die Tür nicht öffnen wollte, erklang die unmissverständliche Aufforderung, sich zu entfernen, gern auch gefolgt von Verwünschungen oder derben Flüchen. Doch jenes metallische Geräusch, eine Art Ratschen oder Klackern, das Sebastian im nächsten Augenblick hinter der Tür vernahm, gehörte gewiss nicht dazu.

Er hätte nicht sagen können, wie lange er brauchte, um das Geräusch einzuordnen. Dann jedoch schien alles gleichzeitig zu geschehen. Er sprang auf Marga zu, riss sie von den Füßen. Zusammen stürzten sie von der obersten Treppenstufe. Mit den Ellenbogen und Knien voran landete er hart auf dem Asphalt, vernahm ihr Stöhnen unter sich. Dann ein Knall, der scheinbar alles andere auf der Welt übertönte. Im nächsten Augenblick regneten Holzsplitter auf ihn herab.

Die Stille danach fühlte sich unwirklich an. Nur Margas keuchende Atemgeräusche unter ihm drangen an sein Ohr.

»Muss ich zuerst eine rauchen, damit Sie von mir runtergehen?«, ächzte sie.

Ihre Stimme löste seine Lähmung. Er rollte sich nach rechts ab, ließ sich auf den Rücken fallen. Jetzt erst spürte er seine Kniescheiben, die schmerzten, als hätte sie jemand mit dem Hammer bearbeitet.

»Nicht liegen bleiben. Wir müssen hier weg, schnell!«

Aus den Augenwinkeln sah er, wie sie sich drehte und auf alle viere kam. Sebastian tat es ihr nach. Der Untergrund war übersät mit Holzsplittern in allen erdenklichen Größen. Ohne ein weiteres Mal zur Haustür zu schauen, rannte er los und registrierte einen Moment später Margas Schritte hinter sich.

Der kurze Weg am Fahnenmast und der Garage entlang bis zum Durchgang kam ihm beinahe so lang vor wie ein Hundertmeterlauf im Stadion. Sekunden später und fast gleichzeitig erreichten sie den Durchgang und brachten sich vor der Garage in Sicherheit.

Sebastian atmete tief durch, sah zu Marga. Eine dünne Blutspur rann ihre Schläfe entlang und versickerte in ihrem dunklen Haaransatz über den Ohren.

»Sie bluten hier.« Er deutete auf seine Stirn, auch in der Hoffnung, selbst keine Wunde im Gesicht zu haben.

Sie tastete mit dem Finger nach der Stelle. »Das ist nur ein Kratzer.«

Sebastian krabbelte zur Ecke der Garage. Er hoffte, sich einen Eindruck von der Lage verschaffen zu können. Doch der Anstieg des Weges war zu steil, sodass er nur die Pflastersteine sah. Um bis zur Haustür zu sehen, musste er sich weiter aufrichten. Während er versuchte, den Gedanken an eine freie Schussbahn zu unterdrücken, kam er langsam hoch. Noch gebückt sah er zum ersten Mal den Grund für die vielen Holzsplitter. Im Türblatt prangte ein Loch, groß wie ein Fußball. Und noch immer qualmte das Holz. Dahinter herrschte völlige Dunkelheit.

Ein Quietschen ließ ihn zusammenzucken. An zwei der Fenster wurden die Rollläden heruntergelassen. Niemand war dahinter zu sehen. Dann lag das Haus still und dunkel da.

Wieder in der Hocke, schob sich Sebastian zurück. »Der hat uns tatsächlich durch die Haustür beschossen.«

»Sie sind ein richtiger Schnellmerker. Aber danke für den Schubser.« Ein müdes Lächeln trat auf ihr Gesicht.

»Das war auch Selbstschutz.« Sebastian mühte sich um einen eher belanglosen Tonfall. »Er hätte wohl auch mich getroffen, wenn ich nicht gesprungen wäre.«

Er kam hoch, klopfte sich Staub und Dreck vom Anzug. Sein Blick blieb am rechten Ärmel hängen. Auf Höhe des Ellenbogens klaffte eine Triangel im Stoff, das weiße Hemd darunter war vollgesogen mit Blut. Doch der Schmerz hielt sich in Grenzen. Vermutlich hatte er sich bei der Landung auf dem Asphalt nur die Haut aufgerissen.

»War bestimmt teuer«, sagte Marga und deutete mit dem Kopf auf sein Jackett.

Sebastian versuchte sich an einem Lächeln. »Ich habe noch ein paar davon.«

»Dachte ich mir.« Marga erwiderte sein Lächeln.

»Wie geht's jetzt weiter? Auch trotz unserer Dienstwaffen sollten wir uns nicht mehr dem Haus nähern.«

»Mich bringen keine zehn Pferde mehr da hoch. Ich denke, Sie sollten jetzt Ihr Handy nehmen und die Einsatzzentrale anrufen. Die sollen gleich das SEK auf den Weg bringen. Wäre doch gelacht, wenn wir dieses Arschloch nicht heute Mittag bei uns im Verhörraum hätten.«

Sebastian telefonierte mit der Einsatzzentrale, und Marga tupfte sich das Blut von Stirn und Schläfe, was ihr mangels Spiegel nur halbwegs gelang.

»In einer Viertelstunde sind sie da. Und wir sollen in der Zwischenzeit den Einsatzort sichern«, sagte Sebastian, nachdem er aufgelegt hatte.

Die Anweisung der Zentrale kam keine Sekunde zu früh. Mit kaum verhohlener Neugier näherten sich bereits die ersten Gaffer. Eine ältere Frau mit ihrem Mann im Schlepptau schlurfte in Hausschuhen über den Gehweg. Beide hatten bunte Morgenmäntel übergezogen, die zweifellos aus dem letzten Jahrhundert stammten. Mitten auf der Straße stapften zwei dickbäuchige Männer direkt auf sie zu. Trotz der Kälte trugen sie nur ein Unterhemd über ihren Jogginghosen. Nicht mehr lange, und sie würden es mit einer wahren Ansammlung Schaulustiger zu tun haben. Kein Wunder, niemand in der näheren Umgebung konnte den Schuss überhört haben. Und wer noch geschlafen hatte, war spätestens mit dem Knall aufgewacht.

»Gehen Sie wieder zurück in Ihre Häuser.« Sebastian trat ihnen mit ausgebreiteten Armen entgegen.

Er hätte genauso gut mit einer Wand reden können. Während die zwei Senioren im Morgenmantel wenigstens einen Augenblick zögerten, stapften die beiden dickbäuchigen Unterhemden weiter, als ob sie nichts gehört hätten.

»Himmelarsch, habt ihr was an den Ohren?«, rief da Marga, die plötzlich neben ihm stand. »Geht zurück in eure Häuser. Das war kein Silvesterböller, sondern hier wird scharf geschossen.«

Alle vier blieben stehen, als ob sie auf ein unsichtbares Hindernis geprallt wären. Sebastian hätte fast Wetten darauf abgeschlossen, dass es nicht nur an Margas Tonfall, sondern auch an ihrer blutverschmierten Stirn lag.

Obwohl die Anzahl der Schaulustigen kontinuierlich anwuchs, schaffte Sebastian es zusammen mit Marga, die Menge auf Abstand zu halten. Alle blieben auf dem gegenüberliegenden Gehweg, bis rund zehn Minuten später die ersten Martinshörner durch die Häuserschluchten schallten. Sie wurden mehr und lauter, bis schließlich ein wahres Sirenenkonzert die Luft erfüllte. Das erste Polizeifahrzeug kam in Sicht. Sekunden später reihten sich deren fünf die Färberstraße entlang auf wie an einer Perlenkette. Polizisten in Uniform und Zivil sprangen aus ihren Wagen und drängten die Schaulustigen auf der anderen Straßenseite so weit zurück, dass Sebastian sie von seinem Platz vor der Garage nicht mehr sehen konnte.

Inzwischen hatten zwei andere Polizeibeamte den Bereich vor Weinrichs Haus mit einem Flatterband abgesperrt. Da dröhnten weitere Martinshörner heran, zwei schwarze Transporter mit verdunkelten Scheiben drängten sich an den Polizeifahrzeugen vorbei und kamen direkt vor dem Flatterband zum Stehen. Dahinter folgten ein Krankenwagen sowie ein Notarztwagen. Damit war die Straße völlig blockiert, und ein Feuerwerk aus blauem Licht zuckte immer und immer wieder über die Häuserwände.

Fast simultan glitten die Schiebetüren der beiden schwarzen Transporter auf, und je fünf Beamte in dunkler Schutzkleidung, zudem vermummt mit Sturmhauben, sprangen heraus.

Ein weiterer Beamter in dunkler Schutzkleidung, allerdings ohne Sturmhaube, stieg auf der Beifahrerseite aus dem ersten Fahrzeug. Er blickte einmal nach rechts, dann nach links und kam dann direkt auf Sebastian zu. Trotz seines jungen Alters von vielleicht dreißig Jahren strahlte er eine natürliche Autorität aus. Zweifellos handelte es sich bei ihm um den Gruppenleiter.

»Sind Sie Oberkommissar Franck?«, fragte er und strich seine Haare zurück.

Sebastian nickte. »Das hier ist Hauptkommissarin Kronthaler. Wir haben Sie angefordert.«

»Oberkommissar Hendriks, ich habe die Einsatzleitung«, stellte er sich in militärischem Tonfall vor. »Klären Sie mich bitte über die Situation vor Ort auf.«

»Unklare Lage«, begann Sebastian. »Unvermittelter Beschuss durch die Haustür, vermutlich durch die Zielperson Klaus Weinrich. Großkalibrige Waffe, ein Gewehr, vermutlich eine Mehrladerflinte.«

Hendriks runzelte die Stirn. »Eine Pumpgun? Wirklich?«

»So jedenfalls hat sich das Geräusch beim Durchladen angehört.«

»Jemand verletzt?«

Sebastian sah zu Marga. Die schüttelte den Kopf.

»Wie viele Personen befinden sich noch im Gebäude?«, fragte Hendriks und sah hinauf zum Haus.

»Ebenfalls unklar. Wir vermuten, nur die Zielperson selbst. Möglich wäre jedoch noch eine zweite Person, vielleicht eine Partnerin.«

»Sonst noch was?«

Diesmal antwortete Marga statt Sebastian. »Das LKA hat bis vor Kurzem gegen Weinrich ermittelt. Verdacht der Bildung einer terroristischen Vereinigung.«

Hendriks stieß einen leisen Pfiff aus. »Rechts, links, islamistisch?«

»Reichsbürger.«

Hendriks seufzte. »Dann werden wir diesem Spinner mal die Grenzen seines Reichs aufzeigen. Wollen Sie mit rein?«

»Klar gehen wir mit rein«, entgegnete Marga schnell.

»Gut, wir warten noch, bis zwei meiner Leute die Rückseite des Grundstücks gesichert haben, dann geht's los. Sind Sie eigentlich bewaffnet?«

Marga und Sebastian nickten.

»Dann besorgen Sie sich gleich noch Kevlar-Westen. Hier bei unserem Fahrer.« Er deutete mit dem Kopf zu dem schwarzen Transporter, dessen Heckklappe offen stand. Ein glatzköpfiger Mann hantierte mit grauen Plastikcontainern, in denen offenbar die Ausrüstung transportiert worden war.

Hendriks wandte sich seinen Männern zu, die inzwischen ihre Schutzausrüstung ganz angelegt hatten. Neben obligatorischer Kevlar-Weste und Helm gehörte dazu auch ein Tiefschutz mit der Aufschrift »Polizei«. Aus den Brust- und Beintaschen ragten elektronische Geräte, Kabel und Magazine, was die Männer beinahe wie futuristische Mischwesen aus Mensch und Maschine aussehen ließ. Einer der Beamten trug einen Rammbock, ein anderer eine Leiter. Sechs trugen automatische Waffen, zwei andere hielten mannshohe Schutzschilde mit Fenster in der Hand.

Sebastian und Marga ließen sich von dem Glatzkopf zwei Kevlar-Westen geben und zogen sie über. In der Zwischenzeit hatten sich zwei Männer mit ihren automatischen Waffen von der Gruppe getrennt. Sie marschierten abgeschirmt von der mannshohen Mauer um Weinrichs Grundstück zur Rückseite des Hauses.

Einige Minuten später hatten sich die SEK-Beamten in Zweierreihen vor dem Durchgang aufgebaut. Den Beginn machten zwei Männer mit Schutzschilden, dahinter folgten zwei weitere mit ihren automatischen Waffen im Anschlag. Danach kamen Hendriks sowie die beiden Beamten mit Rammbock und Leiter. Den Schluss vor Sebastian und Marga bildete eine weitere bewaffnete Reihe.

Irgendwo in der Gruppe quäkte ein Funksprechgerät. Die zwei Männer hatten ihre Position hinter dem Haus eingenommen.

Hendriks, jetzt ebenfalls mit Kevlar-Weste und Helm, hob die Hand, ließ sie einen Augenblick später wieder sinken. Die ersten zwei Reihen setzten sich in Bewegung, gebückt, langsam und immer darauf bedacht, nicht in die direkte Schusslinie zwischen Durchgang und Haustür zu geraten.

## 16

Mit dem Durchladen der Dienstwaffe stieg Sebastians Anspannung sprunghaft an. Die Männer vor ihm hingegen schienen die Ruhe selbst zu sein. Entweder sorgte die tägliche Routine der vielen Einsätze dafür, oder es gelang ihnen, ihre Nervosität gut zu verbergen. Auch er schlich jetzt los, die gesicherte Waffe in der rechten Hand. Nach wenigen Schritten hatte er die Garage erreicht. Doch schon an deren Ecke stockte der Vormarsch. Dahinter gab es bis zur Haustür keine Deckung mehr. Und dazwischen lagen noch knapp zwanzig Meter.

Den Rücken flach an die Garagenmauer gepresst, den Schild vor dem Körper, arbeitete sich einer der Männer zur Ecke und spähte hinauf zum Haus. Jäh zerriss ein Schuss die Luft. Ein Schwarm Vögel flog kreischend auf.

»Verpisst euch, ihr Arschlöcher!«, schrie jemand.

Der Vogelschwarm zog über das Grundstück und drehte Richtung Innenstadt ab.

»Heißer Empfang«, hörte Sebastian einen der Männer sagen. Er sah zu Marga. Sie hatte den Kopf gesenkt, hielt mit beiden Handen ihre Dienstwaffe vor sich. Auch ihr stand jetzt die Anspannung ins Gesicht geschrieben.

Da ertönte Hendriks' Stimme: »Nebelwurfkörper.«

Im nächsten Augenblick segelte ein dosengroßer Gegenstand durch die Luft und landete direkt auf der obersten Treppenstufe. Binnen Sekunden verschwand der Bereich um die Haustür hinter einem gräulichen Tarnnebel.

Die Männer begannen zu laufen, dann zu rennen. Noch fünfzehn Schritte, dann zwölf. Die Hauswand und damit die Deckung schienen zum Greifen nah. Ein weiterer Schuss, ein Zischen, dann spritzte mit einem dumpfen Laut im Vorgarten eine Dreckfontäne auf.

Keine fünf Meter mehr bis zur Treppe. Einer der Männer kickte die Rauchgranate beiseite. Die landete irgendwo abseits im

Vorgarten. Nur zaghaft lichtete sich der Nebel. Das Nächste, was Sebastian sah, war der Beamte mit dem Rammbock. Er holte aus und schlug auf die Haustür ein. Nach nur zwei Schlägen fiel das Türblatt nach innen wie ein Stück Karton. Zwei, vier, dann sechs Männer drängten sich durch den Eingang und verschwanden im Haus. Laute Schreie ertönten, wieder ein Schuss, der jedoch viel leiser klang. Offenbar hatte einer der Beamten geschossen.

Als Sebastian und Marga eintreten wollten, stellte sich einer der Beamten mit ausgebreiteten Armen in den Weg. »Keine Sicherheit hergestellt.«

Sebastians Herzschlag beschleunigte sich wieder. Schwer wog die durchgeladene Waffe in seiner Hand. Dennoch wagte er nicht, sie ganz sinken zu lassen. Noch nicht.

Da erklang Hendriks' erlösende Stimme aus dem Inneren des Hauses: »Gesichert.« Der Beamte machte einen Schritt beiseite, ließ sie passieren.

Sebastian steckte seine Waffe zurück in das Holster, froh, sie nicht benutzt zu haben, und trat durch den zertrümmerten Eingangsbereich. Holz- und Glassplitter knirschten unter seinen Schuhen. Das Erste, was ihm im Flur entgegenschlug, war der beißende Korditgeruch. Auf dem Steinboden lag bäuchlings eine männliche, etwas dickliche Person in Tarnkleidung, die Hände auf dem Rücken mit Kabelbindern verschnürt. Sein fast kahler Hinterkopf endete in einem extrabreiten Nacken, dem Bauch eines chinesischen Faltenhunds nicht unähnlich.

Insgesamt vier schussbereite Waffen zeigten auf ihn. Ein, zwei Meter weiter, unter Hendriks' rechtem Stiefel, steckte ein kurzläufiges Gewehr mit dem charakteristischen Vorderschaft zum Durchladen: eine Pumpgun. Demnach hatte Sebastian das Geräusch auf der Treppe richtig interpretiert. Und er konnte von Glück sagen, dass Weinrich, oder wer immer da auf dem Boden lag, eine derartige Waffe benutzt hatte. Bei einem anderen oder bereits durchgeladenen Gewehr würden sie jetzt schwer verletzt vor der Tür liegen oder womöglich nicht mehr leben.

»Drehen Sie ihn bitte um«, sagte da Marga. »Wir müssen ihn eindeutig identifizieren.«

Einer der Beamten packte den Mann an der Schulter und drehte ihn mit einer einzigen schnellen Bewegung auf den Rücken. Das Tattoo mit den vier germanischen Runen, das sich vom rechten Halsansatz bis hinauf zum Kinn schlängelte, ließ keinen Zweifel aufkommen. Es handelte sich um Klaus Weinrich, auch wenn der inzwischen bestimmt zwanzig Kilo mehr wog als noch auf dem ED-Foto von 2006, das am Whiteboard in Sebastians Büro hing. Die Zugehörigkeit zur Reichsbürgerbewegung hatte dem ehemals gestählten Körper offenbar nicht gutgetan. Statt der harten Muskeln überwogen jetzt die Fettpolster.

Weinrich jammerte und fluchte abwechselnd.

»Hoffentlich tut's weh.« Marga gab sich keine Mühe, ihre Abscheu zurückzuhalten.

»Natürlich tut's weh, du Miststück!«, schrie er ihr mit wutentbranntem Gesicht entgegen. Speichel spritzte ihm aus dem Mund. »Ich zeig euch alle an!« Seine dunklen Augen funkelten böse.

Nachdem Weinrich augenscheinlich keine Schussverletzung hatte, sondern durch einen Warnschuss gestoppt worden war, hielt sich auch Sebastians Mitleid in Grenzen. Es war ihm völlig egal, ob jetzt ein Körpergewicht von gut einhundert Kilo auf die zusammengeschnürten Handgelenke am Rücken drückte. Schließlich hatte Weinrich sich seine Schmerzen selbst zuzuschreiben.

»Ich kann's gar nicht erwarten«, entgegnete Marga und versuchte nun doch, ihr zufriedenes Grinsen zu verbergen. Es gelang ihr nicht. »Abführen!«

Zwei der Männer packten Weinrich unter den Schultern und zogen ihn hoch, als ob er nur ein Fliegengewicht wäre.

»Verdammt, ihr tut mir weh«, kam es von ihm, diesmal schon etwas kleinlauter.

Die beiden Männer reagierten nicht, sondern zogen Weinrich weiter hinter sich her wie einen Kartoffelsack. Nach einigen Metern schien der genug von der Tortur zu haben. Er kam auf die Füße und ließ sich jammernd abführen.

Hendriks bückte sich, um die Pumpgun aufzuheben. Er knickte sie hinter dem Lauf ab und schaute in das Magazin. »Leer geschossen. Deswegen hat er nach unserem Warnschuss auch nicht mehr gefeuert.« Er deutete zur Decke.

Sebastian sah empor und bemerkte erst jetzt die faustgroße Einkerbung in der Zimmerdecke. Dort hatte offenbar das Projektil des Warnschusses eingeschlagen. Auf dem Boden unterhalb davon lagen Gipsstücke in unterschiedlichen Größen.

»Die Waffe nehmen wir mit.« Hendriks reichte das Gewehr einem seiner Männer.

»Natürlich. Bei uns gibt's eh keine Asservatenkammer«, gab Marga zurück.

»Und die beiden Westen auch.«

Marga und Sebastian zogen ihre Kevlar-Westen aus und gaben sie Hendriks.

»Wohin bringen Sie ihn?«, fragte Marga.

»Zur ED-Behandlung ins Polizeipräsidium Stuttgart. Danach wird er bis zum Termin beim Haftrichter in einer Arrestzelle untergebracht.«

»Dann können wir heute Nachmittag eine erste Befragung durchführen?«

»Das müssen Sie mit den Kollegen auf dem Polizeipräsidium klären.« Hendriks machte ein Handzeichen in Richtung seiner Männer. »Wir sind hier fertig. Schönen Tag noch.«

Mit je einer Kevlar-Weste in der Hand marschierte er zur Tür, die anderen folgten ihm. Sekunden später stand Sebastian mit Marga allein im Flur.

Die musterte die zerstörte Haustür und grinste. »So schnell kann's gehen. Hätte er uns besser gleich reingelassen.«

Damit hatte Marga fraglos recht. Die Intelligenz von Menschen, die es darauf anlegten, von einer SEK-Einheit aus dem eigenen Haus abgeführt zu werden, erschien Sebastian wenig ausgeprägt. Niemand würde je eine Chance haben gegen diese perfekt ausgebildete und schwer bewaffnete Übermacht. Und dabei waren in diesem Fall die materiellen Schäden durch die zerstörte Haustür und die Kosten für den SEK-Einsatz noch gering.

Weinrichs Quittung für seine Halsstarrigkeit umfasste weitaus gewichtigere Positionen. Bisher standen Anzeigen wegen Widerstand gegen Vollstreckungsbeamte, unerlaubtem Besitz und Gebrauch einer Schusswaffe sowie versuchtem Totschlag fest. Summa summarum jetzt schon ein paar Jahre Haft. Vermutlich jedoch würde noch mehr hinzukommen, wenn sie die Durchsuchung seines Hauses abgeschlossen hätten.

Der schmale Flur, in dem noch immer leichter Rauch von der Nebelgranate hing, führte nach rund zehn Metern zu einem Wohnbereich. Linker Hand lagen die beiden Fenster zum Vorgarten und zur Straße. Auf der anderen Flurseite befanden sich zwei Türen und ein Treppenhaus, das nach oben sowie in den Keller führte. Sebastian zog die Rollläden hoch, die Weinrich – aus welchem Grund auch immer – erst vor einer halben Stunde geschlossen hatte. Die Morgensonne drang herein und blendete ihn für einen Augenblick.

»Beginnen wir mit den Zimmern hier«, sagte Marga und deutete zu den beiden Türen auf der rechten Seite. »Danach der Wohnraum hinten, dann hoch ins Obergeschoss.«

»Und den Keller?«, fragte Sebastian.

»Den schauen wir uns auch noch an.«

Marga öffnete die erste Tür, die rechts vom Flur abging, und trat ein. Sebastian folgte ihr und fand sich in einem relativ kleinen Raum wieder, der früher offenbar als Gästezimmer gedacht gewesen war, inzwischen aber eher als Abstellkammer diente. Neben einem unbenutzten Bett und einem leeren Kleiderschrank mit offen stehenden Türen stapelten sich auf dem Laminatboden in hellem Ahorn-Dekor ein gutes Dutzend Schachteln und Kisten mit allerhand Gerümpel.

Er spähte in die Kartons, entdeckte Gemälde mit wulstigen Bilderrahmen, Orden, Spangen, Bücher, Zeitschriften und etliches mehr. Vieles davon war schon auf den ersten Blick zumindest grenzwertig, einiges mit Hakenkreuz oder eindeutiger Beschriftung als NS-Devotionalien sogar verboten.

Auch Marga kramte in den Schachteln. Um jedoch alles zu sichten und aufzunehmen, würden sie zu zweit vermutlich Tage, wenn nicht gar Wochen brauchen.

In der nächsten Schachtel fand Sebastian einen metallenen Reichsadler mit Hakenkreuz und hielt ihn hoch. »Verstoß gegen Paragraf 86 und 86a StGB. Verwenden von Kennzeichen verfassungswidriger Organisationen. Das gibt unter Umständen drei Jahre Freiheitsstrafe.«

Marga hielt inne und sah auf. »Wenn's in der Kiste liegt, wird's ja nicht verwendet.«

»Das ist irrelevant. Die Paragrafen 86 und 86a StGB gelten auch für die Verbreitung, Herstellung, Einfuhr, Ausfuhr und Lagerung. Und das hier ist eindeutig Lagerung.«

Marga seufzte. »Das wissen Sie alles auswendig?«

Sebastian stellte den Reichadler wieder zurück. »Natürlich, ich war auf der Polizeihochschule.«

»Da war ich auch«, sagte Marga. »Aber meine Erfahrung sagt mir, dass es in der heutigen Zeit ein Klacks ist, solch eine Sammlung aufzubauen. Auf Trödelmärkten oder im Internet kriegen Sie dieses Zeugs hier nachgeworfen.«

»Strafbar ist es trotzdem. Wie dem auch sei, mir ist sehr wohl bewusst, dass das Verwenden selbst eine Grauzone ist. Verwendet wird ein Kennzeichen erst, wenn es wahrnehmbar gebraucht wird. Weinrich weiß offenbar genau, was er nicht darf oder wie er sich zumindest nicht unmittelbar strafbar macht.«

»Herr Franck, dieser Nazi-Scheiß samt Ihren Paragrafen 86 und 86a StGB interessiert mich nicht.« Marga klappte den Deckel der Kiste vor ihr zu und richtete sich auf. »Wir sind hier, weil wir Beweise suchen für Weinrichs Verwicklung in den Mord an Gerber oder Tremschowa. Und hier drinnen scheint es mir keine zu geben. Also weiter.«

Das nächste Zimmer stellte sich als Weinrichs Büro heraus und war im Gegensatz zum vorherigen aufgeräumt. Auf dem ordentlichen Schreibtisch in der Mitte des Raums standen ein neueres Notebook samt separatem Monitor, Ablagefächer mit Unterlagen sowie die üblichen Büroutensilien. Im Schrank dahinter reihten sich rund ein Dutzend Ordner aneinander, allesamt mit computerbeschriebenen Rückenschildern.

Marga trat vor den Schrank. »Schauen wir mal, mit was sich

Weinrich so beschäftigt, wenn er nicht gerade mit der Pumpgun auf Polizisten schießt.« Sie zog den ersten Ordner heraus und blätterte darin.

Sebastian drückte den Startknopf des Notebooks.

»Behördenschreiben, Finanzamt, dann Landratsamt«, hörte er Marga, während er auf die Bereitschaft des Systems wartete. Ganz so leicht hatte es Weinrich ihnen nicht gemacht. Der Cursor blinkte im Eingabefeld für ein Kennwort. Sebastian versuchte rückwärts und vorwärts einige klassisch dämliche Passwörter wie »123456«, »password«, »qwertz«, »weinrich«, »klaus«. Das System jedoch wies sie alle ab.

»Versuchen Sie's mit dem hier«, sagte da Marga. Sie hielt ihm einen Ordner hin und zeigte auf die Buchstabenkombination »uaghcoH«. Auf einem der abgehefteten Blätter hatte Weinrich rund ein Dutzend Dienste samt zugehörigen Passwörtern notiert. Dazu gehörten ein E-Mail-Account, Facebook, Twitter, ein Blog-Zugang und eben auch das Windows-Kennwort. Und wenn Sebastian sich nicht täuschte, gehörten die beiden unteren Zeilen zu Onlinekonten zweier Direktbanken, eine davon im Ausland.

Sebastian tippte die Buchstabenfolge für das Windows-Kennwort ein, und tatsächlich, er landete auf dem Desktop. Mit dem Dateimanager suchte er die Festplatte ab, konnte aber auf den ersten Blick nichts Verdächtiges entdecken. Das musste jedoch nichts bedeuten. Den Computer samt Passwortliste würde er mit zur Forensik nehmen. Bei Weinrichs Vorgeschichte interessierte sich bestimmt auch der Staatsschutz aus der LKA-Abteilung fünf dafür. Und so einfach wie heute würden die nicht mehr daran kommen.

Das Wohnzimmer samt offener Küche wirkte wie aus einem IKEA-Katalog des letzten Jahrhunderts. Die Möbel hatten schon bessere Zeiten gesehen. In der hellen Wohnwand aus billiger Kiefer-Imitation standen ein völlig überdimensionierter Flachbildschirm, dann eine Playstation, ein DVD-Spieler sowie ein Receiver samt Subwoofer. In den Ecken rundum hingen insgesamt vier größere Lautsprecher. Davor mittig ein einzelner beiger Stoffsessel, auf dem noch der Playstation-Controller lag. Offenbar legte Weinrich mehr Wert auf Unterhaltungselektronik denn auf moderne Möbel.

Sebastian öffnete nacheinander die Schranktüren der Wohnwand, während sich Marga an einer Kommode im gleichen billigen Kiefer-Furnier zu schaffen machte. Er entdeckte ein Schnapsflaschen-Lager, das hauptsächlich Wodka umfasste, dann ein paar Fachzeitschriften für Militärausrüstung und Waffen und zu guter Letzt Schubladen voller Porno- und Spiele-DVDs. Selten stimmten Klischee und Realität überein. Aber manchmal eben doch.

Er schloss die letzte Schublade, sah zu Marga.

Die schüttelte den Kopf. »Ich hab hier nur Geschirr, Teller und Tischdecken.«

Das obere Stockwerk bestand ebenfalls aus zwei Räumen sowie einem Bad. Aber auch hier gab es nichts, das auf eine Verstrickung Weinrichs in den Mord an Gerber oder Tremschowa hätte hinweisen können. Damit blieb nur noch das Kellergeschoss.

Unten führten drei graue Türen vom Vorraum ab. Hinter einer befand sich der Heizraum, in dem ein Holzkessel vor sich hin brummte. Ein weiterer Raum diente offenbar als Werkstatt mit einer Arbeitsbank, elektrischen Geräten und Werkzeugen.

Die Tür zum letzten Raum unterschied sich schon von Weitem von den beiden anderen. Und als Sebastian sie öffnete, wusste er auch, warum. Es handelte sich um eine schwere Sicherheitstür, die mit mehreren Schlössern verriegelt werden konnte. Dahinter empfing ihn vollkommene Dunkelheit. Er tastete nach dem Lichtschalter, fand ihn, und im nächsten Moment flammte eine Reihe Neonröhren auf. Er befand sich in einer Art Lager. Von der Wand gegenüber führten drei Regalreihen, gefüllt mit Hunderten Konserven, Flaschen und Packungen, bis weit in den Raum. An der Wand rechts der Tür stapelten sich Holzscheite, daneben gefüllte Wasserkanister. In einer Ecke neben anderen Kanistern mit undefinierbarem Inhalt stand ein Stromgenerator, von dessen Auspuff eine abenteuerliche Konstruktion aus Plastikröhren in der Wand verschwand.

Eine Tür zwischen den Regalreihen führte in einen weiteren Raum, ebenfalls ohne Tageslicht. Darin befanden sich eine Toilette, eine Dusche, ein Waschbecken sowie eine Pritsche mit Kissen und Bundeswehr-Wolldecke.

Sebastian fühlte sich an einen Zeitungsartikel erinnert, der von sogenannten Preppern handelte. Das Kunstwort, das von *be prepared* – sei vorbereitet – abgeleitet wurde, bezeichnete Menschen, die sich in bunkerähnlichen Räumen Notfallvorräte anlegten, um dort eine Zeit lang überleben zu können. Zwischenzeitlich gab es sogar Prepper-Shops im Internet, in denen man sich für ein paar hundert Euro eine Zehntagesausrüstung liefern lassen konnte. Die Neunzig-Tage-Version lag bereits bei einigen tausend Euro. Offenbar plante Weinrich für den Weltuntergang oder wollte eine längere Zeit auskommen, ohne sein Haus zu verlassen.

Zurück im Lager kramte Sebastian sich in den Regalen durch Raviolidosen, Bohneneintöpfe, Tüten mit Fertigsuppen, Dosenwurst, Essiggurkengläser, Obstkonserven, Orangensaftpackungen und vieles andere mehr. Eine weitere Regalreihe enthielt Tabletten zur Wasserreinigung, Tücher und Lappen, dann Toilettenutensilien, ein Kurbelradio, zwei Sturmlaternen und einen Gaskocher samt einem Dutzend Gaskartuschen. Neben der unübersehbaren Staubschicht wiesen alle Gegenstände eine weitere Gemeinsamkeit auf: Sie brachten ihn nicht weiter.

Er wollte die Durchsuchung der Regale schon abbrechen, als ihm durch einen Spalt zwischen den Gaskartuschen zwei A4-große Kassetten auffielen. Sie waren nur wenige Zentimeter hoch. Mit ihrem dunklen Lederüberzug und einem goldgeprägten Siegel auf der Stirnseite wirkten sie völlig deplatziert an diesem Ort. Er zog eine der beiden Kassetten hervor und bemerkte bereits am Gewicht, dass sie nicht leer sein konnte.

Sebastian klappte den Deckel auf. Zwei Reihen mit je zehn Goldmünzen funkelten ihm entgegen. Er erkannte den kanadischen Maple Leaf, dann den südafrikanischen Krugerrand und den amerikanischen Liberty Eagle, jeweils in der Ein-Unzen-Version. Auch für die, die er nicht kannte, galt: Aktuelle Jahrgänge waren nicht dabei. Schon allein der Materialwert jeder dieser

Münzen lag bei weit über eintausend Euro. Wie kam Weinrich zu so viel Geld? Er stellte die Kassette beiseite und zog die zweite hervor. Auch die fühlte sich schwer an. Und als er den Deckel öffnete, konnte er seine Überraschung nicht zurückhalten.

Er wandte sich um. »Frau Kronthaler, ich denke, das sollten Sie sich anschauen.«

Marga runzelte die Stirn, trat dann zu ihm. »Hoffentlich was Interessantes. Ich hab bisher nur medizinisches Zeugs gefunden.«

Wortlos hielt er ihr die aufgeklappte Kassette hin.

Sie schaute hinein. »Da sind Münzen drin. Und zwar ziemlich versiffte. Was wollen Sie mir damit sagen?«

»Das ist bereits die zweite Kassette. Die da drüben«, Sebastian deutete mit dem Kinn zur anderen, »enthält Münzen im Materialwert von bestimmt fast dreißigtausend Euro.«

Marga stieß einen leisen Pfiff aus.

»Wie viel die hier wert sein könnten, weiß ich nicht«, fuhr Sebastian fort.

»Sie wissen's nicht?«, fragte Marga in einem theatralischen Tonfall. »Er weiß es wirklich nicht.« Sie machte ein übertrieben erstauntes Gesicht.

Sebastian entgegnete nichts. Er hatte sich schon vor einiger Zeit abgewöhnt, auf ihre ironischen Bemerkungen zu reagieren.

»Diese versifften Dinger sind bestimmt nichts wert.« Marga deutete auf eine der Münzen mit einem gräulichen Überzug. »Das ist doch Grünspan hier.«

»Wie Sie richtig erkannt haben, sind das in der Tat keine aktuellen Anlagemünzen. Ich kann mich täuschen, was eher selten der Fall ist, aber ich denke, einige Münzen in dieser Kassette sind ein paar hundert Jahre alt.« Er klappte den Deckel mit einem Knall zu. »Und wissen Sie, wem eine historische Münzsammlung gestohlen wurde?«

»Heinrich Gerber, und zwar in der Tatnacht. Nicht schlecht, Herr Franck.« Marga nickte anerkennend. »Sollten wir bei diesem Trottel tatsächlich einen Beweis für seine Verstrickung gefunden haben?«

## 17

Marga hatte im Polizeipräsidium einen Verhörraum reserviert und ihr Kommen angekündigt. Als sie mit Sebastian kurz nach zwei Uhr nachmittags den Raum betrat, saß Weinrich bereits da, mit Handschellen am Tisch gefesselt, und starrte regungslos auf das Mikrofon vor sich. Die Ärmel seiner Tarnjacke hatte er hochgekrempelt und entblößte pfahldicke Unterarme. Bis zu den Ellenbogen bedeckten bunte Tattoos die Haut fast vollständig. Marga registrierte an einem Arm einen Wolfskopf, offenbar im Kampf mit einem Adler, auf der anderen Seite einen halb nackten Frauenkörper umrahmt von kitschigen Blumenmustern und Ornamenten.

Der Raum selbst verfügte über keinerlei Fenster, und nur das leise Surren einer Klimaanlage deutete darauf hin, dass ein Luftaustausch stattfand. Eine Reihe Neonleuchten verströmte ein grelles, schattenloses Licht. Neben der einzigen Tür saß ein jüngerer, rotblonder Polizeibeamter auf einem Klappstuhl. Er hatte es sich mit verschränkten Armen bequem gemacht, streckte die Beine weit von sich und kaute auf einem Kaugummi herum.

Marga nahm gegenüber Weinrich Platz. Sebastian setzte sich neben sie und legte einen roten Aktendeckel auf den Tisch. Darin befanden sich lediglich zwei Fotos der Münzsammlungen, die er zuvor noch in Weinrichs Haus gemacht hatte. Auf die Schnelle hatten sie nicht überprüfen können, ob es Übereinstimmungen mit den geraubten Münzen im Feuersee-Fall gab. Allerdings war er davon überzeugt, dass ihm einige davon bekannt vorkamen.

Weinrich sah noch immer nicht auf, sondern fixierte das Mikrofon vor sich, als könnte er es durch bloßes Anschauen verschwinden lassen. Sebastian zog es am Schwanenhals zu sich, drückte den Einschaltknopf und nannte Datum, Zeit sowie die Namen der Anwesenden.

Weinrich änderte seine Blickrichtung nicht, sodass er jetzt ins Leere starrte.

Marga beugte sich über den Tisch, streckte ihm den Kopf entgegen. »Hallo, ist jemand da?«

Er reagierte nicht.

»Herr Weinrich?«, fragte Sebastian und mühte sich um einen sachlichen Tonfall. »Wir wollen mit Ihnen reden. Sie können einen Rechtsbeistand hinzuziehen.«

Weinrich machte keine Anstalten, seine Passivität aufzugeben.

»Wollen Sie einen Rechtsbeistand?«, fragte Sebastian. Als Weinrich nicht reagierte, fügte er hinzu: »Sie müssen schon etwas sagen. Das ist ein Mikrofon, es nimmt nur Stimmen auf.«

Keine Reaktion.

Marga schlug mit der flachen Hand auf den Tisch. Sebastian zuckte zusammen. Weinrich starrte weiter auf die Stelle, an der zuvor das Mikrofon gehangen hatte. »Sie wollen also nicht mit uns reden, Herr Weinrich?« Sie setzte kurz ab und fuhr dann fort. »Dann erkläre ich Ihnen jetzt, wie das hier abläuft. Erstens: Wir haben den ganzen Tag Zeit. Zweitens: Wenn wir müde werden, kommen andere Kollegen, die auch den ganzen Tag Zeit haben. Und drittens: Das geht immer so weiter, bis Sie mit uns reden. Haben Sie das verstanden oder soll ich es Ihnen noch einmal – vielleicht etwas langsamer – erklären?«

Weinrich blickte auf. Seine dunklen Augen funkelten böse. »Sie sind überhaupt nicht zuständig.«

»Oh, es spricht«, sagte sie affektiert. »Herr Franck, haben Sie gehört, unser Reichsbruder kann reden.«

»Ich bin nicht Ihr Reichsbruder.« Die Sehnen an seinem Hals traten hervor. Hautfalten schoben sich über Teile der vier germanischen Runen, die er auf seinen Hals hatte tätowieren lassen.

»Sondern?«

»Bürger der Republik Hochgau.«

Sie lachte laut los. »Es gibt keine Republik Hochgau, oder hab ich in Erdkunde was verpasst?«

»Das liegt vielleicht an Ihrem Alter. Wenn ich mir Sie so anschaue, dürfte Ihre Schulzeit schon ziemlich lange her sein. Also, die Antwort lautet: ja.«

Marga spürte Sebastians prüfenden Blick. Hoffte er, dass sie sich nicht provozieren ließ?»Ah, jetzt verstehe ich. Sie glauben, dass ich deswegen die«, sie malte mit Zeige- und Mittelfinger beider Hände zwei Anführungszeichen in die Luft,»Republik Hochgau vergessen habe?«

Weinrich versuchte die Arme zu verschränken, was ihm wegen der Handfesseln nicht gelang. Er nahm sie wieder herunter und umklammerte die Tischkante.»Hätten Sie in Geschichte aufgepasst, wüssten Sie, dass die Bundesrepublik Deutschland kein souveräner Staat ist.«

»Ach ja?«

»Genau. Nach dem Zweiten Weltkrieg haben die Siegermächte diverse Rechte und Ansprüche behalten, um weiterhin auf Deutschland einwirken zu können. Auch gibt es bis heute keinen Friedensvertrag. Und das wiederum bedeutet, dass das Deutsche Reich weiter existiert.«

»Falsch!«, rief da Sebastian und schüttelte den Kopf.»Sie hätten Anfang der neunziger Jahre weniger Zeit im Gefängnis verbringen sollen. Da beschlossen jene Siegermächte nämlich, auf alle Rechte und Ansprüche zu verzichten. Zwei-plus-Vier-Vertrag, schon mal gehört?«

Statt zu antworten, stieß Weinrich einen Laut der Verachtung aus.

»Sehen Sie, dann wussten Sie auch, dass dieser Vertrag Deutschland zum vollständig souveränen Staat gemacht hat. Und das ist bald dreißig Jahre her.«

»Ein souveräner Staat hat eine Verfassung.« Weinrich sah zur Zimmerdecke, als befänden sich dort weitere Argumente für seine Behauptungen.

»Genau.« Sebastian war in seinem Element.»Und die unsere heißt Grundgesetz.«

»Das Grundgesetz ist keine Verfassung.«

Sebastian schmunzelte.»Wer hat Ihnen den Blödsinn erzählt?«

»Kennen Sie Artikel 146?« Weinrich musterte ihn mit einem grimmigen Lächeln.»Da steht, dass das Grundgesetz nicht mehr gültig ist, wenn eine Verfassung in Kraft tritt, die vom deutschen Volk in freier Entscheidung beschlossen worden ist. Das heißt, dieses Grundgesetz könnte jederzeit abgelöst werden, eine richtige Verfassung nicht.«

Sebastians Schmunzeln wurde zu einem abfälligen Grinsen. »Nur weil Sie vorformuliertes Zeugs Ihrer Reichsbürger-Kameraden wiedergeben, bedeutet das nicht, dass es kein Blödsinn ist.«

»Das ist kein Blödsinn. Genauso wenig wie die Gründung meiner Republik Hochgau.«

»*Ihre* Republik?« In Sebastians Stimme lag jetzt Verachtung. Ein Tonfall, den sie bisher nicht von ihm kannte. »Haben *Sie* die gegründet?«

»Genau.«

»Wie war noch mal der Name?« Offenbar fand Sebastian Spaß daran, Weinrich auf den Arm zu nehmen. In Silben wiederholte er: »Re-pub-lik Hoch-gau?«

Der grunzte abfällig. »Haben Sie was an den Ohren, Jungchen?«

Sebastian ließ die abfällige Bezeichnung unkommentiert. Auch er schien sich nicht provozieren lassen zu wollen. »Eigentlich nicht. Aber sagen Sie, wie viele Einwohner hat denn die Republik Hochgau?«

Weinrich wusste, dass er diesen Schlagabtausch verloren hatte. Er senkte den Kopf, nahm die Hände von der Tischkante und ließ zwei Schweißflecken zurück.

Ein weiteres Mal klatschte Marga mit der flachen Hand auf den Tisch, genau in Weinrichs Sichtfeld. Diesmal schrak er zusammen und sah auf.

»Ich hab jetzt keinen Bock mehr auf dieses dämliche Reichsbürger-Gewäsch.« Sie nahm ihn fest in den Blick. »Warum verdammt noch mal haben Sie sofort auf uns geschossen, als wir bei Ihnen geklingelt haben?«

Im Nu hatte Weinrich sich wieder unter Kontrolle. Er griff erneut nach der Tischkante, zog sich daran nach vorn und sah ihr direkt in die Augen. »Ich mag's nicht, wenn man mir auf den Sack geht.«

»Auf den Sack geht, soso. Ich denke eher, dass Sie etwas zu verbergen haben.«

»Ich denke, dass Schweine fliegen können. Und jetzt?«

»Warum wollten Sie uns nicht ins Haus lassen?«

»Das geht Sie einen Scheiß an.« Weinrich spie die Worte mehr aus, als dass er sie sagte.

»Einen Scheiß, meinen Sie? Nun, das werden wir noch sehen.«

»Das werden wir nicht sehen. Ich hab Ihnen vorhin schon gesagt, dass ich Ihre Zuständigkeit ablehne. Oder haben Sie einen Dienstausweis der Republik Hochgau?«

Die Vernehmung drehte sich im Kreis.

Sie war froh, dass Sebastian es mit einem neuen Ansatz versuchte. »Im Prinzip brauchen wir Ihre Aussage nicht. Der Staatsschutz nimmt morgen Ihr Haus auseinander, und falls Sie etwas zu verbergen haben, werden die es finden. Sie müssen wissen, die gehen ziemlich akribisch, aber auch rabiat vor.« Ein wenig wunderte sie sich schon, dass ihm die Lüge so einfach von den Lippen kam. Manfred Heldt und die LKA-Abteilung fünf hatten sich noch nicht zu Weinrichs Verhaftung geäußert.

»Staatsschutz? Das ist schon mal nicht schlecht.« Weinrich zog lautstark die Nase hoch. »Im Gegensatz zu den anderen Stuttgarter Behörden erkennen die offenbar, dass meine Angelegenheiten wichtig sind.«

Langsam hatte Marga die Faxen dicke. Sie hielt ihm den ausgestreckten Zeigefinger vor die Nase. »Schauen Sie her. Sehen Sie den Dreck unter diesem Fingernagel?«

Weinrich spielte tatsächlich mit und schüttelte den Kopf.

»Ich auch nicht. Aber trotzdem ist der wichtiger als Ihre Angelegenheiten.«

Sebastian räusperte sich. »Wir haben uns vorhin bereits in Ihrem Haus umgeschaut. In dem Bunker im Keller haben wir neben einigen abgelaufenen Lebensmitteln das hier gefunden.« Er klappte den Aktendeckel auf und schob ihm die beiden Fotos mit der Münzsammlung hin.

Weinrich betrachtete die Ausdrucke nur kurz.

»Woher stammen diese Münzen?«, fragte Sebastian.

»Das geht euch einen Scheiß an«, blaffte Weinrich und zog eine abfällige Grimasse.

»Das haben Sie schon einmal gesagt.«

»Dann wird wohl was dran sein.«

Sebastian packte die Fotos wieder in den Aktendeckel und zog ihn zu sich. »Wollen Sie wissen, wie viele Jahre Freiheitsstrafe für Ihre irrwitzigen Aktivitäten von heute Morgen anfallen können?«

»Nein, will ich nicht. Aber Sie werden's mir trotzdem gleich sagen, richtig?«

»Genau. Versuchter Totschlag, fünf Jahre, unerlaubter Waffenbesitz, drei Jahre. Das macht schon mal acht Jahre. Und da habe ich Widerstand gegen Vollstreckungsbeamte und schweren Raub noch gar nicht mitgezählt.«

»Schwerer Raub?« Weinrich grinste.

»Das Grinsen wird Ihnen vergehen«, rief Marga ihm zu. »Sie wandern in den Knast. Garantiert.«

Sebastian tippte auf den Aktendeckel. »Einige der Münzen hier stammen aus einem Raubüberfall mit Todesfolge. Heinrich Gerber, Sommer 2006, zwei Müllsäcke mit Leichenteilen im Feuersee. Sagt Ihnen das was?«

Sebastian bluffte, denn bisher konnten sie nichts davon beweisen. Sie wussten nicht einmal, ob die Auflistung der gestohlenen Münzsammlung so detailliert war, um das jemals zu können.

Weinrich stieß einen Laut der Geringschätzung aus. »Damit hab ich nichts zu tun. Und das wissen Sie auch. Irgendwo in Ihren Akten steht mein Alibi.«

»Ihr Alibi ist das Papier nicht wert, auf dem es steht«, entgegnete Sebastian. »Der Türsteher eines Nachtlokals wird von seinem Chef und einer Prostituierten entlastet.«

»Nur weil Ihnen mein Alibi nicht gefällt, muss es nicht falsch sein.« Zornesröte stieg in Weinrichs Gesicht. »Fragen Sie doch Ihre Kollegen von damals.«

Marga beugte sich nach vorn. Es wurde Zeit, den Namen des zweiten Opfers zu erwähnen. »Sagt Ihnen der Name Aljona Tremschowa etwas?«

Er warf ihr einen raschen Blick zu. »Hört sich nach einer russischen Nutte an.«

Marga stieß einen Schwall Luft durch die Nase. »Warum überrascht es mich nicht im Geringsten, dass Sie unsere Fragen nicht ernst nehmen?«

»Wenn Sie's nicht mehr wissen, fragen Sie doch Ihr Jungchen hier. Mit ihm hab ich das vorhin erst diskutiert.«

Marga spähte zu Sebastian, in der Hoffnung, dass er sich nicht zu irgendwelchen unbedachten Äußerungen hinreißen ließ. »Sagt Ihnen der Name etwas?«, wiederholte sie dann und mühte sich um einen schärferen Tonfall.

»Sollte er?« Weinrich zog die Stirn kraus. Nach dem Zornesausbruch von eben hatte er sich offenbar wieder unter Kontrolle. »Nein, natürlich nicht.« Falls er sie doch gekannt hatte, konnte er es zumindest gut verbergen. Er zuckte nicht einmal mit der Wimper. »Ist sie auch tot?«

»Wie kommen Sie darauf?«

»Sie scheinen mir ja die ungeklärten Mordfälle in Stuttgart aus den letzten zwanzig Jahren anhängen zu wollen.« Er lächelte süffisant.

»Gehen wir doch wieder einen Schritt zurück zu den Münzen hier.« Sebastian deutete auf den Aktendeckel. »Wie kommen die in Ihren Keller?«

»Wollen Sie raten?« Weinrich legte den Kopf schief. »Das geht Sie einen Scheiß an.«

»Sie wiederholen sich. Irgendwie erinnern Sie mich an eine Motte, die immer wieder ins Licht fliegt, bis sie verbrennt.«

»Was verzapfen Sie da für eine gequirlte Scheiße?«

»Wir könnten beim Staatsanwalt ein gutes Wort für Sie einlegen.«

»Ein gutes Wort? Für was?« Weinrich wirkte tatsächlich so, als ob er nicht wüsste, wovon Sebastian redete.

»Gebrauchen Sie einfach Ihren Kopf und denken Sie an die acht Jahre, die Ihnen jetzt schon blühen. Ein schwerer Raub mit Todesfolge macht zusätzlich mindestens fünf Jahre.« Sebastian musterte ihn mit einer Mischung aus Ärger und Abscheu. »Und bei Ihrem Vorstrafenregister könnten das auch leicht zehn Jahre werden.«

»Warum sollte ich Ihnen helfen?«

Marga rutschte auf dem Stuhl weiter nach vorn. Indem sie Weinrich jetzt eine Brücke bauten, könnten sie der Vernehmung eine entscheidende Wendung geben, den Fall vielleicht sogar abschließen. »Wenn Sie den Raubüberfall zugeben und Gerber womöglich nur unglücklich gefallen und dabei ums Leben gekommen ist, bleibt es bei den acht Jahren. Denn das alles ist verjährt. Sie sind dann um die fünfzig und können noch mal neu anfangen.«

Weinrich ging nicht darauf ein. »Ich hab doch schon gesagt, dass ich damit nichts zu tun habe.«

»Das haben wir vernommen. Dann erklären Sie uns, wie diese Münzen in Ihren Keller kommen. Die Münzen ergeben nämlich sonst einen hinreichenden Tatverdacht, und wir werden Ermittlungen gegen Sie wegen des Tötungsdeliktes zulasten von Heinrich Gerber und Aljona Tremschowa einleiten.«

»Ich habe niemanden getötet«, sagte Weinrich mit einer Vehemenz, die nur wenig Zweifel an seiner Aussage zuließ.

Dennoch musste Marga auflachen. »1999, vier Jahre Jugendhaft wegen Totschlags.«

Weinrich hob die Achseln, als ob ihr Vorwurf nur eine Frage der Interpretation wäre. »Das war eine Jugendsünde. Ich war neunzehn und bin provoziert worden.«

»Genau, und heute waren Sie kurz davor, zwei Polizisten mit einer Pumpgun zu erschießen. Ich kann mich des Eindrucks nicht erwehren, dass Ihr Gedächtnis einer Art Ausleseverfahren folgt. Alles, was Ihnen nicht in den Kram passt, existiert da oben nicht mehr.«

»Heute hab ich mich nur vor dem willkürlichen Zugriff einer fremden Staatsmacht verteidigt.«

»Himmelarsch!«, rief Marga. »Lassen Sie uns endlich mit diesem Schwachsinn in Ruhe. Ich kann's echt nicht mehr hören.«

Weinrich lehnte sich zurück. In Anbetracht der Vorwürfe schien seine Angriffslust allmählich zu verfliegen. Er wirkte zum ersten Mal nachdenklich.

Jetzt nicht lockerlassen. Ein weiteres Mal versuchte sie, an Weinrichs Vernunft zu appellieren. »Warum erzählen Sie uns nicht einfach, wie Sie an die Münzen gelangt sind? Dann kann das der Herr Franck hier mit ins Protokoll aufnehmen, und wir alle haben für heute Feierabend.«

»Welche Verjährungsfrist gilt bei Diebstahl?«, fragte Weinrich plötzlich.

»Diebstahl?« Marga runzelte die Stirn. »Wir reden hier von Raub. Kennen Sie den Unterschied?« Sie sah zu Sebastian und forderte ihn mit einer Handbewegung auf. »Herr Franck, bitte klären Sie Herrn Weinrich auf.«

Das ließ Sebastian sich nicht zweimal sagen. Auch den Teil des Strafgesetzbuches kannte er offenbar auswendig. »Paragraf 249 StGB. Raub heißt, mit Gewalt gegen eine Person oder unter Anwendung von Drohungen mit gegenwärtiger Gefahr für Leib oder Leben eine fremde bewegliche Sache einem anderen in der Absicht wegzunehmen, die Sache sich oder einem Dritten rechtswidrig anzueignen. Im Gegensatz zu Diebstahl, der ohne Gewalt und Drohungen auskommt. Grundsätzlich gilt, die Verjährungsfrist richtet sich nach der Strafandrohung und beginnt mit der Straftat. Beides wäre heute verjährt. Außer Mord.« Er setzte kurz ab, seine Augen verengten sich. »Mord verjährt nie.«

»Diebstahl«, sagte Weinrich schnell. »Ich hab die Münzen nur gestohlen. Da war niemand.«

»Gestohlen?« Marga tauschte einen schnellen Blick mit Sebastian. »Das reicht uns nicht. Wir bräuchten schon ein paar Details.«

»Was für Details?« Weinrich wirkte überrascht von der Frage. »Sie sagten doch, dass es verjährt ist.«

»Die Beurteilung müssen Sie schon uns überlassen. Und dazu benötigen wir Details, und zwar alle. Wo, wann und wem gestohlen?«

Weinrich zuckte mit den Schultern. »Das waren ein paar kleinere Brüche, die ich damals gemacht habe, bestimmt schon zehn Jahre her.«

»Haben Sie's nicht genauer?« Marga rollte mit den Augen. »Wir müssen Ihre Aussage überprüfen können.«

Mit einem Seufzer atmete Weinrich aus. Er klang wie nach

einem Langstreckenlauf. »Das muss 2008 oder 2009 gewesen sein. Irgendwann im Sommer.«

»Warum im Sommer?«

»Dumme Frage.« Er runzelte die Stirn, als ob er ihre Frage nicht verstünde. »Weil's warm war.«

»Dann bleibt noch das Wo und das Wem.«

Die Aussicht auf weitere zehn Jahre Haft schien seine Zunge zu lockern. »In Ludwigsburg, ein Mehrfamilienhaus. Wir haben da drei oder vier Wohnungen ausgeräumt.«

»Wer ist ›wir‹?«

Weinrich musterte sie, schien zu überlegen, ob er überhaupt antworten sollte. »Freddy und ich.«

»Wer ist Freddy?«

»Ein ehemaliger Kumpel.«

»Auch das brauchen wir genauer.« Warum verdammt noch mal musste sie ihm jede Information einzeln aus der Nase ziehen?

»Vergessen Sie's.« Weinrich schüttelte den Kopf. »Ich verpfeif doch niemanden.«

»Und wo genau sind Sie eingestiegen? Eine Adresse wäre jetzt nicht schlecht.«

»Die weiß ich nicht mehr.«

»Mann, strengen Sie sich an.« Inzwischen hatte Marga sich weit über den Tisch gebeugt.

»Verdammt, das ist zehn Jahre her.« Weinrich verzog das Gesicht. »Irgendwo beim Kreisverkehr in der Innenstadt. Holzmarkt heißt das dort, glaub ich.«

»Können Sie uns das Haus zeigen, wenn wir Sie dorthin bringen?«, fragte Sebastian.

Er nickte.

»Auch die vier Wohnungen?«

Diesmal zögerte er länger, bis er nickte.

»Gut.« Marga sah zu Sebastian. »Dann sind wir aufs Erste wohl durch, oder, Herr Franck?«

»Wir sind durch.« Sebastian kam von seinem Stuhl hoch.

»Und was ist jetzt mit dem Deal für den Staatsanwalt?«, fragte Weinrich, offensichtlich überrascht vom schnellen Ende der Befragung. »Ich hab keinen Bock, zehn oder fünfzehn Jahre in den Knast zu wandern.«

»Zuerst benötigen wir die genaue Adresse«, sagte Sebastian und nahm den Aktendeckel an sich, »dann überprüfen wir Ihre Aussage. Ganz am Schluss, und das auch nur, falls Sie uns die Wahrheit gesagt haben, sprechen wir mit dem Staatsanwalt.«

Marga wandte sich um. Noch immer saß der Beamte in der gleichen Position neben der Tür wie schon zuvor und sah aus, als ob er schliefe. Für einen Augenblick dachte sie darüber nach, ob sie gegen das Stuhlbein treten oder ihm zunicken sollte. Sie entschied sich für das Kopfnicken.

Sebastian folgte ihr den Flur entlang zur Treppe und durch den Ausgang hinaus auf die Straße.

»Entweder hat er sich die Geschichte mit dem Einbruch in Ludwigsburg ausgedacht«, sagte Marga, als sie vor dem Gebäude standen. »Oder er hat tatsächlich nichts mit Gerbers Tod zu tun.«

»Weinrich ist zweifellos ein gewalttätiger …« Sebastian ließ den Rest des Satzes in der Luft hängen.

»Idiot? Ist das das Wort, das Sie suchen?«

»Idiot, meinetwegen. Aber er scheint mir nach jedem Strohhalm zu greifen, um weitere zehn Jahre Haft zu vermeiden. Und er weiß genau, dass er diese Chance mit jeder Lüge aufs Spiel setzt. Wie dem auch sei, ich werde mir nachher gleich die Aufnahme von der Vernehmung anhören und ein Protokoll anfertigen.«

»Herr Franck, ich hab den Begriff ›Streber‹ ja schon seit Jahrzehnten nicht mehr benutzt. Aber bei Ihnen muss ich mich immer wieder zurückhalten.«

»Irgendjemand muss es ja sein.«

Marga stieß einen tiefen Seufzer aus.

»Falls es nicht zu spät wird«, fuhr Sebastian ungerührt fort, »überprüfe ich noch die Münzen auf Übereinstimmung. Erst dann wissen wir, ob es sich überhaupt lohnt, seine Aussage zum Diebstahl weiterzuverfolgen. Vielleicht ist Weinrich ja nur ein Fall für den Staatsschutz.«

»Machen Sie das. Mir jedenfalls reicht's für heute«, gab sie in der Hoffnung zurück, nach den nervenaufreibenden Ereignissen vom Vormittag zu Hause etwas Ruhe zu finden.

Dort jedoch wartete bereits ein anderer Fall auf sie. Und zwar in Form eines Paketes, das vor einigen Tagen im spanischen Málaga aufgegeben worden war.

# 18

Gleich am nächsten Morgen machte Marga sich auf den Weg nach Marburg, um ein zweites Mal Amelie Neuburger zu besuchen. Da die beiden Bankangestellten Meder und Herzsprung sich nicht an die Schuhe von Daniel Francks Mörder erinnern konnten, blieb sie Margas einzige Hoffnung. Wenn überhaupt jemand, dann konnte nur sie die Adidas-Treter zweifelsfrei wiedererkennen. Das jedenfalls hoffte Marga, obwohl sie sich der teilweisen Amnesie bewusst war, unter der Neuburger durch den Schock nach dem Banküberfall litt. Die Hoffnung verstärkte sich weiter, nachdem Neuburger am Telefon nicht ablehnend auf ihre Bitte reagiert, sondern bereitwillig Unterstützung zugesagt hatte. Vermutlich wollte auch sie gern endgültig mit den Vorfällen aus dem September 2010 abschließen. Denn der Mann, der vor ihren Augen einen Menschen erschossen hatte, lief noch immer frei herum.

Marga kam das Telefongespräch mit Dr. Erbmann in den Sinn, jenem Gerichtspsychologen, der damals die Beurteilung der Zeugenaussagen vorgenommen hatte. Da Neuburgers Aussage schon im Hinblick auf die Tiermasken der Täter von der der anderen Zeugen abwich, bezeichnete er sie schlicht als unbrauchbar. Statt der Bärenmaske des Täters mit der Schusswaffe wollte sie eine Wolfsmaske gesehen haben. Erbmann vermutete, dass Neuburger sich unter dem Schock des Mordes mit dem jüngsten Geißlein aus einem Märchen der Brüder Grimm identifizierte.

Trotz dieser Vorbehalte ging Erbmann davon aus, dass sie auch nach all den Jahren etwas zu den Ermittlungen beitragen könnte. Sie habe unter Umständen nicht alles vergessen, sondern ihr Gehirn würde aus reinem Selbstschutz vieles nur verdrängen. Und so war es auch gekommen. Bei Margas letztem Besuch in Marburg hatte Neuburger sich tatsächlich an den fehlenden Streifen an der Innenseite des linken Turnschuhs erinnert. Und nicht nur das. Aufgrund Neuburgers Aussage ging Marga davon aus, dass

Daniel Franck während des Überfalls nicht nur den fehlenden Streifen gesehen, sondern an diesem Detail die Schuhe und vermutlich auch deren Besitzer erkannt hatte. Was wiederum der Grund gewesen sein könnte, wieso er erschossen worden war. Das jedenfalls schien bisher die einzige vernünftige Erklärung für die Kurzschlussreaktion des Täters und den sofortigen Abbruch des Banküberfalls mit einer eher bescheidenen Beute zu sein.

Jetzt lagen Manuels gelbe Samba-Turnschuhe neben Marga auf dem Beifahrersitz, noch in Paul Schefflers Paket, das die Post am Vorabend vor ihrer Haustür abgelegt hatte. Sie waren ein wenig schmutzig und die Sohle ziemlich abgelaufen, aber tatsächlich fehlte auf beiden Innenseiten der Schuhe jeweils der vordere von drei Streifen. Scheffler und Neuburger hatten zwar nur von einem fehlenden Streifen am linken Schuh bei dem Mann mit der Bärenmaske gesprochen, doch dieses Detail spielte vorerst keine Rolle. Schließlich hätte auch der andere Streifen im Laufe der Jahre abgegangen sein können.

Sie vermochte nicht zu sagen, ob sie hoffte, dass Neuburger die Schuhe wiedererkannte. Denn falls dem so wäre, müsste sie sich mit Manuel, Paul Schefflers Partner in Málaga, unterhalten. Schon allein diese Unterhaltung könnte der als Vertrauensverlust interpretieren, da Scheffler die Turnschuhe hinter seinem Rücken als mögliche Schuhe des Täters nach Deutschland geschickt hatte. Und falls Neuburger die Schuhe nicht wiedererkannte, wäre sie wieder so weit wie vor einer Woche. Was ihre Zeugin auch immer nachher aussagte, einfacher würde es mit Sicherheit nicht werden.

Die dreihundert Kilometer bis Marburg schaffte Marga trotz zweier Staus in dreieinhalb Stunden, sodass sie gegen ein Uhr nachmittags ihren Campingbus in einem Parkhaus in der Innenstadt abstellte. Mit Schefflers Paket unter dem Arm nahm sie den Oberstadtaufzug hinauf in die Altstadt. Den Weg durch die verwinkelten Gassen, gesäumt von Fachwerkhäusern mit steilen Dächern, zu Neuburgers Wohnung kannte sie noch von ihrem letzten Besuch. Auch dass das Klingelschild nicht Neuburgers Namen, sondern nur den ihres Lebenspartners und Vaters ihres Kindes Matteo Padoan trug. Schon beim letzten Mal hatte sich

Marga des Eindrucks nicht erwehren können, dass Neuburger keinen Wert darauf legte, ihren Namen an Haustür und Briefkasten anzubringen. Vielleicht eine Folge des Banküberfalls vom September 2010.

Marga klingelte.

»Ja?«, drang Sekunden später Neuburgers Stimme aus der Gegensprechanlage.

»LKA Stuttgart, Kronthaler«, stellte sich Marga vor. »Wir sind verabredet.«

Der Türsummer erklang. Sie drückte die Tür auf und nahm die schmale, steile Treppe hinauf in den fünften Stock. Wenigstens blieb ihr diesmal das Jammern ihres Mitarbeiters Cem Akay erspart, der schon beim Anblick der Treppenstufen nicht mehr hatte weitergehen wollen. Obwohl sie Cem versprochen hatte, ihn bei den Ermittlungen zum Tod von Sebastians Bruder einzubeziehen, hatte sie ihm nichts von ihrem erneuten Besuch bei Neuburger erzählt. Die Ereignisse hatten sich mit Schefflers Anruf überschlagen, und nach einem Blick auf Cems Schreibtisch hatte sie entschieden, dass er nach seinem Urlaub zuerst andere Dinge erledigen sollte.

Oben angekommen, klopfte Marga an die nur angelehnte Wohnungstür. Statt der Aufforderung einzutreten, vernahm sie das Quengeln eines Kleinkindes.

Sekunden später ging die Tür auf, und Neuburger erschien im Halbdunkel. Auf ihrer Hüfte saß ein Kleinkind in einer Jeans-Latzhose und einem buntem Ringelshirt, das sie mit neugierigen Augen anstarrte.

»Guten Tag, Frau Neuburger«, sagte Marga. »Freut mich, dass Sie so kurzfristig Zeit für mich haben. Und das muss wohl dann Frida sein.«

»Ja, das ist sie, mein Goldschatz. Aber kommen Sie doch zuerst herein, Frau Kronthaler.« Neuburger trat einen Schritt zurück, damit sie eintreten konnte. Licht fiel auf ihr Gesicht. Marga konnte sich täuschen, aber die Gesichtsfarbe der kleinen, hageren Frau mit den krausen, blonden Haaren kam ihr noch eine Spur blasser vor als zuletzt.

»Die Kleine ist heute nicht bei ihren Großeltern?«, fragte Marga, während sie ihr in die Küche folgte, in der sie schon beim letzten Mal mit Cem gesessen hatten. Es roch nach etwas Süßlichem wie Grießbrei oder Milchreis. Ein Teller, eine kleine Schüssel mit Essensresten und ein benutztes Glas standen in der Spüle.

»Das ist gerade etwas kompliziert. Matteo ist vor ein paar Wochen ausgezogen.«

»Tut mir leid«, beeilte Marga sich zu sagen. »Ich wollte nicht indiskret sein.«

»Das macht nichts, Sie konnten es ja nicht wissen.« Neuburger setzte Frida in den Kinderstuhl an der Stirnseite des Tisches und nahm neben ihr Platz.

Marga ließ sich auf dem Stuhl gegenüber nieder, nahm Schefflers Paket auf den Schoß und schaute sich um. Sie hatte den Eindruck, dass die Küche beim letzten Mal etwas aufgeräumter gewirkt hatte – nur eine Nuance, aber es fiel auf. Genauso wie der Umstand, dass einige Babybilder am Kühlschrank fehlten. Sie entdeckte keine mehr mit Matteo, dem jungen, dunkelhaarigen Vater von Frida.

»Sie kommen klar?«, fragte Marga.

»Ich hab ja keine andere Wahl«, gab Neuburger mit einem freudlosen Lächeln zurück. Ein Schatten huschte über ihr Gesicht.

»Ist es immer noch wegen des Banküberfalls?«

Sie nickte. »Inzwischen glaube ich, dass ich die Bilder nie mehr loswerde.«

Frida klatschte mit der flachen Hand auf den Tisch. Bei jedem Schlag blinzelte Neuburger.

»Frida!«, schrie Neuburger mit einem Mal und warf ihrer Tochter einen bösen Blick zu. »Hör auf damit.«

Die begann lauthals zu weinen.

Neuburger betrachtete Frida mit einer Mischung aus Ärger und Kummer. Doch schon einen Augenblick später wurde ihr Blick weich, ihre Stimme versöhnlich. »Es tut mir leid, mein kleiner Goldschatz.« Sie streichelte über ihre Ärmchen. Frida ließ sich beruhigen. Die Tränen versiegten, und ein strahlendes Lächeln trat auf ihr Gesicht.

Marga hätte nicht mit Gewissheit sagen können, ob der Banküberfall mit dem Mord an Daniel Franck der Grund für die Trennung Neuburgers vom Vater ihres Kindes war, aber einen Anteil daran hatte er mit Sicherheit. Neuburgers Psyche war offensichtlich nicht stabil genug, um dieses Erlebnis jemals zu verarbeiten. Kein Wunder, schließlich war sie mit zweiundzwanzig Jahren damals noch ein halbes Kind gewesen.

»Zeigen Sie mir jetzt die Turnschuhe?«, fragte Neuburger, und Marga meinte, einen reservierten Unterton in ihrer Stimme herauszuhören.

»Ich hab sie hier.« Sie stellte Schefflers Paket auf den Tisch und konnte es gerade noch außer Reichweite von Fridas Händen schieben. Die hatte offenbar bereits die Schelte ihrer Mutter vergessen.

»Von wem, sagten Sie noch mal, stammen die Turnschuhe?« Neuburger verschränkte nervös die Finger und stierte das Paket an.

»Dazu hab ich Ihnen nichts gesagt, darf ich auch nicht. Bisher wissen wir nicht einmal, ob es sich überhaupt um ein Beweisstück handelt.«

Marga klappte die beiden Deckellaschen auf. »Haben Sie etwas zum Darunterlegen?«

Neuburger stand auf, trat zu einem Küchenschrank und kam mit einem Stapel geblümter Papierservietten zurück. Zwei davon breitete sie auf dem Tisch aus. Sofort wollte Frida danach greifen. Diesmal war es ihre Mutter, die sie davon abhielt. Offenbar nicht damit einverstanden, begann Frida zu quengeln und wollte aus ihrem Stuhl hochkommen.

Marga versuchte sie abzulenken, indem sie die Schuhe an den Bändeln hin- und herschwenkte. Doch sie hatte kein Glück. Das Quengeln wurde lauter.

»Frida, bitte.« Neuburger streckte ihrer Tochter eine der Servietten entgegen.

Freudestrahlend nahm sie die entgegen und begann sogleich

damit, kleine Stücke davon abzureißen und sie mit einem »Dada« auf den Boden fallen zu lassen.

Da Frida nun für die nächsten Minuten beschäftigt zu sein schien, stellte Marga die Schuhe auf den beiden ausgebreiteten Servietten ab.

Neuburger bedachte die Schuhe lediglich mit einem kurzen Blick. »Nein.«

»Nein?« Marga wusste nicht, wie sie die knappe Antwort deuten sollte. »Meinen Sie: Nein, das sind sie nicht, oder: Nein, Sie wissen es nicht?«

»Nein, das sind sie nicht«, sagte Neuburger und schüttelte vehement den Kopf. »Das sehe ich schon von Weitem.«

»Was macht Sie da so sicher?«

»Die sind viel zu klein.«

Marga nahm einen Schuh zur Hand und betrachtete ihn von allen Seiten. Drei Streifen außen, zwei Streifen innen, dann die Aufdrucke »Adidas« und »Samba«. Sie hob die Lasche an, kniff die Augen zusammen und versuchte die Größenangabe zu iden-tifizieren. »Zweiundvierzig.«

»Sag ich doch, viel zu klein. Das sind ja fast Kinderschuhe.«

»Kinderschuhe?« Marga hatte mit vielem gerechnet. Von einem »Nein« über ein »Vielleicht« oder »Ich weiß es nicht« bis hin zu einem »Ja«. Neuburgers Antwort war zwar prompt gekommen, allerdings schien ihre Begründung zumindest frag-würdig. Wie konnte sie nur aufgrund der Größe diese Schuhe ausschließen, obwohl sie seit der Tat an einer teilweisen Amnesie litt? »Und Sie sind sich ganz sicher, dass der Täter nicht diese Schuhe hier trug?«

»Ganz sicher. Ich kann Schuhgrößen ziemlich gut abschät-zen.«

Marga nickte nur.

Neuburger musterte sie und fühlte sich offenbar durch ihren fragenden Gesichtsausdruck aufgefordert, die Behauptung zu begründen. »Ich hab vor meiner Ausbildung bei der Bank immer wieder in einem Runners Point in Hannover gejobbt. Die ver-kaufen dort alle Arten von Sneakers: Adidas, Puma, Nike und wie sie alle heißen. Da lernt man, schon von Weitem die Schuhgröße eines Kunden abzuschätzen.«

Marga stellte den Schuh zurück.

Anscheinend immer noch nicht zufrieden mit ihrer Miene, fuhr Neuburger fort:»Der, der geschossen hat, war bestimmt eins neunzig oder noch größer. Glauben Sie, so einem Typen passen Zweiundvierziger-Schuhe? Der hatte mindestens fünfundvierzig oder sechsundvierzig. Tut mir leid, Frau Kronthaler.«

Verdammt. Darauf hätte sie eigentlich selbst kommen können. Alle Zeugen hatten den Täter als groß gewachsen und schlaksig beschrieben. Warum zum Teufel hatte sie keinen Gedanken an die Schuhgröße verwendet? Trotz der Einsicht brauchte sie einen Moment, um die Konsequenzen zu begreifen. Zum einen würde es bedeuten, dass Paul Schefflers Freund Manuel nichts mit dem Banküberfall in Hannover zu tun hatte – was ihn sicherlich freute. Die andere, ernüchternde Erkenntnis war jedoch, dass ihre Hoffnungen, über die Turnschuhe Daniel Francks Mörder näher zu kommen, wie Seifenblasen zerplatzt waren.

✳✳✳

Eigentlich hatte Sebastian schon am Vortag die bei Weinrich sichergestellten Münzen mit der Auflistung aus dem Feuersee-Fall abgleichen wollen. Doch den Rest des gestrigen Nachmittags hatte ihn das Protokoll von Weinrichs Aussage in Beschlag genommen. Sobald er dessen Reichsbürger-Sprüche ausblendete, blieben auch nach dem erneuten Anhören der Vernehmungsaufzeichnung lediglich zwei Möglichkeiten, die Marga gestern schon angedeutet hatte. Entweder hatte Weinrich sich die Geschichte mit dem Einbruch in Ludwigsburg nur ausgedacht oder tatsächlich nichts mit Heinrich Gerbers und Aljona Tremschowas Tod zu tun. Doch bevor er mit einer POLAS-Abfrage nach passenden Einbrüchen in Ludwigsburg suchen ließ, sollte es zumindest die eine oder andere Übereinstimmung mit Gerbers Münzsammlung geben.

Sebastian kramte im Ordner der Feuersee-Fallakte nach der

Liste der damals geraubten Münzen. Nur bei etwa der Hälfte war die Beschreibung um ein Foto der Vorder- und der Rückseite ergänzt. Er klappte die Deckel der beiden Kassetten aus Weinrichs Haus auf und positionierte sie untereinander auf seinem Schreibtisch.

Bereits die Anzahl der Münzen stimmte nicht überein. Gerbers Sammlung bestand aus gerade mal vier Gold- und vierzehn Silbermünzen in einer mit rotem Kalbsleder überzogenen Schatulle. Dagegen wirkten die beiden Kassetten aus Weinrichs Haus mit den insgesamt achtundvierzig Münzen schmucklos. Erschwerend kam hinzu, dass die historischen Münzen in der zweiten Kassette teilweise angelaufen oder vergilbt waren und er deswegen oft das Material nicht sofort erkennen konnte.

Sebastian startete mit den vier Goldmünzen, die Gerbers Liste anführten. Die Beschreibung der ersten lautete: »29.7 mm AV Histamenon nomisma 1071-1078 BYZANTINE EMPIRE.« Das dazugehörige Foto zeigte auf der Rückseite einer völlig deformierten Münze das Konterfei eines zweifellos byzantinischen Kaisers. Keine in Weinrichs Kassetten hatte eine derartige Form. Die zweite und die dritte Goldmünze stammten ebenfalls aus dem Mittelalter. Ein Goldgulden aus der Pfalz, Jahrgang 1477, sowie eine nicht näher bezeichnete französische Goldmünze aus dem Jahr 1338 mit dem Konterfei von Philipp dem Sechsten. Auch diese beiden konnte er bereits aufgrund ihrer Form und der groben Prägung ausschließen.

Interessant erschien ihm die letzte, deutlich größere Goldmünze zu sein. Ein belgischer Golddukaten von 1694 mit dem Konterfei von Karl dem Zweiten, jenem spanischen Habsburger-Spross mit der charakteristischen Lockenfrisur. Denn genau diese Locken waren Sebastian schon auf einer der Münzen in Weinrichs Haus aufgefallen. Und tatsächlich fand er diese in der zweiten Kassette. Eine Internetrecherche für den belgischen Golddukaten ergab einen weltweiten Restbestand von höchstens zwanzig Stück. Gleichwohl überraschte ihn die Taxe. Lag der reine Goldwert noch bei rund tausendfünfhundert Euro, lautete der Sammlerwert bereits fünfzigtausend Euro.

Er arbeitete die Liste weiter durch und konnte bei den Silbermünzen vier weitere identifizieren, die sich auch in Weinrichs Kassetten befanden: eine sächsische Drei-Mark-Münze von 1917, ein amerikanischer Silberdollar aus dem Jahr 1839, ein spanischer Dollar von 1747 sowie eine Drei-Gulden-Münze aus dem Jahr 1823. Die Taxe der vier Silbermünzen und der Goldmünze zusammen ergab somit weit über zweihunderttausend Euro. Das lag vor allem an deren Rarität. Zwar handelte es sich bei keiner der Münzen um ein Einzelstück, doch lag der weltweit vermutete Restbestand für jede bei einer niedrigen zweistelligen Zahl.

Sebastian schätzte die Wahrscheinlichkeit signifikant hoch ein, dass eine oder mehrere dieser fünf seltenen Münzen in Weinrichs Kassetten aus Gerbers Sammlung stammten. Daraus leitete sich die genauso simple wie logische Schlussfolgerung ab: Entweder hatte Weinrich die Münzen Gerber gestohlen, oder er hatte sie jemandem gestohlen, der sie Gerber gestohlen hatte. Und somit wären sie wieder bei dem Einbruch im Sommer 2008 oder 2009 in der Nähe des Ludwigsburger Holzmarkts. Doch ob es diesen Einbruch überhaupt gegeben hatte, konnten sie nur dann anhand der Polizeimeldungen überprüfen, wenn eine Anzeige erstattet und dabei die Münzen als Beute angegeben worden waren. Und das dürfte bei Hehlerware selten bis nie der Fall sein.

Auch wenn der Einbruch tatsächlich gemeldet worden war, musste der Diebstahl eine Erklärung liefern, wo sich die restlichen dreizehn Münzen aus Gerbers Sammlung befanden. Deren aktuelle Taxe summierte sich auf weitere zweihunderttausend Euro. Womöglich hatte der Dieb sie längst zu Geld gemacht, da es sich nicht um so seltene und teure Stücke wie die anderen fünf handelte. Ein Verkauf wiederum war kaum zu überprüfen, zumal schon die Taxe nicht als Anhaltspunkt taugte. Denn Diebe wollten heiße Ware meist schnell loswerden. Und ein viel zu niedriger Preis half ihnen dabei. Zwanzig bis dreißig Prozent des eigentlichen Wertes waren keine Seltenheit. Das würde für die restlichen dreizehn Münzen einen Erlös von lediglich fünfzigtausend Euro bedeuten.

Trotz aller Vorbehalte, die Sebastian gegen die Überprüfung

der Polizeimeldungen hegte, einen Versuch war es allemal wert. Er nahm das Telefon zur Hand und drückte die Taste für Franziskas Durchwahl.

»Ja, Chef?«, meldete die sich bereits nach dem ersten Klingeln.

»Was machen Sie gerade?«

»Ich bin immer noch an den Personenakten. Vielleicht haben wir jemanden übersehen, der ins Profil passt.«

»Stellen Sie das bitte zurück. Ich brauche Sie gleich für eine POLAS-Abfrage.«

»Soll ich rüberkommen?«, fragte sie, und Sebastian konnte sich des Eindrucks nicht erwehren, dass sie bereits von ihrem Bürostuhl aufgestanden war und nur noch auf seine Zustimmung wartete.

»Das wird nicht notwendig sein.«

Franziska entgegnete nichts. Dennoch konnte Sebastian ihre Enttäuschung noch durch den Telefonhörer spüren.

»Es geht um eine Serie von unaufgeklärten Einbrüchen in Ludwigsburg im Sommer 2008 oder 2009.«

»Haben Sie's nicht genauer?«

»Nur, dass es sich um insgesamt vier Wohnungen in einem Mehrfamilienhaus in der Nähe des Kreisverkehrs am Holzmarkt handelt. Der Täter sagt, er habe alle vier Einbrüche in einer Nacht durchgeführt.«

»Der Täter? Kennen wir den bereits?« Franziska klang perplex. Kein Wunder, in der Regel würde niemand einen Einbruch als unaufgeklärt bezeichnen, wenn der oder die Täter bereits bekannt waren.

»Sagt er jedenfalls. Ach ja, noch was. Als Beute in einer der Wohnungen könnte eine ziemlich wertvolle Münzsammlung angegeben sein.«

»Könnte?«

»Ja. Es kann auch sein, dass die Münzen nicht angegeben wurden oder dass es nicht für alle vier Einbrüche einen Registereintrag gibt.«

»Hab ich verstanden«, sagte sie schnell. »Sonst noch weiteres Diebesgut?«

»Nein«, antwortete er nach einigem Zögern. Das hatten sie während Weinrichs Vernehmung tatsächlich vergessen zu fragen. »Wie lange brauchen Sie dafür?«

Franziska lachte auf. »Wollen Sie die Zeit stoppen oder sich überraschen lassen?«

# 19

Im ersten Moment glaubte Sebastian, dass noch keine Stunde vergangen sein konnte, als Franziska mit ihrem schwarzen »Death Note«-Notizbuch in der Hand vor seinen Schreibtisch trat.

»Überrascht, Chef?« Sie grinste breit und ließ ihr Zahnpiercing dabei aufblitzen.

Sebastian sah auf seine Armbanduhr. »Knappe zwei Stunden, nicht schlecht. Haben Sie auch was gefunden?«

»Das kann man wohl sagen.« Ihr Grinsen verwandelte sich in ein vielsagendes Lächeln. »Mehr, als Sie glauben.«

»Dann schießen Sie mal los.«

Sebastian schob die Tastatur beiseite. Die Recherche auf Internet-Sammlerbörsen nach dem Verbleib der dreizehn fehlenden Münzen aus Gerbers Münzsammlung konnte warten. Zumal er sich kaum etwas davon versprach. Es gab schlicht zu viele Portale mit zu vielen Münzen. Außerdem betrachtete er im Internet nur einen Teil des möglichen Absatzmarkts. Oft waren Hehler die Kunden, die dann an private Sammler weiterverkauften.

Franziska klappte ihr Notizbuch auf. »Im Jahr 2008 wurden in den Monaten Juni, Juli und August in Ludwigsburg insgesamt acht Einbrüche gemeldet. Vier davon in Wohnhäuser, keiner in der Nähe des Holzmarkts.«

»Dann können wir 2008 ausschließen«, sagte Sebastian und bemerkte erst jetzt, dass er die Tastatur über seinen Montblanc-Füllfederhalter geschoben hatte.

»Richtig. Deshalb hab ich mir das Jahr 2009 angeschaut. Da gab es in den drei Sommermonaten insgesamt zwölf Einbrüche. Einer davon wurde am 24. August, das war ein Montag, von der Ludwigsburger Polizei aufgenommen, fand aber offenbar schon zwei Nächte zuvor, also von Samstag auf Sonntag, statt. Und jetzt kommt's.« Franziska hob den Zeigefinger, die Armreifen klimperten. »Der Tatort lag in einer Erdgeschosswohnung in der Holzmarktstraße 3.«

»Nur ein einziger Einbruch?« Falls dem so wäre, gehörte Weinrichs Aussage ins Reich der Lügen. Um den hinreichenden Tatverdacht des Raubmordes an Heinrich Gerber noch zu entkräften, musste er nachweisen, woher die Münzen in seinem Keller stammten. »Dann hat uns der mutmaßliche Täter wohl belogen.«

»Nicht so schnell.« Franziska machte ein triumphierendes Gesicht. »Als ich gelesen habe, dass der Einbruch erst zwei Tage nach der Tatzeit gemeldet wurde, hab ich mir gedacht: Was wäre, wenn die anderen Einbrüche noch später gemeldet wurden? Weil die Bewohner im Urlaub waren. Schließlich ist das im Hochsommer nicht ungewöhnlich.«

»Wenn ich mir Ihr freudestrahlendes Gesicht so anschaue, haben Sie auch was gefunden.« Sebastian hob die Tastatur an, legte sie parallel vor dem Monitor ab und nahm seinen Füllfederhalter zur Hand.

»Zwei weitere Einbrüche in der Holzmarktstraße 3, beide ein Stockwerk darüber.« Sie sah ein weiteres Mal in ihr Notizbuch. »Einer gemeldet am 4. September, der zweite dann fünf Tage später, am 9.«

»Was wurde gestohlen?« Sebastian drehte die Kappe des Füllfederhalters hin und her.

»Auf der Liste der Ludwigsburger stehen Bargeld in Euro und Schweizer Franken sowie Schmuck. Ich hab mir die Bilder dazu angeschaut. Es sind keine Münzen dabei. Nicht einmal beim Bargeld, nur Scheine.«

Das musste nichts bedeuten. Wichtiger wäre, dass die Einbrüche in der gleichen Nacht durchgeführt wurden. »Ist eine Tatzeit bei den beiden Einbrüchen genannt?«

»Nein.« Franziska schüttelte den Kopf. »Falls die Einbrüche schon in den Tagen zuvor stattgefunden hatten und es keine Zeugen gab, wäre eine genaue Bestimmung der Tatzeit auch nicht möglich.«

»Haben Sie keinen vierten Einbruch gefunden?« Er legte den Füllfederhalter wieder zurück auf die Lederunterlage und verschränkte die Finger.

»Auch dazu hab ich nichts Chef, leider.« Franziska presste die Lippen zusammen.

»Bis zu welchem Monat haben Sie nachgeschaut?« Sebastians sanfter Stoß mit dem Zeigefinger richtete den Füllfederhalter parallel zum Rand der Unterlage aus.

»Das ganze Jahr und auch das darauffolgende. Keine weiteren Einbrüche in der Holzmarktstraße. Ich hab sogar auf dem Polizeirevier in Ludwigsburg angerufen. Einer der Ermittler«, Franziska sah erneut auf ihre Notizen, »KOK Olbert, konnte sich noch an die Einbruchsserie erinnern. Na ja, drei Einbrüche in so kurzer Zeit in ein und demselben Haus sind wohl auch für die Kriminalpolizei ungewöhnlich.«

»Haben die Hinweise zur Identität der Täter?«

»Zur Identität nicht. Aber Olbert und seine Kollegen sind davon überzeugt, dass es sich um dieselben Täter handelt. Alle drei Einbrüche wurden offenbar zwischen dem 22. und dem 23. August mit einem Schlagschlüssel durchgeführt. Sie gingen von einer osteuropäischen Bande aus, die sich in Autobahnnähe lohnende Objekte aussucht und danach sofort weiterzieht.«

Damit war Sebastian so schlau wie zuvor. Es konnte sein, dass Weinrich und sein Komplize tatsächlich diese Einbrüche Ende August 2009 in der Ludwigsburger Holzmarktstraße verübt hatten. Wobei einer der Bestohlenen sich nicht bei der Polizei gemeldet hatte.

»Soll ich da weiter dranbleiben?«, fragte Franziska.

Sebastian seufzte, überlegte für einen Moment, ob eine erneute Vernehmung von Weinrich sie weiterbringen könnte. Doch in Anbetracht des unbelehrbaren Reichsbürger-Geschwätzes, das ihn erwarten würde, verwarf er den Gedanken sogleich wieder. Vielleicht sollten sie das zu einem späteren Zeitpunkt ins Auge fassen.

»Ich verspreche mir nichts davon, und Sie?«

Statt einer Antwort stahl sich ein geheimnisvolles Lächeln auf Franziskas Gesicht. »Ich hab noch was gefunden, bin mir aber nicht sicher, ob es für unseren Fall relevant ist.«

»Nur zu.«

»Können Sie sich noch an das Profil unseres Münzkillers erinnern?«

»Natürlich.« Welche Frage, schließlich hatte Sebastian es zusammen mit ihr erstellt. Und bis auf das eigenwillige Pseudonym, das Franziska vergeben hatte, glaubte er noch immer, dass vielleicht nicht alle, aber einige Merkmale auf den Täter zutrafen.

»Können Sie sich auch daran erinnern, dass wir bei der Erstellung des Profils einen Fehler gemacht haben könnten, weil es zu viele Verdächtige ausschloss?«

Auch dieser Einwand war ihm nicht fremd. Ebenso, dass Franziska aufgrund der Abgestumpftheit und Brutalität, die zum Zerstückeln von Leichen notwendig ist, nicht nur kriminelle Gewalttäter, sondern auch Berufe wie Schlachter oder Jäger einschließen wollte.

»Wir suchten in den Personenakten zum Feuersee-Fall nach«, Franziska blätterte in ihrem Notizbuch einige Seiten zurück, »einem jüngeren, kräftigen Mann, der Gerber oder Tremschowa kannte und aufgrund eines Gewaltdeliktes verurteilt oder verdächtigt wurde.«

»Richtig.«

»Ich fürchte, wir haben einen Denkfehler gemacht.«

»Und welchen?«, fragte Sebastian in der Hoffnung, dass sie nicht ein weiteres Mal von den Schlachtern und Jägern anfing.

»Einen Fehler, der mindestens eine Personenakte ausschließt. Ich jedenfalls hab sie beim ersten Mal nicht angeschaut, obwohl sie in meinen Ordnern lag.«

Sebastian beließ es bei einem Stirnrunzeln.

»Die von Aljona Tremschowa. Schließlich konnten wir sie als alleinige Täterin von vornherein ausschließen.«

»Das können wir immer noch.« Sebastian hatte keine Ahnung, auf was Franziska hinauswollte. »Aljona Tremschowa ist eines der Opfer.«

»Das schon. Aber als ich mir vorhin dann doch ihre Personenakte angeschaut habe, bin ich auf ein paar ergänzende Hinweise gestoßen.«

»Ergänzende Hinweise?« Noch immer konnte Sebastian ihr nicht folgen.

»Sie wissen schon: Daten und Aussagen dritter Personen, die zu einem Verdächtigen oder einem in der Akte festgehaltenen Ereignis in Beziehung stehen.«

»Zum Beispiel?«

»Familienangehörige, Bekannte, Hinweisgeber und so weiter. Eigentlich müssten die gelöscht sein, sofern sie nicht gefahren- oder verdachtsbegründend sind. Aber das hat 2006 offenbar noch niemanden interessiert.«

Sebastian nickte, forderte sie mit einer Handbewegung auf, weiterzureden. Vielleicht hatte Franziska ja tatsächlich einen neuen Ansatzpunkt gefunden.

»Jedenfalls liegt Tremschowas Personenakte die Aussage eines gewissen Mirko Lorentz, geboren am 10. Februar 1979, bei. Er wurde damals zu ihrem Verschwinden befragt, weil er offenbar eine Zeit lang mit ihr befreundet war.«

»Mirko Lorentz?« Sebastian durchforschte erfolglos sein Gedächtnis. »Den Namen habe ich im Zusammenhang mit dem Feuersee-Fall nie gehört.«

»Ich bisher auch nicht. Seine Aussage ist gerade mal eine Seite lang und völlig irrelevant. Er gab damals zu Protokoll, dass er nur ein paarmal mit Tremschowa ausgegangen sei und sie danach nie mehr gesehen habe. Ich hab auch gleich eine POLAS-Abfrage mit seinem Namen durchgeführt. Für die Polizei ist er ein unbeschriebenes Blatt.«

Sebastian rieb sich das Kinn. »Mein erster Eindruck ist, dass dieser Mirko Lorentz nicht ins Profil passt. Was finden Sie dann so interessant an ihm?«

Sie zögerte, dann grinste sie, als wollte sie ihre nächste Bemerkung vorab etwas länger auskosten. Schließlich sagte sie: »Dass er im August 2009 in Ludwigsburg wohnte, und zwar in der Holzmarktstraße 3.«

Sebastian benötigte einen Augenblick, um die Information zu verarbeiten. »Lassen Sie mich raten: Lorentz gehört nicht zu den dreien, die einen Einbruch angezeigt haben.«

Franziska nickte.

»Dann sollten wir schleunigst schauen, was wir über diesen Mirko Lorentz herausbekommen. Und zwar das volle Programm. Sie kümmern sich um sein privates Umfeld, also Adresse, Freunde, Familienstand, Kinder, soziale Medien und so weiter. In der Zwischenzeit versuche ich, mir ein Bild von seiner finanziellen Situation zu machen.«

Gleich nachdem Franziska sein Büro verlassen hatte, machte Sebastian sich Gedanken über die Informationsquellen bezüglich Lorentz' Finanzen. Natürlich gehörten dazu in erster Linie die Banken, dann das Finanzamt. Beides würde ohne richterlichen Beschluss jedoch schwierig werden. Aber schon die Information, mit was Lorentz sein Geld verdiente, könnte ihn weiterbringen. Einen erfolgversprechenden und problemlosen Einstieg dafür bot das Internet.

Sebastian konnte sich überhaupt nicht vorstellen, wie schwer und zeitaufwendig es noch vor zwanzig Jahren gewesen sein musste, erste Informationen über eine Person zu erhalten. Er nahm die Computer-Tastatur zur Hand, startete seinen Internet-Browser und begann mit einer Suche nach dem Namen »Mirko Lorentz«.

Das Ergebnis nur Sekunden später überraschte ihn. Google spuckte über zweitausend Treffer aus, darunter ein Fußballspieler, die Lorentz-Immobilienagentur GmbH in Stuttgart, ein Sachbuchautor sowie Dutzende Seiten aus Osteuropa.

Der Fußballspieler schied schon allein wegen seines Alters aus, der Sachbuchautor ebenfalls – Ersterer war zu jung, Letzterer zu alt. Sebastian klickte sich über die Hauptseite der Lorentz-Immobilienagentur zur Rubrik »Ansprechpartner« und fand einen Mirko Lorentz als den Geschäftsführer samt E-Mail-Adresse und Durchwahl. Das zugehörige Foto zeigte einen Mann mittleren Alters im dunklen Anzug mit schütterem blondem Haar und entschlossenem Gesicht. Das Alter konnte passen, sofern das Foto nicht allzu alt war.

Es folgten zwei weitere Personen. Eine etwa gleichaltrige Frau mit strenger Kurzhaarfrisur und noch strengerem Blick. Unter ihrem Bild stand »Tanja Lorentz, Prokuristin«. Daneben war eine viel jüngere Frau mit langen blonden Haaren abgebildet. Die Zeile unter ihrem Bild lautete »Annalena Wenzel, Vertriebsassistentin«.

Damit hatte er einen Mirko Lorentz aus Stuttgart gefunden. Aber handelte es sich um *den* Mirko Lorentz, der vor über zehn Jahren zum Verschwinden von Aljona Tremschowa befragt worden war? Um darauf eine Antwort zu erhalten, gab es eine einfache Möglichkeit: Er musste ihn nur fragen. Sebastian klickte sich weiter zum Impressum des Webauftritts der Lorentz-Immobilienagentur. Dort prägte er sich Adresse, Telefonnummer, Handelsregisternummer sowie den Namen der zuständigen Aufsichtsbehörde ein.

Er nahm den Telefonhörer zur Hand und wählte Lorentz' Durchwahl. Doch nach dem Aufbau der Verbindung hörte er kein Freizeichen, stattdessen verstummte die Leitung. Sebastian überprüfte noch einmal die Telefonnummer im Display. Obwohl er sich nicht verwählt hatte, legte er auf und versuchte es mit der im Impressum angegebenen Nummer, nur um das gleiche Resultat zu erhalten. Gerade als er auflegen wollte, drang eine monotone Computerstimme an sein Ohr: »Kein Anschluss unter dieser Nummer.«

Hatte die Lorentz-Immobilienagentur eine neue Telefonnummer und das Impressum noch nicht aktualisiert? Eigentlich einer der größten Fehler, die ein Unternehmen machen konnte, das auf Publikumsverkehr angewiesen war. Gleichwohl konsultierte er ein Internet-Telefonbuch, dann ein zweites. Schließlich rief er die Auskunft an. In allen drei Fällen jedoch erhielt er lediglich die Telefonnummer, die er bereits aus dem Impressum kannte.

Eine Immobilienagentur, unter deren Telefonnummer es keinen Anschluss gab, machte ihn nicht nur neugierig, sondern weckte seinen kriminalistischen Instinkt. So war Sebastians nächster Ansatz die elektronische Registerauskunft im Internet.

Neben der Rubrik »Informationen« mit der Eintragung »Geschäftsführer: Lorentz, Mirko, Stuttgart, *10.02.1979« existierten acht Veröffentlichungen zur Lorentz-Immobilienagentur

GmbH. Fünf davon umfassten die Abschlüsse der Jahre 2011 bis 2015. Diese fehlten ab 2016, obwohl sie spätestens zwölf Monate nach Ende eines jeden Geschäftsjahres eingereicht werden mussten. Sebastian lud sie sich alle herunter. Interessanter als die Jahresabschlüsse waren zweifelsfrei die Eintragungen zu Veränderungen. Die erste aus dem Jahr 2011 verkündete eine Prokura mit dem Recht zur Veräußerung und Belastung von Grundstücken für Tanja Lorentz, die zweite aus dem Jahr 2017 strich diese wieder.

Und damit wusste Sebastian zweierlei: Das Geburtsdatum verriet ihm, dass er den richtigen Mirko Lorentz gefunden hatte, denn es stimmte mit dem aus der Akte überein. Und die fehlenden Daten bedeuteten, dass seit drei Jahren keine Abschlüsse mehr eingereicht wurden. Sebastian würde jede Wette eingehen, dass das Unternehmen längst in Schieflage geraten war. Und genau das bestätigte eine schlecht gelaunte Frau bei der zuständigen Aufsichtsbehörde im Landratsamt Stuttgart. Die Lorentz-Immobilienagentur GmbH hatte im Oktober 2017 Insolvenz angemeldet.

Für seinen nächsten Gedanken benötigte er die Höhe der Stammeinlage. Er öffnete den Jahresabschluss 2011, den er bereits heruntergeladen hatte. Die erste Eröffnungsbilanz zeigte eine Stammeinlage von zweihunderttausend Euro. Eine erkleckliche Summe, zumal nur fünfundzwanzigtausend Euro zur Gründung einer GmbH notwendig gewesen wären.

Sebastian versuchte, die neuen Informationen zu Mirko Lorentz' Immobilienagentur mit Franziskas Recherchen in ein stimmiges Bild zu integrieren. Ihr neuer Verdächtiger, inzwischen wollte er ihn so nennen, wohnte zu der Zeit in jenem Haus, in dem Weinrich vorgab, Münzen im Wert von einigen hunderttausend Euro gestohlen zu haben. Falls Weinrich die Wahrheit gesagt hatte, was aufgrund der Polizeiberichte inzwischen durchaus glaubhaft schien, waren diese Münzen nie als gestohlen gemeldet worden.

Er klickte auf Lorentz' Foto in der »Ansprechpartner«-Rubrik der Website seiner Immobilienagentur und druckte es aus. Nachdem der Farbdrucker die Seite ausgespuckt hatte, trat er mit dem Blatt in der Hand zum Whiteboard und heftete es neben Weinrichs und Borimirows Fotos.

»Haben Sie ihn schon dazugehängt?«, hörte er Franziskas Stimme. Sie stand mit einem Mal neben ihm. Er hatte sie nicht kommen gehört.

Sebastian sah wieder zum Whiteboard. »Unser Mirko Lorentz«, er deutete mit dem Kinn auf dessen Foto, »hat 2011 in Stuttgart eine Immobilienagentur mit einem Stammkapital von zweihunderttausend Euro gegründet. Falls er tatsächlich unser Mann ist und das Geld nicht auf der hohen Kante hatte, liegt die Vermutung nahe, dass er diese Einlage mit dem Erlös aus dem Verkauf einiger Münzen aus Gerbers Sammlung bezahlt hat.«

»Bei einer GmbH hätte auch weniger gereicht.«

»Dann wäre er wohl früher insolvent gewesen.«

»Er ist insolvent?« Franziska stieß hörbar Luft durch die Nase. »Das wundert mich nicht im Geringsten.«

Sebastian runzelte die Stirn, betrachtete aber weiterhin Lorentz' Foto. »Und warum wundert Sie das nicht?«

»Sie haben doch gesagt, ich soll mich um die sozialen Medien kümmern. Und das hab ich getan.«

Sebastian riss seinen Blick vom Whiteboard los. »Und weiter?«

»Das mit seiner Immobilien-Klitsche wusste ich schon. Deren Facebook-Auftritt hat eine gewisse Annalena Wenzel gemanagt.«

Er nickte. »Sie wird auf der Website der Agentur als Vertriebsassistentin genannt.«

»Besser wäre wohl gewesen, sie als Klatschbase zu bezeichnen.« Franziska lächelte geringschätzig. »Was die da alles vom Stapel gelassen hat, das würde für ein paar Anzeigen ausreichen.«

»Dann erzählen Sie mal.« Sebastians Neugier war geweckt.

Franziska holte tief Luft, als benötigte sie zusätzliche Kraft, um weiterzusprechen. »Mirko Lorentz ist seit dem März 2011 mit Tanja, eine geborene Gaffers, verheiratet. Sie arbeitet mit ihm zusammen in der Agentur.«

»Genau. Sie war bis letztes Jahr dort noch Prokuristin, und zwar mit ziemlich weitreichenden Rechten.«

»Hat er sie abgesägt?«

»Könnte man so sagen«, antwortete Sebastian und dachte an die Registeränderungen zur Prokura.

»Ich denke, ich weiß, warum.«

»Und zwar?« Sebastian registrierte ihre geröteten Wangen. Offensichtlich hatte sie ebenfalls etwas Wichtiges entdeckt.

»Mirko Lorentz hat sich wohl öfter die Zeit mit Annalena vertrieben. Und die hat nichts Besseres gewusst, als einige pikante Details samt zugehörigen Fotos auf Instagram zu posten.«

»Und seine Frau hat es irgendwann bemerkt?«

»Klar, aber vermutlich erst wegen Annalenas Instagram-Account.« Wieder lächelte Franziska, diesmal wirkte es beinahe wie ein Grinsen. »Was für 'ne Bitch. Ich hab mir ein paar ihrer Sprüche aufgeschrieben. Die kann ich bestimmt auch mal gebrauchen.«

Sebastian hob die Augenbrauen, verkniff sich aber einen Kommentar zu ihrer Ausdrucksweise. »Wann hat das angefangen?«

Franziska wiegte den Kopf. »Im Frühjahr 2016, vielleicht auch etwas später.«

Das passte zum Absturz von Lorentz' Immobilienagentur. Seit dieser Zeit wurden auch keine Jahresabschlüsse mehr abgegeben. »Haben Sie eine Erklärung, warum er seiner Frau die Prokura entzogen hat?«

»Auch dahinter steckt diese Annalena. Ich denke, Lorentz wollte seine Frau durch sie ersetzen. Sowohl beruflich wie auch privat.«

»Damit wissen wir recht gut, was Mirko Lorentz in den letzten Jahren so getrieben hat«, sagte Sebastian. »Allerdings hat nichts davon einen Einfluss auf die beiden Tötungsdelikte. Das war weit vor seiner Zeit als Geschäftsführer einer Immobilienagentur.«

»Trotzdem ist er unser bester Verdächtiger. Und deshalb sollten wir mit ihm reden.«

»Haben Sie seine Adresse?«

»Er ist seit Jahren unter der gleichen Adresse in Degerloch gemeldet. Aber dass er nach der Affäre mit seiner Assistentin weiterhin dort wohnt, wage ich zu bezweifeln.«

»Sie haben doch noch was anderes herausgefunden. Das sehe ich Ihnen an.«

Diesmal glitt Franziskas Lächeln ins Geheimnisvolle. »Lorentz hat eine Ausbildung als Metzger.« Sie druckste einen Moment herum, fuhr dann aber fort: »Und damit passt er in unser Profil.«

Sebastian blähte die Wangen, ließ geräuschvoll Luft entweichen. Auch dazu verkniff er sich einen Kommentar. Zugleich ahnte er bereits jetzt, dass die Beweisführung schwierig werden würde, falls Mirko Lorentz ihr Mann – der *Münzkiller* – war. Denn mit mehr als einer schlüssigen Hypothese konnten sie bisher nicht aufwarten.

## 20

Franziska hatte recht, einen besseren Verdächtigen als Mirko Lorentz hatten sie derzeit nicht vorzuweisen. Und ihm ein bisschen
auf den Zahn fühlen, konnte nicht schaden. Vielleicht würden sie
sein Foto bereits nach ihrer Rückkehr wieder vom Whiteboard
abhängen, weil es für alles, was sie sich in den letzten Stunden
zusammengesponnen hatten, eine plausible Erklärung gab.

»Sie fürchten, dass wir ihn nicht unter der Degerlocher Adresse
antreffen?«, fragte Sebastian.

Franziska zuckte mit den Schultern. »Aber wir könnten dort
anrufen und einfach fragen.« Sie hielt ihm ein Stück Papier hin.
»Hier ist die Telefonnummer.«

Sebastian nahm den Zettel entgegen und wählte die Nummer.
Stumm deutete Franziska auf das Telefon, während die Verbin-
dung hergestellt wurde. Er nickte und drückte die Taste für den
Lautsprecher.

»Lorentz«, meldete sich eine weibliche, rauchige Stimme.

»Spreche ich mit Tanja Lorentz?« Sebastian musterte die Frau
mit der Kurzhaarfrisur auf dem Foto im Internetauftritt der Lorentz-Immobilienagentur. Sie qualte sich zu einem Lachein, was
ihre resoluten Gesichtszüge zusätzlich betonte.

»Ja. Wer ist da?«, fragte sie kühl.

»LKA Stuttgart, Oberkommissar Franck.« Er setzte kurz ab,
um auf eine Reaktion zu warten. Als sie nichts sagte, fuhr er fort:
»Kann ich bitte Herrn Mirko Lorentz sprechen?«

»Nein, können Sie nicht«, kam die kurz angebundene Erwiderung aus dem Lautsprecher.

Sebastian verschlug es ob der unwirschen Antwort für einen
Moment die Sprache. »Und warum nicht?«

»Weil er nicht mehr hier wohnt«, entgegnete sie, wobei sich
ihre Stimme noch einige Grad kühler anhörte.

»Wissen Sie, wo wir ihn erreichen können? Haben Sie eine
Telefonnummer oder die Adresse?«

»Bornheimer Straße 114. Die Telefonnummer finden Sie im Telefonbuch. Sonst noch was?«

»Augenblick«, sagte Sebastian schnell und überlegte fieberhaft, was er Lorentz' Frau fragen könnte, wenn er sie schon am Apparat hatte. Er entschloss sich zu einer Lüge. »Wir haben Münzen, Diebesgut, sichergestellt und denken, dass einige davon im Besitz Ihres Mannes waren.«

»Münzen, mein Mann? Davon weiß ich nichts. Das müssen Sie ihn schon selbst fragen.«

»Er sammelt doch Münzen?«

Sie stieß einen Laut der Resignation aus. »Nein. Nur Weiber, und die möglichst jung.«

Ganz offenbar war Lorentz durch die vielen Affären ihres Mannes immer noch tief gekränkt. Eine gute Gelegenheit, um ein paar persönliche Dinge in Erfahrung zu bringen. »Dann haben Sie beide sich … getrennt?«

»Das ist jetzt fast ein Jahr her.«

»Und trotzdem arbeiten Sie noch zusammen in seiner Immobilienagentur?«

»Auch die existiert bald nicht mehr. Er und sein neues Püppchen haben den Laden an die Wand gefahren. Inzwischen ist er wohl in Konkurs.«

Von der Insolvenz wusste Sebastian bereits, was die Beteiligung eines »Püppchens« anging, konnte er nur raten. »Püppchen?«, wiederholte er, in der Hoffnung, dass sie einen Namen nannte.

Lorentz tat ihm den Gefallen. »Annalena Wenzel, eine fünfundzwanzigjährige Göre.«

Damit hatte er die Bestätigung. Sebastian musterte die junge Frau mit den langen blonden Haaren, die auf der Website neben Tanja Lorentz' Foto abgebildet war. Annalena Wenzel wirkte darauf unbedarft, fast kindlich und kaum fähig, ein Unternehmen in den Ruin zu treiben. »Darf ich fragen, was passiert ist?«

Lorentz sog scharf die Luft ein. »Beim Kauf und Verkauf von Immobilien wird viel Geld bewegt. Und mein Mann hat einen Weg gefunden, Geld für sich und seine Annalena abzuzwacken und zu verbraten.«

»Und woher stammt das Geld?«

»Von denjenigen, die Wohnungen oder Häuser kaufen wollen. Da sind Anzahlungen zu bestimmten Terminen fällig.«

»Das muss doch jemandem auffallen.«

»Bauvorhaben von Immobilien dauern oft Jahre. Und das Geld können sie so lange zwischen den einzelnen Projekten hin und her schieben, bis keines mehr da ist. Und irgendwann war dann keines mehr da, um die Rechnungen zu bezahlen.«

»Das tut mir leid für Sie«, gab Sebastian ehrlich zurück. Aber inzwischen glaubte er nicht mehr, dass die Ereignisse um die Lorentz-Immobilienagentur etwas mit dem Doppelmord im Sommer 2006 zu tun hatten. Er musste das Gespräch in eine andere Richtung lenken. »Wann haben Sie Ihren Mann kennengelernt?«

Lorentz zögerte nur kurz. »Ende 2009.«

»Hat er da noch in Ludwigsburg in der Holzmarktstraße gewohnt?«

»Nein, in einem Penthouse in Feuerbach.«

»Zur Miete?«

»Ja.«

»Was hat er damals beruflich gemacht?«

»Merkwürdig, dass Sie fragen.«

»Warum?«

»Ich weiß es nicht. Aber als ich ein Jahr später bei ihm eingezogen bin, hat er schon Häuser und Wohnungen vermittelt, zuerst freiberuflich für eine Agentur in Feuerbach. Dann hat er seine eigene gegründet. Zwei Jahre später hab ich meinen Job bei der Spedition gekündigt und bei ihm angefangen.« Sie lachte traurig auf. »Und den Rest kennen Sie ja.«

»Das Grundkapital der Lorentz-Immobilienagentur beträgt zweihunderttausend Euro. Er ist der einzige Gesellschafter. Wissen Sie, woher er so viel Geld hatte?«

»Gespart, denke ich. Aber ich hab ihn nie danach gefragt.«

»Und Ihr Mann hat nie irgendwelche Münzen erwähnt?«

»Nein, nie.«

Auch mit dieser Antwort hatte Sebastian kaum etwas erfahren, das ihn im Feuersee-Fall weiterbrachte. Dafür konnte er sich jetzt ganz gut ein Bild von Mirko Lorentz machen, einem jener Männer, die ihre Frau wegen einer Jüngeren sitzen ließen. Er sah zu Franziska. Die deutete mit einer Geste an, dass sie ebenfalls keine Fragen mehr hatte. Er bedankte sich bei Tanja Lorentz und beendete das Gespräch.

Die wenig befahrene Bornheimer Straße lag im Stuttgarter Süden, in Heslach. Hinter der Hausnummer 114 verbarg sich ein relativ neues Mehrfamilienhaus. Wie in der Stuttgarter Innenstadt üblich, bestand das Grundstück aus Platzgründen lediglich aus dem Gebäude selbst, einem schmalen Zugangsweg sowie einer Einfahrt zur Tiefgarage, die mit einem vergitterten Rolltor gesichert war. Wenige Meter dahinter sowie rechts und links schlossen sich bereits die nächsten Gebäude, drei beinahe baugleiche Mehrfamilienhäuser, an. Keine Spur von einem Rasen oder gar einem Garten. Eine Folge der exorbitanten Stuttgarter Grundstückspreise.

Sebastian stellte den weißen BMW-Dienstwagen auf dem Seitenstreifen ab. Er stieg aus, und Franziska folgte ihm zur Eingangstür.

Es gab lediglich neun Parteien im Haus, und das oberste Schild, vermutlich das Penthouse, war mit »Wenzel« beschriftet. Er drückte die Klingel und betrachtete die anderen Namen auf den Schildern. Keiner davon kam ihm bekannt vor.

In Schrittgeschwindigkeit näherte sich ein älterer gelber Mercedes dem Gebäude und kam hinter ihrem Dienstwagen ganz zum Stehen. Da öffnete sich das Rolltor zur Tiefgarage mit einem quietschenden Geräusch. Offenbar hatte der Fahrer, ein älterer Mann mit Schiebermütze, schon auf der Straße die Fernbedienung zum Öffnen des Tors gedrückt.

»Ja, bitte?«, meldete sich eine jüngere, weibliche Stimme aus dem Lautsprecher vor ihnen.

Sebastian beugte sich vor. »LKA Stuttgart, Oberkommissar Franck. Wir würden gern mit Herrn Lorentz, Mirko Lorentz, sprechen.«

Niemand antwortete. Der Mercedes rollte die Einfahrt hinunter und verschwand im Dunkel der Tiefgarage. Während der Lautsprecher weiterhin stumm blieb, rollte das Tor mit dem gleichen quietschenden Geräusch wieder hinab.

»Kommen Sie rein«, drang jetzt eine männliche Stimme aus der Gegensprechanlage. Im nächsten Moment erklang der Türsummer. »Ganz nach oben.«

Sebastian drückte die Tür auf und fand sich in einem kahlen Treppenhaus wieder, in dessen Mitte ein Aufzug vier Stockwerke nach oben führte. Fußboden, Treppenstufen, Türen, alles war in Weiß gehalten. Die einzigen Farbtupfer in diesem Einerlei stammten von den Fußmatten vor den beiden Wohnungstüren. Damit umfasste jede Etage zwei Wohnungen, die rechts und links des Flurs abgingen. Den kompletten obersten Stock nahm somit das Penthouse ein.

»Wir nehmen den Aufzug«, sagte Franziska und hatte schon den Knopf neben der Aufzugstür gedrückt.

Oben angekommen, klingelte Franziska an der einzigen Wohnungstür.

Erneut dauerte es viel zu lange, bis die Tür mit einem Ruck aufging. Dahinter tauchte ein Mann mittleren Alters auf, der den Prototyp des typischen Immobilienmaklers verkörpert hätte, wenn er statt Schlabberhose samt geschmacklosem Wollpulli einen Anzug mit Krawatte getragen hätte.

Sebastian konnte nicht sagen, was ihn an dem Mann mehr störte. Vielleicht waren es die Zähne, weiß wie Keramikwaschbecken, das aufgesetzte Lächeln oder der im Spiegel geübte, joviale Gesichtsausdruck eines Verkäufers. Zweifellos handelte es sich um Mirko Lorentz, der sich im Gegensatz zum Foto auf der Website seiner Immobilienagentur nicht mit schütterem Haar, sondern in voller Haarpracht präsentierte. Aufgrund der absolut symmetrischen Haaransätze vermutete Sebastian einen zweiwöchigen Türkeiurlaub inklusive Haarverpflanzung und Vollpension für rund zweitausend Euro.

»LKA Stuttgart, Oberkommissar Franck, das ist meine Kollegin Frau Hegel.« Sebastian zog seinen Ausweis aus der Brusttasche und hielt ihn hoch.

Der Aufzug hinter ihnen setzte sich mit einem dumpfen Geräusch in Bewegung.

»Herr Lorentz?«, fragte Sebastian. Sein Gegenüber musste nicht schon von vornherein wissen, dass sie bereits Erkundigungen über ihn angestellt hatten und deswegen wussten, wie er aussah.

Lorentz nickte.

»Dürfen wir reinkommen?«, fragte Franziska. Sie hatte ihre Hände in den Hosentaschen vergraben.

Lorentz musterte sie kritisch. Erst jetzt bemerkte Sebastian, dass er zwei unterschiedlich gefärbte Augen hatte: ein blaues und ein grünes.

»Bitte«, sagte Lorentz und machte Platz, damit sie eintreten konnten.

Sebastian und Franziska folgten ihm über den teuer wirkenden Holzfußboden in ein riesiges Wohnzimmer mit offener Küche, Essbereich und einem Kaminofen. Die Aussicht durch die bodentiefen Fenster wäre womöglich grandios gewesen, hätte nicht in rund fünf Metern Entfernung bereits das nächste Penthouse den Blick versperrt. Die Wohnung samt Einrichtung mit weißer Rolf-Benz-Ledergarnitur, Hochglanz-Wohnwand und einer Esstheke, die den Übergang zur Kochinsel bildete, hatte vermutlich ein Vermögen gekostet. Und nach dem Telefonat mit Lorentz' Frau ahnte Sebastian bereits, woher das Geld stammte.

»Nehmen Sie doch Platz.« Lorentz deutete auf das Ledersofa.

Sebastian nickte und setzte sich.

Franziska rieb mit der Hand über das Leder und ließ sich dann mehr auf das Sofa fallen, als dass sie sich hinsetzte. Das halbe Dutzend Kettchen um ihren Hals und die Handgelenke klimperte.

»Schön haben Sie es hier«, begann Sebastian und ließ wie zur Bestätigung ein weiteres Mal seinen Blick durch den Raum schweifen.

»Freut mich, dass es Ihnen gefällt«, entgegnete Lorentz. »Kann ich Ihnen etwas zu trinken anbieten?«

»Danke, nein«, sagte Sebastian und hörte im nächsten Augenblick Franziskas Stimme: »Kann ich 'ne Cola haben?«

Erneut musterte Lorentz sie. Diesmal war sein Blick mehr als kritisch, eher schon missbilligend. »Wir haben keine Cola. Ich kann Ihnen Wasser anbieten.«

»Mit oder ohne Blubber?«

Lorentz senkte den Kopf, sah sie von unten herauf an und sagte mit unbewegten Lippen: »Ohne.«

»Dann will ich auch nichts.« Franziska verschränkte die Arme vor der Brust, was sie wie ein trotziges Kind wirken ließ.

»Wohnen Sie schon lange hier?«, fragte Sebastian schnell und in der Hoffnung, nicht schon zu Anfang der Befragung eine schlechte Stimmung aufkommen zu lassen.

»Ein halbes Jahr.«

»Aber nicht allein, oder?«

Lorentz runzelte die Stirn.

»Vorhin an der Gegensprechanlage, das war eine weibliche Stimme«, sagte Franziska, als Sebastian nicht reagierte. »Und auf dem Klingelschild steht ›Wenzel‹.«

»Ah.« Die Runzeln auf Lorentz' Stirn verschwanden so schnell, wie sie gekommen waren, und der übertrieben lässige Verkäufer-Gesichtsausdruck erschien. »Das ist meine Freundin, Annalena Wenzel. Ich bin bei ihr eingezogen. Aber Sie sind sicher nicht hierhergekommen, um über unsere Wohnung zu sprechen. Oder wollen Sie sie kaufen?«

Sebastian zwang sich zu einem Lächeln. »Nein, natürlich nicht. Ich hab bereits eine schöne Wohnung. Ähnlich wie die hier, nur mit Blick über Stuttgart.«

Lorentz nahm auf einem Sessel gegenüber Platz. »Und die wollen Sie nicht zufällig verkaufen? Ich hätte da schnell den einen oder anderen Interessenten an der Hand.«

»Auch das nicht.« Sebastian musste zum Zweck ihres Besuches kommen, ansonsten würden sie die nächste Stunde nur über den Stuttgarter Wohnungsmarkt sprechen. »Wir sind hier, weil wir Ermittlungen zu einem Tötungsdelikt anstellen.«

»Tötungsdelikt?«, echote Lorentz.

Sebastian nickte. »Einem lang zurückliegenden Tötungsdelikt.«

»Aus dem Jahr 2006«, ergänzte Franziska.

»Und was habe ich damit zu tun?«, fragte Lorentz, als ob ihn das tatsächlich nichts anginge.

»Das wissen wir noch nicht.« Sebastian ließ Lorentz' Gesicht nicht einen Moment aus den Augen. Jede Reaktion von ihm konnte jetzt von Bedeutung sein. »Wir stehen ganz am Anfang unserer Ermittlungen. Aber ...« Sebastian ließ den Rest des Satzes in der Luft hängen.

»Aber ...« Lorentz beugte sich etwas nach vorn, als ob er so besser hören könnte.

»Im Jahr 2006, wie meine Kollegin bereits angedeutet hat, wurden bei einem Raubmord in Stuttgart wertvolle Münzen erbeutet. In diesem Zusammenhang sind wir über Ihren Namen gestolpert.«

Lorentz entgegnete nichts. Sebastian konnte sich täuschen, aber sein lässiger Verkäufer-Gesichtsausdruck hatte erste Risse bekommen.

»Sagt Ihnen der Name Heinrich Gerber etwas?«

Ohne eine Sekunde über die Frage nachzudenken, schüttelte Lorentz den Kopf. Er hätte besser nachgedacht, denn eigentlich sollte er den Namen bereits gehört haben. Schließlich hatten ihn die Ermittler damals über das Verschwinden von Aljona Tremschowa, dessen Freundin, befragt.

»Sind Sie sich sicher?«

»Heinrich Gerber? Nein, kenn ich nicht.« Erneut schüttelte Lorentz den Kopf. Diesmal schneller und stärker.

»Aber Sie kennen Aljona Tremschowa?«

»Eine flüchtige Bekannte«, antwortete er nach kurzem Zögern. »Ich weiß nicht, wann ich sie zuletzt gesehen habe. Es muss jedenfalls schon ziemlich lange her sein.«

»Kommen wir zurück zu den Münzen.« Sebastian hielt einen Moment inne, bevor er weitersprach. »Wir können mit Gewissheit sagen, dass einige der Münzen aus dem Raubmord im August 2009 aus Ihrem Haus gestohlen wurden.«

»Aus meinem Haus, die Münzen von diesem Gerber?«, kam es jetzt viel zu schnell von ihm. Damit gab es nicht mehr allzu viel Zweifel, dass Sebastian mit dem Münzdiebstahl ins Schwarze getroffen hatte.

Franziska beugte sich weit nach vorn. »Ich kann helfen. Das war in der Holzmarktstraße 3. Dazu haben wir genügend Polizeimeldungen.«

»Ludwigsburg?« Er runzelte die Stirn. »Bei mir wurden keine Münzen gestohlen. Ich hatte nie welche.«

Sebastian entschloss sich, ihn mit einem gewagten Vorwurf zu konfrontieren. »Das stimmt so nicht. Nur weil Sie den Diebstahl damals nicht angezeigt haben, heißt das nicht, dass Sie nicht bestohlen wurden. Wir haben eine entsprechende Zeugenaussage vorliegen.«

»Hören Sie mal, Herr …«

»Franck, Franck mit ck.«

»Was erlauben Sie sich eigentlich?« Lorentz zupfte an der Kordel seiner Schlabberhose. »Sie kommen in meine Wohnung und bezichtigen mich der Hehlerei, weil ich einen Diebstahl nicht angezeigt habe?«

»Das hab ich nie gesagt, Herr Lorentz. Genauso wenig habe ich behauptet, dass die Münzen aus dem Raubmord von Heinrich Gerber stammten.«

»Das ist eine verdammte Wortklauberei.« Lorentz' bisher so jovialer Verkäufer-Gesichtsausdruck war zur Ganze einer zornerfüllten Grimasse gewichen.

»Es steht Ihnen frei, uns vom Gegenteil zu überzeugen«, sagte Sebastian und forderte ihn mit einer Handbewegung auf, damit anzufangen.

Lorentz ließ die Kordel an seiner Hose los, rieb sich ein paarmal die Hände, als würde er sie unter einem Wasserhahn waschen. »Ich denke, das ist Ihr Job.«

»Das denke ich auch, und deswegen muss ich Ihnen noch einige Fragen stellen. Das verstehen Sie doch, Herr Lorentz?« Offenbar hatte Sebastian ihn noch nicht genug gereizt. Das jedoch konnte er problemlos steigern. »Woher hatten Sie im Jahr 2011 die zweihunderttausend Euro, um die Stammeinlage Ihrer Immobilienagentur einzuzahlen?«

Lorentz seufzte laut. »Das geht Sie überhaupt nichts an.«

»Soll ich Ihnen sagen, was ich glaube, Herr Lorentz?« Sebastian fuhr fort, ohne auf eine Antwort zu warten: »Sie haben Heinrich Gerber die Münzen gestohlen, Teile davon verkauft und mit dem Erlös später Ihre Immobilienagentur gegründet. Und der nur schwer verkäufliche Rest wurde Ihnen dummerweise in Ihrer Ludwigsburger Wohnung gestohlen.«

»Das ist doch wohl die Höhe!« Lorentz sprang von seinem Sessel auf. »Sie verlassen jetzt sofort meine Wohnung.«

»Wie Sie wollen.« Sebastian zog eine Visitenkarte aus seiner Jackentasche und legte sie auf den Couchtisch. »Falls Sie doch noch mit uns reden wollen, hier drauf stehen meine Telefonnummer und die E-Mail-Adresse.«

»Raus!« Lorentz deutete zur Tür.

Gerade als Sebastian vom Sofa hochkam, vernahm er eine weibliche Stimme. »Was ist hier los, Hase?«

Lorentz wandte sich einer jüngeren Frau mit langen blonden Haaren zu. Im Gegensatz zu ihm hatte sie sich gekleidet und geschminkt, als ob sie gleich das Haus verlassen wollte. An einem Unterarm baumelte eine koffergroße Handtasche. Wenzels Rock war zweifellos zu kurz, die Stiefel waren zu lang und der Rest zu bonbonfarbig.

»Nichts.«

»Warum streitest du dann?« Wenzel musterte Franziska von oben nach unten. Für einen Augenblick kam es Sebastian so vor, als ob sie dabei ihr Gesicht verzog. Dann kam er an die Reihe, kürzer und oberflächlicher.

»Ich streite nicht«, gab Lorentz zurück. »Aber ich lass mir keine unverschämten Fragen gefallen.«

»Wie lange brauchst du noch zum Nicht-Streiten?«

»Wir sind fertig. Die Leute vom LKA wollten gerade gehen.«

Wenzel warf ihre Haare nach hinten. »Dann zieh dich um, Hase, wir wollten noch shoppen gehen.«


»Haben Sie gesehen, wie der Typ und seine Tussi uns angestarrt haben?«, fragte Franziska, als sie vor dem Haus im Auto saßen.

Sebastian nickte, verkniff sich aber die Bemerkung, dass hauptsächlich sie angestarrt worden war.

»Dieser Typ ist so was von verdächtig«, knurrte Franziska. Ohne Zweifel hatte sie ihren Ärger über die beiden noch nicht verdaut. »Er hat sich mindestens einmal selbst verraten.«

»Mit den Münzen, ich weiß.« Sebastian steckte den Schlüssel ins Zündschloss und wollte gerade starten, als sein Telefon sich bemerkbar machte. Er fischte es aus dem Jackett. Das Display zeigte eine Nummer des Kriminaltechnischen Instituts.

Mit einem knappen »Franck« nahm er das Gespräch entgegen.

»KTI, Fachbereich 230. Brändle«, meldete sich eine bekannte weibliche Stimme.

»Guten Tag, Frau Brändle.«

»Ich hab schon versucht, Sie im Dezernat zu erreichen. Aber die sagten dort, Sie seien unterwegs. Ihr Kollege Akay hat mir Ihre Mobiltelefonnummer gegeben.«

»Wenn Sie mich schon auf dem Mobiltelefon anrufen, gibt es bestimmt was Wichtiges.«

»Na ja, ob es wichtig ist, kann ich nicht beurteilen. Aber was Neues auf jeden Fall.«

»Dann schießen Sie mal los.«

»Bei uns liegt doch noch dieser Airlaid-Streifen, bei dem wir ein DNA-Muster isolieren sollen, aber nur einen Mischspurenbefund haben.«

»Das ist mir bewusst«, sagte Sebastian. Schließlich hatte er den Streifen selbst eingereicht.

»Dann können Sie sich bestimmt noch daran erinnern, dass wir zurzeit ein neues Analyseverfahren testen, das unter Umständen zu einem DNA-Profil führt.«

Sebastian horchte auf. »Haben Sie was gefunden?«

»Ja. Und zwar ein komplettes Profil«, entgegnete Brändle nicht ohne Stolz.

»Und zu wem gehört es?«

»Wir haben keinen Spur-Personen-Treffer«, sagte sie im gleichen euphorischen Tonfall. Offenbar begeisterte sie die Methode mehr als das Ergebnis. »Die DNA-Datenbank liefert uns aber einen Spur-Spur-Treffer.«

»Zu welchem Fall?«

Mit dem Nennen der zwölfstelligen Fallnummer fiel alle Vorfreude von Sebastian ab. Die Nummer gehörte zum Feuersee-Fall. Und damit besagte das Ergebnis lediglich, dass die DNA-Spur auf dem Airlaid-Streifen mit einer DNA-Spur aus Gerbers Haus übereinstimmte – was zu erwarten gewesen war. Er bedankte sich bei Brändle und beendete das Gespräch.

»Das KTI?«, fragte Franziska sogleich.

Sebastian nickte und fasste für sie das enttäuschende Ergebnis der DNA-Analyse zusammen.

»So unnütz ist das Ergebnis nun auch wieder nicht«, sagte sie mit einem wissenden Lächeln.

»Es bringt uns nicht weiter.«

»Das nicht unbedingt. Aber wir können jetzt Borimirow und Weinrich endgültig als Täter ausschließen. Beide sind wegen eines Gewaltverbrechens vorbestraft, und somit ist ihr DNA-Profil beim BKA gespeichert. Wir hätten statt des Spur-Spur-Treffers einen Spur-Personen-Treffer erhalten müssen.«

Damit hatte Franziska recht. Dennoch konnte er ihre Freude daran nicht teilen.

»Den Ausschluss zweier Verdächtiger sollten wir auch den Rottweiler Kollegen mitteilen.«

Gerade als Sebastian entgegnen wollte, dass er Treidler und Melchior noch gar nicht über ihre Verdächtigen informiert hatte, vernahm er erneut das quietschende Geräusch des Tiefgaragentors.

»Gleichzeitig wissen wir jetzt«, fuhr Franziska fort, ohne auf seine Antwort zu warten, »dass das Profil des Münzkillers nicht in der DNA-Datenbank vorhanden ist. Er ist also weder vorbestraft, noch ist er irgendwann einer Straftat verdächtigt worden.« Sie setzte ab, ein geheimnisvoller Ausdruck erschien auf ihrem Gesicht.

Ein roter Porsche Boxster kam die Einfahrt der Tiefgarage herauf. Am Steuer saß Mirko Lorentz, neben ihm Annalena Wenzel.

»Wie der hier zum Beispiel.« Franziska deutete mit dem Kopf zu Lorentz' Wagen.

Sebastian verfolgte den Porsche Boxster im Rückspiegel, bis er aus seinem Blickfeld verschwunden war. »Von dem erhalten wir nach unserem heutigen Auftritt so schnell keine freiwillige DNA-Probe.«

»Ich hab auch nichts von freiwillig gesagt.«

# 21

Als Sebastian tags darauf irgendwann nach neun Uhr ins Dezernat kam, erwartete ihn Franziska bereits auf dem Flur und wedelte mit einem Blatt Papier.

»Das ist vor einer halben Stunde per Fax eingetrudelt«, rief sie ihm freudestrahlend entgegen und begann zu lesen: »Richterliche Anordnung zur Entnahme von Körperzellen und zur Feststellung des DNA-Identifizierungsmusters laut Paragraf 81a StPO. Geil, oder?«

Franziska hatte es tatsächlich geschafft.

»Wie haben Sie das angestellt?«, fragte Sebastian.

»Ein bisschen zu übertreiben, kann nicht schaden. Ich hab dem Richter klargemacht, dass Grund zu der Annahme besteht, dass gegen Lorentz bald ein Strafverfahren wegen einer Straftat von erheblicher Bedeutung geführt wird. Und wir müssten deshalb von Flucht- und Verdunklungsgefahr ausgehen.«

»Sie haben den Richter angelogen?«

»Das würde ich niemals tun.« Franziska schüttelte theatralisch den Kopf. »Ich hab mich nur, wie soll ich sagen, optimistisch zu unserem bisherigen Ermittlungsstand geäußert. Eine Art zweite Meinung sozusagen.« Sie kräuselte die Nase. »Blöd ist nur, wenn Lorentz' DNA nicht zu einem Spur-Personen-Treffer im Feuersee-Fall führt und er mit seinem Rechtsanwalt hier antanzt. Der haut uns das gleich um die Ohren.«

»Und wir kriegen so schnell keinen Beschluss mehr von diesem Richter.« Sebastian deutete mit dem Kinn auf das Blatt in ihrer Hand.

Franziska nickte. »Dann gibt's noch einen Anschiss von der Chefin, und wir müssen Lorentz' DNA-Probe vernichten.«

»Das Risiko sollten wir eingehen.« Manchmal war Sebastian selbst überrascht, wie leicht ihm inzwischen kleine Schummeleien wie diese fielen. Noch vor ein paar Monaten hätte er lange mit sich gerungen. Ob ihm diese Veränderung gefiel, wusste er nicht zu sagen. Allerdings vereinfachte es manche Dinge erheblich.

Eine halbe Stunde später stand Sebastian mit Franziska ein weiteres Mal vor Lorentz' Haustür in der Bornheimer Straße 114. Das Glasröhrchen mit dem Wattestäbchen für den DNA-Abstrich steckte in der Innentasche seines Jacketts. Franziska hielt den richterlichen Beschluss aufgerollt vor sich hin wie ein mittelalterlicher Herold. Sie hatte ihn die ganze Fahrt über nicht aus der Hand gelegt.

Sebastian klingelte und rechnete bereits wieder damit, dass es eine Weile dauern würde, bis sich jemand meldete. Doch dann machte sich die Gegensprechanlage schneller als erwartet mit einem Knacksen und dem anschließenden »Wer ist da?« bemerkbar. Es war Mirko Lorentz' Stimme.

»LKA Stuttgart, Oberkommissar Franck«, sagte Sebastian. »Lassen Sie uns bitte hinein.«

So rasch Lorentz nach dem Klingeln reagiert hatte, so lange dauerte es jetzt. »Sie sind hier nicht erwünscht«, sagte er schließlich.

Sebastian tauschte einen raschen Blick mit Franziska. »Ich muss auch nicht erwünscht sein. Wir haben einen richterlichen Beschluss dabei, der es uns gestattet, einen DNA-Abstrich bei Ihnen vorzunehmen.«

Erneut dauerte es einige Augenblicke, bis Lorentz etwas sagte. »Dann schicken Sie jemand anderes.«

»Ich kann Ihnen auch Frau Hegel hochschicken.«

»Die mit dem vielen Metall?«

Ein weiteres Mal sah er zu Franziska. Ihre Miene hatte sich verdüstert. »Ich hab eher an meine Kollegin gedacht.«

»Die auch nicht«, kam es nach einer Weile aus dem Lautsprecher. »Sie haben doch bestimmt noch andere Kollegen.«

»Es würde zu lange dauern, bis jemand anderes da ist. Und dann müsste ich Sie wegen Störung einer Amtshandlung nach Paragraf 164 StPO anzeigen.«

Lorentz seufzte ergeben. »Warten Sie kurz. Ich ziehe mir nur was über.«

Aus dem »kurz« wurde »lang«, und Sebastian vermutete, dass Lorentz sie bewusst länger warten ließ. Nach einer Weile erklang ohne ein weiteres Wort aus der Gegensprechanlage der Summer, und Sebastian öffnete die Eingangstür.

Am Ende des Flurs drückte Franziska den Knopf, um den Aufzug zu holen. Der setzte sich mit dem bekannten dumpfen Geräusch diesmal von unten in Bewegung, während gleichzeitig von draußen das Quietschen des Tiefgaragen-Rolltors an sein Ohr drang.

Die Aufzugstür glitt beiseite, sie betraten die Kabine, die Tür schloss sich wieder. Der Aufzug fuhr los, und im gleichen Augenblick sah Sebastian durch das längliche Fenster Lorentz' roten Porsche Boxster davonbrausen. Zweifellos war das der Grund, warum sie so lange hatten warten müssen, bis ihnen jemand öffnete. Und dieser Jemand war garantiert Annalena Wenzel, während Lorentz in der Tiefgarage ausgeharrt hatte, bis der Aufzug mit ihnen nach oben unterwegs war.

Sebastian überraschte es nicht, dass auf das Klingeln an der Wohnungstür zum Penthouse niemand reagierte. Gleichwohl war er davon überzeugt, dass irgendwo hinter der Tür Wenzel darauf wartete, bis sie mit ihrem Dienstwagen davonfuhren. Und genau dieser Umstand könnte dazu führen, dass Lorentz' Flucht beizeiten beendet wäre.

Diesmal ließ Sebastian Franziska ans Steuer, und gemeinsam fuhren sie in die nächste Seitenstraße. Dort stieg er aus, und Franziska wendete den BMW, sodass sie die Einfahrt zur Tiefgarage im Blick hatte. Sebastian marschierte zurück und postierte sich hinter dem Kastenwagen eines Flaschners auf der gegenüberliegenden Straßenseite. Durch die Seitenscheiben des Fahrzeugs konnte er unbemerkt den Hauseingang der Bornheimer Straße 114 beobachten.

Jetzt mussten sie nur noch abwarten, was Wenzel als Nächstes tat. Sebastian war sich sicher, dass sie schon bald das Haus verlassen würde. Falls sie mit einem Auto davonfuhr, konnte Franziska ihr folgen, ansonsten folgte er ihr zu Fuß.

Er musste keine fünf Minuten hinter dem Kastenwagen ausharren, bis Annalena Wenzel auf die Straße trat und sich zaghaft umschaute. Sie trug dieselben kniehohen Stiefel zu einem kurzen Rock, der unter einem hellen Wollmantel verschwand. Die koffergroße Handtasche baumelte in der linken Ellenbeuge, mit der rechten Hand hielt sie sich ein Smartphone vor den Mund und sprach hinein. Ihre Gestik und Mimik deuteten auf einen lebhaften Wortwechsel hin. Offenbar hatte sie sich im Auftrag von Lorentz davon überzeugen müssen, ob die Luft rein war, und kündigte nun ihr Kommen an.

Sie marschierte schnurstracks auf die andere Straßenseite, konzentrierte sich aber glücklicherweise mehr auf ihr Telefon als auf den Gehweg. So konnte Sebastian unbemerkt auf die andere Seite des Kastenwagens schleichen und sich ducken. Wenzel ging so nah an ihm vorbei, dass er noch das Quäken aus dem Lautsprecher hörte. Ob es sich um Lorentz' Stimme handelte, konnte er allerdings nicht erkennen.

Er wartete ab, bis Wenzel hinter der nächsten Straßenecke verschwand, und ging dann ebenfalls los. Wenigstens konnte sie dort nicht mehr Franziska im Dienstwagen über den Weg laufen.

Auf dem Gehweg war kaum jemand zu sehen, deshalb hielt Sebastian sicherheitshalber einen größeren Abstand. Sie passierten ein Dutzend Wohnhäuser, eine Kreuzung mit Fußgängerampel, ein Blumengeschäft und zwei Bäckereien, eine davon mit Stehtischen vor dem Geschäft. Wenzel machte es ihm einfach. Sie sah sich weder um, noch vergewisserte sie sich anderweitig, ob sie verfolgt wurde. Nur einmal blieb sie stehen, um ihr Mobiltelefon in der Handtasche zu verstauen. Schließlich bog sie in eine Seitenstraße und blieb vor einem winzigen Café stehen.

Diesmal sah Wenzel sich tatsächlich um, bevor sie eintrat. Ihre langen blonden Haare flogen einmal nach links und dann nach rechts. Sebastian konnte sich gerade noch rechtzeitig einem Hauseingang zuwenden und so tun, als ob er die Klingelschilder studierte. Wenzel hatte offenbar nichts bemerkt und verschwand im Innern des Cafés.

Sebastian machte sich auf den Weg und trat ohne zu zögern ein. Der kleine Gastraum mit dunkler Einrichtung umfasste nur wenige Tische, dafür aber eine lange Theke. Dahinter hantierte ein jüngerer Mann mit schwarzen Lockenhaaren und einer roten Schürze an einer riesigen Kaffeemaschine.

Lediglich einer der Tische war belegt. Wenzel und Lorentz rissen simultan die Köpfe herum. Sie stierte mit offenem Mund zur Eingangstür, er erstarrte mit der Kaffeetasse in der Hand.

Lorentz fasste sich als Erster und ließ die Tasse sinken. »Wie kommen Sie hierher?«

Sebastian deutete hinter sich. »Durch die Tür da.« Er setzte sich auf einen freien Stuhl. »Ihnen ist aber schon klar, wie das jetzt für Sie aussieht?«

»Sie verfolgen mich wie ein Stalker. Das muss ich mir nicht gefallen lassen.« Lorentz' Vorwurf klang wie ein letztes Aufbäumen.

»Ich verfolge Sie nicht wie ein Stalker, Herr Lorentz. Sie wissen das, und ich weiß, dass Sie es wissen. Ist es nicht vielmehr so, dass Sie versucht haben, sich einer polizeilichen Maßnahme zu entziehen?«

Lorentz antwortete nicht. Sein Blick ging an Sebastian vorbei zum Fenster hinaus.

»Ich werde Sie jetzt mit ins Dezernat nehmen. Und falls Sie nicht freiwillig mitkommen, muss ich die Kollegen vom Streifendienst zu Hilfe rufen.«

»Hase, was soll das?« Wenzel rüttelte Lorentz an der Schulter, schaffte es aber nicht, dass er sich ihr zuwandte. »Du hast gesagt, das wär alles eine Verwechslung.«

»Ich komme mit Ihnen«, sagte Lorentz. Es war beinahe ein Flüstern.

Sebastian nahm sein Telefon zur Hand und beorderte Franziska mit dem Dienstwagen zum Café.

✳✳✳

Seit einer guten Viertelstunde beobachtete Marga zusammen mit Sebastian und Franziska durch den Einwegspiegel hindurch Mirko Lorentz. Der saß im Verhörraum des Dezernats und starrte seit einem Telefonat mit seinem Anwalt nur noch auf den Tisch. Sie hätte wetten können, dass ihm der Anwalt dazu geraten hatte. Offenbar befürchtete der, dass sein Mandant beobachtet werden könnte, um Rückschlüsse aus dessen Verhalten zu ziehen.

Sebastian und Franziska hatten Marga in der Zwischenzeit über Lorentz' mögliche Verwicklung in den Feuersee-Fall und seine dilettantische Flucht aufgeklärt. Obwohl sie die beiden Tage zuvor nicht im Dezernat gewesen war und sich weiter mit Daniel Francks Fall beschäftigt hatte, fühlte sie sich informiert genug, um die Vernehmung zu leiten. Und wenn Sebastian sie vorhin nicht zurückgehalten hätte, hätte sie längst ohne Lorentz' Anwalt begonnen.

Marga sah ein weiteres Mal auf ihre Armbanduhr. »Wie wäre es, wenn wir schon mal seine Personalien aufnehmen und mit ein paar unverfänglichen Fragen beginnen?«

»Sein Anwalt ist immer noch nicht da«, entgegnete Sebastian. »Er hat ein Recht auf anwaltlichen Beistand.«

»Das haben Sie schon mal gesagt«, gab sie zurück.

»Deswegen ist es nicht weniger wahr.« Sebastian musterte sie mit einem Stirnrunzeln. »Ist eigentlich irgendwas mit Ihnen?«

»Was soll mit mir schon sein?«

»Sie wirken verändert, seit Sie die letzten beiden Tage nicht im Dezernat waren.«

»Papperlapapp«, sagte sie, hoffentlich überzeugend genug. Sah er ihr schon an, dass sie ihm etwas verheimlichte, sich in Dinge einmischte, die sie eigentlich nichts angingen?

»Wir könnten schon mal den DNA-Abstrich machen.« Franziska wedelte mit dem aufgerollten Stück Papier. »Dafür haben wir einen richterlichen Beschluss.«

»Dann fangen wir damit an«, sagte Marga, der Franziskas schneller Themenwechsel nicht ungelegen kam. »Dafür braucht's keinen Anwalt.«

Sebastian seufzte.

Marga öffnete die Tür zum Verhörraum und trat ein. Franziska und Sebastian folgten ihr.

Lorentz sah auf, beäugte zuerst Marga, dann Sebastian und Franziska. »Ist mein Anwalt da?«

»Der kommt gleich«, erwiderte Marga.

»Solange er nicht da ist, sag ich nichts.« Lorentz' Blick wanderte wieder zurück zur Tischplatte.

»Sie brauchen auch nichts zu sagen.« Franziska strich den richterlichen Beschluss glatt und schob ihn über den Tisch in Lorentz' Blickfeld. Sofort rollte sich das Papier wieder auf. »Dieser Beschluss erlaubt uns, von Ihnen einen Wangen-Schleimhautabstrich zu nehmen.«

Keine Reaktion.

»Sagen Sie uns, dass Sie das verstanden haben.« Sebastian zog das Glasröhrchen mit dem Wattestäbchen für den DNA-Abstrich aus seinem Jackett.

Lorentz reagierte immer noch nicht.

»Ich möchte Sie jetzt schon darauf hinweisen, dass wir uns den Abstrich auch mit Gewalt verschaffen können, falls Sie nicht kooperieren.«

Diesmal schaute Lorentz auf. Ohne ein weiteres Wort öffnete er den Mund. Er hatte verstanden.

Sebastian zog das Wattestäbchen aus dem Glasröhrchen, schwenkte es in Lorentz' Mundraum und verschloss das Röhrchen wieder. Er reichte es Franziska. »Bringen Sie das bitte zum KTI. Erstellung DNA-Profil und Abgleich.«

»Und es ist dringend.« Marga nahm gegenüber Lorentz Platz.

Franziska nickte, nahm das Röhrchen entgegen und verließ den Verhörraum.

Sebastian setzte sich neben Marga, zog am Schwanenhals des Mikrofons und schaltete es ein.

»Das können Sie gleich wieder ausmachen. Ich habe deutlich zur Kenntnis gebracht, dass ich ohne meinen Anwalt nichts sagen werde.«

»Das haben wir auch so verstanden, Herr Lorentz«, sagte Marga. »Sie müssen sich nicht zur Sache äußern. Aber wir können schon mal mit Ihren Personalien beginnen, bis Ihr Anwalt da ist. Dann sind wir früher fertig.« Sie legte den Kopf schief, wartete, bis sie seine volle Aufmerksamkeit hatte. »Obwohl, Ihnen kann es eigentlich egal sein, ob wir früher fertig sind.«

»Wieso?« Auf Lorentz' Stirn standen Schweißtropfen.

»Nach Ihrer Flucht bleiben Sie auf jeden Fall über Nacht hier. Und morgen beim Haftrichter bekommen Sie bestimmt noch ein paar Tage Nachschlag.«

Die Tür zum Verhörraum schwang auf, und ein älterer, deutlich untersetzter Mann im schlecht sitzenden Anzug trat schnaufend ein. Schon auf den ersten Blick wusste Marga, dass es sich um Lorentz' Anwalt handelte. Alle Anwälte dieser Welt waren gleich. Nicht äußerlich, aber in der Art, wie sie auftraten.

»Haben Sie ohne mich angefangen?«, fragte der sogleich in einem vorwurfsvollen Tonfall. Ohne auf eine Antwort zu warten, wandte er sich an Lorentz. »Sie haben hoffentlich auf mich gehört und nichts gesagt.«

Lorentz nickte knapp.

»Gut.« Er zog eine Visitenkarte aus der Brusttasche seines Jacketts und legte sie auf den Tisch wie eine Spielkarte, die alle anderen übertrumpfte. »Mein Name ist Engelbert Aarendt. Aarendt mit zwei A. Ich zeige an, dass ich Herrn Mirko Lorentz in dieser Sache rechtsanwaltlich vertrete.«

»Schön, Herr Aarendt, wollen Sie sich nicht setzen?« Marga deutete auf den letzten freien Stuhl im Raum, den neben Lorentz.

»Ich bin KHK Kronthaler, das ist mein Kollege KOK Franck.« Die nächste Bemerkung konnte sie sich nach Aarendts Steilvorlage nicht verkneifen: »Franck mit ck.«

Unbeeindruckt von der ironischen Spitze, schüttelte Aarendt Lorentz die Hand und setzte sich auf den Platz daneben. Er legte seinen Aktenkoffer auf den Tisch und klappte ihn auf. Aarendt verschwand kurz hinter dem Deckel und kam dann mit einem Block und einem Stift wieder zum Vorschein. Er stellte den geschlossenen Koffer neben sich auf den Boden.

»Sind wir dann so weit?«, fragte Marga und gab sich Mühe, gelangweilt zu klingen.

»Natürlich«, sagte Aarendt. »Aber nicht mein Mandant beginnt, sondern Sie. Und zwar mit dem, was Sie ihm vorwerfen.«

Sebastian beugte sich vor und zog seine Krawatte glatt. »Das kann gern ich übernehmen.«

Aarendt forderte ihn mit einer Geste auf, anzufangen.

Statt mit dem Sachverhalt zu beginnen, streckte Sebastian seinen Kopf zum immer noch eingeschalteten Mikrofon und nannte Datum, Uhrzeit sowie die Namen der Anwesenden. »Wir werfen Herrn Lorentz einiges vor. Zum einen Hehlerei nach Paragraf 259 StGB, dazu Widerstand gegen Vollstreckungsbeamte nach Paragraf 113 StGB. Außerdem gehen wir davon aus, dass ein Ermittlungsverfahren wegen schweren Raubs nach Paragraf 250 StGB in Tatzusammenhang mit Totschlag oder Mord gegen Ihren Mandanten eröffnet wird.«

Lorentz hielt seinen Mund ganz nah an Aarendts Ohr und tuschelte hinter vorgehaltener Hand.

»Haben Sie Beweise für die Vorwürfe zu den Kapitaldelikten Raub und Totschlag oder Mord?«, fragte der, nachdem er Lorentz zugenickt hatte.

»Haben wir«, sagte Marga schnell und zog sich einen kritischen Blick von Sebastian zu.

»Welcher Art sind diese Beweise?«

»DNA-Abgleich.«

»Kann ich mir den Bericht des Kriminaltechnischen Instituts anschauen?«

»Der wird gerade erstellt und nachgereicht«, sagte Marga. Bereits jetzt wusste sie um Aarendts Strategie. Kein Wunder, nach dreißig Dienstjahren. Anwälte agierten stets nach dem gleichen Muster: Erste Priorität hatte das Verzögern und Verschleppen der Ermittlungen. Heute würde sie dieses Spiel nicht mitmachen. Es wurde Zeit für ein Machtwort. »Vielleicht noch eines zur Klarstellung, Herr Aarendt. Nicht Sie ermitteln gegen uns, sondern wir gegen Herrn Lorentz. Und deswegen sind *wir* es, die die Fragen stellen. Einverstanden?«

Aarendt sog scharf die Luft ein, und für einen Moment sah es so aus, als ob er etwas sagen wollte. Doch dann nickte er nur.

»Gut«, sagte Marga.

Sebastian wandte sich an Lorentz. »Warum haben Sie heute

Morgen versucht, sich der Abnahme einer DNA-Probe durch Flucht zu entziehen?«

Erneut tuschelte Lorentz mit Aarendt.

»Mein Mandant verweigert die Aussage«, antwortete Aarendt statt Lorentz.

Marga seufzte. »Ihnen müsste doch klar sein, wie schlecht es für Sie aussieht.«

Sebastian beugte sich noch weiter nach vorn, sah Lorentz direkt in die Augen. »Ich denke, wir können das abkürzen. Wir haben so viel gegen Sie vorliegen, dass der Haftrichter Sie morgen nicht gehen lassen wird. Erstens: Sie kannten Aljona Tremschowa, die Freundin des Opfers Heinrich Gerber. Zweitens: Sie besaßen Hehlerware aus dem Raub einer Münzsammlung des Opfers. Und drittens: Der DNA-Abgleich wird zweifelsfrei bestätigen, dass Sie an diesem Raub im Sommer 2006 zumindest beteiligt waren. Reicht das fürs Erste, damit Sie endlich Ihren Kopf einschalten?«

Nochmals steckten Aarendt und Lorentz die Köpfe zusammen und tuschelten, diesmal länger. Schließlich verkündete Aarendt: »Ich möchte mich mit meinem Mandanten beraten.«

»Bitte.« Marga schickte sich an, aufzustehen.

»Nicht hier, wo Sie mithören können.«

»Wir haben im zweiten Stock noch einen Besprechungsraum«, sagte Sebastian. »Dort können Sie sich ungestört mit Ihrem Mandanten unterhalten.«

Zu viert machten sie sich auf den Weg zwei Stockwerke nach oben. Aarendt und Lorentz ließen sich an dem viel zu großen Tisch im Besprechungsraum nieder. Sebastian zeigte Aarendt das Telefon und gab ihm seine Visitenkarte mit der Durchwahl. Die sollte er anrufen, sobald sie mit ihren Beratungen fertig waren.

Marga verzog sich in ihr Büro. Kaum hatte sie die Tür hinter sich geschlossen, verdrängte der Fall Daniel Franck das vielversprechende Zwischenergebnis von Mirko Lorentz' Vernehmung. Eigentlich war es weniger der Fall selbst, der sie beschäftigte, sondern einmal mehr ihr schlechtes Gewissen. Das hatte sich nach Sebastians kritischen Bemerkungen zu ihrer zweitägigen

Abwesenheit noch weiter verstärkt. Ahnte er schon etwas, weil sie sich so verhielt, wie sie sich verhielt? Kein Wunder, seit Monaten ermittelte sie hinter seinem Rücken wegen des Tötungsdelikts an seinem Bruder. Oder hatte Cem sich schlicht verplappert?

Sie hätte nicht sagen können, zum wievielten Male sie es schon hinausgeschoben hatte, ihn von ihren Ermittlungen zu unterrichten. Bisher hatte sie es nie fertiggebracht. Dabei wusste sie, dass es mit jedem Tag schwieriger werden würde. Sie musste sich endlich ein Herz fassen und ihn davon in Kenntnis setzen. Nach dem Abschluss des Feuersee-Falls würde sie reinen Tisch machen.

## 22

Sebastians Telefon auf dem Schreibtisch klingelte. Im Display erschien die Nummer des Besprechungszimmers nebenan. Aarendt und Lorentz hatten fast eine Stunde beraten. Er fischte den Hörer von der Gabel und meldete sich.

»Mein Mandant möchte eine Aussage machen«, vernahm er Aarendts Stimme.

»Wir kommen«, sagte Sebastian und legte auf.

Keine zwei Minuten später nahm Sebastian mit Marga am Tisch im Besprechungszimmer Platz. Er zog sein Smartphone aus der Tasche. »Ich muss das aufnehmen, sonst müssen wir in den Verhörraum.«

Mit einem »Bitte« deutete Aarendt sein Einverständnis an.

Sebastian tippte auf die App, um die Aufnahme zu starten. Er nannte Datum, Uhrzeit, die Namen der Anwesenden und schob das Telefon über den Tisch vor Lorentz.

Ohne Umschweife begann Aarendt. »Herr Lorentz gibt die Beteiligung am Raubüberfall auf Heinrich Gerber am 30. Juni 2006 zu.«

Sebastian tauschte einen schnellen Blick mit Marga. Er hatte zwar damit gerechnet, dass Lorentz am Raubüberfall auf Gerber beteiligt gewesen war. Gleichwohl überraschte ihn das unerwartet schnelle Geständnis. Und dafür konnte es nur einen Grund geben: Angesichts der zu erwartenden Übereinstimmung seiner DNA mit der vom Airlaid-Material des Overalls konnte er nicht mehr leugnen, dass er während des Raubmordes in Gerbers Haus gewesen war.

Marga schien weniger beeindruckt oder konnte ihre Überraschung gut verbergen. »Dann würden wir jetzt gern seine Version des Raubüberfalls hören.«

Aarendt holte Luft, um weiterzureden.

»Und zwar von ihm«, sagte Marga schnell.

Lorentz sah zu seinem Anwalt, der ihm aufmunternd zunickte.

Er räusperte sich. »Aljona und ich waren damals ziemlich gut befreundet«, begann er mit leiser Stimme. »Irgendwann hat sie von diesem reichen fetten Sack angefangen, den sie jetzt ausnehmen wollte wie eine Weihnachtsgans.«

»Sie reden von Heinrich Gerber?«, fragte Sebastian.

Lorentz nickte. »Sie hat sich an ihn rangeschmissen, und dieser Gerber hat auch gleich zugelangt. Er hat sie immer wieder eingeladen, ihr alles Mögliche gekauft, und nach ein paar Monaten ist sie sogar bei ihm eingezogen. Sie hat immer gesagt, mit ihm würde eine Frau sowieso nur dann schlafen, wenn er dafür bezahlte. Das wäre so eine Art Langzeitmiete.« Er grinste ob seiner Formulierung.

»Finden Sie das lustig?« Marga klang ärgerlich.

Sofort erstarb Lorentz' Grinsen wieder. »Nein, natürlich nicht.«

»Woher kannten Sie Frau Tremschowa?«

»Ich hab sie halt so kennengelernt. In einer Bar, ich weiß nicht mehr, wo. Aber wir haben uns gleich gut verstanden und sind einige Male um die Häuser gezogen.«

»Um die Häuser gezogen, soso. Spulen Sie mal ein bisschen vor und kommen zum 30. Juni 2006.«

»Aljona hat mir erzählt, dass Gerber an dem Abend eine wertvolle Münzsammlung zu Hause im Tresor aufbewahrt, die verkauft werden soll. Und es wäre einfach, ihm die Münzen zu stehlen, da nur er und sie im Haus wären. Sie betrachtete die Münzen sozusagen als ihre Abfindung, weil sie sich eh von ihm trennen wollte.« Er atmete einmal tief durch, fuhr dann fort: »Jedenfalls wollte sie dafür sorgen, dass die Tür zum Garten hin offen steht und er im Laufe des Abends den Tresor öffnet, um mit den Münzen anzugeben.«

»Und dann sollten Sie ins Spiel kommen.« Sebastian hätte sich die Bemerkung sparen können, die Art und Weise von Lorentz' Tatbeteiligung lag auf der Hand.

»Es war geplant, dass sie mir eine SMS schickt, sobald die Tür zum Garten und der Tresor offen waren. Die SMS kam, ich bin auch problemlos ins Haus gelangt …« Den Rest des Satzes ließ er in der Luft hängen.

»Weiter, weiter«, forderte Marga und ließ ihren Zeigefinger um einen imaginären Mittelpunkt kreisen. »Jetzt nur nicht nachlassen.«

»… ich hörte schon hinten die Streiterei und musste dem Geschrei nur folgen. Die beiden standen in dem Zimmer mit dem Kamin und brüllten sich an. Aljonas Bluse war aufgerissen …« Erneut hielt Lorentz inne, sah diesmal zu seinem Anwalt.

»Sie können ruhig weiterreden«, sagte Sebastian, als Lorentz nach einer Weile zwar nicht mehr Aarendt ansah, aber immer noch nicht weitersprach.

»Die haben rumgeschrien, sich gegenseitig geschubst. Aljona war ja kein Kind von Traurigkeit. Sie hat mehrmals auf Gerber eingeschlagen, ihn auch mit dem Fuß getreten. Ein Schlag war derart heftig, dass er plötzlich umgefallen ist wie ein Kartoffelsack. Er hat den Hinterkopf am Kamin angeschlagen und sich nicht mehr geregt. Ich hab sofort gesehen, dass er tot war.«

Sebastian runzelte die Stirn. »Und Sie haben die ganze Zeit über nur zugeschaut, wie Ihre Freundin diesen älteren Mann verprügelt? Gerber war siebzig Jahre alt.«

Lorentz machte ein reuiges Gesicht und nickte.

»Wissen Sie, um was es bei dem Streit ging?«

»Ich denke, er wollte Sex und sie nicht.«

»Wir müssen die Schläge mit den festgestellten Verletzungen abgleichen. Wohin hat Tremschowa Gerber geschlagen?«

»Überallhin. Oberkörper, Gesicht, Arme.« Lorentz deutete auf die Stellen an seinem Körper. »Sie war richtig wütend. Ich hatte sie noch nie so gesehen.«

»Wo befand sich die Münzsammlung zu diesem Zeitpunkt? Noch im Tresor?«

Lorentz zögerte einen Moment. »Nein, die lag auf dem Tisch in einer dunklen Kassette.«

»Auf welchem Tisch?«

»Dem Couchtisch«, sagte Lorentz und betonte die beiden Worte derart eigenartig, dass Sebastian nicht beurteilen konnte, ob es sich um eine Aussage oder eine Frage handelte.

Sebastian sah auf das Display seines Mobiltelefons. Lorentz

sprach bereits zwölf Minuten. »Warum haben Sie nicht den Notarzt gerufen? So wie Sie es darstellen, war es doch ein Unfall. Und von Ihnen übrigens unterlassene Hilfeleistung nach Paragraf 323c StGB.«

»Aljona hat sofort durchgedreht. Sie hat gesagt, dass seine Leiche verschwinden muss. Sie würde schließlich hier wohnen, deswegen würde der Verdacht sofort auf sie fallen. Sie wollte noch eine Weile in Deutschland bleiben.«

»Warum?«, fragte Marga. »Sie hätte doch ganz einfach in der Ukraine untertauchen können.«

»Das kann ich Ihnen nicht sagen.«

»Wer ist auf die Idee gekommen, Gerbers Leiche zu zerstückeln?«

»Ich.« Lorentz sprach in einem Tonfall weiter, als würde er davon erzählen, wie er Vorbereitungen traf, um eine Wand zu tapezieren. »Ich bin in den Baumarkt, hab mir das nötige Werkzeug besorgt, dann noch einen Overall samt Handschuhen und den Mundschutz.«

»Was für ein Baumarkt? Welche Werkzeuge?«

»Eine Eisensäge, Ersatzblätter und ein Fuchsschwanz. Wie der Baumarkt hieß, weiß ich nicht mehr. Aber der war ganz in der Nähe.«

»Wie haben Sie Gerbers Leiche in die Badewanne bekommen? Er wog doch bestimmt hundertfünfzig Kilo.«

»Das war nicht einfach, aber irgendwie haben wir es zusammen hinbekommen.«

»Und dann haben Sie seine Leiche zerstückelt?« Marga sah ihn mit großen Augen an. »Einfach so?«

»Was schauen Sie mich so an?«

»Nun, ich stelle mir das nicht so einfach vor.«

»Ich habe Metzger gelernt. Schweine und Menschen sind sich ähnlicher, als Sie denken.« Lorentz hob die Achseln. »Und wie sollten wir sonst diesen hundertfünfzig Kilo schweren Körper aus dem Haus schaffen?«

Während Aarendt nur reglos dasaß, atmete Marga hörbar aus. Es klang wie der Versuch, das Gehörte zu verarbeiten.

Lorentz sprach ungerührt weiter. »Ich hab ihm Beine, Arme und Kopf abgetrennt.«

»Wie lange hat das gedauert?« In Sebastians Kopf tauchten wieder die Bilder aus Gerbers Badezimmer auf. Die Eisensäge auf dem Boden, Reste von Haut, Fleisch und Knochen an Griff und Sägeblatt. Dann die losen Körperteile, die aus der dunkelroten, zähen Masse in der Wanne ragten, und mittendrin der abgetrennte Kopf samt den aufsteigenden Luftblasen.

»Das geht schneller, als Sie vermuten. Das waren nur ein paar Schnitte mit der Säge.« Lorentz zuckte mit den Schultern, als ob ihn das alles nichts anginge. »Vielleicht eine halbe Stunde oder etwas mehr.«

»Woher stammten die beiden Müllsäcke, in die Sie die Körperteile gepackt haben?«

»Ich hatte vergessen, im Baumarkt welche zu kaufen. In Gerbers Haus fand Aljona nur noch zwei. Sie wollte weitere besorgen, während ich die ersten beiden Säcke verschwinden lassen sollte.«

»Wer kam auf die Idee mit dem Feuersee?«, fragte Marga. An ihrem Tonfall bemerkte Sebastian, dass es ihr schwerfiel, Lorentz' Schilderungen weiter zuzuhören.

»Ich.« Lorentz verschränkte die Finger und betrachtete seine Daumen, die er umeinander kreisen ließ. »Aber erst, als ich schon unterwegs war. Eigentlich wollte ich die Säcke irgendwo im Wald vergraben. Da bin ich zufällig am See vorbeigekommen. Dort war es so ruhig, wegen des Fußballspiels. Und da hab ich die Gelegenheit einfach wahrgenommen.«

»Sie haben die beiden Säcke in den See geworfen und sind dann wieder zurückgefahren?«

»Richtig.«

»Warum haben Sie die Säcke nicht versenkt?«, wollte Marga wissen. Offenbar halfen die Routinefragen, dass ihr Lorentz' Aussage nicht zu naheging.

Ohne aufzusehen, wechselte Lorentz die Drehrichtung seiner Daumen. »Ich hatte keine Zeit mehr, sie zu beschweren. Da waren plötzlich so viele Leute auf der Straße. Ich musste mich schnell verziehen. Sonst wäre ich mit den Müllsäcken am Ufer aufgefallen.«

Sebastian lehnte sich zurück, rieb sich das Kinn. Irgendetwas stimmte nicht. Es war zu einfach und Lorentz zu entspannt, zu gesprächig für ein Mordgeständnis. »Was geschah, als Sie zurück in Gerbers Villa kamen?«

»Aljona hatte sich immer noch nicht beruhigt. Und Müllsäcke hatte sie auch keine besorgt.« Lorentz sprach jetzt langsamer, schien sich jedes Wort zu überlegen, bevor er es aussprach. Immerzu schielte er zu Aarendt, der ihn mit einem kaum wahrnehmbaren Kopfnicken aufmunterte, weiterzusprechen. »Sie fing dann auch an, mit mir zu streiten. Ein Wort gab das andere, und irgendwann prügelte sie auf mich ein wie zuvor schon auf diesen Gerber.«

»Sie haben sich von Aljona Tremschowa verprügeln lassen?« Marga lachte freudlos auf. »Das soll ich Ihnen glauben?«

»Aljona war kräftig. Damals bereuten es einige Männer, dass sie sich mit ihr angelegt hatten.«

»Sie haben also miteinander gekämpft«, fasste Sebastian Lorentz' Aussage zusammen. »Und wie weiter?«

Lorentz stoppte das Drehen seiner Daumen umeinander und sah auf. »Ich bin schuld, es war ein Unfall. Ich hab sie zu fest gestoßen. Sie ist nach hinten gefallen und hat sich ebenfalls am Kamin den Hinterkopf angeschlagen.« Er ließ den Kopf hängen. »Sie war sofort tot.«

»Ein glücklicher Umstand, wenn man so will.«

»Wie sollen wir das verstehen?«, fragte da Aarendt und legte die Stirn in Falten.

»Nun, da dieser Kamin im Weg stand, kann Ihr Mandant sich jederzeit auf einen Unfall berufen«, entgegnete Sebastian in der Gewissheit, dass Tremschowa nicht durch stumpfe Gewalt, sondern durch einen Stich direkt ins Herz getötet worden war. Er schielte zu Marga und spürte, dass auch sie ihr Wissen um die wahre Todesursache noch zurückhalten wollte.

Lorentz blickte auf und machte dabei ein Gesicht wie auf der Beerdigung eines nahen Verwandten. Eine gewisse schauspielerische Leistung gehörte offenbar zum Berufsbild jedes Immobilien-Verkäufers.

Aarendt trommelte mit dem Zeigefinger auf den Tisch. »Ich denke, das reicht für heute. Sie haben Ihr Geständnis.«

»Oh nein, Herr Aarendt«, gab Marga zurück. »Das reicht uns bei Weitem noch nicht.« Sie wandte sich wieder an Lorentz. »Was taten Sie mit Tremschowas Leiche und den restlichen Körperteilen von Gerber?«

Lorentz nahm die Hände auseinander und strich ein paarmal mit den Fingerspitzen über die Tischplatte. »Das wissen Sie doch schon alles.«

Marga gab sich kompromisslos. »Ich möchte es aber noch einmal von Ihnen hören.«

»Ich hab sie in meinen Kofferraum gelegt. Samt den Resten von Gerbers Leiche.«

»Wie haben Sie die Leichenteile transportiert? Sie hatten doch keinen Müllsack mehr.«

»Ich hab alles in meinen Overall gepackt. Es war ja nicht mehr viel.«

»Und dann?«, fragte Sebastian.

»In Stuttgart war's mir zu heiß. Da bin ich gleich auf die Autobahn Richtung Singen. In Rottweil bin ich dann raus, um sie irgendwo zu vergraben.«

Noch schien Lorentz bei der Wahrheit zu bleiben. Offenbar war ihm bewusst, dass jede aufgedeckte Lüge ein Ansatzpunkt sein könnte, ihn des Mordes zu überführen.

»Und wie genau sind Sie auf die Stelle gestoßen?«

»Da war eine Baustelle, so ein Straßenneubau. Es gab eine Umleitung, und ich hab mich wohl verfahren. Plötzlich befand ich mich auf einem Waldweg. Den fuhr ich entlang, bis zu einer Stelle, wo's nicht mehr weiterging.«

»Sie konnten bis zu der Stelle hinfahren, wo Sie Tremschowas Leiche vergraben haben?«

Lorentz nickte, und in Sebastian keimte ein Verdacht auf. Um den jedoch weiterzuverfolgen, musste er erst mit den Kollegen aus Rottweil sprechen. »Woher stammte die Schaufel?«

»Keine Schaufel, sondern ein Spaten. Der lag immer in meinem Wagen.«

»Haben Sie Tremschowas Leiche zuvor entkleidet?«, fragte Marga.

»Ja.«

»Was haben Sie mit der Kleidung der beiden Toten gemacht?«

»In einen Altkleider-Container geworfen. Ich weiß nicht, wo das war.«

»Und mit den Papieren?«

Lorentz zögerte, sah kurz zu Aarendt. Der nickte. »Hab ich verbrannt.«

»Alle?«, fragte Marga, und Sebastian wusste, worauf sie hinauswollte. Wie hatte jemand mit Tremschowas Touristenvisum den Schengenraum verlassen können?

»Das Visum hab ich verkauft. Es war ja noch gültig und gab ein paar hundert Euro.«

»Wer sollte ein Touristenvisum zur Ausreise kaufen?«

»Warum fragen Sie?«

»Vielleicht möchte ich überprüfen, ob Sie nicht jemanden dazu gebracht haben, mit Tremschowas Visum auszureisen, um den Verdacht auf Ihre ehemalige Freundin zu lenken? Also noch einmal: An wen haben Sie das Visum verkauft?«

»Das weiß ich doch nicht mehr«, sagte Lorentz gereizt. Sein Geschick, nur mit der halben Wahrheit herauszurücken, ließ allmählich nach.

Offenbar hatte das auch Aarendt bemerkt. »Jetzt ist aber gut. Mein Mandant hat eine Pause verdient. Ich denke, Sie können ihn auf freien Fuß setzen. Alles, was Herr Lorentz im Zuge der Vernehmung gestanden hat, ist längst verjährt.«

Daher wehte also der Wind. Lorentz hatte nur das gestanden oder womöglich so hingedreht, was aufgrund der Verjährung keine Strafe mehr nach sich zog. Bei Raub, Leichenschändung, unterlassener Hilfeleistung sowie fahrlässiger Tötung würde nach dieser langen Zeit kein Staatsanwalt mehr Anklage erheben. Und falls sie ihm nichts Schwerwiegenderes nachweisen konnten, mussten sie Lorentz tatsächlich laufen lassen.

»Das wird morgen der Haftrichter entscheiden«, entgegnete Marga mit einem abgeklärten Lächeln. »Wir behalten uns vor, einen Haftbefehl gegen Herrn Lorentz zu erwirken. In der Zwischenzeit betrachten Sie Ihren Mandanten als vorläufig festgenommen. Er wird wohl diese Nacht in einer Zelle verbringen. Oder wollen Sie nach seinem heutigen Ausflug eine etwaige Fluchtgefahr leugnen?«

Lorentz nahm Margas Ankündigung schweigend zur Kenntnis. Auch Aarendt erhob wider Erwarten keine Einwände.

»Sie können hier bei Ihrem Mandanten warten. Herr Lorentz wird in Kürze von einem Streifenwagen abgeholt und ins Polizeipräsidium gebracht.«

Aarendt nickte.

Sebastian nahm sein Mobiltelefon vom Tisch und stoppte die Aufnahme. Lorentz' Geständnis hatte zweiundfünfzig Minuten gedauert. Mit Marga verließ er das Zimmer.

»Wie viel glauben wir von seiner Geschichte?«, fragte sie draußen auf dem Flur.

Sebastian hob die Schultern. »Einiges davon wird wohl stimmen, und zwar genau das, was inzwischen verjährt ist. Beim wichtigsten Detail hat er gelogen. Wie wir in der Zwischenzeit wissen, starb Tremschowa nicht durch einen Unfall, sondern sie wurde erstochen.«

»Und genau hier beginnt unser Problem. Wir können ihm das nicht beweisen. Der Haftrichter wird ihn morgen wohl auf freien Fuß setzen.«

»Wir können ihn noch bis morgen um Mitternacht ohne den Haftprüfungstermin festhalten.«

»Und warum sollten wir das tun?« Marga musterte ihn mit gerunzelter Stirn. »Haben Sie einen neuen Ermittlungsansatz, den Sie mir noch mitteilen wollten?«

»Eventuell.«

»Herr Franck, bitte. Ein paar Details, und ich könnte Ihren Gedankengängen womöglich folgen.«

»Lorentz hat vorhin davon gesprochen, dass er direkt zu der Stelle fahren konnte, wo er Tremschowas Leiche vergraben hat.«

»Was ist daran ungewöhnlich?«

»Man kann nicht einfach dort hinfahren, schon gar nicht mit dem Auto. Es gibt nur einen steilen Pfad, der von einem Wanderparkplatz nach oben führt.

»Ist das relevant für die Ermittlungen?«

»Eventuell«, antwortete Sebastian erneut. Er wollte keine derart vagen Vermutungen äußern. Noch gab es lediglich keinen Beweis für das Gegenteil.

Marga seufzte. »Nicht schon wieder.«

»Es ist nur so ein Gedanke«, begann Sebastian vorsichtig. »Aber uns fehlt nach wie vor die Tatwaffe, dieses Messer mit einer zweischneidigen Klinge.«

»Was hat die Tatwaffe mit dem Zufahrtsweg zum Fundort der Leiche ...« Marga hielt plötzlich inne. »Sie vermuten, dass er das Messer dort irgendwo losgeworden ist?«

»Eventuell.«

»Herr Franck, auch ein drittes ›Eventuell‹ wird uns jetzt nicht weiterhelfen.« Marga schüttelte den Kopf. »Haben die Rottweiler Kollegen den Wald nicht abgesucht?«

»Nicht entlang des von Lorentz erwähnten Zufahrtsweges, sondern nur im Umkreis der Fundstelle, fünfzig oder hundert Meter vielleicht. Und ob sie dabei Metallsonden benutzt haben, entzieht sich meiner Kenntnis.«

»Entzieht sich Ihrer Kenntnis, soso. Dann klären Sie das doch zuerst mit den Rottweiler Kollegen«, sagte Marga, und Sebastian hatte den Eindruck, aus ihrer Anweisung so etwas wie Tadel herauszuhören.

»Da klemme ich mich sofort dahinter«, beeilte er sich zu sagen.

»Natürlich klemmen Sie sich sofort dahinter. Und konzentrieren Sie sich nur noch auf das Tötungsdelikt an Aljona Tremschowa. Einen Totschlag oder gar Mord an Heinrich Gerber werden wir Lorentz kaum nachweisen können.« Damit wandte sie sich ab und verschwand in ihrem Büro.

## 23

Sebastians nächster Anruf galt dem Polizeirevier Rottweil. Er erreichte KHK Wolfgang Treidler, den mürrischen Beamten und Kollegen von Carina Melchior.

»Gibt's Neuigkeiten?«, fragte der grußlos.

»Später«, entgegnete Sebastian, nicht unglücklich darüber, sofort zur Sache kommen zu können. »Haben Sie eigentlich die Umgebung des Leichenfundorts inzwischen mit Metallsonden absuchen lassen?«

»Ja.«

»Wurde etwas Fallrelevantes gefunden?«

»Nein.«

Ohne seine Eingangsfrage nach den Metallsonden näher zu erläutern, fuhr Sebastian fort: »Können Sie in Erfahrung bringen, wann diese Umgehungsstraße dort in der Nähe eröffnet worden ist?«

»Hab ich schon«, kam es weiterhin knapp zurück. Nach den Ein-Wort-Antworten gehörten offenbar auch etwas längere Sätze, jedoch mit verkürztem Prädikat und fehlendem Artikel, zu seinem Standardrepertoire.

»Wann war das?«

»Ende 2008«, entgegnete Treidler, als wäre es das Selbstverständlichste auf der Welt.

Sebastian seufzte. »Das ist über zwei Jahre nach dem Raubüberfall auf Gerber.«

Treidler gab ein Grunzen von sich, das alles Mögliche bedeuten konnte.

»Wann wollten Sie uns das mitteilen?« Sebastian gab sich keine Mühe, nicht vorwurfsvoll zu klingen.

»Haben wir schon.«

»Wann?«

»Das war schon vor einer Woche.« Treidler rang sich tatsächlich zu ganzen Sätzen durch.

»Und warum weiß ich nichts davon?«

»Keine Ahnung, eigentlich kriegt das LKA doch sonst alles mit. Frau Melchiors POLAS-Abfrage zum Beispiel.«

»Haben Sie das in POLAS eingestellt?«

»Bestimmt.«

Da lag also das Problem. Niemand im Dezernat hatte sich nach dem Fund von Tremschowas Leiche die Mühe gemacht, POLAS auf neue Einträge zum Feuersee-Fall zu überprüfen. Und offenbar arbeitete Franziskas *Alert*-Funktion doch nicht so zuverlässig. »Kennen Sie diesen Zufahrtsweg?«

»Den Teil bis zur Umgehungsstraße hab ich mir schon angeschaut. Der Rest ist bestimmt in den Flurkarten vermerkt. Aber warum interessieren Sie sich überhaupt dafür?«

»Wir haben einen vierzigjährigen Immobilienmakler aus Stuttgart vorläufig festgenommen. Mirko Lorentz, sagt Ihnen der Name etwas?«

»Nein«, antwortete Treidler nach einigem Zögern. »Welcher Tatzusammenhang liegt bei ihm vor?«

»Er hat gestanden, Tremschowas Leiche und die restlichen Leichenteile von Gerber an der bekannten Fundstelle im Wald vergraben zu haben. Lorentz behauptet, dass er sich damals in einer Baustelle verfahren hat und sich plötzlich auf einem Waldweg befand, der direkt an dieser Fundstelle endete. Und das könnte dieser Forstweg sein.«

»Ah. Und wann wollten Sie mir das mitteilen?«, fragte Treidler, und Sebastian nahm einen bissigen Unterton in seiner Stimme wahr.

»Die Vernehmung samt Geständnis ist gerade mal eine halbe Stunde her. Er hat übrigens nur das gestanden, was verjährt ist. Wir müssen ihn wohl bald wieder laufen lassen.«

»Dann können Sie ihn gleich nach Rottweil überstellen. Eine Vernehmung durch uns steht noch aus. Schließlich ist Aljona Tremschowa auch unser Fall.«

»Ich denke nicht, dass das so einfach möglich ist. Aber stellen wir doch dieses Zuständigkeitsgerangel für eine Weile zurück und arbeiten zusammen.«

»Und was schwebt Ihnen vor?«

»Im Bericht der rechtsmedizinischen Untersuchung steht, dass das Opfer erstochen wurde. Die Tatwaffe ist ein Messer mit einer zweischneidigen Klinge …«

»Und Sie glauben, dass der Täter die Tatwaffe nicht in der Nähe des Fundortes entsorgt hat, sondern irgendwo an dem Forstweg?« So wenig Treidler sprach, so perfekt funktionierte sein kriminalistischer Spürsinn.

»Das ist jedenfalls meine Vermutung, denn bisher wurde die Tatwaffe nicht gefunden.«

»Ein Messer kann man überall verschwinden lassen.« Treidler klang keinesfalls überzeugt. »Er hätte es bereits in Stuttgart in einen Mülleimer, einen Gully oder was weiß ich wohin werfen können.«

»Das ist richtig. Es ist auch, wie gesagt, nur eine Vermutung, der ich nachgehen möchte.«

»Bei der Art der Klinge müssen wir von einer richtigen Waffe ausgehen.«

»Eine richtige Waffe, ja. Das Tragen solcher Messer ist seit Jahren in der Öffentlichkeit verboten. Folglich ist es mit dem Besitzen und Wegwerfen nicht ganz so trivial.«

»Sie haben recht. Jemand, der mit so einem Messer einen Mord begeht, möchte es so schnell wie möglich und vor allen Dingen unwiederbringlich loswerden.« Für einen Moment blieb es still am anderen Ende der Leitung. »Wissen Sie was, Herr Franck? An Ihrer Vermutung könnte was dran sein.«

»Es freut mich, dass Sie meine Meinung teilen. Können Sie einen Suchtrupp mit Metallsonden organisieren, der den Bereich entlang des ehemaligen Forstwegs absucht?«

»Kann ich und werde ich.«

»Gut.« Sebastian sah auf seine Armbanduhr: erst halb drei. Sie könnten heute noch mit der Suche beginnen. »Dann mache ich mich gleich auf den Weg nach Rottweil und sollte in einer guten Stunde bei Ihnen sein. Schaffen Sie es bis dahin mit dem Suchtrupp?«

»Ich denke schon«, sagte Treidler.

»Dann treffen wir uns nachher an der Fundstelle.« Sebastian verabschiedete sich und legte auf.

Kurz nach halb vier stellte Sebastian den Dienstwagen auf dem Wanderparkplatz unterhalb des Rottweiler Waldstücks ab. In Anbetracht der unbefestigten und schmutzigen Wege, die ihn hier erwarteten, hatte er sich dafür entschieden, nicht seinen Mercedes Roadster zu nehmen. Er schlug die Hosenbeine um, sodass sie bereits eine Handbreit über den Wanderstiefeln endeten, die er bei einem kleinen Umweg von zu Hause mitgenommen hatte. Nicht noch einmal würde er mit den rutschigen Kalbslederschuhen den Fußweg zur Fundstelle auf sich nehmen und dazu seinen Anzug ruinieren.

Sebastian stieg aus. Zwei Transporter der Rottweiler Polizei und Melchiors Dienstwagen standen verlassen am anderen Ende des Parkplatzes. Offensichtlich hatten sie bereits damit begonnen, das Gelände mit Metalldetektoren abzusuchen. Er hastete den Pfad hinauf zur Fundstelle von Tremschowas Leiche. Schon von Weitem sah er den ersten Kriminaltechniker, der eine Spitzhacke und eine Schaufel bei sich trug.

Sebastian entdeckte Dorfler, den Leiter der Rottweiler Kriminaltechnik. Ein Fotoapparat baumelte um seinen Hals, während er sich mit Treidler und Melchior unterhielt und auf eine Landkarte in seiner Hand deutete. Rechts und links des ehemaligen Forstwegs entdeckte Sebastian jeweils zwei Männer mit überdimensionalen Kopfhörern, die tellergroße Metallsonden nur wenig über dem Waldboden hin und her schwenkten.

Jetzt bei seinem zweiten Besuch wollte Sebastian fast nicht glauben, dass er den Weg beim ersten Mal übersehen hätte, wenn Melchior nicht gewesen wäre. Heute sprang er ihm förmlich ins Auge. Er sah den Schotter unter dem Moos, der nach rund fünfzig Metern deutlich sichtbar zwei Fahrspuren bildete. Dann die Bäume, die wie bei einer Allee diese Fahrspuren säumten. Richtung Norden, kaum zweihundert Meter entfernt, endete der Weg vor einem Hang mit dichtem Gebüsch. Dort verlief einige Meter höher die Umgehungsstraße, die 2006 noch nicht existiert hatte. Und genau auf diesen zweihundert Metern müsste die Tatwaffe liegen, falls er mit seiner Vermutung richtiglag.

»Der Herr Franck«, rief Treidler ihm von Weitem zu und winkte ihn zu sich.

Sebastian trat zu der Gruppe und grüßte sie.

Die drei erwiderten den Gruß, und Sebastian kam es so vor, als ob sie mehr seine Stiefel denn ihn dabei anschauten.

»Hübsche Schuhe haben Sie da«, sagte Treidler. »Aber falls Sie noch eine Bergtour im Schwarzwald planen, sollten Sie noch den Anzug gegen vernünftige Kleidung tauschen.«

»Keine Bergtour.« Sebastian rang sich ein Lächeln ab und ließ seinen Blick schweifen. »Haben Sie schon was gefunden?«

»Nein.« Treidler schüttelte den Kopf. »Aber ich kann Ihnen schon mal sagen, dass wir bei der letzten Suchaktion etwas Kleingeld, zwei platt getretene Bierdosen und jede Menge rostiger Nägel ausgebuddelt haben.«

»Wir sind gerade mal seit einer Viertelstunde hier und jetzt erst fertig mit dem Einrichten der Geräte.« Auch Dorfler konnte sich ein Grinsen nicht verkneifen. »Treidlers Befürchtung könnte sich auch hier bewahrheiten. Zumindest wenn wir die Statistik bemühen. Neunundneunzig Prozent der Funde sind nur neuzeitlicher Metallschrott wie Kronkorken, Schrauben und Nagel. Aber falls wir was finden, könnten wir in der Tat Glück haben. Hier ist überall Lehmboden, der konserviert so ziemlich alles.«

»Bis zu welcher Tiefe können Ihre Geräte Metall zuverlässig orten?«, fragte Sebastian. »Die Tatwaffe muss nicht unbedingt direkt unter der Oberfläche liegen. Der Täter hatte einen Spaten zur Verfügung.«

»Wir haben sie auf einen Meter eingestellt. Das sollte genügen. Die Leiche lag gerade mal halb so tief.«

»Dann sind Sie jetzt wohl an der Reihe, Herr Franck«, sagte Treidler. »Bisher ist Ihr Anteil an unserer Zusammenarbeit etwas kurz gekommen.«

»Natürlich. Dann kläre ich Sie am besten gleich über den letzten Stand der Ermittlungen auf«, erwiderte Sebastian und berichtete, wie ihre Nachforschungen in den letzten Tagen zu Mirko Lorentz geführt hatten, über dessen Flucht und Geständnis in Anbetracht der vermuteten Übereinstimmung seiner DNA mit der am Airlaid-Streifen.

»Dann ist das Messer die letzte Hoffnung, Mirko Lorentz des Mordes an Aljona Tremschowa zu überführen«, sagte Melchior.

»In der Tat. Und deshalb müssen wir es finden.« Sebastian zeigte zur Umgehungsstraße. »Hier Richtung Norden führte der Forstweg aus dem Wald heraus, richtig?«

Dorfler nickte. »Schauen Sie.« Er deutete auf die Landkarte in seiner Hand.

Sebastian beugte sich darüber.

»Diese gestrichelte Linie hier ist der Forstweg. Er führte an dieser Stelle über die heutige Umgehungsstraße. Das ist dort.« Dorfler deutete zum Hang in zweihundert Metern Entfernung. »Der Forstweg endete an dieser Kreisstraße. Inzwischen wissen wir, dass ein Teil der Straße beim Bau der Umgehungsstraße als Umleitungsstrecke genutzt wurde.«

Sebastian sah auf. »Könnte man sich da verfahren?«

»Ortsfremd und in der Nacht, warum nicht?«

Ein weiteres Mal musterte Sebastian die Karte. Schon allein aufgrund der ehemaligen Streckenführung konnte er eingrenzen, wo das Messer liegen musste, sofern es hier entsorgt worden war. »Die Männer sollen sich mit ihrer Suche auf die linke Seite des Forstwegs konzentrieren.«

»Wie kommen Sie darauf?« Eine tiefe Falte stand auf Dorflers Stirn, während er mit der freien Hand über seinen Schnauzbart strich.

»Nun, da das Messer nicht bei der Leiche liegt, gehe ich davon aus, dass Lorentz aus irgendeinem Grund vergessen hat, es dort zu vergraben. Das heißt, er fährt, noch mit dem Messer im Wagen, wieder aus dem Wald heraus. Das ist diese Richtung.« Sebastian deutete zum Hang. »Er bemerkt, dass das Messer immer noch im Auto liegt. Was ist das Naheliegendste?«

»Anhalten und es irgendwo im Wald oder am Waldrand vergraben«, sagte da Melchior.

»Richtig. Er steigt auf der Fahrerseite aus und entsorgt das Messer auch auf der Seite.«

Treidler musterte ihn mit einem kritischen Blick. »Das sind aber ziemlich viele Annahmen.«

»Dessen bin ich mir bewusst. Aber mit diesen Annahmen möchte ich nur die möglichen Szenarien gewichten. Ich schließe dabei nichts aus.«

Dorfler faltete die Landkarte zusammen. Er begab sich zu den beiden Männern auf der rechten Seite und sprach ein paar Worte mit ihnen. Sie marschierten daraufhin Richtung Hang und begannen von dort aus ebenfalls, den Bereich links des ehemaligen Forstwegs abzusuchen.

»Ich schaue mir das auch an.« Sebastian setzte sich in Bewegung. Die Augen auf den linken Fahrbahnrand gerichtet und immer nur einen Fuß vor den anderen setzend, arbeitete er sich Richtung Hang voran. Er musste dieses verdammte Messer finden. Melchior hatte recht. Es war ihre einzige Chance, Lorentz den Prozess zu machen.

Mit jedem Schritt, den er vorwärtsschlich, auf Mulden und eigentümlich wirkende Anhäufungen von Erde oder Gestrüpp achtend, wurde ihm klarer, dass seine Bemühungen keinen Sinn ergaben. An der Oberfläche würde er nach all den Jahren keine Spuren mehr entdecken. Die Erosion hatte längst dafür gesorgt, dass alles eingeebnet und verteilt worden war. Alle Hoffnung lag bei den Metallsonden.

Er war kaum fünf Meter vorwärtsgekommen, hatte mit dem Stiefel ein paar Steine und Erdklumpen beiseitegeschoben, da hörte er einen der Männer rufen. »Hier ist was!«

Als Sebastian an die Stelle gelangte, hatte dessen Kollege bereits einen Spaten in der Hand und stach ein rund zwanzig Zentimeter großes Viereck in den Waldboden. Mit einer kleinen Gartenschaufel trug er vorsichtig Schicht um Schicht der pappigen Erde ab. Und plötzlich tauchte da ein Messer im Lehm auf, rostig zwar, aber eindeutig ein Messer.

Dorfler ging vor der Fundstelle in die Hocke, sodass er das Messer mit seinem Rücken verdeckte, und hielt die Digitalkamera vor sich hin. Der Verschluss klackte, Blitzlicht um Blitzlicht flammte auf. Schlagartig hörte er mit dem Fotografieren auf. »Scheiße!«, rief er, ließ die Kamera sinken und kam wieder hoch.

Sebastian musterte das Messer, und jäh blieb ihm die Freude über den Fund im Hals stecken.

»Das war wohl nix, weitersuchen«, hörte er Dorfler neben sich sagen.

Passender hätte er es nicht formulieren können. Vor ihnen im Dreck lag ein simples Klappmesser mit einschneidiger Klinge, wie es zum Schnitzen von Holzstöcken benutzt wird. Ernüchtert wandte Sebastian sich ab.

Treidler sollte mit seinen anfänglichen Befürchtungen recht behalten. Noch zweimal wurde die Suche unterbrochen, und Dorfler eilte zur Fundstelle. Einmal fanden sie eine weitere platt gedrückte Bierdose, das andere Mal einen rostigen Schlüsselbund, den offenbar Wanderer bereits vor Jahren verloren hatten.

Inzwischen waren über zwei Stunden vergangen, und die Schatten der hohen Tannen schoben sich allmählich über die Fahrspuren und das angrenzende Gelände. Nicht mehr lange, und es würde zu dunkel sein, um die Suche fortzusetzen. Sollte Sebastian Scheinwerfer anfordern und weitersuchen lassen oder gleich ganz aufgeben? Seine Zuversicht schwand.

Da rief erneut jemand, und Sebastian glaubte nach dem inzwischen vierten Rufen und Unterbrechen der Suche nicht mehr, dass sie das Messer gefunden hatten. Er ließ sich Zeit, rechnete bereits wieder mit Metallschrott. Beim Anblick von Dorflers Gesicht ahnte er jedoch, dass diesmal etwas anders sein musste. Der riss die Kamera hoch und schoss in schneller Folge zahlreiche Fotos.

Sebastian erreichte den Fundort, trat neben Dorfler, sodass er den Waldboden sehen konnte. Und da lag es: ein Messer, die zweischneidige Klinge an einigen Stellen überzogen mit einer dunkelbraunen Kruste. Es lag auf einem hellen Leinentuch, in dem es offenbar die ganzen Jahre über eingeschlagen gewesen war. Und bei den braunen Flecken im Tuch handelte es sich gewiss nicht nur um Erde, sondern um Blut – viel Blut. Wie Dorfler es zuvor angedeutet hatte: Im Gegensatz zum Fundort der Leiche im lockeren Waldboden hatte der Lehm neben den Fahrspuren vieles konserviert.

Dorfler ließ die Kamera sinken und blickte auf. »Bei den Rückständen an der Klinge dürfte es keine Schwierigkeiten geben, DNA des Opfers nachzuweisen. Und wenn wir Glück haben, sind noch Hautpartikel am Messerschaft. Dann gibt's auch die DNA des Täters.«

Einer der Männer, jener junge Kriminaltechniker mit dem kugelrunden roten Gesicht und der schwarzen Kurzhaarfrisur, hielt Dorfler wortlos einen Asservatenbeutel hin. Der wickelte das Messer wieder in das Leinentuch und ließ es hineingleiten.

»Das können Sie gleich dem LKA mitgeben, Herr Mattheis«, sagte Dorfler und strich sich über seinen Schnauzbart.

Mattheis verschloss den transparenten Plastikbeutel und streckte ihn Sebastian entgegen.

»Sie informieren uns, sobald Sie etwas wissen«, sagte Treidler und beäugte kritisch das Leinentuch-Bündel in dem durchsichtigen Beutel.

»Natürlich«, beeilte Sebastian sich zu sagen. Er sah auf seine Armbanduhr: Viertel vor sechs. »Und nochmals herzlichen Dank für die Hilfe hier. Aber ich muss gleich los.« Er verabschiedete sich. Die Zeit drängte, falls er heute noch das Messer für eine DNA-Untersuchung abliefern wollte.

Auf dem Weg zum Wanderparkplatz nahm Sebastian sein Telefon zur Hand und wählte die Nummer von Katharina Brändle, der Mikrobiologin vom Kriminaltechnischen Institut des LKA.

Nach nur wenigen Rufzeichen nahm sie ab. »Herr Franck«, begann sie sogleich, »Ihre Nummer kenne ich inzwischen auswendig. Ist noch etwas unklar wegen der E-Mail, die ich Ihnen vorhin geschickt habe?«

»E-Mail, vorhin?« Sebastian wusste nur von einer einzigen E-Mail. Die hatte er allerdings schon vor Tagen von Brändle erhalten.

»Das Ergebnis des Schleimhautabstrichs, den Ihre Kolle-

gin gestern vorbeigebracht hatte. Er passt zu dem Spur-Personen-Treffer im Feuersee-Fall. Das heißt, die Person hatte den
Overall mit dem Airlaid an.«

»Stimmt, das habe ich gelesen. Danke«, log Sebastian. Den
Abgleich von Lorentz' DNA mit der auf dem Plastikstreifen hatte
er nach dessen Teilgeständnis nicht mehr weiterverfolgt. Warum
auch? Lorentz hatte zugegeben, dass er im Haus gewesen war und
die Leiche zerteilt hatte. Gleichwohl sparte ihnen diese Untersuchung Zeit. Brändle konnte Lorentz' DNA-Profil auch für
den Abgleich mit den Spuren am Messerschaft verwenden. »Wie
lange kann ich bei Ihnen heute Abend noch vorbeikommen? Wir
haben die vermutliche Tatwaffe in dem Fall gefunden.«

»Auf jeden Fall bis halb acht, acht. Aber wie ich Sie kenne,
wird's wohl länger. Was brauchen Sie denn bis morgen von mir?«

»DNA-Abgleich anhand der Klinge, um das Messer eindeutig
als Tatwaffe zu identifizieren. Dann noch DNA-Suchtests am
Messerschaft. Ich hoffe auf die DNA des Täters.«

»Dann beginne ich zuerst mit den Suchtests am Messerschaft.
Falls ich was finde, kann ich das Material und das von der Klinge
in den Geräten über Nacht laufen lassen. Morgen haben Sie dann
ein oder zwei DNA-Profile.« Brändle lachte kurz auf. »Fast wie
bei ›CSI Miami‹.«

»Danke, dann bis nachher«, sagte er und legte auf.

Sebastian traf bereits kurz vor sieben und unter Missachtung einiger Verkehrsregeln beim KTI ein. Ein vernachlässigbares Risiko.
Schließlich fuhr er einen ehemaligen Wagen der Autobahnpolizei.
Er drückte Brändle den Plastikbeutel mit dem Messer in die Hand
und rang ihr nochmals das Versprechen ab, ihm auf jeden Fall
am darauffolgenden Tag Bescheid zu geben.

## 24

Brändles E-Mail tags darauf hielt eine gute und eine schlechte Nachricht für Sebastian bereit. Leider besagte die gute nur, dass sie die Tatwaffe gefunden hatten – was für ihn längst feststand. Die Blutrückstände an der Messerklinge konnten eindeutig Aljona Tremschowa zugeordnet werden. Die schlechte Nachricht lautete hingegen, dass sie allein mit der Tatwaffe Lorentz nicht als Täter würden überführen können. Mit den Suchtests am Schaft des Messers konnte bisher keine DNA nachgewiesen werden. Einigermaßen niedergeschlagen und mit dem ausgedruckten Bericht in der Hand informierte Sebastian Marga.

»Ich denke, dann bleiben uns drei Optionen«, sagte die nach einer Weile. Sie hatte sich eine Nachdenk-Zigarette angezündet und einige Male daran gezogen.

Sebastian unterdrückte den Impuls zu einer erneuten kritischen Auseinandersetzung über ihre Qualmerei im Büro. »Welche drei?«, fragte er stattdessen. Seiner Meinung nach hatten sie nur eine Option: Lorentz bereits am Nachmittag wieder auf freien Fuß zu setzen. Kein Haftrichter würde lediglich wegen einiger verjährter Straftaten anders entscheiden.

»Option eins: Wir lassen ihn laufen. Option zwei: Wir hoffen darauf, dass das KTI doch noch was findet. Option drei«, Marga grinste – ein fast verwegenes Grinsen, das sie immer aufzog, wenn ihr etwas einfiel, das hart an der Grenze des Erlaubten lag –, »wir kriegen es hin, dass Lorentz etwas gesteht, wofür ihn der Staatsanwalt auch anklagen kann.«

»Den Mord an Aljona Tremschowa?«

Marga nickte.

»Warum sollte er das tun?«, fragte Sebastian. »Wir können ihm nichts nachweisen.«

»Sie sagten vorhin«, fuhr Marga fort, statt auf seine Frage einzugehen, »der KTI-Bericht über Lorentz' DNA-Abgleich mit dem Airlaid vom Overall sei positiv?«

»Das ist korrekt«, sagte Sebastian. Er hatte keine Ahnung, auf was sie hinauswollte.

»Dann drucken Sie ihn aus.«

»Warum?«

»Tun Sie's einfach. Ich hab da so eine Idee.« Ihr Ton war jetzt regelrecht geheimnisvoll.

Eine gute Stunde später saß Sebastian mit Marga im gleichen Verhörraum des Polizeipräsidiums wie schon Tage zuvor mit Weinrich und wartete auf Lorentz. Sie hatte ihm angekündigt, dass vor seiner Entlassung noch einige Formalitäten geklärt werden müssten. Auf dem Tisch vor Sebastian lag ein geschlossener Aktendeckel mit dem Airlaid-Bericht. Im durchsichtigen Beweismittelbeutel auf Margas Oberschenkeln lag die Tatwaffe, noch immer mit dem angetrockneten Blut auf der Klinge. Die hatten sie erst vor rund einer Viertelstunde auf der Fahrt ins Präsidium beim Kriminaltechnischen Institut abgeholt.

Noch immer wusste Sebastian nicht, was Marga mit dem Bericht des KTI bezweckte. Einen ersten Verdacht hatte er gleich wieder beiseitegeschoben.

Die Tür ging auf, und derselbe rotblonde Polizeibeamte, der Tage zuvor schon Weinrich bewacht hatte, führte Lorentz herein. Dessen Aussehen hatte sich nur wenig verändert. Natürlich ging eine Nacht in der Arrestzelle an niemandem spurlos vorbei. Und so wirkten auch bei ihm die Ränder um die Augen dunkler, die Falten an Mund und Nase tiefer. Er trug noch immer die gleiche Kleidung wie im Café, als Sebastian ihn festgenommen hatte. Hose und Hemd sahen inzwischen ziemlich ramponiert aus. Gleichwohl deutete der zufriedene Ausdruck auf seinem Gesicht an, dass er davon ausging, demnächst entlassen zu werden. Schließlich war ein Großteil der möglichen Haftzeit nach seiner vorläufigen Festnahme bereits vorüber. Vermutlich zählte er bereits die Minuten.

»Wie geht es Ihnen?«, fragte er gut gelaunt und trat an den Tisch. »Zur Klärung dieser Formalitäten benötige ich wohl keinen Anwalt, oder?«

»Das ist allein Ihre Entscheidung«, sagte Marga ruhig. »Wenn wir auf Ihren Anwalt warten müssen, geht's halt etwas länger.«

»Je schneller ich hier rauskomme, desto besser. Also klären Sie, was Sie noch klären wollen.«

»Sie sollten sich trotzdem setzen, Herr Lorentz.« Marga deutete auf den Stuhl ihr gegenüber. »Ein paar Minuten dauert's schon noch.«

Lorentz nahm Platz, zog sein Verkäuferlächeln auf und sah die beiden erwartungsvoll an.

Hinter ihnen erklang ein Scharren. Offenbar hatte der rotblonde Polizeibeamte seinen Platz auf dem Stuhl an der Tür eingenommen. Dann herrschte vollkommene Stille, und mit jeder weiteren Sekunde, in der niemand etwas sagte, verflachte Lorentz' Lächeln.

Nachdem Marga ihn offenbar lange genug auf die Folter gespannt hatte, zog sie den durchsichtigen Asservatenbeutel von ihren Oberschenkeln und knallte ihn auf den Tisch.

Die letzten Reste von Lorentz' ehemals überheblicher Miene lösten sich genau in dem Augenblick auf, als er das Messer darin sah und – erkannte. Schlagartig rutschten seine Mundwinkel herunter, sein Gesicht versteinerte. Ganz offensichtlich hatte er nicht damit gerecht, die Tatwaffe jemals wieder zu Gesicht zu bekommen.

»Warum plötzlich so niedergeschlagen?« Marga schien Lorentz' Unsicherheit auskosten zu wollen.

»Niedergeschlagen?« Lorentz mühte sich um eine gleichgültige Miene. »Nein.«

»Jedenfalls machen Sie auf mich einen niedergeschlagenen Eindruck.«

»Das täuscht. Die Zeit in der Zelle ist schon etwas beschwerlich.« Lorentz legte beide Hände auf die Tischplatte, und Sebastian bemerkte ein leichtes Zittern.

»Ist das so?«

Lorentz nickte und schielte dabei auf den Beutel.

»Ich bin mir sicher, dass es an etwas anderem liegt.« Marga schob ihm den Beutel samt Messer über den Tisch. »Wollen Sie mal schauen?«

»Was ist das?« Lorentz' Frage klang mehr nach Zeitgewinn denn nach Neugier.

»Kennen Sie dieses Messer?«

Lorentz schüttelte den Kopf. Auch kleine Gesten wie Kopfschütteln oder Nicken konnten auf Lügen hindeuten. Entweder durch deren Vehemenz oder deren Geschwindigkeit. Lorentz' Kopfschütteln wies beide Merkmale auf: zu heftig und zu schnell.

»Wirklich nicht?«

Diesmal reagierte Lorentz nicht.

»Gut. Dann möchte ich Ihrem Gedächtnis mal nachhelfen. Wir haben dieses Messer in der Nähe des Fundorts von Tremschowas Leiche gefunden.« Marga hielt inne, musterte Lorentz mit zusammengekniffenen Augen. Der hatte weiterhin Schwierigkeiten, gleichgültig dreinzuschauen. »Vergraben und in einem Leinentuch eingewickelt. Dummerweise in Lehm.«

Lorentz senkte den Kopf.

»Wissen Sie, welche Eigenschaft Lehm hat?« Bereits der Tonfall in Margas Frage deutete darauf hin, dass sie keine Antwort von ihm erwartete.

Lorentz wich sowohl Margas wie auch Sebastians Blick aus.

»Lehm konserviert auf Jahre. Ist das nicht so, Herr Franck?«

Marga sah kurz zu Sebastian.

»Jahrzehnte, um genau zu sein«, entgegnete er. »Das liegt daran, dass Lehm jedes andere Material luftdicht abschließt.«

»Da hören Sie's. Unser Herr Franck weiß so was. Aber eigentlich ist es vollkommen wurscht, ob es Jahre oder Jahrzehnte sind. Einzig und allein zählt, dass unser Kriminaltechnisches Institut auf der Klinge dieses Messers Tremschowas DNA gefunden hat.«

Lorentz nahm seine Hände vom Tisch und rieb sie auf den Oberschenkeln. Auf der Tischplatte blieben zwei Schweißflecken zurück.

»Sie sollten wissen, dass wir Ihnen beim letzten Mal etwas vorenthalten haben«, fuhr Marga fort. Ihr Tonfall hatte etwas Förmliches. »Die rechtsmedizinische Untersuchung hat ergeben, dass Ihre ehemalige Freundin nicht durch einen Unfall ums Le-

ben gekommen ist, wie Sie uns weiszumachen versucht haben.«
Marga schien Lorentz mit ihrem Blick auf dem Stuhl festnageln
zu wollen. »Aljona Tremschowa wurde erstochen. Und zwar
mit einem Messer mit zweischneidiger Klinge.«

Nur kurz sah Lorentz zu ihr auf.

Marga klatschte mit der flachen Hand derart fest neben den
Beweismittelbeutel, dass dieser auf der Tischplatte hüpfte. »Diesem
Messer hier.«

Lorentz zuckte zusammen.

»Das war noch nicht alles.« Wieder hielt sie kurz inne, um
Lorentz' Reaktion zu beobachten. »Unser Kriminaltechnisches
Institut hat auch den Messerschaft untersucht.«

Damit war klar, was Marga schon die ganze Zeit über geplant
und Sebastian nicht für möglich gehalten hatte: Sie wollte Lorentz
mit einem Bluff zu einem Geständnis bringen.

»Schauen Sie hier.« Marga deutete auf den Griff des Messers.
»Diese Oberfläche ist nicht so glatt, wie sie Ihnen erscheinen
mag. In den winzigen Unebenheiten sammeln sich Hautpartikel.
Und die befinden sich dank Leinentuch und Lehm auch noch
nach all den Jahren dort. Muss ich Ihnen sagen, von wem die
Hautpartikel stammen?«

Diesmal reagierte Lorentz tatsächlich. Wenn auch nur mit
einem verhaltenen Nicken. Gewiss ahnte er bereits, dass seine
Chancen, gleich entlassen zu werden, gegen null strebten.

»Herr Franck, zeigen Sie Herrn Lorentz doch bitte den Bericht
des KTI.«

Sebastian klappte den Aktendeckel auf und hoffte, dass sein
Gesichtsausdruck Margas Bluff nicht verriet. Er schob Lorentz
den Bericht über den Tisch.

Fieberhaft wanderten dessen Augen über das einzige Blatt
darin. Sie verharrten für einen Moment, dann begann die Prozedur
von Neuem. Schließlich schob er wortlos den Bericht zurück.

Sebastian klappte den Aktendeckel wieder zu. Noch war er
nicht davon überzeugt, ob sie Lorentz mit dem falschen Bericht
tatsächlich überlisten konnten. Womöglich benötigte er einen
weiteren Anreiz. »Mit einem Geständnis ersparen Sie sich zwei

bis drei Jahre Freiheitsstrafe. Bei guter Führung sind Sie nach acht bis zehn Jahren wieder auf freiem Fuß.«

Lorentz starrte vor sich hin. Sein Gesicht veränderte sich nicht. Aber Sebastian sah, wie er sich zurückzog, irgendwo dorthin, wo er darüber nachdenken konnte.

Marga hatte die Arme vor der Brust verschränkt, schien ebenfalls nur auf Lorentz' Reaktion zu warten.

Der räusperte sich plötzlich, rutschte auf dem Stuhl nach vorn und sah auf. Unerwartet laut und deutlich sagte er: »Ich habe Aljona Tremschowa getötet.«

Die Worte verhallten. Niemand sagte ein Wort.

Sebastian musterte den Mann, der da vor ihm saß. Hängende Schultern, aschfahler Gesichtsausdruck, das joviale Lächeln erloschen. Dieser Lorentz hatte nichts mehr mit jenem Mann zu tun, den er vor zwei Tagen das erste Mal in Wenzels Penthouse angetroffen hatte.

Marga schien Lorentz' Geständnis nicht im Mindesten zu überraschen. Noch immer hatte sie die Arme verschränkt und schaute beinahe gelangweilt drein.

»Das brauchen wir jetzt etwas genauer«, sagte Sebastian, nachdem er sich wieder gefasst hatte.

»Ich hab Ihnen bei fast allem die Wahrheit gesagt.« Lorentz schloss die Augen, schien zu überlegen, wie er beginnen sollte. »Aljona wusste, was sie wollte. Falls etwas nicht nach ihren Wünschen lief, wurde sie renitent. Manchmal sogar gewalttätig. Das hat sie an dem Abend schon mit Gerber gemacht, und bei mir hat sie's auch versucht.«

Marga lachte auf. »Bitte erzählen Sie uns jetzt nicht schon wieder, dass Sie sich nicht gegen sie wehren konnten.«

Lorentz schüttelte den Kopf.

»Beginnen Sie mit Ihrer Geschichte am besten dort, wo Sie zuletzt die Unwahrheit gesagt haben.«

Erneut schien Lorentz etwas Zeit zu brauchen, um über seine Worte nachzudenken. »Als ich vom Feuersee zurückkam, ging der Streit mit ihr schon los. Obwohl wir fifty-fifty ausgemacht hatten, wollte sie auf einmal mehr von den Münzen haben.«

»Und das konnten Sie natürlich nicht zulassen.«

»Nein, das konnte ich nicht. Ich hatte ebenfalls meine Pläne, wollte endlich in diesem beschissenen Schlachthof aufhören und was Eigenes machen.«

»Die Immobilien-Agentur?«, fragte Sebastian.

Lorentz nickte.

Sebastian bedeutete ihm mit einer Geste, weiterzusprechen.

»Ich hab mir die Münzsammlung vom Tisch gegriffen und ihr gesagt, dass das so nicht läuft. Sie hat mir die Kassette einfach aus der Hand geschlagen. Ein paar der Münzen fielen raus und landeten auf dem Boden unter dem Sessel.« Lorentz hielt kurz inne, sprach dann mit verminderter Lautstärke weiter. »Ich hab Aljona noch nie so gesehen. Sie war völlig außer Kontrolle, hat mir mit der Faust ins Gesicht geschlagen.«

»Tatsächlich?«, fragte Marga mit unverkennbar sarkastischem Hochschnellen der Augenbrauen.

»Ja, verdammt!« Lorentz ballte die Fäuste. »Ich hab dann mein Messer rausgezogen und ihr gesagt, dass ich es benutzen werde, wenn sie noch einmal zuschlägt. Aljona hat nicht auf mich gehört, und als sie erneut ausholte, hab ich zugestochen. Nur einmal, es war wie ein Reflex. Ich wollte das nicht, aber ich musste mich doch verteidigen.« Er atmete tief durch. »Sie war sofort tot.«

Sebastian tauschte einen schnellen Blick mit Marga. Sie schien zufrieden.

Lorentz lockerte seine Fäuste wieder, als er weitersprach. »Ich hab sie dann in den Kofferraum gepackt, danach den Rest von Gerbers Leiche in den Overall gewickelt und dazugelegt.« Er stockte, sprach langsamer weiter. »Ich wusste, dass ich so schnell wie möglich aus Stuttgart verschwinden muss. Ich bin einfach losgefahren, ohne zu überlegen, wohin. Erst auf der Autobahn hab ich dann gemerkt, dass ich schon eine Weile unterwegs war. Ich bin dann rausgefahren und hab in diesem Wald alles verbuddelt.«

»Und warum haben Sie Tremschowas Leiche nicht einfach in Gerbers Haus liegen lassen?« Es war der erste Aspekt an Lorentz' Geständnis, der Marga zu interessieren schien.

Der zuckte mit den Schultern. »Weil ich nur so den Verdacht auf sie lenken konnte.«

»Sie haben auch ihr Touristenvisum nicht verkauft, wie Sie sagten, sondern benutzt. Oder besser ausgedrückt: benutzen lassen.«

Lorentz nickte. »Eine alte Bekannte ist damit ausgereist. Es sollte ja so aussehen, dass Aljona mit der gestohlenen Münzsammlung in die Ukraine geflüchtet ist. Hat ja auch einige Jahre lang funktioniert.« Er lächelte, verzog dabei aber das Gesicht, als ob es wehtat.

»Sonst noch was?«

Lorentz zögerte nur kurz. »Das war's. Den Rest kennen Sie ja bereits.«

Sebastian hätte nicht sagen können, ob das die ganze Wahrheit war. Möglicherweise war Lorentz auch an Gerbers Tötung zumindest beteiligt gewesen. Doch diesen Mord würden sie ihm niemals beweisen können. Sie mussten mit dem zufrieden sein, was er gestanden hatte. Das jedoch reichte für eine Anklage und aller Voraussicht nach auch für eine mehrjährige Freiheitsstrafe.

Margas Bluff hatte tatsächlich funktioniert. Jetzt, nachdem er ausgesagt hatte, ließ Lorentz seinen Blick frei durch den Raum schweifen. Viele Jahre hatte er geschwiegen, musste jeden Morgen im Spiegel einen Mörder anschauen. Dieses Geständnis schien wie eine Erlösung für ihn zu sein.

## 25

Mit Lorentz' Geständnis war die Zeit des Aufschiebens für Marga vorbei. Sie wollte, nein, sie *musste* Sebastian von ihren Ermittlungen zum Tod seines Bruders in Kenntnis setzen. Und sie musste ihn auch darüber informieren, dass ihre bisherigen, äußerst mageren Erkenntnisse sie der Lösung des Falles keinen Schritt näher gebracht hatten.

Zurück im Büro, förderte sie die Fallakte zum Tötungsdelikt an Daniel Franck aus der untersten Schublade. Sie zündete sich eine Zigarette an, nahm ein paar tiefe Züge und stierte auf den grellgelben Aktendeckel mit dem weißen Sachsenross im niedersächsischen Polizeistern. Polizei war Ländersache, so regelte es seit jeher ein Bundesgesetz. Doch Sebastian war ihr Kollege, und daher galt auch ein Bundesgesetz nur bedingt.

Marga begann, sich ein paar Antworten zurechtzulegen, bemerkte aber, dass es ihr dabei nur auf den Zeitgewinn ankam. Es würde nicht einfacher werden, wenn sie das Gespräch noch weiter hinauszögerte. Sie gab sich einen Ruck, nahm das Telefon zur Hand und bestellte Sebastian zu sich ins Büro.

Nicht lange nachdem sie aufgelegt hatte, klopfte es schon an der Tür. Marga drehte die Akte um, und im nächsten Augenblick stand Sebastian bereits vor ihrem Schreibtisch. Missbilligend beäugte er sofort die brennende Zigarette in ihrer Hand. Im Normalfall wäre ihr dieser Blick herzlich egal gewesen. Aber diesmal tat sie ihm den Gefallen und drückte die Zigarette aus.

»Setzen Sie sich bitte, Herr Franck.« Marga deutete auf den Besucherstuhl vor ihrem Schreibtisch. »Das, was ich mit Ihnen besprechen möchte, geht nicht im Stehen«, fügte sie hinzu und hoffte, dass es nicht zu förmlich klang.

Sebastian runzelte die Stirn, setzte sich aber wortlos auf den angebotenen Platz.

Marga atmete tief durch, strich mit der Handfläche ein paarmal über die Rückseite der Akte. »Sie können sich bestimmt noch an mein Angebot erinnern, dass ich Ihnen bei der Akteneinsicht zum Tötungsdelikt an Ihrem Bruder Daniel behilflich sein wollte.«

Sebastian antwortete nicht, nickte nicht. Er zeigte keinerlei Reaktion. Ganz so, als ob er überhaupt nicht zugehört hätte.

»Herr Franck, haben Sie gehört, was ich gesagt habe?« Marga musterte ihn, konnte sich jedoch keinen Reim darauf machen, was das Ausbleiben jeglicher Reaktion bedeutete.

Nach schier endlosen Sekunden, die er mit regungsloser Miene nur dasaß, nickte er schließlich.

»Hier ist sie.« Marga drehte die Aktenmappe auf ihrem Schreibtisch um und schob sie Sebastian hin.

Seine Augen huschten über den Titel »Raub mit Todesfolge«, darunter: »Stadtsparkasse Hannover, 10. September 2010«. Er sah auf. »Warum haben Sie das getan?« In seiner Frage schwang ein vorwurfsvoller Unterton mit.

Ja, warum hatte sie das getan? Marga hatte mit vielen Fragen gerechnet, mit dieser jedoch nicht. Und auf die Schnelle wollte ihr auch keine vernünftige Antwort dazu einfallen. »Wollen Sie nicht wissen, wer Ihren Bruder erschossen hat?«

Sebastian rutschte auf seinem Stuhl herum. Seine Kiefermuskeln mahlten. Schließlich räusperte er sich und erwiderte unerwartet einsilbig: »Schon.«

»Dann führt der Weg über diese Akte hier.« Marga tippte mit dem Zeigefinger auf den Aktendeckel.

»Seit wann haben Sie die?«

Diese Frage gehörte zu jenen, die sie erwartet hatte. »Lange genug, um sie zu studieren und Zeugen zu befragen.«

»Zeugen, welche Zeugen?« Noch immer lag etwas Vorwurfsvolles in seiner Stimme.

»Alle Augenzeugen, die sich zur Tatzeit in der Bank aufhielten.«

Sebastian schob die Gummis über die Ecken und schlug die Akte auf. Schon im nächsten Augenblick zuckte er zusammen. Und Marga ahnte auch, warum. Wie in jeder Fallakte zu einem Tötungsdelikt lag das Foto des Opfers bei. Das von Daniel Franck hing an einer Büroklammer auf der Innenseite des Aktendeckels.

Marga hatte sich vorgenommen, Sebastian die Zeit zu geben, die er benötigte, um einen Eindruck von den Ermittlungen zu gewinnen – zu einem Fall, der seinen Namen trug. Sie nahm das Feuerzeug zur Hand und unterdrückte den Impuls, eine Zigarette aus der Packung zu ziehen. Stattdessen lehnte sie sich zurück und spielte am Feuerstein, bis Funken sprühten.

Zuerst nur zögernd, dann unübersehbar mit wachsendem Interesse arbeitete Sebastian sich durch die Akte. Seine Augen huschten mit unglaublicher Geschwindigkeit über die Zeilen, bisweilen auch nur quer über die gesamte Seite. Es erstaunte sie immer wieder, wie schnell er Informationen aufnehmen konnte.

Einige Minuten lang stammten die einzigen Geräusche im Büro vom Feuerstein und dem Rascheln des Papiers, wenn Sebastian eine Seite umblätterte. Den Bericht der Einsatzleitung und die sechs Aussageprotokolle der Augenzeugen hatte er bereits hinter sich gebracht, als er das erste Mal aufschaute. Zwei Falten standen zwischen seinen Augenbrauen, und noch immer war sein Blick hart wie Glas.

»Haben Sie bei Ihren Befragungen etwas herausgefunden, das nicht in den Aussageprotokollen steht?« Sachlichkeit und Neugier hatten das Vorwurfsvolle in seiner Stimme zurückgedrängt.

Marga unterdrückte einen Schluckreflex. Er würde es bemerken. »Ich gehe davon aus, dass Ihr Bruder Daniel während des Banküberfalls kein Zufallsopfer war, sondern er und der Täter sich kannten.«

Die Falten zwischen Sebastians Augenbrauen schienen mit einem Mal noch tiefer geworden zu sein. »Und auf was stützt sich Ihre Einschätzung?«

»Die Augenzeugen Paul Scheffler und Amelie Neuburger glauben, dass der Täter just in dem Moment geschossen hat, als Daniel ihn erkannte.«

»Ihn erkannte? Er trug doch eine Bärenmaske.«

»Nicht am Gesicht, sondern aufgrund seiner Schuhe, Adidas-Samba-Turnschuhe, gelb mit schwarzen Streifen.«

»Ein weit verbreitetes Turnschuh-Modell. Allerdings nicht in

Gelb. Ich hatte früher auch welche. Sowohl in Schwarz als auch in Gelb.«

»Beide Augenzeugen können sich übereinstimmend an eine Besonderheit daran –«

»Welche Besonderheit?«, unterbrach Sebastian, und Marga hatte zum ersten Mal den Eindruck, dass er nicht abgeneigt war, den Fall seines getöteten Bruders zumindest genauer zu beleuchten.

»Auf der Innenseite des linken Schuhs fehlte ein Streifen.«

Sebastian zuckte zusammen, als hätte sie ihn geohrfeigt.

Marga war sich unsicher, wie sie seine Reaktion einordnen sollte. »Bringt uns das weiter?«

Sebastian senkte den Kopf, warf ihr einen fragenden Blick zu. »Uns?«

»Uns.« Marga nickte. »Wenn Sie wollen.«

»Natürlich. Aber da gibt es etwas, das Sie wissen sollten: Ich habe früher die gleichen Turnschuhe besessen.«

»Das hatten Sie schon angedeutet.«

Er machte ein ernstes Gesicht. »Vermutlich waren es sogar dieselben Turnschuhe.«

An Sebastians erstem Arbeitstag war keine Stunde ins Land gegangen, da hatte er ihr bereits den Unterschied zwischen »die gleichen« und »dieselben« erklärt. Und deshalb klangen ihre nächsten Worte eher wie ein Ausruf denn wie eine Frage. »*Ihre* Schuhe? Welche Schuhgröße?«

»Schuhgröße? Sechsundvierzig, warum fragen Sie?«

Diesmal konnte Marga den Schluckreflex nicht unterdrücken. Diese Größe hatte Neuburger beim Täter geschätzt.

»Wie hoch ist die Wahrscheinlichkeit, dass es in Hannover zwei Paar dieser Turnschuhe mit fehlendem Streifen an der linken Innenseite gibt?«

Und das noch in einer ähnlichen Größe, vervollständigte Marga in Gedanken.

»Salopp ausgedrückt: Es wäre ein Riesenzufall.«

Und damit hatte sich ihre Vermutung und die von Scheffler und Neuburger bestätigt. Da war das Motiv, schön verpackt mit einem Schleifchen. Daniel Franck hatte während des Überfalls die Turnschuhe seines Bruders erkannt und hätte womöglich den Mann mit der Bärenmaske identifizieren können.

»Wie kam der Täter an Ihre Schuhe?«, fragte Marga. »Hat er die aus Ihrem Mülleimer gefischt?«

Sebastian atmete hörbar aus. »Meine Mutter konnte nichts wegwerfen. Hinzu kam, dass sie meiner Meinung nach übertrieben sozial eingestellt war und beispielsweise gebrauchte Kleidung oder Schuhe in der Nachbarschaft verschenkte. Meine Adidas Samba waren da bestimmt mit dabei.«

»Nachbarschaft? Das würde den Kreis der Verdächtigen enorm einschränken.« In Marga keimte Hoffnung auf, den Täter anhand der Turnschuhe doch noch zu identifizieren. Wie Daniel Franck während des Banküberfalls.

Sebastian zupfte an seiner Krawatte. »Gibt es Aufnahmen der Überwachungskameras?«

»Wurden die Ihnen nicht gezeigt?«

»Mir nicht. Vielleicht meinen Eltern.«

»Weiter hinten finden Sie Videostandbilder. Aber die Schuhe sind nicht darauf, die Aufnahmen reichen nicht bis auf den Boden. Und mehr gibt es nicht. Die Typen haben gleich darauf die Kameras mit Farbe übersprüht.«

»Dessen bin ich mir bewusst.« Mit flinken Fingern blätterte Sebastian durch die Seiten, riss sie dabei fast aus. »Den Teil hab ich schon gelesen.« Dann stockte er plötzlich, und Marga sah ihm an, dass er etwas Bedeutsames entdeckt hatte.

»Was ist?«, traute sie sich schließlich zu fragen.

»Die sehen aus wie die …« Sebastian ließ den Rest des Satzes unausgesprochen.

»Sehen aus wie?«

»Dillingers.«

»Dillingers?« Marga wusste im ersten Moment nicht, ob er von den Personen auf den Videostandbildern sprach oder etwas anderes meinte.

»Eine Möchtegern Motorrad-Gang. In der Realität aber ein paar Schläger. Sehen Sie den hier mit der Eselsmaske und der hängenden Schulter?« Sebastian hielt die Akte hoch und deutete auf den kleinsten der drei Bankräuber. »Das könnte einer von denen sein. Er hatte in seiner Jugend einen Unfall mit dem Motorrad und seither diesen Haltungsschaden.«

»Wissen Sie etwas über die anderen beiden auf den Fotos?«

Sebastian schüttelte nachdenklich den Kopf. »Da müsste ich mit ein paar Leuten in Hannover telefonieren. Der harte Kern der Dillingers, das waren nicht mehr als drei bis fünf Personen. Trotzdem hat es damals gereicht, in Sahlkamp die Gegend unsicher zu machen.«

»Sahlkamp?«

»Ein Stadtteil von Hannover.« Sebastian sprach schneller.

»In der Nähe der Stadtsparkasse?«

»Nein.« Sebastian klappte die Akte zu und zog die Gummis um die Ecken. Er wirkte fahrig, seine Hände zitterten leicht. »Ich brauch erst mal Zeit für mich allein, um das alles zu verarbeiten.« Er drückste herum, kämpfte offenbar um die nächsten Worte. »Es ist nicht einfach. Ich würde mir gern den Nachmittag freinehmen.«

Marga zögerte einen Moment, fand aber kein Argument dagegen. Schließlich nickte sie.

»Danke für Ihr Verständnis.« Sebastian schob ihr die Akte zurück und verließ das Büro.

Eigentlich konnte sie mit dem Verlauf des Gesprächs ganz zufrieden sein. Sebastian war nur anfangs etwas gekränkt gewesen. Vermutlich, weil sie hinter seinem Rücken ermittelt hatte. Gleichwohl hörte sie ganz hinten in ihrem Kopf eine warnende Stimme. Noch leise, aber sie kannte die Stimme und wusste, dass sie oft lauter wurde.

Warum war Sebastian beim Anschauen der Standbilder plötzlich so nervös geworden? Hatte er etwas darauf erkannt, womöglich sogar jemanden? Erneut nahm sie die Akte zur Hand, blätterte zu den Videostandbildern und betrachtete sie zum gefühlt hundertsten Mal: Tiermasken, weit geschnittene Overalls, Baseballmützen. Nichts, was sie nicht schon gesehen hatte, nichts, was sie weiterbringen könnte.

Marga kam von ihrem Stuhl hoch, pulte eine Zigarette aus der Packung und zündete sie an. Sie trat ans Fenster. Ein paar tiefe Lungenzüge später sah sie Sebastian, wie er das Gebäude verließ und zu seinem Mercedes Roadster eilte. Er kramte den Schlüssel aus seiner Hosentasche. Das Jackett flatterte im Wind, und sie erhaschte einen Blick auf das Holster darunter. Und dort steckte seine Dienstwaffe. Entgegen seiner Überzeugung hatte er sie nicht im Schließfach deponiert. Als er schließlich vom Hof fuhr, erhob sich die warnende Stimme in ihrem Kopf.

Sie drückte die nur halb gerauchte Zigarette aus, fischte mit der anderen Hand den Telefonhörer von der Gabel und drückte die Kurzwahltaste für Sebastians Mobiltelefon. Der Rufton erklang, einmal, zweimal, dreimal – besetzt. Verdammt, er hatte doch tatsächlich ihren Anruf weggedrückt! Und plötzlich schien die warnende Stimme in ihrem Kopf loszubrüllen.

Konnte sie ausschließen, dass er seine Waffe absichtlich mitgenommen hatte?

Nein.

Konnte sie ausschließen, dass er die Personen auf den Videostandbildern der Bank kannte?

Nein.

Konnte sie ausschließen, dass er die Namen der Personen nur zurückhielt, um sich … sie traute sich kaum, den Gedanken zu fassen … zu rächen?

Nein.

Marga hastete ins Büro gegenüber. »Wo ist Cem?«, rief sie Franziska zu.

Die sah von ihrem Bildschirm auf, rollte mit den Augen. »Er fühlte sich unterzuckert und holt sich was zu futtern.«

»Dann müssen Sie mir helfen.«

»Jetzt?«

»Jetzt gleich, auf dem schnellsten Weg, sofort. Mir ist es scheißegal, wie Sie's nennen.«

»Um was geht's?«, fragte Franziska rasch. Offenbar war ihr jetzt Margas ernste Miene aufgefallen.

»Eine POLAS-Abfrage.«

Franziska klickte ein paarmal auf ihrem Bildschirm herum. Eine Eingabemaske erschien. »Welcher Name?«

»Dillingers.«

Franziska zögerte nur kurz, tippte dann aber kommentarlos den Namen ein und drückte die Eingabetaste. Bereits Sekunden später erschien eine Liste auf ihrem Bildschirm.

»Lesen Sie vor, die Kurzversion bitte«, sagte Marga.

»Zu ›Dillingers‹ gibt es keinen Personeneintrag.«

»Himmelarsch!«, entfuhr es Marga. Typen, die eine Zeit lang die Gegend unsicher gemacht hatten, sogar als Schläger bekannt waren, mussten doch Spuren in den Polizeiakten hinterlassen haben.

»Aber vier Strafakten sind mit dem Begriff getaggt.«

»›Getaggt‹?«

»Eine Art Querverweis zu Strafakten und damit zu Personen.«

Strafakte hörte sich gut an. »Ich brauch die Namen und die Adressen aller vier.«

Franziska klickte auf den ersten Link. Eine neue Seite mit dem ED-Foto eines verhärmten jungen Mannes erschien, der sich Mühe gab, aufrecht zu stehen. Dennoch neigte sich seine rechte Körperhälfte leicht nach vorn rechts. »Kevin Petzold, geboren 12. September 1988, letzte Meldeadresse: Bergallee 102, Hannover.«

Der mit der Eselsmaske? »Ausdrucken.«

Franziska klickte auf eine Schaltfläche und erweckte den Farbdrucker in der Ecke zum Leben.

»Weiter.«

Franziska klickte auf den zweiten Link. Das Foto eines bulligen Mannes mit Stoppelhaaren baute sich auf. »Helge Schröder, geboren 19. Januar 1978, letzte Meldeadresse: Obere Feldstraße 12, Hannover.«

Der mit der Schweinemaske? »Ausdrucken.«

Der nächste Link führte zu einer weiteren Strafakte, deren Foto einen Mittvierziger mit langen, schon teilweise ergrauten Haaren zeigte. Er trug eine Lederjacke mit verschnörkeltem Emblem. Marga kniff die Augen zusammen, konnte den Schriftzug »Dillingers« entziffern.

»Bert Schröder, geboren 8. August 1973, letzte Meldeadresse: Kölner Straße 17, Göttingen.« Franziska sah auf. »Könnte der Bruder sein.«

»Vielleicht. Ausdrucken.« Bert Schröder passte weniger zu den drei Männern auf den Videostandbildern.

Nachdem Franziska auch diese Seite ausgedruckt hatte, klickte sie auf den letzten Link. Das ED-Foto auf dieser Seite zeigte einen schlaksigen, groß gewachsenen Mann mit dunklen kurzen Haaren und ausgeprägtem Adamsapfel. »Konrad Heimberger, geboren 13. März 1983, letzte Meldeadresse: Quedlinburger Straße 8, Heilbronn.«

Der mit der Bärenmaske? Der Täter, Daniels Mörder. Sie hatte ihn. »Ausdrucken.«

Franziska sprang von ihrem Stuhl auf und ging zum Drucker. Versunken in die vier Ausdrucke kam sie zurück. »Das ist merkwürdig. Bei zwei der Typen steht ein Todesdatum, und zwar bei beiden das gleiche. Der 20. April 2011.«

»Ein halbes Jahr nach dem Banküberfall«, sagte Marga mehr zu sich selbst.

Franziska reichte ihr die Ausdrucke, nahm wieder vor ihrem Bildschirm Platz und tippte auf der Tastatur herum. »Hier ist es auch schon.«

»Was ist da schon?«

»Ein weiterer Querverweis, und der führt uns zu einem Verkehrsunfall. Zwei Motorradfahrer –« Sie stockte, las dann leise weiter. »Ich denke«, fuhr sie nach einer Weile fort, »Helge Schröder und Kevin Petzold haben sich an dem Tag mit ihren Motorrädern den Schädel eingefahren.«

»Das heißt, von den ›Dillingers‹ sind nur noch Konrad Heimberger und Bert Schröder am Leben?«

»So jedenfalls steht es hier. Allerdings steht im Unfallbericht der Autobahnpolizei auch noch etwas von einem Schwerverletzten.«

Das würde erklären, warum das Trio mit den Tiermasken nach dem Banküberfall im September 2010 nie mehr in Erscheinung getreten war: Zwei waren durch einen Verkehrsunfall ums

Leben gekommen, und ein Dritter, Konrad Heimberger oder Bert Schröder, hatte schwere Verletzungen davongetragen. Alles passte perfekt zusammen. Es gab keinen Zweifel mehr. Unter den vier Strafakten in ihrer Hand musste sich die von Daniel Francks Mörder befinden. Von der Statur her kam nur einer in Frage: Konrad Heimberger. Und sie war sich sicher, dass auch Sebastian ihn identifiziert hatte.

»Was ist mit Sebastian?«, hörte sie Franziskas Stimme und bemerkte erst jetzt, dass sie sie die ganze Zeit über angestarrt hatte.

Marga ließ die Hand mit den Ausdrucken sinken. »Ich weiß es nicht. Ich kann nur hoffen, dass er keinen Blödsinn macht. Versuchen Sie ihn zu erreichen.«

Franziska nahm das Telefon zur Hand, drückte eine Taste.

Margas Hoffnung, dass Sebastian vielleicht bei Franziska abnehmen würde, löste sich schnell in Luft auf. Die stierte auf den Hörer, als würde sie ihn zum ersten Mal sehen. »Er hat mich einfach weggedrückt.«

Marga blätterte zum Ausdruck von Konrad Heimbergers Strafakte. Seine letzte Meldeadresse lag in Heilbronn, gerade mal eine Autostunde von Stuttgart entfernt. Wollte Sebastian dorthin? Oder zu Bert Schröder nach Göttingen? Und woher hatte er die Adressen? Aus POLAS?

»Können Sie nachschauen, wann die Strafakten von Bert Schröder und Konrad Heimberger das letzte Mal aufgerufen wurden?«

»Das wird gespeichert, ja.« Franziska tippte erneut auf der Tastatur herum. »Bei Bert Schröder gibt es keinen Eintrag. Und bei Konrad Heimberger, einen Augenblick noch, ich hab's gleich …« Das Klackern der Tastatur wollte nicht verstummen. »Verdammt«, sie sah auf, »heute.«

»Welche Dienststelle?«

Statt auf den Bildschirm zu schauen, schluckte Franziska und sagte nur ein Wort: »Unsere.«

Demnach hatte Sebastian bereits vorhin Konrad Heimbergers Strafakte aufgerufen. Und somit kannte er auch dessen aktuelle

Adresse. Marga würde jede Wette eingehen, dass Sebastian sich im Moment nicht auf dem Heimweg für einen freien Nachmittag befand, sondern auf dem Weg nach Heilbronn. Und zwar direkt in die Quedlinburger Straße 8.

Sie sah auf ihre Armbanduhr. Inzwischen hatte Sebastian über eine halbe Stunde Vorsprung. Egal, sie musste alles versuchen, um ihn von einem fatalen Fehler abzuhalten. Ein Fehler, der ihn mehr kosten würde als nur den Beruf. Und ein Fehler, den er nie mehr würde gutmachen können.

Marga holte aus ihrem Büro die Autoschlüssel sowie eine Jacke und stürmte hinunter auf den Parkplatz zu ihrem VW-Campingbus.

Eine Viertelstunde später befand sie sich bereits auf der Autobahn Richtung Heilbronn. Fünfzig Minuten Fahrzeit zeigte das in die Jahre gekommene TomTom-Navigationsgerät an ihrer Windschutzscheibe an.

Gegen dreizehn Uhr, und damit schneller als gedacht, fuhr Marga von der Autobahn ab und stand das erste Mal bereits weit vor der Heilbronner Stadtgrenze an einer Pförtnerampel im Stau. Eine Ausweichstrecke kannte das Navigationssystem nicht, und so kam sie nur langsam voran. Den Gedanken, die Heilbronner Kollegen zur Quedlinburger Straße 8 zu schicken, verwarf sie sofort wieder. Ein offizieller Polizeieinsatz hätte in jedem Fall ein Nachspiel für das Dezernat gehabt, egal, was Sebastian vorhatte oder auch nicht.

Marga erreichte die Ampel, als die bereits wieder auf Rot umgeschaltet hatte. Viel mehr Zeit wollte sie hier nicht mehr verplempern. Statt zu bremsen, drückte sie das Gaspedal durch. Sogleich vernahm sie das unvermeidliche Hupen der Fahrzeuge, die schon von rechts in die Kreuzung einfuhren.

Nach einer weiteren Viertelstunde unerträglicher Kriecherei durch die Heilbronner Innenstadt befand sie sich wieder auf einer vierspurigen Ausfallstraße, die Richtung Neckarsulm führte. Der Verkehr ließ nach. Trotz des immer noch gültigen Tempolimits beschleunigte sie den Campingbus weiter. Die Tachonadel zeigte mehr als achtzig Stundenkilometer an. Egal, ein Strafzettel wegen Überschreitung der Geschwindigkeit war jetzt ihr kleinstes Problem.

Plötzlich quäkte die Stimme aus dem Navigationsgerät los: »Wenn möglich, bitte wenden.«

»Du blöde Kuh!«, rief sie dem Gerät entgegen. »Warum sagst du das nicht früher?«

Die linke der beiden Gegenfahrbahnen war leer. Sie sah in den Rückspiegel. Zwei Autos in rund hundert Metern Abstand. Wenn möglich, bitte wenden, dachte Marga. Es war möglich. Sie bremste kurz, riss das Steuer herum und lenkte den Wagen über eine schmale Grünfläche auf die Gegenfahrbahn. Natürlich war sie immer noch zu schnell. Der Campingbus schob sich viel zu weit nach rechts. Sie steuerte dagegen, kam aber trotzdem ins Schleudern. Mit zwei, drei weiteren Lenkbewegungen schaffte sie es, den Wagen wieder unter Kontrolle zu bringen. Dauerhupend schoss ein dunkelblauer Mercedes neueren Baujahrs auf der rechten Fahrspur vorbei.

Als ihr Herzschlag sich wieder normalisiert hatte, sah sie auf das Display des Navigationsgerätes. Die Route führte über die zweite Abfahrt in einen Außenbezirk mit einem Industrie- oder Gewerbegebiet. Restliche Fahrstrecke zwei Komma zwei Kilometer.

An der Ausfahrt drängte sich Marga auf die Vorfahrtsstraße. Restliche Fahrstrecke eins Komma fünf Kilometer, zeigte das Display. Noch vier Minuten. Sebastian musste längst angekommen sein. Sie drückte das Gaspedal durch und überholte abwechselnd links und rechts. Nicht nur einmal hatte sie Glück, dass die anderen Autofahrer für sie aufpassten. An der nächsten Kreuzung konnte sie bereits das Straßenschild erkennen. Sie verlangsamte die Geschwindigkeit und bog in die Quedlinburger Straße ein.

Nur wenige Gebäude, meist Kleinbetriebe und einzelne Wohnhäuser, säumten die Straße. Lediglich ein größeres zweistöckiges Haus unterschied sich von den anderen. Und wenn sie richtig gezählt hatte, handelte es sich dabei um die Hausnummer 8. Dann sah sie Sebastians silbernen Mercedes Roadster. Der Wagen stand genau gegenüber am Straßenrand.

Marga fuhr langsam weiter. Vor dem Gebäude kam ein weißes Schild mit dem roten Flammenkreuz der Caritas in Sicht. Darunter stand: »Wohnheim für Menschen mit Behinderung«. Als sie den Campingbus neben Sebastians Mercedes zum Stehen brachte, fiel ihr ein Stein vom Herzen. Er lehnte keine fünf Meter entfernt an einer metallenen Einzäunung, die Arme vor der Brust verschränkt.

Marga stieg aus.

»Was tun Sie hier?« Sebastians Gesicht nahm einen verärgerten Ausdruck an, den sie noch nie bei ihm gesehen hatte.

Sie ignorierte seine Frage. »Warten Sie hier so lange, bis Konrad Heimberger herauskommt?«

»Er kommt gleich.« Sebastian reckte den Kopf und sah an ihr vorbei zum Eingang des Wohnheims.

»Woher wollen Sie das wissen?«

»Ich hab ihn angerufen und vor die Wahl gestellt.«

»Vor welche Wahl?«

»Entweder kommt er raus ...«

»Oder?«

»Ich rein.« Sebastians Augen verengten sich.

Marga riss den Kopf herum. Die automatische Tür öffnete sich, und ein Rollstuhlfahrer in dunkelblauem Trainingsanzug rollte heraus. Er sah sich suchend um.

»Ist er das?«, fragte Marga, obwohl sie Konrad Heimberger trotz der Brandnarben auf seiner rechten Gesichtshälfte erkannt hatte. Er war spindeldürr, und sein ausgeprägter Adamsapfel stand vom Hals ab wie ein abgesägter Ast von einem Baumstamm.

Sebastian nickte. »Sie haben meine Eingangsfrage noch nicht beantwortet: Was tun Sie hier?«

»Vielleicht möchte ich Sie von einem Fehler abhalten.« Marga mühte sich um einen sanften Tonfall.

»Fehler? Ich mache keine Fehler«, gab er entschlossen zurück und löste sich vom Zaun.

»Sind Sie sich sicher?« Marga dachte an die geladene HK P2000 in seinem Holster.

»Natürlich.«

»Dann geben Sie mir Ihre Dienstwaffe.« Marga stellte sich ihm in den Weg und streckte die Hand aus.

Sebastian zögerte nur kurz, griff dann unter das Jackett. Er öffnete das Holster, zog die Pistole heraus und reichte sie ihr mit dem Knauf voran. Ein trauriges Lächeln trat auf sein Gesicht. »Dachten Sie wirklich, dass ich ihn erschießen will?«

Marga nahm die Waffe entgegen. Nein, sie war sich nicht sicher, was sie denken sollte.

Noch einmal fasste Sebastian unter sein Jackett. Ein metallisches Geräusch erklang. Im nächsten Augenblick hatte er ein paar Handschellen in der Hand. »Und jetzt lassen Sie mich bitte durch. Ich muss jemanden festnehmen.«

## Epilog

Einige Tage später saß Marga an ihrem Schreibtisch vor dem Abschlussbericht des Feuersee-Falls. Trotz Konrad Heimbergers Verhaftung hatte Sebastian es sich nicht nehmen lassen, einen gewohnt umfangreichen Bericht zu erstellen. Dutzende Seiten mit Text, farbigen Bildern und Grafiken hatte er angefertigt und fein säuberlich in einer Präsentationsmappe mit Titelblatt gebunden. Und das, obwohl er aufgrund der Befragung durch die Kriminalpolizei zwei Tage in Hannover zubringen musste. Marga mutmaßte, dass einige Zeit dafür flöten gegangen sein könnte, um das dazugehörige Protokoll in geschlechtsneutraler Sprache zu formulieren und die Gendersternchen an der richtigen Stelle anzubringen.

Sebastian hingegen legte in seinem Abschlussbericht Wert auf alle Fakten – fast alle. Unerwähnt blieb, dass letztlich ein Bluff zu Lorentz' Geständnis geführt hatte. Manche Verdächtige konnten sich einfach nicht vorstellen, dass auch die Polizei nicht immer die Wahrheit sagte. Der Bluff änderte jedoch nichts an der Tatsache, dass mit Lorentz der richtige Täter zur Rechenschaft gezogen werden würde. Nicht, was den Mord an Heinrich Gerber betraf – den Beweis würden sie nie erbringen können. Aber zumindest für das Tötungsdelikt zulasten von Aljona Tremschowa. Nachdem Lorentz sein mündliches Geständnis nochmals im Beisein seines Anwalts zu Protokoll gegeben hatte, war Haftbefehl ergangen. Er saß bereits in Untersuchungshaft, und die Staatsanwaltschaft bereitete die Anklage vor.

Ob Lorentz' DNA jemals am Messerschaft gefunden werden konnte, war kaum zu beantworten. Natürlich lag es im Bereich des Möglichen, schließlich veränderte sich kein Feld der Kriminalistik derart schnell wie das der DNA-Analyse. In Lorentz' Strafverfahren würde dieser Umstand ohnehin keine Rolle spielen. Mit dem Geständnis im Rücken hatte sein Rechtsanwalt Engelbert Aarendt mit zwei A bereits angekündigt, auf Totschlag zu plädieren und ein niedrigeres Strafmaß zu fordern. Alle anderen Straftaten, wie der Raub oder die Leichenschändung, waren verjährt. Und zu weiteren Zeugen wie zu der Frau, die mit Aljona Tremschowas Touristenvisum einen Tag nach der Tat ausgereist war, machte Lorentz keine Angaben. Seine Chancen standen somit nicht schlecht, dass er bei guter Führung nach deutlich unter zehn Jahren wieder aus dem Knast spazieren konnte.

Den anonymen Kaufinteressenten der Münzsammlung würden sie vermutlich nie identifizieren können, obwohl Marga nicht ausschließen wollte, dass es sogar Lorentz selbst gewesen war. Mit etwas Hintergrundwissen hätte er Kaufinteresse signalisieren können und so dafür gesorgt, dass die Münzsammlung am Abend des Überfalls tatsächlich in Gerbers Tresor lag. Aber auch dazu machte er keine Aussage. Kein Wunder, bei einem Nachweis könnte der Richter das Mordmerkmal Habgier in Betracht ziehen.

Erfolgreich war auch der sogenannte Beifang im Feuersee-Fall. Klaus Weinrich, der Reichsbürger, wartete ebenfalls in Untersuchungshaft auf seine Verhandlung. Ihm wurde eine lange Reihe von Straftaten vorgeworfen und derart mit Beweisen untermauert, dass er womöglich länger einsitzen würde als Lorentz. Sicher war jedoch, dass mit seiner Haft die »Republik Hochgau« aufhörte zu existieren.

Mit dem Feuersee-Fall hatte das Dezernat bereits den dritten Fall in weniger als einem Jahr aufgeklärt. Und wenn sie den Mord an Sebastians Bruder Daniel hinzuzählte, sogar deren vier. Ein hervorragendes Ergebnis für ein neu gegründetes Dezernat, dessen Leitung sie zuerst überhaupt nicht hatte übernehmen wollen. Und jetzt stand sie einem Team vor, das sie nicht mehr missen wollte.

Auch auf Sebastian schienen die Überführung und Verhaftung des Mörders seines Bruders eine positive Wirkung zu haben. Als er nach der Befragung durch die Hannoveraner Kriminalpolizei zwei Tage später wieder zum Dienst erschienen war, hatte er das erste Mal nicht Anzug und Krawatte angehabt, sondern ein Polohemd mit dunkelblauer Stoffhose. Vielleicht würde sie es vor ihrer Pensionierung doch noch erleben, dass er in T-Shirt und Jeans ins Büro kam. Aber es war nicht nur die Kleidung, an der sie seine Veränderung wahrnahm, auch er selbst machte nicht mehr einen derart verbissenen Eindruck.

Gleichwohl hatte sein Arbeitseifer nicht nachgelassen. Erneut türmten sich Aktenordner um Aktenordner in seinem Büro. Ausgewählt hatte er sie vermutlich aufgrund irgendwelcher statistischer Betrachtungen, die nur er verstand. Noch wusste Marga nicht, um was es ging. Sie würde ihn einfach machen lassen. Bisher hatte er mit all seinen Einschätzungen richtiggelegen.

Marga legte den Abschlussbericht beiseite. Damit auch sie einen Schlussstrich unter den Feuersee-Fall ziehen konnte, fehlte nur noch eine winzige Kleinigkeit. Sie faltete eine Kopie von Eugen Borimirows Gerichtsurteil aus dem Jahr 1993 in einen Briefumschlag, den sie zuvor an seine Frau Johanna adressiert hatte. Er durfte nicht so einfach davonkommen. Johanna musste unbedingt erfahren, was ihr Mann früher anderen Frauen angetan hatte.

# Danksagung

An diejenigen, ohne die dieses Buch nie entstanden wäre:

Dr. Michael Wenzel von meiner Agentur Editio Dialog in Lille sowie Lothar Strüh für das kompetente und angenehme Lektorat. Meiner Frau Sabine und meinen beiden Kindern Laura und Luca bin ich dankbar für ihre Unterstützung und Ideen. Die Veröffentlichung letztlich möglich machten die Mitarbeiter vom Emons Verlag aus Köln.

Danke an alle.

Thilo Scheurer
Januar 2019

Thilo Scheurer
**SCHWARZER NECKAR**
Broschur, 272 Seiten
ISBN 978-3-89705-998-6

*»Ein fast unerträglich spannender Höhepunkt, der es spielend mit dem Finale von ›Das Schweigen der Lämmer‹ oder Hitchcocks ›Psycho‹ aufnehmen kann.«* Südkurier

*»Ein originelles und überzeugendes Debüt, das als klassischer Polizeikrimi beginnt und sich im Verlauf immer mehr zu einem atemberaubenden Thriller steigert.«* Schwarzwälder Bote

Thilo Scheurer
**LETZTE AUSFAHRT NECKARTAL**
Broschur, 272 Seiten
ISBN 978-3-95451-189-1

*»Das fesselt, das packt einen, man fiebert mit. Bis zum Ende.«*
Neue Rottweiler Zeitung

www.emons-verlag.de

Thilo Scheurer
**NECKARTEUFEL**
Broschur, 304 Seiten
ISBN 978-3-95451-449-6

»*Eine gut geschriebene Geschichte, die den Leser von der ersten Seite fasziniert.*« Wochenblatt Tuttlingen

»*Das Buch ist spannend. Man möchte es nicht aus der Hand legen, bis das Ende erreicht ist.*« Neue Rottweiler Zeitung

Thilo Scheurer
**NECKARSTURM**
Broschur, 304 Seiten
ISBN 978-3-95451-965-1

»*Der Lokalbezug, gut recherchierte Ergebnisse zum Aufzugsturm und die unterschiedlichen Charaktere machen den Krimi zu einem Leseerlebnis.*« ekz

www.emons-verlag.de

Thilo Scheurer
**LEONHARDSVIERTEL**
Broschur, 304 Seiten
ISBN 978-3-95451-812-8

www.emons-verlag.de

Thilo Scheurer
**FILDERMÄDCHEN**
Broschur, 304 Seiten
ISBN 978-3-7408-0209-7

Im Sommer 2011 verschwindet die siebzehnjährige Jasmin auf ihrem Schulweg spurlos. Tage später wird ihre Kleidung entdeckt – übersät mit Einstichen und Blutspuren. Die Ermittler gehen von einem Tötungsdelikt aus, auch wenn ihre Leiche nie gefunden wurde. Jahre später wird das Stuttgarter LKA-Dezernat »Tote ohne Mörder« damit betraut, den Fall wieder aufzunehmen. Oberkommissar Sebastian Franck ermittelt verdeckt in Jasmins ehemaliger Schule – und ahnt nicht, welche Gefahren auf ihn zukommen …

www.emons-verlag.de